COLLECTION FOLIO

Giorgio Bassani

Les lunettes d'or
et autres histoires de Ferrare

*Traduit de l'italien
par Michel Arnaud*

Préface
de Dominique Fernandez

Gallimard

Titre original :
GLI OCCHIALI D'ORO
CINQUE STORIE FERRARESI

© *Giorgio Bassani, 1958.*
© *Éditions Gallimard, 1962, pour la traduction française.*

Giorgio Bassani est né en 1916 à Bologne. De famille ferraraise, il vit jusqu'en 1943 à Ferrare, ville à laquelle se rattachent les motifs fondamentaux de son inspiration. C'est là que se situent les débuts de son activité littéraire, qui alterne avec l'action politique et la clandestinité. Installé à Rome où il vit actuellement, Bassani publie de 1945 à 1952 trois recueils poétiques Après les *Cinq histoires de Ferrare* (prix Strega 1956) qui l'imposèrent à l'attention générale, il publie *Les lunettes d'or* en 1958, *Le jardin des Finzi-Contini* (prix Viareggio 1962), *Derrière la porte* (1964) et des essais littéraires. En 1966, avec *Le héron*, il obtient le prix Campiello. La même année, le prix international Nelly Sachs lui est décerné pour l'ensemble de son œuvre.

Ses livres sont traduits dans la plupart des pays du monde.

GIORGIO BASSANI

Qui, même parmi les fervents amoureux de l'Italie, peut se vanter de connaître Ferrare ? C'est pourtant, après Venise, la ville la plus fascinante du Nord. Les Este y entretinrent au xve siècle une cour somptueuse et raffinée, rivale de celle des Gonzague à Mantoue. La cité reçut de ses princes une ordonnance géométrique. Le même style, à la fois monumental et hallucinatoire, marqua les œuvres des peintres : Cosme Tura, le plus grand, qui voyait les têtes en forme d'œuf gris et les corps comme des cuirasses, au fond d'antres fuligineux ; Francesco del Cossa, Ercole de' Roberti, ordonnateurs, au palais Schifanoia, de pompes ésotériques. Après eux, ce fut la décadence, pour plus de quatre siècles. Mais si Ferrare possède aujourd'hui en Giorgio Bassani son écrivain, elle avait déjà retrouvé depuis longtemps ses peintres : Giorgio de Chirico, Carlo Carrà, qui ne choisirent point par hasard l'ombre du château en briques rouges des Este pour y dresser les terrifiantes créatures de leur rêve « métaphysique ». Bassani, sans doute, échappe à la tradition ferraraise. Il est, comme le cinéaste Antonioni (lui aussi originaire de Ferrare, dont il a montré les environs dans Le Cri*), un observateur* *plutôt qu'un visionnaire. On reconnaît pourtant les attaches de l'auteur à quelques détails qui reviennent avec insistance et font figure de symboles sous cette plume minutieusement réaliste. Le brouillard qui flotte, estompant les contours. Ou l'horloge, qui égrène ses coups dans la nuit, lentement, au milieu du silence. N'est-ce pas la même que Giorgio de Chirico a peinte naguère, ronde et absurde dans un mur blanc et vide, au fond d'une place déserte ?*

Moins ambitieuse, l'entreprise de Bassani n'en est que plus méritoire. Pour la première fois, un artiste de Ferrare s'intéresse à ce qui se passe dans Ferrare : les allées et venues des gens, leurs soucis, leurs misères, leurs espoirs. Comment se marient-ils ? Comment font-ils carrière ? Tout de suite, Bassani est fixé. Ce sont des provinciaux. Leur drame, ce n'est pas de manquer d'argent ou d'aimer qui ne les aime pas, c'est d'être de la province. On sait que toute l'Italie en est là. Bassani, né en 1916, appartient à cette génération d'écrivains qui, de Pavese à Moravia et à Carlo Cassola, explorent chacun une région différente, conscients des limites qu'une localisation trop étroite impose à leurs œuvres, mais aussi de l'avantage qu'il peut y avoir à montrer dans le marasme des provinces une variante du fameux ennui moderne.

Lida Mantovani, *la plus moravienne des nouvelles de Bassani, est l'histoire d'une petite ouvrière qui a raté le mariage d'amour (mariage bourgeois en plus) et vivote entre sa vieille mère et le voisin compatissant qu'elle a fini par épouser. Les moments importants de sa vie ont été d'attendre les visites de son amant, puis les retours de son mari.* Luisa Brondi, *dans* Promenade avant dîner, *passe toutes ses soirées à épier l'arrivée de sa sœur cadette. Pino Barilari, le pharmacien de* Nuit 43, *a pour unique occupation de surveiller ce qui se passe dans la rue. Sans compter les oisifs assis aux terrasses des cafés. Il n'y a rien à faire en province, c'est connu. Bassani développe tant et plus ce thème. Il avoue là ses affinités avec un Henry James, avec un Tchékhov. La dernière des* Histoires de Ferrare, En Exil, *où l'on voit le narrateur stupéfait, après trente ans d'absence, de retrouver sous les traits d'un gros paysan mou le jeune homme qui lui faisait si brillante impression autrefois, n'évoque-t-elle pas aussi le dernier chapitre de* L'Education sentimentale ?

Bassani n'a écrit que des nouvelles : outre que le préjugé contre le récit court n'existe pas en Italie, et que les plus grands écrivains en ont fait leur moyen d'expression favori, on devine aisément pourquoi Bassani s'y est tenu. D'une société qui n'a pas de centre, pas de remous, qui végète, qui s'éparpille en mille existences particulières, impossible de donner une représentation synthétique. L'art du roman suppose une capitale, une circulation orientée des élites. C'est si vrai qu'il n'y a jamais eu en Italie, à part l'indigeste Manzoni, de romancier national, jusqu'au très discutable Tommasi di Lampedusa. Le succès énorme du Guépard *(peinture du mouvement historique sicilien dans ses rapports avec Rome, avec le Risorgimento) s'explique justement par la place qu'il y avait à prendre. C'est Bassani qui a découvert le manuscrit du* Guépard, *qui l'a publié, préfacé et défendu contre les justes réticences des autres écrivains : et de même qu'il faut le comprendre d'avoir cru tenir dans l'œuvre du prince palermitain le premier roman moderne national, de même on doit le louer d'avoir* choisi pour lui-même une formule en apparence plus modeste, en réalité plus féconde.

Ferrare, et uniquement Ferrare : voilà son monde. Ceint étroitement de bastions et de remparts dont la description parfois laborieuse entretient l'obsession d'une vie recluse. Une topographie limitée : corso Giovecca, corso Roma, via Piangipane, via Mazzini, via Gorgadello, piazza Porta Reno, piazza Santa Maria in Vado, le château, la cathédrale, le théâtre, l'ancien ghetto et toujours, à l'ombre des murs de la ville, les sentiers qui tracent les confins. La proximité de la campagne, loin d'ouvrir un espoir d'évasion, rappelle que la ville s'est arrêtée trop tôt dans son développement. Au lieu des petits potagers étiolés ou de l'herbe sale foulée par les amants du dimanche, que n'y a-t-il, au moins, des faubourgs modernes ! Mais le cercle est bien clos : la mort elle-même ne donne pas au provincial une angoisse féconde, mais la préoccupation mesquine de sa place au cimetière, du bois dont son cercueil sera fait. Et s'il se déplace, l'été, sur les plage de l'Adriatique, Cesenatico, Marina di Cervia, Rimini ou Riccione, c'est moins pour contempler la mer que pour disputer à ses voisins la chaise longue ou l'ombrelle.

Etrange humanité que celle-là ! Qu'il soit le plus grand avocat de sa ville, comme le député Bottecchiari (on le retrouve de nouvelle en nouvelle, selon le procédé balzacien), ou le plus humble relieur, qu'il ait un cabinet d'oto-rhino-laryngologie ou une échoppe de savetier, le Ferrarais n'échappe pas aux regards des autres, aux commentaires, aux cancans. Aucune promotion sociale ne le dispense de passer par les mêmes rues, devant les mêmes cafés, de soumettre à l'approbation ou au persiflage de la ville son horaire, ses habitudes, ses fréquenta-

tions. Si l'on va au cinéma, c'est moins pour voir le film que pour s'assurer que les lunettes d'or du célèbre docteur Fadigati brillent dans la pénombre. Les mères veillent sur leurs filles, les sœurs aînées sur leurs cadettes, moins par amour que par souci des convenances. La peur du scandale! Elle mine, elle corrompt les rapports. Elle force Elie Corcos, un médecin promis au plus brillant avenir, à moisir sur place, flanqué d'une médiocre épouse (Promenade avant dîner); *elle ruine la carrière du docteur Fadigati; elle amène les fascistes au pouvoir, empêche les démocrates de s'organiser; elle ne permet au Juif rescapé de Buchenwald qu'une révolte puérile* (Rue Mazzini : in memoriam). *Insinuante comme la brume, l'opinion arpente les trottoirs, rôde sous les arcades, stagne derrière les fenêtres; elle s'allonge même sur les plages, la paupière hypocritement baissée. Mussolini? Pour réussir, il n'a qu'à mettre les commères et les badauds de son côté. Les estivantes de Riccione peuvent affirmer qu'il vient tous les week-ends de Rome voir sa femme, « d'une seule traite », au volant de sa voiture; qu'il est « si simple, si humain »; qu'il enlève son chapeau en les croisant; et qu'il a pleuré quand il a reçu le télégramme lui annonçant l'assassinat de son ami Dollfuss, tellement que « les larmes lui sillonnaient les joues ». Que redouter lorsqu'on s'est conduit publiquement de la sorte? Tout est permis, pourvu qu'on soit respectable. Les gens n'existent pas en eux-mêmes mais par ce qu'on en dit.*

Faire la « psychologie » du provincial serait un contresens. Bassani s'en garde bien. Même dans ses « héros », Lida Mantovani, Clelia Trotti, Geo Josz, Athos Fadigati, il se défend d'interpréter la pensée ou les sentiments. Il ne fouille pas la réalité, il transcrit l'apparence. Il rapporte souvent au style indirect ce qui leur passe par la tête, pour souligner le côté vague, inconsistant de leurs rêveries. La composition des nouvelles est révélatrice : presque toujours, et surtout s'il va être question d'une histoire sanglante (Nuit 43) ou pathétique (Les Lunettes d'or). Le récit commence par un compte rendu des va-et-vient de la foule. Le personnage principal, c'est elle. Bassani excelle à mélanger les témoignages, à comparer les points de vue. Les souvenirs, les calomnies, les hypothèses composent, malaxés ensemble, le limon gras où s'enlisent le courage, la passion, le génie. Si le docteur Fadigati succombe, c'est moins à son vice qu'à la stupide curiosité de la ville. Les fusillés de 43 sont autant les victimes de la peur collective que des assassins fascistes. Avec une méticulosité cruelle, Bassani orchestre tous les bruits qui circulent. D'où l'abondance, qui pourrait fatiguer le lecteur, des parenthèses et des incises. D'où la fréquence des retours en arrière, des retouches à ce qui vient d'être dit, des résumés de la situation (« il est de fait que... », « à croire que... », « bref », « par exemple », « à moins que... », etc.). D'où la longueur, la sinuosité de la phrase, son manque absolu de rythme. Le style de Bassani n'est pas exhaustif à la manière de celui de Proust, il reproduit, dans sa profusion inutile, le caquet des bourgeois.

La toute-puissance de ces termites aux mandibules infatigables, voilà le drame de l'Italie, la cause de la dictature mussolinienne et de la persécution raciale. Bassani ne cesse de revenir sur ce passé qui le hante. Mais quoi ! Ni les progrès du socialisme depuis les débuts du siècle, ni l'héroïsme des combattants de la

Résistance ne seraient capables de donner aujourd'hui un nouveau visage à la province italienne ?

Le socialisme : voyez Clelia Trotti, la militante, l'institutrice pétrie d'idéal, mise par le régime fasciste en résidence surveillée. Bruno Lattes, le jeune Juif qui ose lui rendre des visites, à la veille de la guerre, est le premier à se rendre compte que « le monde meilleur, la société plus civilisée, plus honnête, dont Clelia Trotti était à la fois un témoignage et une épave » ne verraient jamais le jour. N'importe : Clelia ne cesse de faire des projets, de prodiguer des conseils, de rêver au triomphe final de la cause. Mais le moyen d'être dupe ? C'est la vieille fille qui croit dans l'avenir, qui s'exalte, et le jeune homme, Bruno, qui est conscient de l'aspect dérisoire de cette foi. Trois avocats socialistes sont dépeints comme « dévorés du désir d'agir ». N'est-on pas dans le même climat de comédie ironique que dans les nouvelles où Tchékhov met sur les lèvres de personnages notoirement incapables des déclarations enflammées sur le prochain renouveau de la Russie ?

Quant à l'espoir suscité par le travail clandestin des patriotes antifascistes ou l'héroïsme des Résistants tombés sous les balles allemandes, il a fait long feu. Nuit 43, la plus remarquable de ces nouvelles avec Les Lunettes d'or (il faut commencer le livre par ces deux-là), raconte, avec un luxe typique d'ambages et d'ambiguïtés, le massacre de onze citoyens ferrarais, fusillés en représailles de l'assassinat d'un haut dignitaire fasciste, une nuit de décembre 1943, devant le fossé qui entoure le château. Le récit est conduit de manière à laisser l'impression que ce carnage a été absurde, que les victimes ont été choisies par hasard, que la population de la ville, au courant de ce qui se préparait, n'a pas songé une seconde à intervenir, qu'elle a fermé au contraire les yeux sur les coupables présumés, trop aise que leur fureur homicide ait trouvé des boucs émissaires. Même après la guerre, quand le procès aura lieu, celui que tout le monde soupçonne sera acquitté, parce que l'unique témoin du massacre, le pharmacien Pino Barilari, perpétuellement aux aguets derrière sa fenêtre qui fait face au château, ne voudra pas reconnaître qu'il a vu, en même temps que les assassins, dans le petit jour de l'aube, à l'autre bout de la place, sa femme : ce serait avouer qu'elle revenait d'une aventure, qu'elle le trompe. L'horrible s'estompe dans le ridicule... Tous les procédés sont bons à Bassani pour dégonfler le mythe de la Résistance : elle a existé, oui, mais pas autant qu'on a prétendu, et, surtout, elle a été le fait d'un très petit nombre — quelques intellectuels —, ses effets ont été nuls sur l'esprit, le cœur et le destin de la nation. Les ouvriers n'y ont pas pris part (il s'en trouvait un, Felloni, parmi les Onze, mais parce qu'une patrouille l'avait ramassé dans la rue tandis qu'il se rendait, « sans se douter de rien », à son travail) ; les communistes l'ont exploitée effrontément (lors des funérailles de Clelia Trotti, en 1946, la municipalité communiste de Ferrare a fait venir du fond des campagnes d'ignares matrones qu'elle a habillées de rouge et plantées autour du cercueil).

Pour bien comprendre le sens et la portée de Nuit 43, il faut se rappeler que trois des plus importants écrivains de l'après-guerre, Pavese, Vittorini et Calvino — Bassani est le cadet des deux premiers, et l'aîné du troisième — ont fait de ce mythe de la Résistance le levain de leur œuvre. Chacun, sans doute, y a coulé ses préoccupations personnelles : Pavese la hantise du sang et de la mort, Vittorini la haine de la violence et de l'injustice, Calvino le goût du jeu et de l'aventure. Mais tous les trois, le *premier dans le registre lyrique, le deuxième dans le registre épique, le troisième dans le registre ludique, se sont servis des « années noires » pour bâtir une mythologie de la rédemption : dans « le bain de sang » l'Italie se serait rachetée de ses fautes et de ses crimes passés. Dix ans après, Bassani suggère qu'il n'en est rien ; que la Résistance a été une illusion, l'éveil de la conscience démocratique une utopie, la fin du provincialisme une chimère. Une petite phrase, qu'on lit au début de* Clelia Trotti, *est significative. Un spectateur averti qui aurait assisté aux funérailles de la vieille militante en 1946 se serait vite aperçu, dit Bassani, « combien trompeuse était l'impression première d'un retour magique à l'atmosphère de 1945 ». Notez bien les mots : « magique » (allusion aux mythologies) et « trompeur » (désormais le mensonge est flagrant). Rien n'a changé, rien ne changera jamais à Ferrare, malgré les discours et les promesses. Bassani rappelle Tchékhov, soit. Mais Tchékhov écrivait avant la Révolution ; son ironie n'était pas tout entière négative ; elle tendait seulement à mettre en garde contre l'abus des paroles et des programmes. Bassani écrit après la Révolution, après l'échec de la Révolution. L'Italie avait une chance, en 1945, de se donner des structures mentales et sociales neuves ; elle l'a gâchée. Bassani est le témoin et le chroniqueur des grandes espérances évanouies. Pavese est mort, Vittorini se tait, Calvino écrit des fabliaux. La cendre a recouvert la flamme. Dans une grisaille voulue, Bassani enregistre le désenchantement de sa génération.*

Le provincial moisira donc toujours. Pourtant, il lui reste un moyen de se rendre intéressant pour les autres et pour lui-même : c'est de croire qu'il est une victime, que son sort eût été différent sans un concours de circonstances injustes à son égard. Pourquoi, par exemple, a-t-on décidé au siècle dernier de faire de Bologne le nœud ferroviaire du Nord de l'Italie ? Ferrare n'a cessé de décliner depuis cette « résolution fatale ». Les quarante-cinq kilomètres de chemin de fer qu'il faut parcourir entre les deux villes — tous les jours pour les étudiants qui se rendent à l'Université — symbolisent, dans Les Lunettes d'or, *la disgrâce d'une population condamnée au bannissement perpétuel. Reclus, le Ferrarais est aussi un exclu. Si la conviction qu'il est « à part » ne le sauvera pas de l'ennui, elle le préservera au moins de la petitesse. Elle mettra sur son visage plat le masque de la douleur. Elle lui rendra une dignité, un style...*

Le Juif, traditionnellement tenu à l'écart, est l'image même du proscrit : désespéré mais amer. Girolamo Camaioli, Geo Josz, Bruno Lattes, Elia Corcos ou le narrateur des Lunettes d'or *: les Juifs sont les vrais héros de Bassani, à la fois torturés de se sentir inférieurs à leurs amis catholiques et puisant dans le sentiment de leur différence une humiliation exaltée. « Les voici, les échantillons, les prototypes de la race ! » se disait Bruno (d'un couple de jeunes gens blonds). Plus que beaux, ils lui semblaient merveilleux, inaccessibles. Leur sang était meilleur que le sien, leur âme meilleure que la sienne ! Un ruban rouge nouait les cheveux de la jeune fille. Et aux yeux de Bruno la faible lumière qui restait paraissait se ramasser tout entière sur ce ruban.*

Le chef-d'œuvre de Bassani, Les Lunettes d'or, *est le récit d'une double mise au ban : celle des Israélites (nous sommes en 1938 ; les lois raciales se préparent en Italie ;*

le narrateur et son père, Juifs, sentent grandir autour d'eux la gêne et bientôt l'hostilité) et celle du docteur Fadigati (amoureux sur le tard d'un voyou qui le berne, il est acculé au suicide par la réprobation publique). L'histoire d'un homme rejoint l'histoire d'une race. L'homosexuel et le Juif prennent ensemble le chemin de l'exil.

Si on la compare aux littératures française, allemande ou anglaise, la littérature italienne porte un témoignage insignifiant sur l'homosexualité. Que trouverait-on dans le passé, hormis une allusion, d'ailleurs obscure, de Dante contre les sodomites, et les fragments de quelques Grands de la Renaissance, Michel-Ange ou Cellini ? Et de nos jours ? Vasco Pratolini a introduit dans son roman Le Quartier *un pédéraste : mais ce Gino n'a guère d'autre utilité dans le livre que d'accuser la préférence de l'écrivain pour ses personnages sains de cœur et de mœurs. Moravia a mis au début du* Conformiste *une scène d'inversion : mais c'est pour expliquer que l'enfant qui en a été la victime, il ne faut pas s'étonner de le voir devenir un fasciste ultra, prêt à assassiner les ennemis du régime — s'il est vrai, comme le soutient l'auteur, que les aberrations politiques ont pour origine des égarements sexuels. Enfin, tout récemment, la « nouvelle vague » italienne a produit deux romanciers d'un certain talent mais superficiels, Pasolini et Arbasino, qui content avec une nonchalance mondaine des anecdotes particulières. Jamais rien, donc, de tragique autour de ce thème, jamais d'atmosphère de culpabilité, comme si l'homosexualité en Italie ne posait pas de problèmes de conscience, allait de soi au même titre que le football, la canasta ou la pêche à la ligne.*

Dans ce domaine encore, Bassani innove. Il voit dans la passion d'Athos Fadigati moins une façon d'aimer qu'un moyen de détruire. Ce qui compte pour le docteur, ce ne sont pas les récompenses qu'il peut attendre de son amant — et qu'il n'obtient pas — mais les preuves de lâcheté, de corruption et de folie qu'il accumule contre lui-même. Le délabrement progressif de ses facultés mentales et professionnelles le fascine plus, dirait-on, que le charme du jeune homme : autrement il ne se laisserait pas ridiculiser en public et dépouiller en secret. Cependant, qu'on pense à La Mort à Venise, *et aussitôt on situera Bassani. Thomas Mann a symbolisé dans le penchant homosexuel de son héros l'appel du néant et de la mort. Gustave Aschenbach agonise seul, victime comme Phèdre d'une tragédie sacrée. Sa déchéance est intérieure, absolue. Fadigati, au contraire, ne s'avilit que par rapport aux bourgeois qui l'observent, le raillent et enfin le punissent en désertant son cabinet. Ce n'est pas son vice qui l'atteint le plus, mais les rumeurs qu'on colporte. L'Allemand a écrit le drame de la dégradation, l'Italien celui du déclassement. Cela dit, on n'oubliera pas de sitôt les pas étouffés du docteur dans le brouillard, ni l'éclat de ses lunettes dans la pénombre des cinémas.*

Dominique Fernandez.

Le mur d'enceinte

Le cimetière juif était un immense champ ceint de murs, au pied des remparts de la ville. Pour une telle étendue, les pierres tombales semblaient bien peu nombreuses; elles n'étaient en plus grande quantité que dans l'espace de verdure où tombait l'ombre du mur d'enceinte. Par-delà celui-ci, alignés sur deux rangées au sommet du terre-plein qui le surplombait, s'élevaient de vieux arbres, des tilleuls et des châtaigniers. L'air chaud de l'été vibrait autour des larges coupoles vertes. Blanche, en plein soleil, au pied d'un gros arbre, une guérite se dressait; près de celle-ci, il y avait toujours une sentinelle, en position de repos mais baïonnette au canon, le visage tourné vers le cimetière.

Pendant les mois d'été, l'herbe poussait avec une violence sauvage dans le cimetière. Une vieille coutume voulait que la Communauté israélite de Ferrare cédât d'ordinaire à une entreprise agricole de la ville cette herbe nourrie de ses morts. Les moissonneurs maniaient leurs faux en se hélant l'un l'autre sur un rythme régulier, et les sentinelles de garde à la poudrière voisine, entendant ces cris lointains, qui se perdaient dans la canicule, ressentaient plus fortement encore le poids de la contrainte où ils étaient et leur nostalgie de liberté. Quand s'en allaient les charrettes tirées par des bœufs et pleines d'un foin gras, presque noir, c'était l'heure où, dans les masures contiguës au côté occidental du cimetière, s'allumaient les premières lumières. Les gens étaient dehors, comme à la campagne : une longue rangée de chaises de paille adossées aux façades basses et rougeâtres qui, peu à peu, se refroidissaient ; des retraités en bras de chemise, pour la plupart, qui passaient leurs après-midi, la pipe entre les dents, à considérer d'un œil morne la poussière de la petite route. Bien que les corbillards ne fussent jamais surmontés d'une croix, ils les saluaient néanmoins, et, tout en se signant, ils cherchaient à lire parmi les couronnes le nom du défunt.

En franchissant le seuil de la grille d'entrée, le corbillard eut un lent sursaut. Aussitôt, les sabots des chevaux foulèrent l'herbe, les roues minces s'enfoncèrent sans bruit dans le sol mou, et une violente odeur de foin ranima le cortège écrasé par la chaleur. Les uns s'éparpillèrent parmi les tombes proches de l'entrée ; les autres, suivant la famille, se rassemblèrent autour du corbillard que les croque-morts commençaient à débarrasser de ses couronnes.

La fosse qui attendait Celio Camaioli avait été creusée en un point éloigné, juste en dessous du mur d'enceinte, et pour y arriver, il fallait traverser d'ouest en est tout le cimetière. Le factionnaire de garde, ce jour-là, appuyé à sa guérite tiède de soleil, avait suivi du regard la progression de la bière se rapprochant à travers le vaste enclos herbeux que, de cette hauteur, il pouvait dominer sur toute son étendue : une petite barre lumineuse, portée au-dessus des têtes. A présent, le soldat distinguait, une par une, quarante ou cinquante personnes vêtues de noir, qui s'affairaient en silence autour de quelque chose que le mur de séparation, coupant à angle aigu la proue du terre-plein, rendait totalement invisible.

Seule l'insistance de son père avait pu persuader Girolamo Camaioli de suivre l'enterrement de son oncle Celio. « Le cancer ne pardonne pas », avait-il dit. L'oncle Celio était un petit homme au ventre saillant et aux moustaches maculées de tabac retombant sur un menton tout rond. Les Camaioli se ressemblaient tous plus ou moins — pensait Girolamo, cependant que les croque-morts faisaient descendre le cercueil dans la fosse. Chaque fois qu'il lui arrivait de se regarder dans un miroir, c'était toujours avec désappointement qu'il retrouvait sur son visage un trait de la physionomie commune à toute la famille. Son visage aussi, se disait-il alors, comme celui de son père et de tous les autres, était plein de défauts. Lui aussi avait les yeux d'un bleu délavé, un front au dessin indécis, un menton rond et mou. Et son caractère, comment était-il ? Oh ! son caractère n'était pas différent de celui, typique, de la famille. Instable, morbide, excitable : tellement *inférieur* à celui de tant de ses amis catholiques, lequel, par contre, était si simple et si énergique...

Dans la famille Camaioli, tout le monde mourait plus ou moins d'un cancer. Depuis des années, depuis que le grand-père Benedetto était mort d'une tumeur de l'estomac, le père de Girolamo s'attendait à mourir de la même maladie. C'était là son souci dominant : et le souci dominant de toute la famille. Après l'enterrement — prévoyait Girolamo — son père allait parler de la maladie et de la mort que, maintenant plus que jamais, il jugerait imminente. « Pauvre Celio, comme il a souffert avant de fermer les yeux ! » dirait-il. « Mais après la mort, il n'y a plus rien. Seuls les morts sont bien. Comme je voudrais déjà être sous terre, avec eux. » Seuls les morts sont bien : c'était là sa phrase préférée. Il aurait dû faire graver quelque chose de ce genre également sur la pierre tombale de grand-père Benedetto.

Cependant que le *dottor* Levi lisait les prières, le son d'un accordéon, tout proche, fit lever les yeux à Girolamo. A cause du mur qui séparait le cimetière des remparts, il ne pouvait pas voir celui qui jouait. Il voyait seulement la sentinelle qui, là-haut, son visage luisant légèrement tendu en avant, hochait la tête au rythme de la musique. De l'autre côté du mur, une voix enfantine chantait :

> *Amour amour*
> *apporte-moi des roses...*

Couvrant de sa voix la psalmodie du rabbin, quelqu'un cria : « Silence ! » D'autres phrases de protestation indignée et des imprécations suivirent. Par-delà les arbres des remparts, on devinait un air libre et pur, une brise quasi marine.

Lorsque le *dottor* Levi eut fini de dire les prières, le choc des premières pelletées de terre contre le couvercle du cercueil résonna distinctement. Alors s'éleva un cri, un hurlement horrible. C'était Giacomo, l'oncle

Giacomo, le demi-frère du mort et du père de Girolamo.

« Non, non, moi aussi, je veux aller avec toi, Celio, mon bien-aimé Celio ! »

Bien que sa mère n'eût pas été grand-mère Ester, mais la seconde femme de grand-père Benedetto, il était surprenant de voir combien l'oncle Girolamo ressemblait à ses frères du premier lit — pensait Girolamo : au pauvre oncle Celio et à son père. Oh ! oui, ils se ressemblaient, les trois frères. Tous les trois petits, trapus, avec la même expression pathétique et satisfaite, la même cordialité débordante et les mêmes yeux toujours voilés de larmes et, à la fois, pleins de curiosité. (« Une curiosité indécente », murmura Girolamo entre ses dents, rageusement.) Séparés dans la vie par des questions d'intérêt — et l'héritage de l'oncle Celio, dont son père allait bénéficier, réveillerait certainement les vieux litiges —, ils ne seraient, néanmoins, pas séparés par leur façon de mourir, s'il était vrai que, comme le disait son père, le cancer était la maladie de la famille. Demeuré veuf, l'oncle Giacomo s'était remarié avec sa bonne, une catholique, de laquelle il avait eu, à soixante ans sonnés, pas moins de cinq enfants. Mais à quoi allaient-ils lui servir, à l'oncle Giacomo, ces cinq enfants catholiques, et à quoi lui servirait de s'être fait lui-même catholique, ainsi que le disait la rumeur générale, si, pour lui aussi, l'heure du cancer avait sonné ?

Les pelletées de terre se succédaient de plus en plus vite. Girolamo détourna les yeux. De l'amertume et du dégoût : voilà ce qu'il éprouvait. Avant que le cercueil n'eût tout à fait disparu, il avait vu le visage de son père se tendre en avant, livide, pour lui jeter un dernier regard.

Et qui sait si après le dîner — se reprit-il à penser —, lorsqu'il passerait à bicyclette là-haut, sur cette partie des remparts, partagé entre le désir de découvrir à la lumière de son phare les couples enlacés dans l'herbe et la crainte de regarder vers la noire étendue du cimetière israélite (dès sa plus tendre enfance, il avait toujours eu horreur des feux follets), qui sait s'il retrouverait encore le jeune soldat de garde dans sa guérite !

L'impatience, l'agitation presque forcenée qu'il sentait le tourmenter quand il pensait au soldat de garde à la poudrière (ils allaient peut-être devenir amis, ils iraient au cinéma ensemble et ensuite, pourquoi pas ? voir les filles !) avaient, croyait-il savoir, de très profondes racines en lui. Son grand-père Benedetto — se rappelait-il —, quand il était mort en août 1920, avait voulu que l'on emplît son cercueil de chaux. Aussi, avant de faire descendre celui-ci dans la fosse, avait-on dévissé le couvercle et, sur le cadavre enveloppé dans le drap brodé, on avait répandu, selon le rite hébraïque le plus ancien, justement de la chaux vive. Lui, Girolamo, avait alors six ans. Avec les premières ombres du soir, des essaims compacts de moustiques étaient descendus sur la prairie du cimetière. Et ces moustiques étaient très semblables, surtout si, de la main, il se couvrait un œil, aux aéroplanes qu'un soir d'août, trois ans plus tôt, il avait vus atterrir silencieusement devant les fenêtres de la salle à manger où grand-père Benedetto, demeuré veuf pour la seconde fois, dînait seul, en lisant son journal appuyé à la carafe d'eau. La guerre durait toujours. Son père était au front. Sa maman était partie la veille pour Feltre, où elle allait passer avec lui une brève permission. Les aéroplanes descendaient tout doucement, l'un après l'autre, dans le ciel vespéral couleur de lait. Il semblait facile de les toucher : on n'aurait eu qu'à tendre la main par la fenêtre de la salle à manger...

L'après-midi d'août 1920, où grand-père Benedetto avait été enterré — continuait de se rappeler Girolamo —, la prairie du cimetière semblait fauchée de frais, comme maintenant. Cela vous donnait envie de courir. Et lui, effectivement, lâchant la main de sa mère qui se tenait, avec les autres, près de la fosse de grand-père, il s'était mis à jouer et à courir tout seul, poursuivant des nuages de moustiques et s'éloignant de plus en plus. Mais, tout à coup, il était tombé et s'était écorché un genou. Une grande solitude l'avait aussitôt environné. Personne ne s'occupait de lui, même pas sa mère. Ses larmes avaient lentement séché sur ses joues.

« Mais qu'as-tu fait, Mino, pourquoi ne peux-tu pas rester tranquille un seul instant ? Tu ne sais pas que ton grand-père Benedetto est mort ? » lui avait dit sa mère, quand elle l'avait rejoint.

« Seuls les morts sont bien », avait-il répondu, presque sans s'en rendre compte, mais conscient, peut-être pour la première fois, de mentir. Et il avait levé les yeux, indécis.

Sa maman, souriant comme seuls les morts savent sourire dans votre mémoire, pleins de compassion et d'indulgence (elle avait les yeux cernés, à cause des longues veilles passées au chevet de son beau-père pendant les derniers mois de sa longue et douloureuse maladie), lui avait mis doucement une main sur la bouche. Ensuite, elle lui avait noué un mouchoir autour du genou.

Lida Mantovani

Enfin, des années entières s'étant passées, le temps et l'absence ralentirent sa douleur et éteignirent sa passion.

La Princesse de Clèves.

1

Aussi lontemps qu'elle vécut, Lida Mantovani se rappela toujours la brève période de temps qui avait précédé son accouchement. Toutes les fois qu'elle y repensait, elle était émue. Et pourtant, ces jours n'avaient certes pas été pleins d'événements et de sensations. Pendant un mois, elle avait vécu étendue dans un lit, au bout d'un couloir. Par une fenêtre qui donnait sur le jardin de la Maternité, ses yeux allaient se poser sur les feuilles luisantes d'un grand magnolia. C'était le mois d'avril, mais il faisait déjà chaud et la fenêtre restait ouverte toute la journée. Et puis, vers la fin, elle avait cessé de s'intéresser même aux feuilles noires, comme enduites de graisse, du magnolia. Les douleurs l'assaillirent avec beaucoup de retard ; elle ne pensait plus, elle ne sentait plus d'une façon normale. Elle n'était plus qu'une chose toute gonflée et insensible (le calme qui l'entourait était semblable à celui qu'elle avait en elle), abandonnée au fond d'une salle d'hôpital. Elle ne mangeait presque plus rien. Mais le professeur Bargellesi, à cette époque-là directeur de la Maternité, répétait que cela valait mieux ainsi.

Du pied du lit, il l'observait.

« Il fait chaud. Si tu veux respirer, mieux vaut que tu ne te charges pas l'estomac », disait-il, tout en lissant avec ses doigts frêles et rougis sa grande barbe blanche, tachée de nicotine autour de la bouche.

« Du reste, ajoutait-il en souriant, je crois que tu es assez grasse... »

2

Après l'accouchement, le temps recommença de s'écouler.

Au début, pensant à David (le souvenir de son visage ennuyé et mécontent la blessait : il ne lui adressait presque jamais la parole et restait toute la journée allongé sur le lit, à lire des romans ou à dormir), Lida avait essayé de se débrouiller toute seule dans la chambre meublée de la via Mortara, où elle avait vécu avec lui pendant les derniers six mois. Mais ensuite, au bout de quelques semaines, convaincue maintenant que David ne se manifesterait plus et s'apercevant que les quelques centaines de lires qu'il lui avait laissées étaient sur le point de finir, et comme, en plus de cela, le lait avec quoi nourrir son bébé commençait à lui manquer, elle dut se résigner à l'idée de rentrer à la maison, chez sa mère. C'est ainsi que, l'été de cette même année, Lida Mantovani reparut via Salinguerra. Elle retrouva la petite rue déserte qui lui était si familière, avec ses petits murs hérissés de tessons de bouteille, ses masures et son pavé à demi recouvert d'herbe. Et elle retrouva aussi la misérable chambre au parquet poussiéreux et aux deux lits de fer côte à côte, où elle avait passé sa première jeunesse.

Cette pièce n'était qu'un sous-sol. (Jadis, peut-être, elle avait servi de cave à charbon pour l'immeuble qui était le seul de la via Salinguerra à être d'une certaine grandeur.) Malgré cela, y accéder était plus compliqué que le nécessaire. Une fois que l'on était entré dans le vestibule, vaste et sombre comme un fenil, il fallait monter un escalier jusqu'à un premier palier et à une petite porte, et, après avoir franchi le seuil de celle-ci, on avait la tête qui effleurait un plafond à solives apparentes et l'on se trouvait soudain suspendu au-dessus d'une sorte de gouffre. Dès que Lida entra, elle vit à ses pieds sa mère qui venait de lever la tête de son ouvrage de couture. Dans ses yeux, il n'y avait pas de stupeur, mais seulement une expression de poignante interrogation. Son enfant dans les bras, Lida descendit lentement les marches de l'escalier intérieur, s'approcha de sa mère et puis se pencha pour l'embrasser sur la joue. Et ce baiser, exactement comme si elle rentrait après une absence de quelques heures, lui fut tranquillement rendu.

La question du baptême se posa presque sur-le-champ.

Dès qu'elle apprit que l'enfant n'avait pas encore été baptisé, la mère de Lida s'exclama :

« Tu es folle ! » et elle se signa rapidement.

Pendant qu'elle parlait, déclarant avec agitation qu'il n'y avait pas une minute à perdre, Lida sentait s'évanouir en elle toute velléité de lui résister. A la Maternité, quand on était venu autour de son lit pour prendre l'enfant et qu'on lui avait demandé joyeusement quel nom elle comptait lui donner, ç'avait été l'idée soudaine de ne rien faire *contre* David qui l'avait incitée à dire : « Non, pour le moment, je ne veux pas. » Mais maintenant — pensait-elle —, pourquoi aurait-elle dû continuer à avoir des scrupules ? A quoi bon eût-elle attendu encore ? Le soir même, l'enfant fut porté à Santa Maria in Vado. Ce fut la mère de Lida qui arrangea tout : ce fut elle qui voulut qu'on le nommât Ireneo, en souvenir d'un frère mort dont Lida n'avait jamais soupçonné l'existence... Pour se rendre à l'église, les deux femmes avaient marché très vite, comme se sentant poursuivies. Elles rentrèrent, par contre, lentement à la maison, remontant la via Borgo di Sotto où l'employé du gaz municipal était en train d'allumer l'un après l'autre les réverbères de la rue, vidées brusquement de toute énergie, sans échanger un mot.

Le lendemain matin, elles recommencèrent à travailler.

Elles s'assirent devant la fenêtre, ainsi qu'elles l'avaient toujours fait depuis que Lida avait terminé ses études primaires. La tête penchée sur leur ouvrage, côte à côte, elles ne parlaient que de choses indifférentes, mutuellement reconnaissantes de ce sentiment de réserve qui les empêchait de revenir sur une période de temps qui, pour des raisons diverses, avait été si douloureuse pour toutes les deux. Elles se sentaient beaucoup plus liées qu'avant, beaucoup plus amies. Mais elles savaient bien, l'une et l'autre, que leur entente ne pouvait durer qu'à une seule condition : qu'elles évitassent de parler de l'unique sujet sur lequel reposait cette entente.

La plus forte, néanmoins, c'était toujours Lida.

Parfois sa mère, n'y tenant plus, risquait une plaisanterie, une allusion voilée.

Elle disait en soupirant :

« Eh oui, les hommes sont tous pareils ! » ; et même : « Tu ne savais donc pas que l'homme est un chasseur ?... »

Relevant ensuite la tête, elle s'abîmait dans la contemplation de Lida. A la voir telle qu'elle était revenue de son aventure, maigre, affilée, limée par l'angoisse et les privations, il lui semblait retrouver et revoir en elle celle qu'elle avait été dans sa jeunesse. Elle pensait au forgeron de Massa Fiscaglia — le village où elle était née — dont elle avait eu Lida vingt ans auparavant. Elle pensait à ces villageois qui, lorsqu'elle s'était trouvée enceinte, l'avaient repoussée, chassée, contrainte d'émigrer à la ville, des gens au fond tellement semblables à ceux de la ville qui, après s'être servis de sa fille, l'avaient ensuite rejetée comme une vieille chaussure. Et voici que les cheveux gras et ébouriffés, les grosses lèvres sensuelles, les gestes pleins de nonchalance du seul homme de sa vie (quelle amertume cela avait toujours été que de retrouver quelque chose de lui chez Lida !) devenaient aussi ceux de David, ce fils de famille qui, pendant si longtemps, avait fait l'amour avec Lida, sans jamais se croire tenu de venir lui demander la main de celle-ci, et dont elle n'avait jamais fait la connaissance, qu'elle n'avait jamais vu, ne fût-ce qu'une fois. Oh ! oui, les hommes étaient tous pareils, tous comme ça ! Mais elle et sa fille également, qui avaient connu les mêmes douleurs, que les mêmes angoisses avaient consumées et qui avaient subi les mêmes injustices, elles en étaient finalement au même point.

Dans ces rêvasseries solitaires, la vieille femme puisait une bizarre allégresse, et une sorte de fièvre s'emparait d'elle. Un soir, prenant Lida par la main, elle la conduisit devant la glace de l'armoire.

« Tu vois, tu vois ? » disait-elle d'une voix étouffée.

Dans la pièce, on n'entendait que le souffle de la lampe à acétylène. Et elles restèrent longuement à regarder leurs visages rapprochés dans le miroir terni.

Naturellement, les choses ne se passaient pas toujours aussi bien ; ce n'était pas toujours que Lida était calme et disposée à écouter sans se rebiffer.

Un autre soir, par exemple, la vieille femme se mit à raconter sa propre histoire. (C'était la première fois : l'année précédente, la chose n'eût même pas été concevable !) A la fin, pour conclure, elle prononça une phrase qui eut le pouvoir de faire se lever d'un bond Lida.

« Si ses parents avaient voulu, dit-elle, il m'aurait épousée. »

Etendue sur le lit, le visage caché dans ses mains, Lida se répétait mentalement ces mots, entendant encore le soupir plein de regret qui les avait accompagnés. Elle ne pleurait pas, non. Et sa mère, qui lui avait couru après, s'étant penchée sur elle, haletante, elle lui présenta, quand elle se releva, un visage que ne mouillait aucune larme et des yeux pleins de mépris et d'ennui.

Du reste, ses accès de révolte étaient rares ; et s'ils s'emparaient d'elle, c'était sans préavis, tels des rafales d'orage par un jour de calme plat.

Une fois, entendant sa mère l'appeler par son prénom, elle se tourna vers elle avec un mauvais rire.

« Lida ! Plutôt Lyda ! Y tenais-tu assez, quand j'allais

à l'école, à ce que j'écrive mon nom avec un « i » grec sur mes cahiers ! Qu'est-ce que tu te figurais que je deviendrais quand je serais grande : une actrice de music-hall ? »

Mais la vieille femme ne répondit pas. Elle souriait. L'éclat de sa fille la ramenait en arrière, à des choses lointaines dont elle était seule en mesure d'apprécier l'importance. « Lyda ! » répéta-t-elle pour elle-même, plusieurs fois. Elle pensait à sa propre jeunesse. Elle pensait à Andrea, Tardozzi Andrea, le forgeron de Massa Fiscaglia qui avait été son amant et qui aurait pu devenir son mari. Elle était venue habiter à Ferrare ; et lui, tous les dimanches, faisait soixante kilomètres à bicyclette. Trente pour venir et trente pour rentrer. Il s'asseyait là, à la place où était assise maintenant Lida. Il lui semblait le voir encore : avec sa veste en cuir, son pantalon de toile et ses cheveux en broussaille ! Et finalement, une nuit, comme il rentrait au village, il avait été surpris à mi-route par la pluie et avait attrapé une pleurésie. Depuis lors, elle ne l'avait plus jamais revu. Il était allé s'établir à Feltre, en Vénétie : une petite ville de demi-montagne, où il avait pris femme et eu des enfants. Si ses parents à lui avaient voulu et si, ensuite, il n'était pas tombé malade, il l'aurait certainement épousée. Que savait, que pouvait comprendre Lida ? Elle seule pouvait se reconnaître dans sa fille et comprendre pour toutes les deux.

Plaindre sa fille, la comprendre, lui pardonner... Parfois Lida cessait de travailler, ses yeux cherchaient la fenêtre et son regard se perdait par-delà les vitres. Et alors la vieille femme osait davantage. Il ne fallait pas désespérer — s'écriait-elle presque avec jubilation. Le passé était le passé, inutile d'y penser ; et puisque le petit était là, il fallait le garder. Du reste, qui sait ? n'était-ce pas le fils d'un monsieur ?

Et ce fut vraiment seulement à cause de cette dernière phrase, que sa mère avait dite en pensant à bien autre chose (non, jamais elle n'irait le trouver : si, dans la rue, elle avait vu apparaître au loin un gros manteau en drap bleu avec un col en marmotte, ou un imperméable serré à la taille ; si David, en passant près d'elle, lui avait effleuré le coude, elle aurait continué d'avancer en baissant la tête, décidée à ne rien faire pour être remarquée), ce fut donc seulement à cause de cette phrase que Lida se rappela avec netteté David et qu'elle revit son long visage de cheval triste. Elle ne lui demanderait pas un sou, elle ne l'embêterait pas. Qu'eût-elle pu lui dire ou lui écrire ? Elle se rappelait la barbe de huit jours qu'il s'était laissé pousser. Dans cette chambre de la via Mortara, il faisait une de ces chaleurs ! Il passait tout son temps au lit, dormant, transpirant, lisant des romans.

Après le dîner, la première à se coucher, c'était d'ordinaire Lida. Mais l'autre lit, à côté de celui où son enfant et elle dormaient déjà (la lampe à acétylène, posée au milieu de la table qui n'était pas encore desservie, répandait alentour sa lumière bleuâtre), demeurait souvent intact jusque tard dans la nuit.

3

La via Salinguerra est une petite rue serpentante qui part d'une place non pavée, résultat d'une ancienne démolition, et qui se termine au pied des remparts de la ville. Parcourez-la aujourd'hui encore ; et l'odeur de fumier, de terre labourée, d'écurie ; le silence même par lequel vous vous sentirez environné (les cloches des églises de Ferrare, quand on les écoute de là, ont un son différent, comme perdu) : tout cela contribuera à vous donner l'impression que vous vous trouvez bien au-delà de l'enceinte des « Remparts », en pleine campagne. Et, de fait, en un certain sens, c'est vraiment cela. Car, bien que la via Salinguerra soit comprise sur toute sa longueur dans le périmètre des murailles de la ville, on peut dire que la campagne commence aux grands jardins potagers qui s'étendent de l'autre côté des petits murs rouges bordant des deux côtés cette rue, et dont peu de gens à Ferrare, tout en en connaissant l'existence, soupçonnent l'étendue.

Des mugissements de bœufs, des coassements de grenouilles, une odeur d'herbe et de fourrage, et, le soir, la sonnerie lointaine de l'Angélus. Sons et odeurs parvenaient même là-bas, au fond du sous-sol où Lida Mantovani et sa mère travaillaient pour une maison de couture. Elles tenaient la tête penchée sur l'étoffe et ne la levaient que pour échanger quelques mots ou pour jeter un coup d'œil sur les rares passants : ombres fugitives entrevues de bas en haut, souliers traînés sur les cailloux, regards indifférents, éblouis par la lumière de midi.

Derrière elles, la table, les lits, l'armoire, la pénombre paresseuse de la chambre, de plus en plus dense au fur et à mesure que l'œil se rapprochait du plafond, l'escalier qui montait jusqu'à la petite porte en bois non verni, et là-haut, suspendue au-dessus de l'embrasure de la porte, à une tige de tôle flexible, une petite cloche. Laquelle, étant reliée à l'extérieur par une longue corde dont l'extrémité sortait par un trou de la porte cochère, annonçait les rares visites par des tintements soudains et très aigus. Assises devant la fenêtre sur deux mauvaises chaises de paille toutes démantibulées, la mère et la fille, de temps en temps, tressaillaient violemment et se retournaient brusquement.

Quelques années passèrent.

Et il y avait tout lieu de croire qu'il allait s'en passer beaucoup d'autres ainsi, sans nouveautés ou changements notables, quand la vie, qui semblait les avoir oubliées, se souvint tout à coup d'elles, en la personne d'un certain Benetti, Oreste Benetti, lequel était propriétaire, via Salinguerra, d'une boutique de relieur, et qu'elles avaient toujours connu, encore que plutôt de loin. La soudaine insistance avec laquelle il se mit à venir les voir le soir après dîner avait une signification trop évidente, du moins pour la mère de Lida, pour qu'elle n'en fût pas sur-le-champ électrisée. Oui, Oreste Benetti venait pour Lida... Après tout, Lida était jeune, très jeune... Tout à coup, elle se révéla vive, énergique, rajeunie. Elle allait et venait dans la pièce, ne se mêlant presque jamais aux propos qu'échangeaient Benetti et Lida, se contentant d'être là, pour les surveiller tandis qu'ils parlaient assis à la table, l'un en face de l'autre, se contentant d'attendre à l'écart qu'un événement merveilleux se produisît.

Lida soutenait la conversation de leur hôte avec une sorte de calme soumission. Elle regardait sa grosse tête, proportionnée à son tronc robuste mais non à sa petite taille ; elle regardait ses longues mains noueuses, croisées sur la nappe. Quant au relieur, il remontait volontiers le cours du temps. Il racontait à Lida qu'il l'avait connue petite fille, « haute comme ça ». Elle arrivait dans sa boutique et se dressait sur la pointe des pieds pour parvenir avec ses yeux à la hauteur du comptoir.

« *Signor* Benetti », lui demandait-elle de sa petite voix fluette, « vous ne voulez pas me donner un peu de papier huilé ?

— Volontiers, petite : mais pourrais-je au moins savoir ce que tu veux en faire ?

— Rien, c'est pour recouvrir mon aide-mémoire. »

Il racontait et riait. Et bien qu'il ne s'adressât jamais à aucune des deux femmes en particulier, ses yeux, pendant qu'il parlait, cherchaient ceux de Lida. C'est d'elle qu'il attendait approbation et attention : et elle lui répondait avec une amabilité pleine de réserve, avec une gravité dont il retirait un plaisir insolite, jamais éprouvé auparavant. Sans s'en apercevoir, Lida prenait l'attitude qui, elle le sentait, était le plus agréable à Benetti.

Le relieur avait une très haute opinion de lui-même et de son importance : et, pourtant, en même temps, il cherchait sans cesse à se donner du prestige.

Une fois, l'une des rares fois où il s'adressa directement à la vieille femme et l'appela par son nom de baptême, Maria, ce fut pour lui rappeler l'année où elle était venue s'installer à Ferrare. Ç'avait été — rappelait-il — une année de froid exceptionnel. Les tas de neige sale étaient restés de chaque côté des rues jusqu'aux premiers jours d'avril. La température avait tellement baissé que même le Pô avait gelé.

« Même le Pô. Une vraie Sibérie, vous dis-je ! »

Il lui semblait encore la voir, disait-il, cette grande étendue glacée. Entre les berges, l'eau avait complètement cessé de couler. Il évoquait le spectacle extraordinaire du fleuve, les levées couvertes de neige et les maisons au pied des levées à demi ensevelies sous la neige. Vers le soir, les charretiers qui résidaient dans les villages de l'autre côté du Pô — Occhiobello, Stienta, Fiesso Umbertiano, Garofolo, Polesella, etc. — rentraient de Ferrare, leur voiture vide. Des scieries qui travaillaient au milieu des bois de peupliers des deux rives, ils avaient apporté en ville des quintaux et des quintaux de bois à brûler. Certains, peut-être à la suite d'un pari, au lieu d'emprunter le pont en fer de Pontelagoscuro, traversaient avec leurs charrettes l'immense surface gelée. Ils avançaient lentement, à quelques mètres devant leurs chevaux, tenant les rênes dans l'un de leurs poings, derrière leur dos. De l'autre main, pour éviter que leurs sabots ne glissent sur la glace, ils répandaient de la sciure sur la glace. Cependant, ils sifflaient, émettant des cris gutturaux. Une façon comme une autre — ajoutait Oreste — de se réchauffer et de se donner du courage à eux-mêmes et à leurs chevaux.

« Je me rappelle que ce fameux hiver », dit-il un soir du ton respectueux qu'il prenait quand il parlait des personnes et des choses de la Religion (orphelin dès l'enfance et élevé au séminaire, il avait conservé pour les prêtres, pour les prêtres en général, une vénération quasi filiale), « je me rappelle que, ce fameux hiver, le pauvre Don Castelli nous conduisait tous les samedis après-midi à Pontelagoscuro, pour que nous voyions le Pô. La Porta San Benedetto à peine franchie, nous rompions les rangs et chacun d'entre nous avançait pour son compte, à Dieu vat. Quatorze kilomètres à pied : c'était autre chose que le tour du potager ! Don Castelli, le pauvret, bien qu'ayant le souffle court, était toujours en tête. Il ne voulait jamais que nous prenions le tram, même pas au retour. Il disait que marcher est bon pour la santé, que cela stimule l'appétit — et en cela, il avait mille fois raison ! Moi », et, disant cela, il regardait Lida en souriant, lui clignant de l'œil gaiement, mi-facétieux, mi-paternel, « moi, il voulait toujours m'avoir près de lui, il m'aimait comme un père.

— J'allais avoir la petite, dit alors Maria. En ville, je me sentais perdue, je ne savais ni lire ni écrire, et si ce n'avait été pour elle » — en disant cela, elle indiquait Lida du menton — « je me serais enfuie sur-le-champ et je serais retournée à Massa Fiscaglia. Mais que pouvais-je faire ? Vous, Oreste, vous savez bien comment sont les gens de la campagne.

— Un froid pareil, depuis cette année-là, il n'y en a eu qu'en dix-sept », confirma Oreste ; et il resta pensif. Puis, avec un soudain éclair dans les yeux :

« Mais non, ajouta-t-il, au contraire. Pour autant que je me souvienne, en dix-sept, le froid fut beaucoup moins intense. Chez nous, sur le Carso, il faisait une de ces chaleurs ! Certaines choses, il vaudrait mieux les demander aux gens qui tiraient au flanc, à certains embusqués de notre connaissance » — il souligna avec ironie ces derniers mots — « qui ne voyaient le front qu'en carte postale. »

Comprenant l'allusion, la vieille femme se raidit. Mais ensuite, pensant à Andrea Tardozzi, le forgeron de Massa Fiscaglia, qui avait été réformé à cause de sa pleurite et qui n'avait pas fait la guerre, elle se retrouva bientôt en train de rêver à lui, à elle-même, et à toutes les choses qui auraient pu être et qui n'avaient pas été. Si ses parents ne s'y étaient pas opposés, s'il n'était pas tombé malade des poumons, bien sûr, il l'aurait épousée. En 1910, il s'était transporté à Feltre, en haute Vénétie, et il s'y était marié. Une femme et des enfants : qui sait s'il se souvenait même d'elle ?

« Salaud, salaud... » : cependant que son visage s'adoucissait et prenait une expression tendre, ses lèvres ne cessaient de remuer.

Au bout de tant d'années, la vieille insulte s'était transformée en une sorte d'oraison de béguine, en un murmure sans plus de signification.

Une fois établies les distances qu'il tenait à établir, Oreste pouvait recommencer à se montrer chevaleresque, à se comporter avec politesse, ainsi, du reste, que le lui dictait sa nature. Il s'était fait lui-même et en était fier. Il avait eu une jeunesse triste, dont les seuls moments heureux étaient encore, avec quelques autres rares souvenirs, celui des promenades hivernales faites avec ses camarades de collège. Puis était venu le travail, le métier, *son* métier. « Nous autres artisans », disait-il comme proclamant un titre de noblesse. Lida l'écoutait avec attention. Et il lui était reconnaissant d'être assise là, devant lui, tellement silencieuse, tellement grave, tellement attentive à correspondre à son idéal féminin secret.

Les propos d'Oreste se prolongeaient souvent jusqu'à minuit. Il parlait d'une quantité de choses : de religion, d'histoire, d'économie, se laissant même aller à de fréquentes et amères allusions à la politique anticatholique du gouvernement. Les premiers temps, sans cesser de l'écouter, Lida faisait bouger avec la pointe de son pied le berceau où Ireneo dormit jusqu'à quatre ans. Par la suite, quand il eut un peu grandi et qu'il eut un lit à lui (en grandissant, il restait malingre ; vers l'âge de cinq ans, il fut atteint d'une longue maladie infectieuse qui le laissa ensuite toujours d'une santé chancelante et qui influa peut-être sur son caractère indécis), elle se levait de temps en temps de sa chaise et, s'approchant de l'enfant endormi, se penchait pour lui poser une main sur le front.

4

Pendant l'été de 1928, Lida eut vingt-cinq ans.

Un soir, alors que Benetti et elle étaient assis à leur place habituelle, séparés comme toujours par la table et la lampe, le relieur, soudain, avec la plus grande simplicité, lui demanda si elle consentait à l'épouser.

Lida tressaillit et le regarda.

Il lui semblait le voir pour la première fois. Maintenant seulement, elle s'apercevait qu'il avait des yeux humides et très noirs, le front blanc et haut, encadré par un arc de cheveux gris fer, taillés court, en brosse, comme les portent les militaires et certains prêtres.

« Dieu sait l'âge qu'il a, pensa-t-elle machinalement.

Peut-être quarante-cinq ans, peut-être cinquante, peut-être davantage... »

Brusquement, elle fut prise d'un sentiment de panique. Elle eût voulu répondre, mais elle ne savait que dire. En quête de secours, elle se tourna alors vers sa mère qui, sur ces entrefaites, s'était approchée ; mais la grimace pathétique qui tordait déjà la bouche de Maria Mantovani ne fit qu'augmenter son désarroi.

« Qu'est-ce que tu as ? » lui cria-t-elle rageusement, en dialecte. Elle sentait le dégoût lui tordre l'estomac, la colère l'aveugler.

Elle se leva soudain, monta en courant l'escalier intérieur, sortit en faisant claquer la porte et descendit de l'autre côté, dans le vestibule.

Quand elle eut enfin atteint la rue, elle leva sur-le-champ les yeux vers le ciel. Il était magnifique et criblé d'étoiles. Dans le lointain, on entendait, solitaire, la musique d'un orchestre. Par les volets d'une petite maison située en face, filtrait une faible clarté de lumière électrique. Lida s'appuya au mur, y adhérant de tout son dos, et, tout le temps, elle regardait en haut, vers le ciel plein d'étoiles. A travers le mur, elle entendait la voix d'Oreste. Il parlait calmement à sa mère, et elle avait beau ne pas pouvoir distinguer ce qu'il disait, sa voix, le son paisible de sa voix suffisait à l'inciter au calme, à l'inviter doucement à rentrer.

Quand elle reparut sur le palier, Benetti et sa mère, qui, durant son absence, n'avaient pas bougé de leurs sièges, se tournèrent pour la regarder, avec le visage de quelqu'un qui attend une réponse. Lida haussa légèrement les épaules. Elle alla s'asseoir de nouveau à sa place ; et pendant cette soirée, comme, du reste, pendant celles qui suivirent, aucun d'eux trois ne revint plus sur ce sujet.

En réalité, Benetti fit voir tout de suite qu'il ne nourrissait aucun doute quant à la teneur de la réponse qui lui viendrait un jour ou l'autre de Lida. Pour lui, c'était comme si Lida avait déjà consenti, comme s'ils étaient déjà fiancés.

« Il faut être raisonnables, soupirait-il. Il faut se tenir tranquille et voir venir. »

Oui, il savait parfaitement, lui — semblait-il vouloir dire — *de qui* elle avait eu cet enfant. Il savait tout. Il croyait à la sincérité de la passion juvénile qui l'avait poussée à se donner, à se perdre, et il était conscient de la douleur qui en était résultée pour elle. Il avait pitié d'elle : il l'aimait également à cause de cela. Sa passion, néanmoins, n'était pas aveugle au point de l'empêcher de se rappeler (et de lui rappeler, à elle) qu'elle avait commis un grand péché, un péché mortel, dont elle serait absoute seulement le jour où il l'épouserait. Quant à lui, que s'était donc imaginé Lida ? Sans doute s'était-elle imaginé qu'un homme comme lui, qui, entre autres choses, il s'en rendait bien compte ! avait vingt ans de plus qu'elle, pouvait penser à l'amour en dehors du mariage ? Et au mariage en dehors de la religion catholique ? C'était un devoir, une mission : un bon catholique ne pouvait concevoir la vie et, en conséquence, l'amour entre un homme et une femme, d'une manière différente.

Dans ses propos, bien sûr, l'idée de la rédemption par un mariage catholique était toujours implicite, toujours suggérée, mais jamais exprimée clairement. Pour se référer à cette idée — et Lida suivait sans jamais réagir, comme hypnotisée, le fonctionnement compliqué et tenace du cerveau d'Oreste —, il lui suffisait de faire allusion de temps en temps à son passé, à elle, à sa jeunesse inquiète et vagabonde, à la nécessité de se racheter par une maturité meilleure, par une vie digne et sereine. Assis à la table entre les deux femmes, il ramenait toujours leurs pensées à cela, à l'« histoire » de Lida, une histoire qui, avec le temps, semblait de plus en plus irréelle et scandaleuse, mais de laquelle, même s'il valait mieux ne pas en parler, il ne fallait pas oublier un seul instant. C'était là que résidait sa force. Des allusions, des sous-entendus, rien d'autre. Pour convaincre Lida que lui seul, désormais, était en mesure de la guider dans la vie, aucun autre expédient ne devait lui sembler plus efficace et, en conséquence, plus légitime que celui-ci.

Ils étaient à tel point sur leurs gardes, ils avaient les nerfs tellement tendus qu'il suffisait d'un rien pour que se rompît l'équilibre précaire qui commandait leurs rapports. Après quoi, ils demeuraient troublés et boudaient longuement.

Une fois, par exemple, Oreste déclara qu'il se sentait vraiment comme le père d'Ireneo. Il s'était laissé emporter, il s'était abandonné un peu trop.

« Mais comment, tu n'es pas mon *oncle* Oreste ? » s'écria alors Ireneo, qui avait déjà sept ans et qui avait pris l'habitude, tous les soirs avant de se coucher, de faire corriger ses devoirs par lui.

« Bien sûr, voyons. Je disais ça pour causer. Qu'est-ce qui te prend ?... »

Sa confusion donnait à Lida le sentiment précis, très agréable, de sa propre importance. Cependant qu'Oreste, inquiet, continuait de parler à l'enfant, sa mère et elle se regardèrent et se sourirent.

Les cadeaux d'Oreste, en tout cas, contribuaient beaucoup à faire oublier ces moments de sécheresse et de méchanceté.

Dès le début, il en avait été prodigue. Bien qu'il leur eût fait comprendre qu'après le mariage ils iraient habiter tous les trois dans une nouvelle maison, un petit pavillon situé de l'autre côté de la Porta San Benedetto, et pour l'acquisition duquel il était précisément en train de traiter avec une entreprise de construction, malgré cela donc, il fit installer l'électricité et blanchir les murs de leur chambre, acheta des meubles, une cuisinière économique en fonte, un tableau, divers ustensiles de cuisine, deux vases à fleurs, etc. : comme si, tout en insistant pour que Lida accepte de l'épouser, il n'avait pas la moindre intention de hâter le mariage. Il était amoureux — voilà ce qu'il disait en réalité par ces cadeaux souvent utiles, il est vrai, mais parfois absurdes. S'il voulait l'épouser, c'était parce qu'il l'aimait. Jamais encore il n'avait été fiancé. Quand il était jeune homme et, ensuite, quand il fut un homme mûr, il n'avait jamais connu le plaisir enivrant de faire des cadeaux à sa fiancée. Maintenant que ce plaisir lui était accordé, il avait bien le droit de souhaiter que les choses ne soient pas faites trop rapidement, que tout se passe lentement, en procédant par étapes successives, selon les règles obligées.

Il arrivait tous les soirs à la même heure : neuf heures et demie précises.

Lida l'entendait venir de loin, de la rue même. Et voici que retentissait le vigoureux coup de sonnette qui l'annonçait, voici que son pas tranquille montait l'escalier du vestibule, et voici que se faisait entendre de là-haut, du palier, son terme habituel de salutation, son cri joyeux :

« Bonsoir, mesdames ! »

Il descendait ensuite vers elles, en continuant de chantonner entre ses dents l'air du *Barbier,* pour s'interrompre au milieu de l'escalier par une brève toux d'homme bien élevé. Et, à partir de ce moment-là, la pièce était pleine de lui, de ce petit homme aux cheveux gris qui avait un peu quelque chose d'un soldat et un peu quelque chose d'un prêtre, de sa présence chaude, vivante, impérieuse.

La scène de son arrivée était toujours la même, depuis des années elle n'avait pas changé. Bien que pouvant la prévoir dans tous ses détails, Lida, chaque fois, se sentait envahie par un sentiment de calme stupéfaction.

Elle ne se levait même pas pour aller à sa rencontre.

Oh ! lorsqu'un coup de sonnette tout aussi vigoureux signifiait que David, emmitouflé dans son pardessus bleu à col de fourrure, battant des pieds sur le pavé d'impatience et à cause du froid, l'attendait comme convenu devant la porte cochère (jamais il n'avait voulu entrer, jamais il n'avait voulu faire la connaissance de sa mère !) : elle avait alors à peine un instant pour enfiler son manteau, se mettre un peu de poudre et arranger ses cheveux devant la glace de l'armoire. Il ne lui était accordé que quelques secondes, mais cela suffisait pour qu'elle vît apparaître et disparaître derrière elle, vive et furtive, dans la glace, la tête grise de sa mère, petite et ses cheveux tirés sur la nuque luisant — la lumière, qui l'éclairait de dos, lui donnait l'air d'être presque chauve.

« Qu'est-ce que tu veux ? Qu'est-ce que tu cherches ? » lui criait-elle en se retournant brusquement. « Veux-tu que je te dise ? Eh bien, j'en ai assez de toi et de cette vie. »

Elle sortait en claquant la porte, car David n'aimait pas attendre.

5

Encore frémissante, agrippée à son bras, elle se laissait entraîner.

D'ordinaire, ils remontaient la via Salinguerra. Arrivés au bout de la rue et après avoir grimpé sur les remparts (d'un côté, on voyait les lumières de la ville, et, de l'autre, s'étendait la campagne plongée dans l'obscurité), ils prenaient par le sentier qui s'enfonçait en serpentant entre une double rangée d'arbres au gros tronc. Ils marchaient vite, sans échanger un seul mot. A cette époque-là, David projetait de passer au plus vite son doctorat. Il s'était réconcilié avec sa famille : pour pouvoir s'en détacher plus tard, disait-il, dans les meilleures conditions. Pour cela, et pas pour autre chose — et lui s'y résignait dans leur intérêt commun —, il fallait qu'eux deux recommencent à « faire un peu attention », évitant, comme au début, de se faire voir ensemble. C'était nécessaire, elle aussi devait le comprendre. En prenant ce sentier et au petit cinéma de la Porta Reno où ils allaient, aucun des amis et des relations de sa famille ne pourrait les voir. Du reste, n'était-ce pas plus beau ainsi ? L'amour, au fond, trouve son meilleur aliment dans les difficultés, dans les subterfuges...

Recommencer à faire attention. Parce qu'il y avait eu une époque antérieure à celle-ci — pendant l'été de l'année précédente —, une époque où David ne redoutait nullement de se montrer avec elle. Alors, à cette époque réellement fabuleuse, réellement incroyable, il semblait vraiment qu'il voulût rompre avec tout et tout le monde. Etudes, amis, famille : il *devait* en finir une fois pour toutes avec la vie ennuyeuse et hypocrite qu'il avait menée jusqu'à maintenant ! Il l'emmenait dans les meilleurs cinémas, ils s'asseyaient en plein jour dans les cafés du centre. « Il ne me reste que toi », soupirait-il. Les après-midi, ils les passaient très souvent là, sur les remparts, étendus dans l'herbe comme deux bohémiens. Ils dormaient enlacés, sans pudeur. Parfois David se levait et s'approchait d'un groupe d'oisifs qui, absorbés, jouaient en cercle aux cartes. Et pendant que lui, assis, jetait machinalement ses cartes, elle restait debout derrière lui, se penchant de temps en temps pour lui donner un conseil. Debout derrière lui, comme pour le protéger, comme pour veiller sur lui... La ville était là, à quelques centaines de mètres, endormie dans le soleil sous ses toits rouges, derrière ses volets clos.

Le soir, ils n'allaient que rarement au cinéma. Souvent, ils revenaient encore sur les remparts. Il faisait chaud, des couples d'amoureux passaient en chuchotant : et eux aussi, attendant la fraîcheur, ils se mettaient à se promener lentement. De loin en loin, d'un côté du sentier, s'ouvrait une sorte de rond-point au sol couvert d'herbe. Haute dans le ciel au-dessus de ce rond-point, la lune faisait que les bancs en ciment qui en délimitaient le contour, les rares bancs encore vides, brillaient là-bas, au bord extrême de la pelouse et du terre-plein, comme d'une lumière qui leur eût été propre. La lune transformait tout. L'air était doux et parfumé. Les papiers sales eux-mêmes, qui, lorsqu'on les écartait du pied pendant la journée, découvraient des repaires immondes de mouches, la nuit, épars çà et là dans l'herbe, brillaient d'un éclat intense. Et alors, pourquoi tout, maintenant, semblait-il si différent ? Le sentier le long duquel ils se hâtaient était le même, oui, mais il avait suffi de quelques mois, du temps qu'il avait fallu pour arriver à l'hiver, pour qu'il devienne une sinistre et effrayante ruelle. Le brouillard, qui commençait à déborder des canaux de la campagne située en dessous, avait déjà envahi les ronds-points, en faisant autant de golfes de ténèbres, où les bancs, gluants d'humidité et désertés par tous, vous donnaient le frisson rien qu'à les regarder. Et si, l'été précédent, David, tandis qu'ils marchaient lentement, côte à côte, ne l'effleurait même pas ; si, de temps en temps, sentant sur lui son regard à elle, il se tournait pour lui sourire avec tristesse : maintenant (il avait suffi de si peu de mois pour qu'il cesse de l'aimer !), maintenant, il la tenait serrée par un bras, sans la regarder et l'entraînant là où elle n'aurait pas voulu aller. Tout était changé, en eux et hors d'eux, tout s'était éteint ! Se révolter ? Le fuir ? Soudaines, presque comme une réponse, les lumières de la piazza Travaglio et de la Porta Reno resplendissaient violentes, très proches, devant ses yeux. Il était trop tard pour résister. Ils étaient devant le cinéma *Diana* avec ses grandes affiches de chaque côté de l'entrée et sa lourde porte en verre dépoli que David ouvrait avec effort et dont les battants, en se refermant, fouettaient l'air du petit hall avec un son étouffé et geignard. Finalement, poussée dans le dos vers une sorte d'antre chaud et plein de fumée, elle s'y laissait glisser.

La salle était longue et basse, à peine moins étroite qu'un couloir. La foule s'y entassait en silence, ponctuant l'obscurité de cigarettes allumées.

Dès l'entrée, Lida sentait ses nerfs se détendre. Le ronronnement de l'appareil de projection, le long faisceau bleu de lumière qui en sortait, avaient pour elle, Dieu sait pourquoi, quelque chose de rassurant. Malgré tout, les films lui plaisaient, surtout les films d'amour. Parfois ils racontaient l'histoire de jeunes filles pauvres, et qui n'étaient pas particulièrement belles (elles n'étaient pas belles : mais, souvent, un cœur ardent et désintéressé, un aspect sympathique, suffisaient pour compenser tel défaut de leur visage ou de leur personne !), lesquelles finissaient par être épousées, au moment où elles s'y attendaient le moins, par l'homme riche et las de la vie, par le musicien célèbre déguisé en étudiant ou par le prince incognito. De temps en temps, elle tournait les yeux vers David. Il s'était débarrassé de son chapeau et de son pardessus. Dans la pénombre, elle distinguait son cou long et mince, son profil maussade, comme ensommeillé, ses cheveux ondulés, luisants de brillantine. Elle tendait la main pour chercher la sienne, et David laissait faire. Parfois il se tournait pour répondre à son regard : il avait l'air tranquille, de bonne humeur. Mais ensuite, brusquement, il repoussait sa main, il s'écartait d'elle tout entier. « Quelle chaleur ! » l'entendait-elle grommeler. « On étouffe. »

Intimidée, elle n'insistait pas. Elle regardait de

nouveau l'écran, et David était là-bas, au centre du grand cadre gris qui était au fond de la salle, la regardant avec des yeux tendres et passionnés, allumant une cigarette avec ses mains gantées, dansant en smoking, donnant un baiser ; et elle, perdue dans la foule, elle se contentait de le contempler, de l'admirer, de l'adorer de loin. Elle était à tel point prise par le film que, plus tard, à la fin de la séance, tandis que les autres sortaient du cinéma, si David, prenant soudain une voix caressante et lui serrant le bras, lui proposait de la raccompagner chez elle en revenant par les remparts, elle tressaillait violemment et son réveil était toujours amer.

« Cela n'allonge pas beaucoup ! insistait David.

— Il est tard, maman m'attend pour minuit, essayait-elle de lui répondre. Et puis il fait froid, le sol doit être tout mouillé... »

Elle tâchait de ne pas céder tout de suite, de gagner du temps.

Devant l'entrée du *Diana,* il y avait toujours une petite vieille avec un châle noir, des mitaines en laine et un gros jupon gris, qui faisait griller des marrons en soufflant sur les charbons de son petit fourneau. Il n'aimait donc pas les marrons grillés ? lui demandait-elle. Qu'il attende au moins que la place se vide.

Comme il eût mieux valu — pensait-elle cependant — rentrer à la maison en traversant la ville. Le brouillard avait tellement augmenté, depuis qu'ils étaient entrés au cinéma, que l'on ne distinguait presque plus les lanternes jaunes des réverbères. Avec tout ce brouillard, personne ne pourrait les voir : même s'ils passaient par le centre, même s'ils prenaient par le corso Giovecca. Les trottoirs étant glissants, ils avanceraient lentement, sentant leurs lèvres et leurs cils se mouiller de tièdes gouttelettes, serrés l'un contre l'autre comme deux vrais fiancés. David lui parlerait de lui-même, de ses projets d'avenir. Peut-être lui parlerait-il du film : probablement pour le critiquer, probablement pour se moquer du jeu de la vedette masculine ou féminine, mais qu'est-ce que cela faisait ? Ils entreraient dans un café, ils s'y assiéraient. Il commanderait deux petits verres — pour lui une *grappa*, pour elle une anisette. Et, dans la torpeur qui l'envahirait en buvant son anisette et en pensant à son lit et au sommeil proches, elle se sentirait heureuse.

Mais, au lieu de ça, elle cédait.

Et sur-le-champ, tandis qu'ils s'éloignaient en direction des remparts, des petits groupes de soldats et de jeunes gens qui s'attardaient encore devant l'entrée du cinéma, mangeant des marrons et fumant, commençaient à s'élever des rires, des sifflements, des gros mots. Hâter le pas ne servait à rien. Il semblait que la distance rendît leurs voix encore plus aiguës, encore plus pénétrantes. Des sifflements et des rires les poursuivaient dans l'ombre, étaient comme des mains glacées et répugnantes qui eussent tenté de l'empoigner, de la palper sous ses vêtements.

Dès le premier coin d'ombre, dès le premier pré, elle était renversée dans l'herbe. Le menton sur son épaule à lui, les yeux grands ouverts, elle s'abandonnait.

Après, elle était la première à se relever. Et si, à un certain moment, elle s'était senti envahir par le désir soudain de se débattre sous lui, de le mordre, de lui faire du mal (David ne résistait jamais : détendant immédiatement son dos long, il se laissait aller sur elle de tout son poids), voici que cette fureur, que cette rage qui, tout à l'heure, l'avaient incitée à l'écarter violemment d'elle, faisaient place en elle à une sorte de peur. Elle se hâtait de remettre de l'ordre dans les vêtements de David avant même de s'occuper des siens. Comme il était déjà loin, comme elle lui était devenue indifférente maintenant! Et pourtant, elle n'avait rien à lui reprocher... Est-ce qu'elle ne savait pas comment la soirée finirait? Dès l'instant où elle courait à sa rencontre devant la porte cochère, et où lui, presque sans lui dire bonjour, la prenait par un bras et se mettait à marcher rapidement vers les Remparts, tout, chaque fois, n'était que trop clair.

Ils se mettaient en route.

Si David avait dit quelque chose, s'il avait au moins tenté de combler ce silence terrible qui grandissait entre eux! Froid, distant, il était évident que tout ce qu'elle pouvait attendre de lui ne pourrait que la blesser. Néanmoins, elle le provoquait. Rien ne pouvait être pire que ce silence, que ce vide.

Elle demandait par exemple :

« Comment s'appelle ta mère ? »

Et comme David ne répondait pas, elle répondait à sa place.

« Teresa », articulait-elle.

N'était-ce pas comique et émouvant qu'elle lui posât des questions pareilles et que ce fût elle qui répondît à elle-même ?

Et, ajoutait-elle : « Marina, comment s'appelle ta sœur Marina ? »

Elle éclatait de rire. Et puis elle répétait :

« Ma-ri-na », détachant de nouveau les syllabes, comme une écolière qui récite sa leçon.

Il bâillait, accélérant le pas sur le sol durci par le froid. Mais, finalement, il se mettait à parler.

C'étaient des propos étranges, pleins de phrases qui n'étaient pas toujours faciles à comprendre, dites d'un ton qui n'était pas son ton habituel. En général, il parlait de lui-même et, plus spécialement, de la « liaison sentimentale » qu'il avait avec une jeune fille de la meilleure société. Elle était blonde, avec des yeux bleus et de très belles mains, et il vantait ses goûts raffinés et aristocratiques, ses habitudes mondaines. Leurs rapports, leurs discussions, car ils se disputaient souvent, avaient toujours lieu dans des décors pour se faire une idée desquels elle recourait à l'évocation de scènes de certains films : un bal de bienfaisance au Cercle des Commerçants, une représentation de gala au Théâtre municipal, la dernière chasse au renard. Il s'agissait d'une « liaison difficile », « contrariée » par les deux familles (mais surtout, à ce qu'elle pouvait comprendre, par la famille de la jeune fille), une liaison en tout cas « cérébrale », où il n'était pas question, même de loin, de la « chose » qu'ils venaient de faire tous les deux quelques instants plus tôt, dans le pré... Cependant, ils descendaient des remparts et s'engageaient dans la via Salinguerra. Jusque-là, elle l'avait écouté en silence, retenant presque son souffle. Mais quand elle se rendait compte, en voyant la silhouette des maisons et des réverbères, que, maintenant, ils étaient arrivés, cela provoquait en elle une sorte de fièvre, d'agitation nerveuse. Elle se sentait toute petite, laide, sans le moindre charme et sûrement irritante avec sa brusque vivacité. Elle haïssait tout d'elle-même : son manteau râpé et étriqué, sa couronne de cheveux ébouriffés et humides de brouillard (ils auraient eu un peu besoin du coiffeur !), ses mains vulgaires, déformées par le travail et par les engelures. Elle ne se faisait pas d'illusions, elle s'était vue dans la glace. Telle qu'elle était, elle ne *pouvait* rien espérer, son destin était déjà tracé d'avance. Et alors, puisqu'il en était ainsi, autant valait assumer une fois pour toutes le rôle de la vieille amie à qui toutes les questions sont permises et qui est en mesure de donner les conseils les plus scabreux : bref, de la femme avec qui l'on peut tout faire sauf l'amour. D'ailleurs, n'était-ce pas cela que David désirait le plus, maintenant ? Est-ce que cela ne lui faisait pas plaisir qu'elle se comportât exactement comme si rien, même pas une demi-heure plus tôt, ne s'était jamais passé entre eux ?

Ils étaient arrivés devant la porte cochère et ils pénétraient dans le vestibule. David continuait de parler. Ses paroles étaient plus que jamais légères, glacées. Aussitôt qu'il aurait passé son doctorat, il allait quitter Ferrare et l'Italie, peut-être pour l'Amérique et, en tout cas, seul. Seul, bien sûr, naturellement, car il ne se marierait jamais.

« La femme qui m'aimera devra se fourrer bien cela dans la tête. Il n'y a rien de tel que de dire les choses clairement pour que l'amitié soit durable. »

Il n'épouserait donc même pas cette jeune fille qui lui plaisait tant ? lui avait-elle demandé un jour.

« Certainement pas. Et puis il n'est pas vrai qu'elle me plaise *tant*. De toute manière, tu penses bien », ajouta-t-il en riant mais avec une nuance d'indécision dans la voix, « que je ne pourrai jamais me résigner à moisir toute ma vie dans ce trou de province ! »

Il ne lui était resté, à elle, qu'à acquiescer, dans le noir.

Une autre fois néanmoins — et elle devait s'en mordre les doigts plus tard, au lit, quand, à cause du tic-tac du réveil posé sur le buffet et à cause de la respiration haletante qu'avait sa mère en dormant, elle ne parvenait pas à s'endormir —, une autre fois, donc, elle s'était mise à rire. Elle lui avait demandé :

« Et si j'étais enceinte ? »

Elle savait bien qu'une question de ce genre obligerait David à s'attarder un instant encore, à rester au moins cinq minutes de plus. Ce que, pendant ce temps, il allait lui dire n'avait aucune importance. Ce qui importait, c'était qu'avant de s'en aller il éprouvât le désir de lui donner un baiser.

6

Personne, certainement, n'a oublié l'hiver de 1929. Pour trouver un hiver pareil, il fallait remonter à 1903, quand le Pô avait gelé, ou à 1917 : c'est là du moins ce qu'affirmait Oreste Benetti.

Il se mit à neiger vers Noël, et la neige continua de tomber jusqu'à l'Epiphanie. Mais la température n'était pas encore rigoureuse, bien au contraire. Aux environs de l'Epiphanie, il y eut même une brève période de soleil, de tiédeur presque printanière, et, déjà, la neige fondait. De son lit, où elle avait dû se mettre dès les premiers froids à la suite d'une grippe qui lui avait laissé deux ou trois degrés de fièvre et une vilaine toux, Maria Mantovani écoutait le clapotis que faisaient les roues des voitures en passant dans la via

Salinguerra. Néanmoins, il ne fallait pas s'y fier. Dès cinq heures de l'après-midi, montait de la campagne une marée de brouillard presque chaud, qui vous mouillait plus que la pluie. Aussitôt entré, Oreste se débarrassait immédiatement de son pardessus trempé. Pour le laisser égoutter, il le suspendait là-haut, à un clou qui saillait de la porte d'entrée.

Il descendait gaiement l'escalier, venait s'asseoir à la table et puis se mettait à parler.

Depuis quelque temps, le sujet principal de ses propos était devenu Ireneo. En octobre, au début de l'année scolaire, l'enfant avait été admis comme interne au Séminaire où lui, Oreste, en sa double qualité d'ancien élève et de relieur de confiance, jouissait de nombreuses sympathies. Il en revenait tout juste — annonça-t-il un soir. Il avait vu Don Bonora, le préfet qui avait succédé depuis vingt ans maintenant au pauvre Don Castelli. Il lui avait demandé des nouvelles d'Ireneo.

« Que voulez-vous que je vous dise ! Nous sommes à peine au début, nous n'avons pas encore commencé le latin... », s'était d'abord borné à répondre Don Bonora. Et comme lui insistait pour savoir ce qu'il pensait du garçonnet, le prêtre, encore que très gentiment, avait ajouté que celui-ci lui avait donné l'impression d'un tempérament un peu mou, un peu paresseux.

« Mais cela ne veut rien dire, reprit tout de suite Oreste. En latin, les rudiments sont tout ; et ce Don Bonora... » — et il serra les lèvres, comme pour se porter garant personnellement des extraordinaires capacités éducatrices de l'école, de ses préfets et de ses professeurs.

Là-dessus, il se mit à parler de la saison. Il levait les yeux au plafond, reniflait l'air avec méfiance.

« Selon moi, dit-il, nous n'en sommes pas encore sortis et le pire est encore à venir. »

De son lit, Maria Mantovani écoutait sans souffler mot. Elle fronçait le sourcil, souriant pour elle-même sous les couvertures.

Oreste avait raison : le plus dur de cet hiver était encore à venir. Effectivement, au début de la troisième semaine de janvier, le ciel se boucha de nouveau, la température baissa et il se remit à neiger furieusement. Un vent de tramontane et de la neige pendant des jours et des jours : on se serait cru en haute montagne. Les gens marchaient en file indienne le long des étroites tranchées que les équipes de déblayeurs engagés par la Municipalité maintenaient péniblement libres. Sur les remparts, apparurent des skieurs en tenue complète d'alpinistes. Des championnats de ski furent même organisés, ce qui eut pour effet de transformer soudain la via Salinguerra, d'ordinaire si déserte et silencieuse, en une rue pleine de mouvement et de bruit. On peut dire que, attirée par le spectacle inhabituel qui se déroulait sur les Remparts, une bonne partie de la population passait par là.

Brusquement, l'état de la vieille femme empira. La fièvre monta de nouveau et sa respiration devint oppressée. On envoya chercher un médecin qui, après un rapide examen, diagnostiqua une pneumonie. La chose était dangereuse, oui — répondit le médecin à une question précise d'Oreste. Etant donné l'état général de la malade, on pouvait s'attendre à tout.

Prévue, redoutée, la crise du cinquième jour arriva.

Maria Mantovani ne quittait pas la fenêtre des yeux.

De l'autre côté des vitres, à travers lesquelles la lumière filtrait avec peine, elle voyait la neige tomber drue, en tourbillons. Elle tendait l'oreille. La via Salinguerra résonnait faiblement de cris joyeux, de pas pressés, de bruits de moteurs et de klaxons. Que se passait-il dehors ? — se demandait-elle. La ville devait être en fête. Mais pourquoi toutes les voix, tous les sons lui parvenaient-ils de si loin ?

« Je n'entends pas bien », se plaignit-elle à un certain moment. « Je n'entends plus. C'est comme si j'avais du coton dans les oreilles.

— Il neige », répondit à mi-voix Lida qui était assise près du lit. « C'est cela qui te donne cette impression. »

Sa mère eut un petit sourire rusé.

« Non, non, ce n'est pas *à cause de ça* », murmura-t-elle en secouant la tête et en abaissant ses paupières.

Une heure plus tard, elle commença à râler. Oreste se précipita dehors et revint peu après avec le curé de Santa Maria in Vado.

La chambre s'emplit de monde. C'était une foule de femmes du voisinage, qui étaient entrées à la suite du prêtre et de l'enfant de chœur. Le prêtre administra l'extrême-onction à la mourante, et puis il s'en alla. Mais les voisines restèrent toutes, rassemblées en dessous de la fenêtre, leurs châles noirs sur la tête, murmurant des prières. Debout au centre de la pièce, entre le groupe des femmes et le lit, il y avait Oreste, les mains jointes. Ses lèvres remuaient, rapides et pleines d'assurance.

Tout à coup, le râle cessa. Aussitôt Oreste s'approcha et se pencha sur la tête du lit. Légères et précises (Lida les suivait du regard, fascinée), les mains d'Oreste fermèrent les yeux écarquillés de Maria Mantovani, lui croisèrent les bras sur la poitrine et arrangèrent en quelques tapes les draps en désordre et la couverture. Finalement, s'éloignant, il regagna le centre de la pièce sur la pointe des pieds.

Lida ne bougeait pas. Toujours assise près du lit, elle regardait fixement le profil cireux de sa mère. Ces paupières baissées, ce nez effilé, ces lèvres qui esquissaient un vague et absurde sourire de bonheur : Lida observait chacun des détails de ce visage immobile avec une attention opiniâtre, presque avec avidité, comme le voyant pour la première fois. Et, en même temps, un vieux nœud de rancune se dénouait dans sa poitrine.

Elle se couvrit le visage avec les mains et se mit à pleurer calmement.

A la fin, relevant la tête, elle se tourna vers Oreste.

« Je voudrais rester seule. Vous aussi, Oreste, allez-vous-en, vous aussi !

— Bon, chère Lida, bon... »

Elle était froide, impérieuse : Oreste ne l'avait jamais vue ainsi. Ce fut avec une nuance de crainte qu'il détourna les yeux de ceux de la jeune femme. Les voisines s'éloignaient déjà par l'escalier. Le dernier du groupe, il parvint lui aussi au palier et ferma ensuite la porte derrière lui.

Le coude appuyé sur la couverture et la joue contre sa main, Lida resta seule. Elle pensait à sa mère, à elle-même et à leur histoire. Et, peu à peu, son imagination la transportait dans une autre chambre très semblable à celle où elle se trouvait maintenant, la chambre du grand immeuble de la via Mortara où, au début d'un lointain printemps, elle était allée vivre avec David. Comme dans celle-ci, il y avait deux lits jumeaux, un lavabo dans un coin, une armoire à la glace ternie, une commode... L'unique différence était apportée par la fenêtre : ici basse, au niveau de la rue, là-bas, s'ouvrant sur l'étendue des toits, la campagne et, au fond, les collines de Bologne. Pour le reste, tout était pareil, tout se répétait. Elle se revoyait près d'un autre lit, le coude appuyé sur le bord d'un matelas de crin et la joue contre la main, en train de veiller, pendant les longs après-midi d'été, un autre corps, celui de David. Il dormait. Mais sa respiration était si lente, sa mâchoire si pâle sous une barbe de plusieurs jours, que, parfois, prise d'angoisse, elle le secouait par un bras. « Quoi ? » grommelait-il, s'éveillant à moitié. Il s'agitait dans son lit (un livre tombait sur le sol avec un bruit sourd), laissant voir le dos de son pyjama trempé de sueur, et il se rendormait.

La chambre — se rappelait-elle — était au dernier étage d'un grand immeuble populaire. Immédiatement sous le toit et exposée au midi, plus qu'une chambre, c'était un petit grenier étouffant.

Un jour, justement à la fin de cet hiver où David lui avait paru si las d'elle, à tel point qu'elle s'attendait d'un instant à l'autre à s'entendre dire : « Ça suffit, Lida, il vaut mieux que nous ne nous voyions plus », et, dans cette attente, elle se rongeait : un jour, donc, David lui avait proposé d'aller vivre là-bas, dans ce grand immeuble de la via Mortara, « comme un quelconque couple d'ouvriers ». Il avait décidé, disait-il, de rompre définitivement avec sa famille, de « travailler à la raffinerie de sucre », de se faire une nouvelle existence. L'idée d'habiter à deux dans une « mansarde » lui plaisait, l'enthousiasmait même. Qu'aurait-elle pu faire, elle, sinon le suivre, sinon lui répondre sur-le-champ oui, exactement comme cette autre fois, la première, où ils s'étaient rencontrés dans un dancing de Borgo San Giorgo (elle avait alors un peu plus de seize ans : elle n'était qu'une gamine !), où ils avaient dansé ensemble toute la soirée et puis avaient fini par aller faire l'amour dans un pré des remparts ? Encore une fois elle ne s'était pas posé de questions, elle n'avait pas hésité un seul instant. Sortie un soir avec David, elle n'était plus rentrée à la maison, et voilà tout. Quelle folie ç'avait été ! Et pourtant, c'était seulement plus tard, beaucoup beaucoup plus tard, quand, après son accouchement, elle était revenue habiter seule la chambre du grand immeuble, et que l'enfant ne cessait pas de pleurer, et qu'elle sentait ses seins de plus en plus vides de lait et qu'il ne lui était resté que quelques lires : oui, c'était seulement alors que, vraiment, elle avait commencé à voir clair dans ce qui lui était arrivé, à s'éveiller du long rêve les yeux ouverts qu'avait été jusque-là sa vie.

Mais lui, David, qui était-il donc ? — persistait-elle maintenant à se demander. Que cherchait-il, que voulait-il ? Tant qu'il avait vécu avec elle, dans la chambre du grand immeuble, et longtemps encore après, elle ne s'était posé aucune question et n'avait jamais compris.

Dans une chambre de l'étage au-dessous, habitait la famille d'un infirmier de l'Hôpital municipal. Ils s'appelaient Mastellari. Ils étaient six en tout : l'infirmier, sa femme et quatre enfants encore en bas âge. Le matin, quand Lida descendait avec le broc et une fiasque pour aller prendre de l'eau à la grande fontaine qui était au milieu de la cour au sol de terre battue, elle s'arrêtait souvent pour échanger quelques mots avec la signora Mastellari.

« Que fait votre mari ? » lui avait demandé un jour cette dernière. « Il est ouvrier ?

— Oui. Pour le moment, il est en chômage, mais il va bientôt travailler à la raffinerie de sucre », avait-elle répondu, sans que l'effleurât même un seul instant la pensée que David était David : c'est-à-dire un étudiant en droit, même s'il était en retard pour ses examens et pour son doctorat, même s'il avait rompu avec sa famille.

Un ouvrier. Mais n'était-ce pas cela, d'ailleurs, que lui-même souhaitait devenir ? Ne le répétait-il pas sans cesse ?

En réalité, il suffisait que David parlât. Tout, alors, apparaissait facile, possible, plausible. Le mariage, par exemple, n'était qu'une formalité. Si elle y tenait vraiment, l'année prochaine au plus tard, ils « régulariseraient » leur situation à la mairie. Qui sait si, à cette époque, ses parents... Bien sûr, elle deviendrait sa femme, « Ma *signora* », ajoutait-il en souriant. En attendant, c'était tout comme si elle l'eût été.

Après le dîner, se tenant par la main, ils descendaient les interminables escaliers du grand immeuble plongés dans l'obscurité. En quête d'un peu de fraîcheur, ils avaient pris l'habitude de passer leurs soirées à la Porta Mare, qui n'était pas éloignée de plus de deux ou trois cents mètres, et où, près de la barrière, il y avait un kiosque de glacier.

En prenant par la via Fossato di Mortara, on arrivait sur les Remparts en un instant. Et ç'avait été un de ces soirs-là, précisément, pendant qu'ils se hâtaient entre les arbres des remparts vers la Porta Mare et qu'ils prenaient pour guide dans l'obscurité la lampe à acétylène du marchand de glaces, qu'elle, sentant grandir près d'elle l'ennui et la lassitude de David, avait soudain pris peur, soudain perdu la tête.

« Tu sais, je crois bien que je vais avoir un enfant », avait-elle dit en s'arrêtant et en lui mettant une main sur le bras.

David n'avait pas semblé surpris et il ne répondit rien.

« Citron ou chocolat ? » lui avait-il demandé gentiment quelques instants plus tard, quand ils s'étaient arrêtés, la poitrine contre le comptoir en zinc du kiosque.

Tout en mangeant sa glace (il choisissait toujours un mélange de crème glacée et de chantilly), il la regardait de la tête aux pieds. Il avait l'air triste, déçu. Elle, comme d'habitude, avait pris une glace au chocolat. Mais ce soir-là, l'un des derniers, elle ne devait pas la manger jusqu'au bout.

« Tu ne trouves pas qu'il fait une chaleur épouvantable ? » avait remarqué David à un certain moment. « A Cortina, le soir, on doit mettre un chandail. »

Sa famille, ajouta-t-il, était à Cortina d'Ampezzo depuis les premiers jours de juillet. Ils habitaient à l'*Hôtel Faloria,* un hôtel grand comme un château, construit par les Autrichiens, qui était situé au milieu d'un bois de sapins et de pins...

« Qui était David, que voulait-il ? Pourquoi, pourquoi ?... »

Sa question ne trouvait pas de réponse et n'en trouverait jamais. Du reste, il était tard. Quelqu'un, sans doute Oreste, frappait aux carreaux. Il fallait se lever, aller lui ouvrir.

7

Effectivement, c'était Oreste.

Après avoir refermé la porte derrière lui et avoir rejoint les voisins en bas, dans le vestibule, Oreste était resté une bonne demi-heure avec le groupe de femmes qui s'étaient attardées à bavarder sur le seuil de la porte cochère. Mais ensuite le groupe s'était dispersé, et lui, se retrouvant seul, s'était mis à marcher de long en large devant la maison, ne sachant pas à quel saint se vouer.

En lui se heurtaient deux sentiments opposés, deux obligations contradictoires.

D'une part, il lui fallait s'éloigner au moins pendant quelques heures pour courir fermer sa boutique et pour prendre les dispositions exigées par la mort de Maria Mantovani (l'état de celle-ci s'était brusquement aggravé, et personne, pas même lui, n'avait eu le temps ni le cœur, ces derniers jours, de se préparer au pire). D'autre part, Lida était seule, et cette pensée suffisait à le retenir. Plusieurs fois, se penchant, il avait tenté de regarder dans la chambre à travers les carreaux embués de la fenêtre. Près de la masse blanche du lit de droite, il distinguait une petite silhouette noire, courbée et immobile.

« Qu'est-ce qu'elle fait ? », marmonna-t-il soudain

entre ses dents, avec une impatience affectueuse, déjà conjugale.

Les premières ombres du soir descendaient ; il avait cessé de neiger, mais le froid était mordant. Alentour, par les fenêtres des maisons, on entrevoyait des intérieurs de cuisine ou de salle à manger éclairés. Il fallait se dépêcher, prendre une décision quelconque. Finalement, après s'être penché une dernière fois pour regarder dans la chambre et n'avoir à cause de l'obscurité rien vu, il se décida à frapper aux carreaux avec ses doigts. Il tendit ensuite l'oreille, son cœur battant sourdement dans sa poitrine. Et, dès qu'il lui parut entendre le pas de Lida qui montait l'escalier intérieur, il ne fut pas long à franchir la porte cochère et arriva sur le palier avant même qu'elle eût abaissé la poignée de la porte et ouvert.

Tout de suite, dès le premier regard, il se rendit compte qu'il avait repris l'avantage. Le dos appuyé au chambranle de la porte, Lida le regardait fixement et en silence, abandonnant ses yeux aux siens. Son attitude tout entière n'était qu'une demande de protection.

« Dieu saint, vous ne voulez tout de même pas passer toute la nuit ainsi ! », dit-il à mi-voix, mais presque avec rudesse.

Puis, chuchotant toujours et sans franchir le seuil, il se mit à lui exposer son plan.

Il fallait qu'il s'en aille, qu'il coure fermer sa boutique, et, comme il restait quelques autres petites choses à régler, il ne serait de retour que dans deux heures. En premier lieu, néanmoins, il allait passer chez l'une des voisines, la signora Bedini. Etant donné que c'était elle-même, tout à l'heure, qui s'était mise spontanément à sa disposition, il allait tout bonnement lui demander de venir.

« Pour quoi faire ? » s'exclama-t-il, prévenant avec vivacité toute possibilité d'objection de la part de Lida. « Bon sang, pour vous tenir compagnie, voire même pour vous préparer quelque chose à manger... ou peut-être seulement pour prier ! »

Au mot de « manger », Lida secoua la tête, en signe de dénégation. Néanmoins, l'argument suivant fut plus fort que toute résistance de sa part. Elle baissa les yeux et il la regarda en souriant.

« Alors, c'est bien entendu, recommanda-t-il, n'allez pas fermer votre porte au verrou. »

Quant au reste, ajouta-t-il, elle ne devait se préoccuper de rien. Il était là pour ça. « Faites-moi confiance », murmura-t-il en lui effleurant le bras.

De toute manière, répéta-t-il encore, il serait de retour pour neuf heures au plus tard.

« D'accord ? »

Et, après lui avoir serré la main, il disparut, descendant en courant l'escalier.

Au cours de la nuit, la température tomba brusquement. La faible lumière rose qui, le lendemain matin, se fraya à grand-peine un chemin à travers les vitres recouvertes d'une croûte de glace (Lida s'était étendue sur son lit, la signora Bedini était assoupie sur une chaise, et Oreste, qui avait prié longuement plusieurs fois pendant la nuit, était debout près de la fenêtre, scrutant le ciel), cette lumière, donc, était une lumière qui venait d'un soleil lointain, perdu dans un ciel d'un bleu vague, brumeux, un soleil qui ne réchauffait pas. En ce moment — calculait Oreste, tout en soufflant lentement sur ses doigts engourdis, le col de son manteau relevé sur les cheveux argentés, courts et drus de sa nuque — en ce moment, le thermomètre devait marquer dix, quinze et peut-être vingt degrés au-dessous de zéro. Cela, prévoyait-il, allait stabiliser le temps. Pendant longtemps, pendant tout janvier et, peut-être, une bonne partie de février, il allait y avoir des froids encore plus grands. Ils allaient avoir un hiver exceptionnel, durant lequel les canaux, dans la campagne, et même le Pô, gèleraient et les conduites d'eau potable éclateraient, un hiver comparable seulement à celui de 1903. Cela le peinait que l'agriculture et l'économie italienne dans son ensemble eussent à souffrir d'un hiver aussi rigoureux. Mais, en même temps, il ne pouvait s'empêcher d'être satisfait d'avoir prévu exactement tout.

Les obsèques de Maria Mantovani eurent lieu à la fin de l'après-midi de ce même jour.

Derrière le corbillard de troisième classe qui avançait facilement sur la neige battue, il n'y avait, outre le prêtre et un petit enfant de chœur qui portait la croix, que le seul Orestè. Sur son conseil, Lida était restée à la maison. Quant à lui, l'ancien séminariste favori de Don Castelli, l'ex-soldat du Carso, le froid intense lui donnait de l'énergie, lui rendant magiquement les heures de sommeil perdues de la nuit précédente. Les roues de la voiture funèbre, hautes et grêles, soulevaient des blocs d'une neige compacte qui, avant d'être arrivés au sommet de la révolution, retombaient sans bruit, blanchissant à peine le vernis noir et brillant des rayons et des ressorts. Il marchait, les yeux fixés sur les sillons que traçaient les roues dans la neige et sur les petites avalanches de neige qui se détachaient au fur et à mesure des jantes ; et, cependant, son pas, qui se réglait instinctivement sur celui du prêtre, redonnait à sa démarche un peu de l'alacrité pleine de bonne volonté de l'excellent fantassin qu'il avait été dans sa jeunesse.

Quand il revint, il faisait déjà nuit. Et, de la rue, au lieu de frapper aux carreaux comme les jours précédents, il préféra se faire précéder par l'habituel coup de sonnette.

Lida l'attendait debout, au bas de l'escalier. Durant son absence, elle devait avoir dormi. Effectivement, son visage, auparavant profondément marqué par la fatigue, était maintenant frais et reposé. Elle avait changé de robe.

Il s'assit à sa place habituelle, appuyant ses bras croisés sur la table. De là, pendant que Lida s'affairait autour de la cuisinière économique, il l'observait avec cette expression à la fois de plaisir et de gratitude qui affleurait de ses yeux quand il croyait découvrir, dans une phrase ou dans un geste de la jeune femme, une tentative ou un désir de lui plaire.

« Pour cette nuit, dit-il, il vaudrait mieux faire encore venir la signora Bedini. Il va falloir que je passe chez elle, plus tard. Demain, j'irai parler à Don Bonora, pour qu'il laisse le petit venir coucher chez vous pendant au moins une semaine ou deux. Ensuite, nous aviserons. »

C'était lui qui décidait, maintenant, qui disposait de l'avenir de Lida.

Après le dîner, ils restèrent là, à causer, séparés par la table non encore desservie. Quand il en vint à Maria Mantovani et à sa vie, Oreste en parla longuement, avec une extrême douceur. Il dit que si elle avait tant souffert pendant sa vie, c'était justement parce qu'elle avait beaucoup aimé, justement parce qu'elle avait eu trop de cœur. Il décrivit finalement l'emplacement du cimetière municipal où, le lendemain matin, on allait l'enterrer.

C'était un endroit très beau, assura-t-il, un endroit pour riches. Lida n'avait-elle pas encore vu cette aile d'arcades, construite récemment, qui, partant du côté de l'église de San Cristoforo et décrivant une grande courbe, était venue compléter, également du côté du Rempart des Anges, l'ancien cloître de la Chartreuse ? Eh bien, sa mère allait être enterrée (« Qu'est-ce que je dis ! enterrée : la terre ne l'effleurera même pas, la pauvre femme ! ») précisément sous ces nouvelles arcades. Un endroit très beau, répéta-t-il, exposé au midi, et où le soleil, en conséquence, donnait de l'aube au crépuscule, comme dans une serre.

« Evidemment », ajouta-t-il après un court silence, avec une moue, « évidemment, les tombes coûtent cher là-bas. »

Mais tout de suite, comme craignant d'avoir été mal compris, il tint à lui dire qu'elle, Lida, n'avait pas à se préoccuper à cause de cette dépense.

« En toutes ces années de travail, s'exclama-t-il, j'ai, grâce à Dieu, réussi à mettre quelques sous de côté ! »

Et comme elle lui avait fait espérer... comme elle lui avait laissé croire... Etant donné, pensait-il, que cela ferait plaisir à sa pauvre maman.

« En somme, ce qui est à moi est à toi », conclut-il, en baissant la voix et en passant pour la première fois du *vous* au *tu*.

Légèrement penché en avant, il la regardait fixement dans les yeux. Puis il se leva ; et, en prenant rapidement congé, il promit à Lida qu'il reviendrait lui rendre visite le matin suivant.

Ils avaient tant de choses à se dire !

« Nous avons tant de choses à nous dire » : cela, Oreste l'affirmait explicitement chaque fois qu'il quittait Lida, ou, du moins, ses yeux graves, très tendres, le promettaient silencieusement.

En réalité, c'était toujours lui qui parlait.

Quand il ne s'agissait pas de souvenirs (son enfance passée au séminaire et la guerre sur le Carso lui fournissaient ses thèmes habituels), c'étaient de longs monologues à propos de la religion et des événements politiques récents qui touchaient celle-ci de si près. Après la signature du traité de Latran, en février de cette même année, son patriotisme pouvait désormais s'épancher librement en des manifestations de tendresse sentimentale propres à un amoureux enfin payé de retour. Vive l'Eglise, disait-il, qui, pour le bien de l'Italie et du monde, avait su mettre de côté les mesquines questions de point d'honneur et de revanche ; mais vive aussi l'Etat italien, qui avait eu le grand mérite de faire le premier pas vers la réconciliation : et il était clair que, dans son esprit, l'Eglise et l'Etat prenaient matériellement le visage d'un homme et d'une femme qui, après une longue période de rapports point toujours paisibles, souvent troublés par des crises violentes, auraient décidé soudain de se marier. Et maintenant, quelle ère merveilleuse allait s'ouvrir ! — poursuivait-il, les yeux exultants. Le printemps qui s'annonçait déjà allait voir s'ouvrir l'ère de la paix et de la joie, se renouveler le mythique âge d'or. Chacun dans sa sphère, Eglise et Etat allaient être libres mais d'accord, selon les préceptes de la Bible et de l'Evangile, selon le rêve et la prophétie de Dante. Les prêtres ne seraient plus raillés et persécutés. La société ne les repousserait plus, mais elle les accueillerait dans son sein comme un père qu'il faut écouter et vénérer. Et même s'il n'y avait pas à espérer la renaissance d'un parti catholique véritable et authentique, pour le moment, on pouvait être satisfait. Ce n'était pas peu que les hommes de l'A.C. et les jeunes gens des F.U.C.I.[1] soient laissés en paix ! Ce n'était pas peu que d'avoir été mis en mesure de bénir sereinement dans les trois couleurs de Savoie le drapeau de la Patrie !

C'était à partir de là, d'ordinaire, que dans l'élan d'intense émotion que provoquaient en lui ces propos, mais en changeant de ton, il commençait à parler plus directement d'eux : de lui-même et de Lida.

Il décrivait le pavillon de l'autre côté de la Porta Benedetto, où, une fois mariés, ils devaient habiter. Encore qu'il n'eût jamais voulu que Lida vienne le voir (il ne le lui ferait voir qu'en mai : date certaine où il serait prêt), néanmoins, comme il trouvait le moyen de se rendre presque tous les jours sur le chantier, il ne lui déplaisait pas de la tenir exactement au courant de l'état des travaux. En général, il se plaignait. Il s'en prenait au maçon parce qu'un mur blanchi de frais, suintant d'humidité, était déjà taché ; au charpentier, à cause d'une fermeture qui ne fonctionnait pas ; à l'architecte, à cause de ses façons brusques et discourtoises. Mais ensuite, quand il en venait à parler de

---

1. *A.C. :* Azione Cattolica (Action Catholique), organisation de militants catholiques dépendant directement du pape. *F.U.C.I. :* Federazioni Universitare Cristiane Italiane (Fédérations Universitaires Chrétiennes Italiennes).

l'endroit où se dressait le pavillon (il en parlait comme d'un endroit beaucoup plus lointain qu'il ne l'était en réalité : comme s'il se fût agi d'un quartier d'une autre ville, inconnue de Lida, infiniment plus belle, amène et accueillante que Ferrare), alors son visage se détendait, s'éclairait tout entier. Le pavillon se trouvait au bout de la via Cavour — répétait-il pour la énième fois —, à proximité de la gare, dans une zone entièrement occupée par des constructions récentes. Chacune de celles-ci était entourée d'un terrain qui lui était propre, un terrain de presque mille mètres carrés, dont on pouvait faire un potager ou un jardin d'agrément. Il y avait du bon air, là-bas, un air de campagne. Et, arrivé là, il se taisait, satisfait de cette image de bonheur qu'il venait d'évoquer devant les yeux de Lida. C'était un bonheur déjà en vue, déjà à portée de la main, dont les séparait un laps de temps de plus en plus court. En mai, au plus tard, ils se marieraient.

Quant à Lida, elle mettait la meilleure volonté possible à essayer de répondre au vœu de son fiancé. Sa mère n'était plus là, il est vrai, avec qui il lui eût été donné d'échanger au moment opportun un coup d'œil d'intelligence. Mais la passion qui brillait dans les yeux d'Oreste était si vraie et si entraînante ; si chaud, si affectueux, si accueillant l'avenir que l'imagination de son fiancé lui peignait, que toute velléité d'ironie de sa part lui apparaissait très vite comme absurde, sinon ridicule.

L'âge d'or, le bonheur que les yeux et les paroles d'Oreste ne cessaient de lui prédire ; tout cela elle ne croyait pas qu'elle les verrait jamais, ni qu'ils fussent réalisables sur cette terre. Et pourtant, bien qu'elle fût incapable de s'illusionner, bien qu'elle se rendît compte des irréparables ravages que le temps, la solitude et la tristesse avaient produits en elle, malgré cela, elle comprenait que c'était justement à ces promesses auxquelles elle ne croyait pas, à ces inventions auxquelles elle s'abandonnait avec tant de réserves intérieures, à ces rêves purs, qu'était lié tout ce qui lui restait comme raison de vivre. Quels arguments, d'ailleurs, eût-elle pu opposer à ceux d'Oreste ? Si lui avait manqué la force qui lui venait, comme par reflet, de la foi illimitée qu'il y avait en lui, par quoi l'eût-elle remplacée ? Peut-être — et elle souriait d'elle-même — par les souvenirs de son passé ? Oreste était supérieur en tout. Toute la lumière, toute la chaleur venaient de lui. Chaque pensée se formait en elle avec difficulté, sans cesse contredite et démentie par une autre, contraire. Mais cette dernière naissait d'un état de fait précis, réel, de la vérité duquel elle ne doutait jamais. Elle, Lida, était comme une planète, dont l'unique source vie est le soleil auquel elle appartient. Et la conscience de son infériorité et de sa dépendance l'emplissait de plaisir et de paix.

Le mois de mai arriva.

Les derniers jours, le calme d'Oreste se transforma brusquement en anxiété, en angoisse. Lida s'en étonna. Il lui semblait étrange et contraire à son caractère qu'Oreste, après s'être contenté pendant des années d'une promesse de mariage qui n'avait même pas été formulée en paroles, après avoir consenti à tous les détails, se laissât prendre maintenant par une telle frénésie. Il n'avait toujours fait allusion à leur mariage que rarement ; à peine un peu plus fréquemment ces temps derniers. A présent, en revanche, il voulait faire vite, ne pas perdre un seul jour et, peut-être même, avancer la date de la cérémonie.

Elle lui demanda en souriant la raison de ce changement.

Il la regarda sans rien répondre, avec des yeux désespérés. Puis il dit tout bas :

« Je suis comme ces chevaux qui crèvent en arrivant au but. »

Il parla ensuite du mariage, de ce qu'il représentait pour lui. Il dit qu'il le considérait comme le but suprême de sa vie, but duquel, une fois atteint, il oserait seulement alors appeler sur eux la protection de la Providence divine. Il dit que s'il ne l'avait jamais pressée, ç'avait été parce que, sentant qu'il ne pouvait compter que sur ses propres forces, il avait toujours craint de ne pas parvenir à l'épouser vraiment.

Lida l'écoutait, mais sans le comprendre. Elle le regardait et ne comprenait qu'une seule chose : il avait encore peur de la perdre ! Elle posa une main sur la sienne ; et un instant plus tard, pour la première fois, elle était dans ses bras.

Les années qui suivirent furent des années tranquilles et heureuses. Des années de travail ; et, sinon exactement de richesse, certainement de prospérité et d'aisance. En tout cas, ils ne revirent pas d'hiver comme celui de 29 ; et Oreste moins que tout autre, qui devait mourir bientôt, au printemps de 38.

Vers la fin de chaque automne, il avait coutume de se tenir devant les vitres de la fenêtre, étudiant le temps. Il pensait que dans cette maison neuve, où rien ne manquait, où il y avait même le chauffage central, nul hiver, si rigoureux qu'il fût, ne pourrait plus le préoccuper. L'avenir lui souriait. Après leur mariage, Lida s'était tout de suite conformée à ses habitudes de dévotion, et elle s'était mise à fréquenter assidûment l'église de San Benedetto. Elle avait engraissé, embelli. La jeune femme maigre, ravagée par l'angoisse, qu'il avait connue il y a tant d'années, quand il avait commencé à se montrer dans une certaine chambre de la via Salinguerra, s'était transformée peu à peu en une belle femme calme et sereine, un peu grasse, de cet embonpoint qui sied aux femmes pieuses. Eh bien — répétait-il souvent, mi-sérieux, mi-facétieux —, elle aussi, cette beauté tardive de sa femme, une beauté dont il ne lui semblait pas injuste, au fond, de s'attribuer une partie du mérite, prouvait que le Seigneur avait béni leur union.

8

« Il a été heureux », se disait parfois Lida.

Mais aussitôt, comme déformée par un écho intérieur, cette phrase se muait en une question pleine de doute et de douloureux regret : « A-t-il vraiment été heureux ?... »

Maintenant seulement où lui aussi n'était plus qu'un souvenir, elle savait que non, que quelque chose lui avait toujours manqué. Pendant des années, pendant toutes les années de leur mariage, Oreste avait désiré un enfant à lui, et elle n'avait pas été capable de le lui donner.

A présent, lui revenaient à l'esprit les soins très tendres, plus que paternels, que, bien que non récompensé par des marques particulières de gratitude, il avait toujours eus pour Ireneo. A treize ans, dès sa sortie du séminaire, il l'avait pris avec lui, dans sa boutique, où, entre la machine à relier et la porte vitrée, il lui avait installé un petit établi pour lui tout seul. Il avait voulu lui enseigner son métier : et elle, qui, certains soirs, après la Bénédiction, traversait la moitié de la ville pour se rendre au magasin de la via Salinguerra — et ils rentraient ensuite ensemble à la maison, remontant bras dessus bras dessous le corso Giovecca ou la via Mazzini et passant par le centre — elle, donc, croyait encore le voir qui, de derrière le grand comptoir, couvait avec des yeux brûlants d'un zèle affectueux cet élève si mou, par contre, si prêt à se laisser distraire par la moindre chose se passant dehors, là devant, sur la place. Elle croyait encore le voir et l'entendre : avec son torse vigoureux, disproportionné par rapport à la taille de ses jambes, qui se dressait sur l'escabeau, de l'autre côté du comptoir ; avec ses mains grosses et dures, bizarrement affinées par l'alliance en or (il ne voulut jamais s'en séparer : pas même en 35, à l'époque des sanctions !) ; avec sa voix forte, joyeuse et vibrante... Combien avait-il dû lutter pour qu'elle, Lida, ne s'aperçoive pas de son désir ! Comme il devait s'en être tourmenté quand, comme pour s'en punir et l'étouffer en lui, à un certain moment, il avait même voulu qu'Ireneo portât son nom !

Et pourtant, elle en était certaine, Oreste n'avait jamais désespéré. Pour en être sûre, il lui suffisait de se rappeler le coup d'œil avec lequel il l'accueillait chaque fois qu'elle entrait dans la boutique : un coup d'œil interrogateur, mais tranquille et plein d'une inébranlable confiance.

Sinon maintenant, disait son regard, bientôt, en tout cas, elle viendrait à sa rencontre avec la grande nouvelle. Elle lui donnerait un enfant, oui, qui serait vraiment à lui et qui ne se dresserait pas entre eux avec la tristesse précoce, silencieuse et immotivée de ce garçon de quinze ans (il grandissait, d'une intelligence sans doute pas très vive, hélas : un garçon grand et maigre, si différent de lui également par le caractère...), lequel, bien qu'il lui eût donné son nom ; bien qu'il lui enseignât son métier avec une passion égale à celle avec laquelle il l'eût enseigné à un enfant de sa chair : lequel malgré cela, elle le savait ! ne l'avait jamais appelé que « oncle Oreste ».

Un enfant à lui — pensait Lida : voilà ce qui lui manquait, voilà la seule ombre qui avait troublé la sérénité de leur vie.

Pour recommencer à parler de cet âge d'or, dont, en février 29, il avait prédit le retour, il n'attendait certainement que de l'entendre dire :

« Je suis enceinte. »

Avec une égale certitude, néanmoins, le prenant par surprise, la mort avait prévenu et empêché en lui tout début de désespoir.

La promenade avant dîner

Why does my pen not drop from my hand on approaching the infinite pity and tragedy of all the past? It does, poor helpless pen, with what it meets of the ineffable, what it meets of the cold Medusa-face of life, of all the life lived, *on every side.* Basta, basta!

H. James, *Notebooks*, 321.

1

Aujourd'hui encore, quand on farfouille dans certaines vieilles boutiques de Ferrare, il n'est pas rare de mettre la main sur des cartes postales vieilles d'au moins cinquante ans. Ce sont des vues jaunies par le temps, tachées d'humidité. L'une de celles-ci montre le corso Giovecca, la principale artère de la ville, tel qu'il était alors, vers la fin du siècle dernier. Pour prendre sa photo, le photographe dut se placer avec son trépied sur le trottoir opposé à celui où s'alignaient, à l'abri de grandes tentes aux bords à franges, qui volaient au vent, les guéridons et les sièges en rotin du Grand Café Zampori, depuis des années disparu. A droite, dans l'ombre, en guise de coulisses se dresse l'éperon du Théâtre municipal, alors que la lumière — la lumière dorée d'un crépuscule de printemps — est tout entière pour le côté gauche du tableau. De ce côté-ci, les maisons sont basses, à un seul étage, avec un toit recouvert de grosses tuiles brunes, et, au rez-de-chaussée, quelques petits magasins (on remarque une charcuterie, l'antre d'un charbonnier, une boucherie chevaline), misérables masures qui, en 30, lorsqu'on décida de construire à cet endroit l'énorme immeuble en travertin romain des Assurances Générales, furent impitoyablement rasées.

Le corso Giovecca, lui aussi, et j'entends par là la surface de chaussée qui occupe, tel un large fleuve en raccourci, le centre de la carte postale, est très différent de maintenant. Son pavage actuel est une chose de luxe, digne d'une grande ville. Tel qu'il est à présent, le corso Giovecca est une longue et importante artère, si vaste et si polie qu'elle reflète la couleur du ciel. Des rails de tramway, des pistes en pierre blanche sur lesquelles roulaient calèches et bicyclettes, il y a longtemps qu'il ne reste plus de trace. Dieu sait où est allé finir le fer des rails : englouti peut-être, lui aussi, par la dernière guerre. Quant aux grosses dalles de pierre des pistes qui servaient au trafic des véhicules — deux doubles bandes parallèles, flanquant les rails du tram —, elles furent rassemblées il y a quelques années dans un pré, de l'autre côté des remparts et, abandonnées là, elles n'ont pas tardé à se couvrir de mousse.

Cette carte postale, disions-nous, est la reproduction d'une photographie ; et, comme telle, elle rend compte, non seulement de l'aspect du corso Giovecca vers la fin du XIXe siècle (une grand-route, hérissée de cailloux et au lit aussi inégal que celui d'un torrent : et c'est peut-être pour cela que notre *Main Street* semble, dans cette carte postale, beaucoup plus fréquentée et mouvementée qu'elle ne le paraît aujourd'hui), mais aussi de la vie qui, pendant l'instant où le photographe appuya sur le déclic, se déroulait sur toute la longueur du cours : de l'angle du Café Zampori, sur la droite, à quelques mètres de l'endroit où était placé le trépied, jusque là-bas, où les longs rayons du soleil vespéral mettent en relief la lointaine façade rosâtre de la

Perspective du XVIIIᵉ siècle, au-delà de laquelle il n'y a plus, invisible pour le spectateur, que la rive verdoyante des Remparts.

Elément négligeable de cette vie dont, maintenant, il ne reste à peu près aucun souvenir (le tableau n'est riche de détails qu'au premier plan : l'apprenti d'une boutique de coiffeur qui paraît sur le seuil de celle-ci pour se curer les dents ; un chien qui flaire le trottoir ; des flaques de sang caillé, probablement, devant l'entrée de la boucherie chevaline ; un écolier qui traverse en courant le carrefour ; un monsieur entre deux âges, en *redingote* et chapeau melon, qui écarte de son bras levé la tente qui défend l'intérieur du Café Zampori ; un très bel attelage à quatre, peut-être celui des ducs Costabili, revenus de Rome il y a quelques mois pour se retirer en province, attelage qui s'avance et s'apprête à affronter au grand trot, dans le dos du photographe, ce qu'on appelle la Côte du Château ; cependant que, au fur et à mesure que l'œil remonte le long du corso Giovecca, personnes et choses perdent forme et relief, enveloppées d'une sorte de poudroiement lumineux) : élément négligeable, donc, du tableau offert par l'artère principale de notre ville, par un crépuscule non précisé de mai, à la fin du siècle dernier, une jeune fille d'environ vingt ans, juste à l'instant où le photographe appuyait sur le déclic, et hors, naturellement, du champ de l'objectif, s'éloignait en suivant le trottoir de gauche du corso Giovecca, marchant lestement vers l'invisible banlieue de la ville.

Cette partie de la journée qui précède l'heure du dîner commençait. C'est un moment délicieux que celui-ci, où l'air vous rafraîchit et où les nerfs se détendent : le moment où, depuis des temps immémoriaux, la population de Ferrare, représentée jusque dans ses couches sociales les plus variées, a coutume de sortir des maisons et des bureaux, et de se promener de long en large, jusqu'à ce que s'allument les réverbères, sur les larges trottoirs du corso Giovecca. Pour cette raison — à cause du nombre et de la diversité des passants — il y a lieu de penser que notre jeune fille, même si elle avait été suivie à distance rapprochée par un regard moins indifférent qu'un objectif photographique, eût éprouvé une certaine peine à se faire remarquer. Rien, dans sa silhouette, n'attirait l'œil de façon particulière ni ne s'élevait au-dessus de la plus modeste médiocrité. Il ne s'agissait en somme point d'une beauté capable de se faire remarquer, à l'heure de la plus grande animation, dans une rue de quelque importance ; il ne s'agissait pas, veux-je dire, de l'une de ces jeunes femmes qui, par l'élégance raffinée de leur mise et de leur coiffure, par la majestueuse langueur de leur démarche, pourraient faire converger sur elle les regards admiratifs des gens. Bien au contraire. Photographiée dans un groupe (telle que, du reste, perdue au milieu de médecins en blouse blanche et d'infirmières en blouse grise, elle s'était apparue à elle-même dans la photographie-souvenir qu'elle rapportait, maintenant, de l'hôpital chez elle, enveloppée dans une feuille de papier d'emballage et serrée contre sa poitrine), son visage tendait à disparaître, n'était qu'un petit ovale flou.

Le visage de Gemma Brondi — Gemma, tel était le prénom, très commun à Ferrare et dans ses environs, de la jeune infirmière — était donc comme il y en a tant, ni beau ni laid : rendu, si possible, encore plus banal et insignifiant par le fait qu'à cette époque il n'était pas permis aux jeunes filles de sa classe d'utiliser le rouge, le fard, la poudre et, en somme, tous ces artifices dont, aujourd'hui, même la dernière des infirmières qui travaille dans notre moderne Hôpital municipal, surgi entre 20 et 30 au bout du corso Giovecca, ne manque pas de se servir parfois avec raffinement, une fois son tour de garde fini et avant de sortir. Les cheveux châtains de Gemma Brondi, réunis sur la nuque en un chignon volumineux, découvraient un front bombé, trop massif, un front fort, osseux de paysanne, qui contrastait peut-être point désagréablement avec la mollesse de la bouche. Dans ses yeux, de la même couleur que ses cheveux, où l'éclat de la jeunesse ne brillait que rarement et comme à la dérobée, se lisait surtout une expression apeurée, mélancolique, guère différente de celle, pleine de patience et de douceur, de certains animaux domestiques. En réalité, sa blouse grise elle-même, une sorte de grossier tablier qui, serré à la taille, faisait par contre ressortir la grosseur et la proéminence de la poitrine, sa blouse grise, donc, ne la défendait même pas suffisamment, ne réussissait pas à l'effacer comme peut-être elle l'eût désiré. Mais, à ce propos, le pas, tantôt lent, tantôt pressé, duquel elle longeait le petit mur bas de séparation qui bordait du côté gauche le dernier tronçon du corso Giovecca, semblait parler pour elle. Son corps provocant et trapu, au-dessus duquel s'élevait, ceint d'un petit ruban en velours noir, un cou frêle, presque gracile, devait lui donner un vague sentiment d'embarras, presque de honte.

Reste maintenant à parler de ce que pouvaient être à ce moment-là les pensées d'une jeune fille comme

Gemma Brondi, élève-infirmière à l'Hôpital municipal de Ferrare, il y a plus d'un demi-siècle ; des pensées ou, plutôt que des pensées, des sensations indéterminées, affleurant à peine à la conscience, qui, au contraire de l'ancien aspect du corso Giovecca, que nous a transmis fidèlement une simple carte postale, n'ont laissé derrière elles absolument aucune trace. Et pourtant, si l'on observe avec un peu d'attention l'aspect d'ensemble du corso Giovecca, à ce moment de la journée et de son histoire ; si l'on s'arrête à l'effet général de bonheur et d'espoir, corroboré par le claquement joyeux des tentes devant le Café Zampori, que donne, vu du parapet qui ceint le Fossé du Château, l'éperon noirâtre du Théâtre municipal — comme une proue qui avancerait, gaiement, vers l'avenir et la liberté : on ne peut s'empêcher d'avoir l'impression que quelque chose des rêveries d'une jeune fille de vingt ans, rentrant chez elle après une journée de travail, est resté enregistré dans le tableau que nous avons sous les yeux, même si ensuite ledit tableau n'a rien conservé de la personne de cette jeune fille.

Le fait est qu'après une journée passée dans les tristes salles de l'ancien couvent, où, tout de suite après l'unification du Royaume, l'Hôpital municipal s'était installé de façon aussi provisoire qu'insatisfaisante, c'était, on peut le croire, avec une sorte d'avidité sensuelle que Gemma Brondi s'isolait du monde à travers lequel, attirant l'attention générale, était passée tout à l'heure en voiture la duchesse Costabili. Perdue dans ses rêves, s'abandonnant sans réserves à ses divagations d'adolescente, elle marchait sans rien voir, c'est bien le mot ; c'est si vrai que, parvenue à la hauteur de la Perspective, quand, comme elle avait coutume de le faire chaque soir, elle leva machinalement les yeux vers les trois arcades rosâtres de la brisure architecturale, une phrase qui fut chuchotée à son oreille (« Bonsoir, mademoiselle », ou quelque chose de ce genre) la trouva non préparée, sans défense, prête seulement à rougir et à pâlir alternativement et à regarder autour d'elle apeurée, comme cherchant une issue.

« Bonsoir, mademoiselle, avait chuchoté la voix, permettez-vous que je vous accompagne ? »

Telle fut la phrase qu'elle entendit, celle-là, ou, comme on disait, à peu près celle-là. Ce qu'elle avait été exactement, cette phrase, ni Gemma Brondi ni la personne qui l'avait prononcée n'auraient pu le dire. Et qui d'autre, sinon eux-mêmes, eût pu la recueillir et s'en souvenir ? A cet instant précis, les cloches d'une église toute proche, l'église de Sant'Andrea, s'étaient mises à sonner à toute volée ; une sonnerie qui parvenait amortie et comme portée par l'air plus frais au photographe courbé sur le trottoir, de l'autre côté du corso, et occupé à ranger appareil et trépied, pour lui dire que, ce jour-là du moins, son travail était terminé. Celui qui venait de parler, qui, maintenant, tandis que la brique rouge de la Perspective s'éteignait et se refroidissait lentement au-dessus de leurs têtes, retenait Gemma Brondi dans une conversation qui la forçait de détourner les yeux de ceux, perçants et très noirs, de son interlocuteur, était un jeune homme paraissant trente ans, vêtu de sombre et appuyé des deux mains au guidon d'une pesante bicyclette *Triumph*, un jeune homme au visage émacié sur lequel se détachaient des lunettes cerclées d'or et des moustaches, retombant autour de la bouche, de la même couleur que les yeux.

Mais, à présent, survolant le chemin que les deux jeunes gens, lui tenant sa bicyclette à la main, parcourront dans quelques instants, transportons-nous à quelque distance de là et, plus précisément, à l'intérieur d'une maison basse, à deux étages, où la famille Brondi, une famille de paysans établie en ville, vit depuis plusieurs générations. Cette maison, une sorte de ferme, est située tout contre les remparts, séparée de ceux-ci par la petite route poussiéreuse qui suit pas à pas les murs de la ville sur toute leur longueur, et où, tournant brusquement une cinquantaine de mètres après la Perspective, le corso Giovecca vient finir. Maintenant, il fait presque nuit. Dans les pièces du rez-de-chaussée, qui, à cause de la proximité du glacis herbeux des remparts, ne reçoivent de lumière que par leurs fenêtres postérieures, lesquelles s'ouvrent sur l'étendue des jardins potagers, on vient à l'instant d'allumer.

2

La première chez les Brondi à remarquer le docteur Corcos, le docteur Elia Corcos, ç'avait été Luisa : et cela sans doute dès ce même soir.

D'ordinaire, après avoir fini de mettre le couvert sur la table ronde de la salle à manger et avoir allumé, sous les marmites de la cuisine, les fourneaux que sa mère avait déjà remplis de charbon de bois ; au moment précis où les voix de son père et de ses frères, qui s'étaient attardés jusqu'à la nuit tombante à travailler au potager et qui, maintenant, se préparaient à rentrer, devenaient plus distinctes : c'était alors que Luisa avait l'habitude de disparaître, pour ne se montrer de nouveau qu'au moment où les autres avaient presque fini leur soupe. « Sacrée fille ! Dieu sait où elle peut bien être allée se cacher... » soupirait sa mère. Et, tout en disant cela, elle souriait avec une indulgente lassitude à une image de Luisa appuyée, les bras croisés, sur l'appui de l'une des fenêtres donnant vers les remparts — la fenêtre de la chambre que sa fille aînée partageait à l'étage au-dessus avec Gemma —, une image qui, dans l'obscurité croissante, répondait avec une malicieuse complicité à son sourire. Le vieux Brondi et les trois garçons continuaient, penchés sur leurs écuelles, de manger avec appétit. La disparition de Luisa à l'heure du dîner était du nombre des petits privilèges grâce auxquels elle affirmait son droit, que tout le monde lui reconnaissait, d'être considérée un peu comme l'enfant de la maison.

Plus tard elle descendait sans bruit l'escalier et paraissait sur le seuil, légère comme un fantôme. Et si, à dater de ce soir-là, son entrée dans la salle à manger n'avait pas été suivie presque immédiatement de celle de Gemma (parvenus devant la porte de la maison, les deux jeunes gens, comme conscients d'un danger, s'étaient séparés brusquement : Gemma avait franchi rapidement la porte, cependant que le docteur, enfourchant sa bicyclette, avait disparu, en quelques coups de pédale, là-bas au tournant), ce soir-là, néanmoins, Letizia s'était mise à considérer l'apparition de Luisa comme un signal, et son regard, dirigé interrogativement vers les zones sombres de la pièce, cherchait celui de la vieille fille. Elle y cherchait une confirmation. Entre les deux femmes (l'une et l'autre grandes, blondes et délicates : elles formaient au sein de la famille Brondi presque une cellule distincte, et cela pas seulement physiquement) s'échangeait alors, dans la pénombre, ce sourire d'entente qui jusque-là les avaient unies seulement par l'imagination et que, néanmoins, l'entrée désordonnée de Gemma, un instant plus tard, faisait soudain s'évanouir.

Elles échangèrent aussi quelques mots ; non pas sur-le-champ : mais plusieurs soirs après, tandis que, comme elles le faisaient toujours avant dîner, elles se rendaient pour la Bénédiction à l'église voisine de Sant'Andrea.

Le sentier du potager, qui menait de l'aire à la petite porte basse, peinte en vert, qui s'ouvrait là-bas tout au fond dans le petit mur d'enceinte (pour entrer dans l'église, il suffisait ensuite de faire quelques pas, en prenant à droite la via Campo Sabbionario), ne permettait le passage que d'une seule personne à la fois. Cela favorisait les confidences, incitait aux aveux. Et ce fut seulement après ces phrases entrecoupées et comme apeurées d'un dialogue mené presque en courant, sans se regarder en face, des phrases concernant l'aspect du docteur Corcos (dans son visage très pâle, Luisa avait eu le temps de remarquer les moustaches noires, retombant autour de son menton soigneusement rasé : « Un monsieur ! » avait-elle ajouté en ricanant), ce fut, donc, seulement alors qu'il fut permis à la jeune femme de rentrer à la maison un peu avant que le service ne soit terminé. Les yeux fixés sur l'autel, la mère la sentait qui se levait et qui déplaçait légèrement près d'elle sa chaise de paille. Elles parleraient de ses nouvelles découvertes le soir suivant : sous peu, en tout cas, le fait de penser à Luisa allait l'amener à s'attarder sur le seuil de la petite porte du potager, pour causer avec les voisines, quelques minutes de plus que le nécessaire. Jusqu'au moment où une voix masculine criait dans son dos, de loin : « Alors, on mange ? » Et alors elle prenait congé rapidement, presque grossièrement. Elle arrivait à la cuisine, hors d'haleine, le cœur battant, et pourtant, avec le visage fermé, hostile, de la maîtresse de maison, de l'*arzdóra*[1], décidée à lutter, elle aussi, pour la défense de leurs droits. Elles ne sortaient jamais, Luisa et elle, sinon à la fin de la journée et pour terminer celle-ci saintement — l'église, peut-on dire, elles l'avaient à domicile. Qui aurait eu le courage de protester ? La soupe était avalée dans un silence de tombe. Le vieux Brondi et les garçons étaient trop désireux de gagner sans discussion, après le dîner, l'auberge et son jeu de boules, qu'ils fréquentaient assidûment, de l'autre côté de la Porta San Giorgio, du printemps à l'automne.

La saison s'avançait lentement vers l'été. Les chauves-souris voltigeaient à contre-jour autour de la masse brune de l'abside de Sant'Andrea, avec des cris de plus en plus aigus. Et au fur et à mesure que le temps passait, l'effigie imaginaire du docteur Corcos s'enrichissait de nouveaux détails : une magnifique jaquette bleu ciel à queue de pie, des lunettes d'or, une montre elle aussi en or, qu'il avait tirée un jour, de l'une des poches de son gilet, au moment de se séparer de Gemma, et puis, successivement, une cravate en

---

1. *Arzdóra :* maîtresse de maison, ménagère en dialecte ferrarais.

soie blanche, une petite canne à pommeau d'ivoire, et un air, un certain air... Parfois, forçant Luisa à se retirer vivement, le couple apparaissait brusquement, immobile entre les arbres des remparts, presque à la hauteur de la fenêtre-observatoire. Où étaient-ils allés — se demandait en rougissant violemment la vieille fille —, d'où venaient-ils ? Peut-être étaient-ils restés jusqu'alors étendus dans l'herbe haute du rond-point, s'étreignant et s'embrassant ? Un autre soir, toujours au moment de prendre congé, il avait ôté son chapeau, s'était incliné cérémonieusement et sans doute lui avait même baisé la main. Ses intentions étaient claires ! — concluait Luisa, à la fois ravie et indignée, en rapportant ces derniers détails. Etait-il possible en tout cas que Gemma ne se rendît pas compte du danger qu'elle courait ? Etait-il possible qu'elle ne comprît pas qu'un monsieur comme celui-ci... Mais, en attendant, qui était-ce, comment s'appelait-il ?

Il ne reste malheureusement aucun portrait du docteur Elia Corcos à l'âge de trente ans. Le seul portrait, conservé par la signora Gemma Corcos dans un petit chiffonnier qui, à plusieurs années de la mort de celle-ci, c'est-à-dire récemment, après la déclaration de décès présumé du docteur Corcos lui-même et de son unique fils et héritier direct vivant avec lui, le docteur Jacopo Corcos, fut vendu, en même temps que d'autres choses qui avaient appartenu à la signora Gemma, à un antiquaire de la via Mazzini, aurait pu être obtenu en découpant une petite tête dans la photo de groupe que, encore jeune fille, elle avait rapportée de l'hôpital chez elle — par une fin d'après-midi du printemps 1888. Oui, s'il était encore possible, en fouillant dans les tiroirs d'un vieux meuble poussiéreux surgi du fond d'un magasin, de récupérer la photo en question, il ne serait guère improbable qu'en observant attentivement le visage décharné, avide et très pâle d'Elia Corcos à l'âge de trente ans (le visage d'un étudiant encore, d'un étudiant pour qui les années d'université, passées à Bologne, demeurent dans le souvenir une dure période de fatigues, de privations et peut-être d'humiliations), nous puissions avoir une idée assez précise de la stupeur de Luisa et, ensuite, de Letizia Brondi, quand leurs yeux se posèrent finalement sur cette réalité si différente de celle que peu à peu elles s'étaient construite à force d'imagination. C'était donc un de ces petits docteurs de l'hôpital ! — s'exclamèrent-elles sans doute en elles-mêmes, déçues et irritées. Il fallait empêcher que la chose continue, il fallait que les autres membres de la famille soient mis au courant : au risque que, après la révélation de ses rapports avec « ce type », Gemma fût contrainte par ses frères et par son père de ne plus sortir de la maison. Le vieux, lui, cette fois-ci, allait se faire entendre, il allait se faire entendre, et comment ! Pourvu que cesse ce scandale, la famille renoncerait volontiers aux quelques sous que Gemma gagnait à l'hôpital.

Entre les paroles et les actes, entre la décision et l'exécution, il y avait de toute manière la marge habituelle. C'est si vrai que Luisa (le parcours inverse, de la petite porte à l'aire, avait toujours eu pour les deux complices un effet calmant), aussitôt rentrée, se hâta de monter dans sa chambre et de se mettre à la fenêtre habituelle, après avoir rangé soigneusement la photographie dans la commode où était le linge.

Mais il était écrit que les délices de l'espionnage et du rapport subséquent, des conjectures et des déductions, délices cachées que son imagination, faisant doucement pression sur l'intransigeance des projets de sévérité formulés tout à l'heure, recommençait déjà à prolonger dans un avenir vague et sans limites, devaient subir, justement au terme de cette même journée, un brusque démenti de la part de la réalité des faits.

Les deux amoureux s'avançaient le long de la petite rue sans avoir l'air de s'apercevoir qu'ils étaient arrivés à l'endroit où, après avoir jeté un coup d'œil à la persienne derrière laquelle veillait Luisa, ils se séparaient habituellement. Gemma marchait un peu à l'écart du docteur ; et celui-ci, tout en avançant au même pas que la jeune fille, était séparé d'elle par la bicyclette sur laquelle, comme d'ordinaire, il s'appuyait des deux mains. Ils ne disaient mot : cela aussi comme d'ordinaire. Mais quelque chose dans la raideur de leur comportement, dans l'obstination avec laquelle ils tenaient les yeux fixés sur le sol (« Qu'a-t-il bien pu se passer, mon Dieu ? », murmurait dans un souffle Luisa, en se pressant la poitrine d'une main), donnait à leur silence un poids, une gravité toutes particulières. Outre cela, quand ils se furent encore plus rapprochés, il sembla à Luisa que sa sœur avait le visage abondamment sillonné de larmes.

A présent, ils étaient immobiles, sous la fenêtre, devant la porte. Qu'allaient-ils faire maintenant ? Que signifiait cette brusque manière de se regarder fixement, les yeux dans les yeux, tout en continuant néanmoins d'être séparés par la bicyclette et de ne pas dire un seul mot ?

Et alors, voici que, comme une réponse, le docteur Corcos se retourna et traversa rapidement la rue.

Pendant quelques secondes, il se tint courbé sur sa bicyclette qu'il avait appuyée avec délicatesse contre le bord du rempart — dès sa jeunesse, il fut toujours cérémonieux et méthodique. Ensuite, il se redressa (« Doux Jésus, et maintenant ?... »), pour revenir immédiatement, lentement, sur ses pas.

Gemma n'avait pas bougé. Le dos appuyé au chambranle de la porte, elle attendait.

Corcos eut un geste bizarre, tout à fait comme si — sembla-t-il à Luisa — il se fût lissé les moustaches.

Ils s'embrassèrent longuement.

Après quoi, le docteur Corcos (quelque temps devait s'être écoulé : il faisait maintenant nuit noire, et l'on distinguait à peine ses mouvements) traversa de nouveau la rue, prit sa bicyclette et rejoignit Gemma qui l'avait déjà précédé à l'intérieur de la maison.

3

La conversation, si toutefois on pouvait appeler ça une conversation, car, pendant un bon bout de temps, il fut le seul à parler, languit d'abord, c'était inévitable.

Déclinant sur-le-champ ses nom et prénom, ceux de son père, sa profession et son adresse, il sut parfaitement interpréter dès le début le sentiment de désarroi et d'embarras du vieux Brondi et des frères de Gemma : bref, des hommes de la maison qui, avant cet instant, ne savaient même pas qu'il existait. Mais aussi celui des autres, des femmes : lesquelles, comme nous l'avons vu, avaient de lui une connaissance si vague et, à certains égards, carrément fantaisiste.

Il se présenta en somme exactement comme on se présente à l'état civil (il avait pris place entre Luisa et Letizia, juste en face du chef de famille, qui, à son entrée, avait levé la tête de sa réussite et qui était resté là, à le regarder, la bouche à demi ouverte : et de temps en temps, alternativement et équitablement, il tournait les yeux vers les deux femmes avec une accentuation de ce respect à peine empreint d'ironique galanterie qui, déjà, faisait indirectement allusion au monde différent dont il était issu) : présentation et déclaration qui, peut-être, sans le secours de l'extraordinaire courtoisie de ses manières, ou de la tension qu'il y avait dans l'air à cause de ce qui devait tout de même arriver, auraient peut-être pu paraître ennuyeuses et pédantes et, avec leur précision diffuse et minutieuse, pour le moins extravagantes.

Elia Corcos. Quel drôle de nom ! La redingote professionnelle qu'il portait certainement pour donner plus de sévérité à son glabre visage juvénile ; sa cravate de soie blanche ; son chapeau noir à larges bords relevés ; et chacun de ces objets un peu râpés, légèrement déteints et peut-être achetés d'occasion ; la façon qu'il avait de s'exprimer en utilisant de temps en temps de brèves phrases ou des mots isolés en dialecte, phrases et mots qu'il prononçait avec son accent particulier, un accent presque de méfiance, comme s'il les eût pris avec des pincettes ; son visage qui semblait modelé dans un matériau plus fragile, plus délicat : tout cela disait qu'il était socialement d'une condition différente. Si modeste que pussent être ses origines, si pauvre fût-il, il n'y avait pas le moindre doute là-dessus, il n'était pas des leurs.

En comparaison de cette considération, toutes les autres, y compris le fait qu'il ne fût pas catholique mais juif, ou, plutôt « israélite », ainsi qu'il tint à le préciser lui-même, étaient destinées à passer au second plan. Ce qui fait que, pour le moment, son nom ne suscita d'autre sentiment que celui d'infériorité sociale et de ce respect dû à la différence de classe et à une certaine timidité linguistique, qu'ont toujours provoqué chez les paysans de notre région, qu'ils soient plus ou moins assimilés à l'atmosphère de notre ville, tous les contacts qu'ils peuvent avoir avec la bourgeoisie ferraraise. Mais, au fond, quel autre sentiment eût-il pu susciter ? Le soleil de la célébrité ou, pour mieux dire, de l'affectueuse et inébranlable admiration collective qui, pendant au moins trois générations, allait accompagner fidèlement l'existence d'Elia Corcos, au point de faire de lui, avec le temps, une sorte d'institution, de symbole municipal : ce soleil était encore loin de se lever, avec l'aube du siècle nouveau, dans le ciel de Ferrare.

Et de fait :

« C'est un grand clinicien ! » allait-on commencer à proclamer, mais seulement à une dizaine d'années d'alors et pas avant.

Ou carrément :

« C'est un génie ! Un homme qui, si Ferrare n'était pas Ferrare, mais Bologne... »

Car il y avait eu un moment — devaient affirmer encore plus tard, des dizaines et des dizaines d'années plus tard, les témoins de la florissante vieillesse d'Elia Corcos (la signora Gemma, la pauvre signora Gemma était déjà morte depuis pas mal de temps !) : il y avait donc eu un moment, perdu comme sa jeunesse à lui dans la nuit du siècle écoulé, qui montrait quelles singulières analogies on pouvait établir entre la fortune de sa carrière de médecin et celle de la ville qui lui avait donné le jour. Le fameux Murri, dont, l'affirmait-on, Elia Corcos avait été le condisciple à l'Université de Bologne et qui était ensuite devenu l'une des gloires de Bologne et de la Nation, ayant été appelé au chevet de celle qui était alors la toute jeune duchesse Costabili, venue habiter notre ville avec son mari depuis deux ans à peine, le fameux Murri, donc, s'était exclamé :

« Je ne comprends pas ! On me fait venir de Bologne quand, ici même, à Ferrare, vous avez Corcos, mon très cher ami Corcos qui a *beaucoup* plus de valeur que moi ! »

A tort ou à raison, on ne sait, mais seulement pour dire comme la vie s'entend à brouiller ses traces et comme tout ce qui appartient au passé peut devenir matière à rêve et sujet de légende, la plupart des gens situaient ce moment de la vie du docteur Corcos aux alentours de l'époque où un certain député socialiste avait obtenu, en faisant chanter Crispi, « le grand Crispi », que le plus important nœud ferroviaire de l'Italie septentrionale fût installé à Bologne plutôt qu'à Ferrare. Toute la fortune et toute la prospérité de Bologne avaient dépendu de cette décision fatale, d'autant plus odieuse qu'elle avait été arrachée par l'escroquerie d'un socialiste, mais qui, pour cela, n'en avait pas été moins efficace et avantageuse pour Bologne qui, à cause d'elle, était bientôt devenue la ville la plus importante de l'Emilie. Le spectacle de la grande gare de Bologne, une gare où pouvaient s'arrêter vingt trains à la fois, avec son restaurant étincelant de cristaux et de lampes, ses ténébreuses et accueillantes salles d'attente et son trafic international inférieur seulement à celui de Milan, éblouissait depuis longtemps les yeux voilés d'ennui de nos concitoyens. De tenaces et heureux défenseurs des intérêts de leur ville, à Bologne ; des administrateurs municipaux ineptes, à Ferrare : pour une raison ou l'autre, les socialistes, en quelque endroit qu'ils eussent la main à la pâte, avaient toujours tort. « Si Ferrare n'était pas Ferrare, si, au bon moment, notre Municipalité avait été dans d'autres mains ! » Comme la vie de la ville, celle du docteur Corcos avait été suspendue, pendant un instant noyé maintenant dans le temps, entre la lumière et l'obscurité. Comme tant d'autres de ses concitoyens, comme tant d'autres de gens bien tels que lui, qui n'étaient coupables que d'être nés à Ferrare, Corcos, lui aussi, avait été l'une des victimes des « machinations » des socialistes. Et pourquoi dire des socialistes seulement ? Les francs-maçons, les inévitables francs-maçons ne tardaient pas à être mis en cause également (d'ailleurs, Francesco Crispi n'était-il pas maçon ?) : et cela selon que, se terminant par un geste de haine, par une grimace amère ou par un coup d'œil chargé de mépris et d'envie lancé à travers les quarante kilomètres de plaine qui s'étendent entre Ferrare et Bologne, les phrases déplorant l'insuffisante célébrité du nom de Corcos s'envolaient des salles à manger des maisons bourgeoises, des petites salles pleines de fumée du Cercle des Commerçants ou, au contraire, feignant même, étant donné les circonstances, d'ignorer qu'Elia Corcos était un Juif, des inviolables chambres de l'Archevêché où, d'ordinaire, les noms « de ce genre » n'étaient prononcés qu'avec, sur les lèvres, une expression de prudence dégoûtée. Il est vrai que, comme par enchantement, toute discussion cessait quand le nom de Corcos était prononcé, le sentiment de la plus nette solidarité de classe prenant le dessus, et aussi la conviction générale que souvent, pour réussir dans la vie, il suffit de rien : d'un peu de ruse, d'un gramme de saine ambition. Avec un tout petit peu de ces dons secondaires, et pourtant indispensables — car, quant au mérite, au mérite pur, ce n'était pas la peine d'en parler —, toute la gloire échue au Bolonais Murri eût en réalité auréolé les pittoresques boucles blanches de son ancien camarade d'études et confrère ferrarais.

Quant à Gemma, la pauvre signora Gemma, bien qu'Elia Corcos n'eût jamais toléré que des regards et des pensées indiscrètes le suivissent de l'autre côté du seuil de la porte cochère de sa maison de la via Ghiara, une porte que, à la tombée de la nuit, quand il rentrait de son habituelle promenade sur le corso Giovecca, il avait toujours eu plaisir à entendre claquer violemment derrière lui ; et bien que sur son compte à elle, comme pour acquiescer à un désir tacite mais précis, personne ne se fût jamais attardé, à Ferrare, quant à Gemma, donc, lorsque les choses en furent arrivées à ce point, son humble silhouette elle-même, aplatie contre un arrière-plan domestique très banal, n'avait jamais pu s'empêcher de prendre, comme toutes les personnes et toutes les choses qui avaient touché de près Elia Corcos et sa vie, la signification d'un symbole, l'importance d'un exemple.

Qu'un homme aussi doué et aussi fin qu'Elia Corcos, reçu dès sa jeunesse dans les milieux les plus fermés, les milieux aristocratiques compris, ait dû, pour trouver femme, choisir aussi bas, cela confirmait que, lui aussi, tout comme un nombre infini de ses compatriotes dignes d'un meilleur sort, était tombé victime d'une embuscade au moment précis où il se préparait à prendre son essor. Gloire, Puissance, Amour : oh ! ces grands mots éternels, qu'une pudeur féroce retient au fond de notre gorge, mais toujours capables, en imagination, de susciter, derrière les quatre tours du Château qui se dressent au centre de Ferrare et qui sont les premières à saluer au nom de la ville ceux qui arrivent de la campagne, des cieux prodigieusement enflammés et lourds de toutes les passions les plus violentes ! Ce qui leur revenait de droit, d'autres se l'étaient approprié ! Mais, de même que le chant console et dédommage le poète de sa cécité, voici que, de même, chez les offensés et les abandonnés, comme pour compenser cette énorme injustice, naissait, puissante, la conscience de posséder un trésor que nul vol ne pourrait jamais leur ravir. Tout, ils avaient tout perdu. Mais non, grâce à Dieu, la vigueur de leur imagination, la force investigatrice et clarifiante de leur pensée libre : des vertus, celles-ci, grâce auxquelles il était toujours possible, en restituant magiquement au passé qui s'éloignait peu à peu une splendeur de présent, en franchissant d'un bond plaines et montagnes, de jeter un coup d'œil, furtivement, jusque dans le cabinet particulier d'un personnage historique fameux, à l'époque de la plus grande luxuriance de sa fortune politique, de surprendre sa main brune et nerveuse, une main de dominateur, au moment précis où elle saisit, à la fois impatiente et rétive, la plume qui allait décider du destin d'une vieille et noble cité, d'une province très peuplée et industrieuse, et finalement — ultime conclusion — de spéculer avec la sérénité des sages sur l'attentat simultané et interdépendant qu'avaient subi les carrières parallèles du docteur Corcos et de la ville où il était né. Quant à la signora Gemma, c'était, on le sait, une femme d'extraction trop modeste pour répondre à ce qu'il eût été licite d'attendre de l'épouse d'un esprit supérieur. Le sacrifice avait dû être consommé sans que, peut-on dire, elle s'en rendît compte. Et comment s'en étonner, du reste ? Certaines ouvertures, certains envols d'aigle, qui permettaient, à défaut d'autre chose, de *savoir* et de regretter (c'est là l'amer héritage de la vérité et des larmes, qui échoit à ceux qui ont perdu et renoncé !), ne pouvaient tenter une personne qui peut-être n'était même pas allée jusqu'au certificat d'études.

De cet ordre, donc, devaient être plus tard, des dizaines et des dizaines d'années plus tard, les pensées de la troisième génération de nos concitoyens — de ceux, pour être plus précis, dont les tempes avaient blanchi entre les deux guerres — à propos du docteur Corcos et de son étrange, pour ne pas dire mystérieux, mariage juvénile. Après avoir erré aussi largement, mettant en cause jusqu'à Francesco Crispi, ces pensées aboutissaient à une unique conclusion : que la signora Gemma n'avait pas *compris,* que la signora Gemma n'avait pas été à la hauteur. Mais était-il juste, au fond, de lui régler son compte avec une telle désinvolture ? Elle était morte depuis longtemps, depuis longtemps elle reposait, seule, au Cimetière municipal, et, d'elle, il ne restait à interroger que quelques photographies pâlies. Et pourtant n'avait-elle pas, après tout, été l'unique personne au monde à connaître intimement Elia Corcos ? Qui, en dehors d'elle, avait jamais réussi à pénétrer de l'autre côté de la barrière des coups de chapeau ironiques et solennels que le docteur Corcos avait coutume de distribuer au moins à la moitié de la ville : un mur de respect devant lequel avaient toujours dû s'arrêter tous les mouvements de curiosité, toutes les questions, car il était l'équivalent évident d'un : « Amis tant que vous voudrez, mesdames et messieurs, mais, si vous le permettez, de loin. » Et laissant un instant de côté Ferrare et son histoire : cette lointaine soirée de l'été 1888 où Elia s'était décidé à entrer pour « demander sa main » (pour des esprits exercés à bien d'autres envols, il ne devait pas être difficile de remonter dans le temps jusque-là !), qui, sinon elle, était assise, dans la sombre salle à manger rustique des Brondi, exactement en face du docteur, de l'autre côté de la table, à l'endroit, donc, le plus indiqué pour saisir l'instant où, émergeant soudain de l'ombre environnante, le visage d'Elia était entré, livide, dans le cercle de lumière autour duquel ils étaient tous réunis ?

Ombre. Lumière. Au centre, la nappe brillait, immaculée.

Oh ! nul mieux que Gemma n'avait vu, nul mieux qu'elle n'avait pu se rendre compte combien il avait fallu peu de temps pour que « le sacrifice fût consommé » ! Le temps qu'il faut pour faire une brève série de gestes : s'incliner, pencher la tête en avant, offrir à la lumière un visage très pâle, infiniment plus pâle que d'habitude, comme si tout son sang eût soudain afflué à son cœur. Il avait eu peur — elle n'avait pas eu de mal à lire cela sur son visage. Il avait eu envie de fuir, d'échapper au piège où il était tombé, où, peut-être, il avait voulu se jeter lui-même. N'était-ce pas lui, lui-même, du reste, qui à ce moment-là était en train de demander au vieil ivrogne la main de sa fille ? N'était-ce pas lui qui était en train de se ruiner de ses propres mains ? Et tout cela, Dieu tout-puissant, seulement en réparation d'une hypothétique grossesse ? Ombre. Lumière. S'enfuir, s'en aller de là, défier le père, les frères de Gemma, ne plus jamais se montrer. Ou bien céder, se rendre avant même d'avoir lutté, se résigner à la vie médiocre du médecin-traitant de province, avec l'avantage, néanmoins, de pouvoir commencer à insinuer, peut-être même dès ce soir-là, quand Gemma le raccompagnerait jusqu'à la porte de la rue, que la cause de *tout* ç'avaient été elle et le mariage auquel, en un certain sens, *eux* l'avaient contraint. A ce moment-là, il y avait deux routes qui s'ouvraient devant lui : mais lui — et ses lèvres, sous les moustaches, se laissaient déjà aller à une esquisse de sourire —, lui choisissait la moins accidentée, la plus facile...

La moins accidentée, la plus facile ? Qui sait ? Mais en attendant, vite, vite ! pour que la comédie finisse et ne dure pas une seconde de plus.

4

Ils se marièrent. Ils logèrent chez son père à lui, le vieux marchand de grains Salomone Corcos, et c'est là, au cœur étroit et malsain du ghetto, que naquirent tout de suite Jacopo et puis Ruben. Il dut en somme s'écouler une douzaine d'années (les tempes et les moustaches du jeune médecin avaient eu le temps de blanchir légèrement), avant que la demeure « *parva sed apta mihi, sed nulli obnoxia, sed parta meo* », comme disait Elia, pût être acquise.

Pour y arriver de chez les Brondi, en parcourant le petit chemin du sommet des Remparts et en évitant tous les raccourcis possibles par les ruelles médiévales du centre, il ne fallait parcourir qu'un kilomètre et demi, deux au maximum. Une trotte d'une demi-heure, sans se presser. Et finalement, après avoir dépassé, sur la gauche, les masures de Borgo San Giorgio, groupées autour de l'église et du campanile ; avoir suivi sur toute sa longueur la grosse muraille de l'Asile d'aliénés et l'avoir laissée derrière soi ; et avoir finalement commencé à entrevoir, de cette hauteur dominant la plaine immense, les voiles bleues et ondulées des collines de Bologne (de l'autre côté, pendant ce temps, la rouge étendue des toits de Ferrare avait pivoté d'un quart de tour sur son axe) : finalement, donc, voici que, soudain, on se trouvait devant la façade sereine, domestique de la maison — grise, là-bas, avec son treillis de vigne vierge, ses volets verts clos pour défendre l'intérieur de la maison contre la violence de la réverbération —, à laquelle, dans le silence du potager situé devant elle, la succession de soleil et de nuages donnait parfois des pâleurs, des obscurités et des tressaillements de lumière qui avaient quelque chose de vivant, d'humain.

Quand on la regardait de ce côté-là, du côté orienté au midi, on eût dit une maison de campagne : avec sa petite aire, sur le devant, et son bûcher au rez-de-chaussée, et sa cour rustique séparée du potager proprement dit par une haie éternellement pleine de poules, et son verger qui, clos de murs hérissés de tessons et partagé en deux par une allée toute fleurie, au printemps, d'iris violacés et frisés, descendait par-delà la haie jusqu'au pied des remparts.

Et quand on y accédait par ce côté-là, cette maison ne vous intimidait pas ! Ce qui donnait même raison à l'obscur sentiment de sauvagerie qui incita toujours le père Brondi et les frères de Gemma à choisir, quand ils venaient, la route des Remparts et à se manifester de là-haut par des cris et même par de grossiers coups de sifflet très populaires : comme si la petite plaque de cuivre sur laquelle était gravé : Dr. ELIA CORCOS, MÉDECIN-CHIRURGIEN, qui, dûment astiquée, était bien en évidence de l'autre côté, sur la sévère porte cochère de la via Ghiara, avait eu le pouvoir de les mettre mal à l'aise ou peut-être de les irriter, au même titre que le dallage du grand salon, dont les carreaux rouges et cirés résonnaient trop durement sous la semelle cloutée de leurs gros souliers ; et comme si, en même temps, dans la réserve avec laquelle, pendant toute la journée, la façade dissimulait derrière les volets du premier étage le grand salon, justement, et la vaste cuisine aux ustensiles de cuivre accrochés au mur (réserve qui, par contre, semblait céder, dès qu'il commençait à faire sombre, à un besoin subit et violent de familiarité et d'abandon — et sous peu on allait pouvoir apercevoir la famille Corcos assise à la table de marbre de la cuisine, avec le manchon bleuté du gaz allumé au-dessus de leurs têtes : Elia, penché, même pendant qu'il mangeait, sur l'un de ses livres, sourd à partir de cet instant à tout ce qui se passait autour de lui), comme si eux, les Brondi, retrouvaient quelque chose de l'âme de celle qui, depuis plus de dix ans, était devenue, il est vrai, la signora Corcos, la femme du docteur, et de quel docteur! mais qui n'en restait pas moins Gemma, c'est-à-dire quelqu'un comme eux. Bref, il y avait en quelque sorte une relation entre le regard que la maison, flamboyant doucement par les vitres de ses hautes lucarnes, jetait sur la campagne déjà obscure, et celui qu'une femme encore jeune, sa silhouette encadrée, comme dans un tableau, par l'une des fenêtres de la cuisine, leur adressait de loin à travers l'air enténébré. Elle agitait un bras pour les apeler, insistante, joyeuse. Qu'ils entrent, qu'ils entrent donc! Est-ce qu'ils ne savaient pas que si la petite porte du verger restait toujours ouverte, c'était pour eux, justement pour qu'ils s'en servent? Le soleil couchant faisait briller les cuivres, au loin, dans la pénombre qui s'épaississait derrière Gemma. Sa silhouette à la fenêtre, avec son buste lourd emprisonné dans une sorte de cuirasse en soie, rappelait la photographie grandeur nature qui, tout de suite après leur installation dans la maison de la via Ghiara, avait été placée, selon le désir exprès d'Elia, dans le petit salon, juste au-dessus du piano Pleyel. Mais dans le portrait, qui avait été mis dans un beau cadre (un portrait que cela vous faisait de la peine de regarder, tant ce simple visage de paysanne exprimait de colère et d'amertume!), le fond était différent: un feuillage varié, plongé dans le brouillard blanchâtre, au lieu des casseroles scintillantes...

Dans la via Ghiara, du côté opposé, ce n'était plus la même maison.

C'était une construction à trois étages, en pierre rouge sombre. Et il semblait incroyable, quand on la regardait, que la campagne, ce monde dont la rue tranquille et isolée, si bourgeoise, faisait presque oublier l'existence (ce monde lointain et étranger — pensaient les parents d'Elia — d'où était venue Gemma), commençât en réalité là-bas, à quelques dizaines de mètres de distance, à peine par-delà ce dernier voile de façades à l'apparence distinguée parmi lesquelles se dressait également, sans nullement déchoir à côté d'elles, celle du docteur Corcos.

Qu'ils fussent des Corcos, des Josz, des Cohen ou des Tabet, ses parents directs ou par alliance ne paraissaient nullement impressionnés par la petite plaque de cuivre qui se détachait avec ses grandes lettres noires sur la porte cochère de la via Ghiara. Et bien qu'ayant, en son temps, âprement reproché à Elia d'avoir pris pour femme une *guià*[1], comme ils disaient dans leur jargon, et par surcroît une paysanne, et bien qu'ayant également désapprouvé, par la suite, qu'il eût quitté le quartier du ghetto, où il était né, pour aller habiter dans cette rue si éloignée, ce n'était néanmoins pas sans une pointe d'orgueil, d'orgueil de secte et de caste, que, les fois où ils venaient lui rendre visite, ils empruntaient régulièrement l'entrée principale, si digne et si respectable, et, en fin de compte, tellement en accord avec leurs voilettes, leurs petits chapeaux transpercés de longues épingles, leurs robes de soie à traîne, leurs redingotes, leurs hauts-de-forme, leurs cronstadt et leurs melons. L'aspect de la maison, le calme et le silence de la rue, semblables, encore que différents, à ceux des petites rues du centre d'où ils venaient (le mouvement joyeux et populaire de la via XX Settembre, la large artère urbaine parallèle au

---

1. *Guià :* « goy », c'est-à-dire toute personne étrangère au judaïsme.

corso Giovecca, dans laquelle, là-bas, près de l'Asile d'aliénés, on voyait déboucher la via Ghiara, semblait mourir comme par enchantement au seuil de ses portes, là où l'herbe recommençait à pousser librement entre les pavés de la chaussée), suffisaient à les rassurer et à les convaincre qu'Elia, malgré tout, était toujours quelqu'un de leur sang, de leur monde : bref, un Corcos.

Ce point établi, et c'était le point fondamental, quand il apparut très clairement qu'il ne reniait nullement ses origines, *qu'il ne se convertissait pas*, en somme, mais que, au contraire, par sa fortune croissante, il donnait à leur origine commune un lustre dont ils récolteraient eux aussi indirectement les bénéfices, tout le reste, y compris son mariage avec Gemma Brondi, pouvait être excusé, voire même justifié. Qu'est-ce que cela faisait, par exemple, qu'il fût le fils de cet incapable de Salomone Corcos, de ce petit marchand sans importance, négligeable à tous les points de vue, qui n'avait jamais été capable, pendant sa vie, que de faire des enfants — il en avait eu douze ! — et qui s'était finalement trouvé réduit à vivre aux dépens d'Elia, le dernier de la série ? Que représentait Gemma elle-même dans sa vie, puisque cette chaîne ne l'avait pas empêché de devenir à un peu plus de quarante ans médecin-chef de l'Hôpital municipal, médecin personnel de la duchesse Costabili et peut-être, après la mort prématurée du mari de celle-ci, quelque chose de plus que son médecin personnel ? Chaque été, il l'accompagnait dans les stations thermales européennes les plus renommées — en Suisse, en Allemagne, dans le Midi de la France — où elle faisait une cure : et ce n'était vraiment pas la faute d'Elia si

Gemma, quand il revenait, n'était pas capable d'apprécier convenablement les cadeaux raffinés et souvent somptueux qu'il lui rapportait de l'étranger : une année, un manchon d'astrakan ou d'hermine, une autre année, un splendide nécessaire de voyage, en sanglier, une autre année encore, un modèle de Paris, authentique, et ainsi de suite... A quelques années de là, s'il avait été un autre homme et non l'ours, le misanthrope obstiné qu'il était (même ces voyages avec la duchesse Costabili, il ne semblait y consentir que par pur devoir et parce qu'ils étaient largement rétribués : ah ! on ne pouvait vraiment pas dire qu'il était du genre qui intrigue pour faire carrière, quelqu'un capable de s'imposer avec des armes autres que celles de l'intelligence, et ce n'était pas pour rien qu'il était né à Ferrare et non à Bologne !), Elia eût pu facilement obtenir une chaire universitaire : et alors, non seulement il eût été accueilli par le Cercle des Commerçants, d'où, à ce qu'on savait, lui étaient déjà parvenues de courtoises invitations à s'inscrire, que lui, naturellement, avait déclinées, mais même l'inaccessible Cercle des Amis, réservé à l'aristocratie ferraraise la plus choisie — les Costabili, les Maffei, les Canonici, les Del Sale, les Scroffa, etc. — n'eût pas osé, à son sujet, émettre un vote se traduisant par la boule noire. Somme toute, si l'on considérait le caractère et les goûts de l'homme que, parfois, vers le soir, on pouvait surprendre dans son potager, en train, ses lunettes remontées sur son front barré d'une ride et une jaquette élimée endossée par-dessus son pantalon de redingote, de procéder à de mystérieuses injections désinfectantes dans l'écorce des arbres fruitiers, Gemma, sait-on jamais ! avait peut-être été vraiment l'épouse qui lui convenait le mieux : dévouée, bonne maîtresse de maison, travailleuse comme peu de femmes, et même, comme nulle autre femme, ménagère incomparable. Par exemple : dès leurs premiers jours de vie conjugale, il avait été établi qu'elle devait se lever à l'aube, et cela pour qu'Elia, se levant une demi-heure après pour travailler, trouvât son café prêt. Quelle autre femme, Dieu saint, se fût assujettie sans protester à une telle corvée ? En y songeant bien, pas même une bonne ! Non, non : si lui, qui était prudent et avisé, en était venu à l'épouser, il n'avait pas dû être amené à le faire pour réparer les conséquences d'une erreur commise dans sa jeunesse, durant les heures de garde de nuit passées à l'hôpital en compagnie d'une jeune fille exubérante (il en arrive tant, dans notre région, des incidents de ce genre, sans qu'il y ait ensuite besoin de passer devant le maire !), mais il avait dû le faire en obéissant à un calcul précis, suivant un plan lucidement concerté. Qu'en un peu plus de dix ans il fût devenu un homme d'aspect sinon robuste mais certainement florissant, lui qui, quand il avait trente ans, avait une très mauvaise santé, et qui était toujours pâle et maladif, à tel point qu'on le croyait destiné à mourir prématurément de phtisie : tout le monde était d'accord pour attribuer dans une mesure notable également à Gemma le mérite de cette consolidation aussi décisive que surprenante de la santé d'Elia. Et puis, bien entendu, c'était un savant, un positiviste ! Le fait même qu'il eût refusé, à un certain moment, de continuer à payer la cotisation à laquelle étaient astreints d'après le cens tous les membres naturels de la Communauté, déclarant pour justifier son refus que sa conscience ne lui permettait pas de feindre une foi qu'il n'avait plus : sur cela aussi, il était légitime, sinon juste, de fermer les yeux, puisque ensuite, quand il s'était agi de la circoncision de ses enfants, il avait non seulement accepté de les soumettre à cette opération, du reste très simple, avait non seulement voulu y assister en personne, mais avait même déclaré que la chose lui plaisait, car elle répondait à des règles d'hygiène évidentes, connues également des anciens et, en conséquence, sagement incluses par eux dans la religion. Q'importait, enfin, qu'il fût et se déclarât libre penseur (il n'alla à la Synagogue qu'à l'occasion de la mort de son père, pour le service de suffrage : et il fallait voir les salutations graves et obséquieuses qu'il adressait aux personnes présentes en passant le long des bancs : pour tenir les gens à distance, entendons-nous bien, il n'y en avait pas deux comme lui !), quel poids pouvaient bien avoir ces traits d'indépendance, ces excentricités, si, en somme, quand il le fallait, il continuait de se conformer à la règle générale ?

Et de fait, à ce propos, quand, en 1904, le petit et blond Ruben mourut d'une méningite, âgé de six ans seulement, ce n'avait été une surprise pour personne, une heureuse surprise, qu'Elia, contrairement à son habituelle insouciance en matière de religion (cette même insouciance, oh ! bien sûr, qui, comme pour reconnaître les indéniables « vertus de mère et d'épouse » de Gemma, devait l'amener, en 1925, quand il s'avéra que le cancer dont elle était atteinte était incurable, l'amena à l'épouser devant le curé de San Giuseppe, convoqué d'urgence, et à cause de qui elle avait repris ces derniers temps les pratiques religieuses interrompues depuis sa jeunesse : car Elia n'était pas, finalement, l'homme sec et insensible, le monstre d'égoïsme qu'il pouvait sembler être parfois, mais au contraire, etc.) : n'était-ce pas vraiment consolant, pour eux tous, qu'il eût insisté pour que son second enfant fût enterré près de son grand-père Salomone, dans le vieux cimetière israélite, ce cimetière si intime, si calme, si vert et si bien entretenu ? Et d'autre part — se rappelaient-ils —, est-ce que, à l'occasion de la mort de cet enfant, le comportement de Gemma n'avait pas été extrêmement pénible, Gemma ayant non seulement voulu suivre l'enterrement pas à pas, mais ensuite, quand on eut fini de combler la fosse, se jetant, les bras ouverts, sur le monticule de terre fraîche, et elle criait, interrompant les prières de l'officiant, le dottor Levi, elle criait que son petit, « *al miè pôvar putîn* », elle ne voulait pas le laisser là ? Une mère est toujours une mère, mais un père aussi a des droits. Prétendait-elle, Gemma, que Ruben Corcos fût enseveli de l'autre côté du mur, dans le Cimetière municipal, où, pour trouver une tombe, il faut perdre une journée ? Et qu'est-ce qu'ils avaient, tous ces Brondi (mais il y en avait donc des foules de ces gens-là !), à pleurer et à se désespérer ainsi ? Pourquoi étaient-ils venus en aussi grand nombre ? Ils devaient avoir convoqué leurs parents proches et lointains, leurs amis et connaissances, car la plupart d'entre eux ne savaient pas que rester tête nue était interdit ! Et celle-là ? Qui était cette petite femme au châle noir et aux doigts osseux de vieille fille qui tentait, aidée d'Elia et de Jacopo (lequel ressemblait déjà tellement à Elia : brun, réservé, fin, pâle, un vrai Corcos...), de relever Gemma qui faisait non avec la tête et qui n'aurait pas voulu obéir ?

« Luisa Brondi ? Ah ! la sœur de Gemma. »

En se heurtant à Luisa sur le seuil de la porte cochère de la via Ghiara, il y en avait toujours un, parmi les parents d'Elia, qui disait cela. Ils feignaient de ne pas la reconnaître ou, peut-être même, avaient-ils du mal à la reconnaître. Intimidée, Luisa nouait son châle sous son menton ; et au déclic que faisait la serrure, ouverte des étages supérieurs au moyen d'une corde actionnée à la main, elle était prête à céder tout de suite le pas.

Elle s'écartait, la vieille fille, en baissant les yeux. Comme elle eût voulu, à ce moment-là, pouvoir revenir sur ses pas ! Mais non : chaque fois, elle finissait par entrer elle aussi, refermant doucement la porte cochère et rejoignant au milieu de l'escalier le groupe compact des *autres* qui montaient en parlant tranquillement entre eux : obéissant à un mouvement instinctif qui fut toujours plus fort, toujours, que toute velléité d'y résister, de se l'interdire.

5

Oui, c'était bien la silhouette de Luisa, cette frêle petite silhouette vêtue de noir, la tête enveloppée dans le châle sombre des visites à l'église et des jours de fête, que, presque tous les après-midi, sur le tard, mais tous les dimanches sans exception, pendant des années et des années, c'était bien elle, donc, que l'on pouvait voir avancer rapidement, venue des régions lointaines, bleues, pleines de monde et déjà banlieusardes de la via XX Settembre, pour émerger finalement dans la via Ghiara, dans ce *buen retiro,* comme disait aussi Elia, dans cette île de tranquillité, si propice à son travail, à son besoin de recueillement et de paix. Et, pendant que, la dernière, elle gravissait lentement les marches qui menaient à l'étage supérieur, la pensée qu'il ne pouvait rien y avoir de commun entre eux, les Brondi, et ces gens si renfermés et si orgueilleux qui la précédaient, ne cessait pas un seul instant de lui torturer le cœur.

Ils s'arrêtaient de nouveau, pêle-mêle devant la porte fermée, sur le palier du premier étage. Finalement quelqu'un venait ouvrir, finalement ils entraient.

« Pourquoi est-ce que je reviens ici ? » se demandait Luisa.

En s'avançant dans les pièces, elle regardait autour d'elle. Partout, de gros livres de science médicale, des romans pour la plupart italiens et français, des atlas historiques et géographiques, des dictionnaires, des microscopes, des baromètres, des stéthoscopes en bois et en métal, des lampes de bureau étranges et compliquées, des étagères ; partout, de grandes huches rustiques, des armoires, des tables rondes, ovales et rectangulaires, des chenets gigantesques comme il n'y en a qu'à la campagne, de grands seaux en cuivre frioulens ou en zinc suspendus par des crochets au plafond de la cuisine et des salles de bains, des lits noirs en fer verni, des cheminées au manteau immense et fuligineux ; et là-haut, tout au sommet de l'escalier, après le palier du second étage, surplombant la petite porte du grenier et dominant tout le reste, l'image solennelle d'un Moïse légiférant... Pour que, entre tant d'objets si différents, pût s'établir une sorte d'harmonie — pensait-elle —, pour qu'ils trouvent, eux aussi, peu à peu, le repos, il allait en falloir du temps ! Peut-être seul le temps, avec sa lente et insensible caresse, avec sa brume légère, réussirait-il à la fin à accomplir ce miracle ! Mais, en attendant, la maison qui reproduisait entre ses murs ce qu'avaient d'inconciliable ses deux visages opposés et contraires — et pourtant, elle vibrait tout entière, tel un instrument de musique, à l'heure où la cloche de l'église de San Giuseppe, toute proche, déversait sur elle son étourdissante et enivrante cape mélodieuse —, la maison, donc, ne manquait jamais de répéter à Luisa que les personnes aussi, qui vivaient sous son toit ou qui la traversaient, étaient imperméables l'une à l'autre, étrangères l'une à l'autre.

Chaque fois, avant même de le revoir, Luisa se représentait Elia.

Dans la grande cuisine où les ustensiles, aux murs, brillaient comme des flammes, et dans laquelle, rentré de ses annuels voyages estivaux à Baden-Baden ou à Vichy, il revenait se réfugier chaque automne avec un désir si intense et si impérieux, Elia allait lui apparaître chaque fois, invariablement assis à sa table de travail, sourd à toutes les voix qui pouvaient essayer de le distraire de ses pensées, enfermé dans une solitude dont on ne pouvait franchir le seuil. « Qu'est-ce que je viens faire ici ? » persistait à se demander Luisa. Dans quel but continuerait-elle de venir là, dans cette énorme cuisine pleine de bonnes, d'infirmières, de voisines, de parents pauvres et riches, d'enfants et d'adultes qui souvent criaient et souvent se disputaient ; dans cette cuisine où Gemma elle-même, qui pourtant régnait avec, suspendu à sa ceinture, le gros trousseau de clés des buffets et des armoires et avec de soudains et violents éclats de colère plébéienne, ne réussissait jamais à briser le cercle de réserve qui défendait Elia de toutes les intrusions indiscrètes ? Et le voici là, Elia, effectivement. A cet instant précis, il levait les yeux des livres, plongé dans lesquels, après l'hôpital et la clinique, il passait le reste de la journée (« *chi libràzz !* » dit toujours d'eux Gemma, en les montrant avec mépris), pour les porter au-dehors, plus loin que le verger, plus loin que le mur d'enceinte qui séparait celui-ci des remparts, plus loin que les remparts mêmes, et pour les fixer finalement là-bas, incrédules, sur les grands nuages dorés qui occupaient l'immense ciel du paysage familier.

O rus, quando ego te adspiciam ?

murmurait-il, pour lui-même, en remuant à peine les lèvres, les yeux rivés aux étroites rangées de peupliers et aux hameaux épars dans la plaine. Ou bien, se tournant, moqueur, vers Gemma :

*Viens, bien-aimée, approche-toi,
tu n'es esclave ni servante...*

Pourquoi donc revenir là — s'exclamait alors en elle-même Luisa —, puisque même pour elle, la belle-sœur vieille fille, il n'y avait et il n'y aurait jamais qu'une petite place à l'écart, où ses doigts, maniant avec une hâte machinale le crochet, réfléchiraient les dernières lueurs du jour ? Pourquoi n'avait-elle pas, elle aussi, la force de caractère de sa mère qui ne sortait de chez elle que pour se rendre à l'église ? Pourquoi n'avait-elle pas la dignité de son père et de ses frères que, les rares fois où ils se montraient dans les parages, il n'y avait pas moyen de déloger du bûcher au rez-de-chaussée ? Là, en bas, puisqu'ils étaient venus pour cela, ils s'acharnaient à grands coups de hache sur les souches les plus grosses, jusqu'au moment où ils les avaient réduites aux dimensions d'un poêle. Et il fallait entendre comme ils tapaient ! La maison en retentissait tout entière, des caves aux greniers. Inutile d'essayer de les faire monter à l'étage : même pas pour leur donner à manger. Il ne restait qu'à leur faire descendre, préparés à part, d'énormes plats de spaghetti, du pain et du saucisson, des oignons assaisonnés d'huile et de sel, et la fiasque de vin.

Non, elle n'avait jamais rien eu de commun avec ces gens-là. Sauf, peut-être (avec les années, Luisa se cramponna de plus en plus à cette idée), sauf, peut-être, avec le père d'Elia, ce pauvre signor Salomone, l'ancien courtier en grains qui s'était marié trois fois, avait eu douze enfants dont le dernier fut Elia, et qui, bien que très vieux et veuf pour la troisième fois déjà à l'époque du mariage de son fils préféré, et très attaché à la vieille masure du vicolo Torcicoda dont, de sa vie, il n'avait jamais bougé et où, en dernier, il avait vécu avec le ménage d'Elia : qui donc, malgré cela, s'était finalement décidé à suivre son fils dans la maison de la via Ghiara, juste à temps, à croire qu'il l'avait pressenti, pour y mourir presque centenaire et pour être placé en effigie photographique dans le petit salon, en face de celle de Gemma.

Avoir affaire à lui était bien différent ! Cérémonieux, il est vrai, comme Elia ; prodigue lui aussi de coups de chapeau, de courbettes et de compliments de tous genres : mais sans affectation, sans ironie.

Si, par exemple, dans la rue, il se heurtait à une

femme qu'il connaissait, et peu importait qu'elle fût coiffée du chapeau des dames bien ou du châle des femmes du peuple, aussitôt, en signe de respect, un respect légèrement nuancé d'admiration s'il s'agissait d'une beauté, il se collait complètement au mur ou, parfois, descendait carrément du trottoir. Bien que très religieux et pratiquant (le mariage d'Elia avait dû être pour lui une vraie douleur, de ce point de vue-là seulement : mais une douleur secrète à laquelle il ne fit jamais allusion), pourtant, à la maison, il ne parlait jamais de religion : ni de la sienne ni de celle d'autrui. Il se bornait à utiliser librement le jargon du ghetto, un jargon qui ne ressemblait que partiellement à notre dialecte, plein comme il l'était de mots incompréhensibles. Mais des mots comme *hamór* (âne), *hasir* (porc), *magnod* (argent), *mahod* (coups de bâton), *pehat* (pause), etc., n'avaient dans sa bouche rien de mystérieux, rien d'étrange, mais prenaient en quelque sorte la couleur de son perpétuel optimisme, de sa bonté.

Chaque fois qu'on le lui demandait, il tirait de sa poche une petite montre en argent, à clef, qui, à sa mort, revint à Elia : non sans, avant de dire l'heure, l'avoir approchée de son oreille, d'un air béat. Et souvent, même sans qu'on le lui demande, car, bien que ce fût l'homme le plus doux du monde, c'était un fervent patriote, souvent il se mettait à parler des décades du Risorgimento, quand Ferrare était encore sous la domination de l'Autriche et que les soldats en uniforme blanc montaient la garde, baïonnette au canon, devant l'Archevêché. Ces soldats, les gens les regardaient avec mépris, avec haine ; et lui aussi qui, alors, était assez jeune, avait partagé ces sentiments.

Mais, en somme, en y réfléchissant bien, en quoi ces pauvres gars étaient-ils coupables,

mis là dans la vigne à jouer les tuteurs ?

Plus souvent encore, en tout cas, il revenait sur Garibaldi, qui avait été le soleil, l'idole de sa jeunesse. Et il parlait de la voix du Général, de cette mélodieuse voix de ténor, capable de vous faire bouillir votre sang, que lui, Salomone Corcos, perdu au milieu d'une foule délirante, avait entendue s'élever du balcon de l'hôtel Costabili, où logea pendant une semaine le Héros des Deux Mondes, par une nuit étoilée de juin 1853.

Il y était allé avec Elia enfant, poursuivait-il, et l'avait tenu dans ses bras pendant toute la durée du discours : et cela parce que le cadet de ses enfants, qui était trop petit pour pouvoir se rappeler une autre nuit merveilleuse, quelques années plus tôt, où les grilles du ghetto avaient été abattues par la fureur populaire, pût se souvenir de l'Homme blond en chemise rouge qui avait fait l'Italie ! Garibaldi ! Lui, Salomone, avait de lourdes charges de famille, douze enfants ! Et pourtant, il en était sûr, il sentait qu'il eût suffi d'un seul mot du Général (il bafouillait toujours un peu, en racontant ; mais arrivé là, les yeux brillants, il demeurait presque sans souffle), pour que, si nécessaire, il le suivît même jusqu'au bout du monde. Oui, oui, au bout du monde ! N'importe qui, entendant parler Giuseppe Garibaldi, eût fait de même.

Avec Gemma, il fut toujours humain, poli, chevaleresque. Et comment Luisa eût-elle pu oublier la courtoisie qu'il lui témoignait à elle aussi ? La courtoisie de cet homme qui, s'il la rencontrait dans la maison, ne manquait jamais de la questionner, la sachant d'une

La promenade avant dîner

famille de maraîchers, sur le prix des denrées : combien les petits pois, combien le raisin, combien le blé ? « Vous êtes Luisa, la sœur de Gemma », disait-il : et il avait l'air content, car depuis quelque temps sa mémoire « s'était mise en tête » de lui faire souvent défaut, il avait l'air content de s'en être souvenu tout seul.

Mais il y avait une chose en lui, à part ses boucles blanches, luisantes comme de la soie, et son grand nez caractérisque, qu'elle se rappelait avec une sorte de volupté. Et c'était l'odeur qui émanait de ses vêtements.

C'était une odeur qui faisait penser aux « fruits de la terre », ainsi qu'il les appelait : la même senteur agreste, mélange d'effluves d'agrumes, de foin fané et de blé, que, en feuilletant des petits livres de dévotion qu'il avait apportés avec lui de la maison du vicolo Torcicoda, pour qu'ils soient « éventuellement » distribués aux convives de l'agape pascale, elle avait sentie s'élever, chaque fois, de ces vieilles pages jaunies, imprimées à moitié en hébreu et à moitié en italien, illustrées de gravures à l'encre bleue représentant les sept plaies d'Egypte, Moïse devant le Pharaon, le passage de la mer Rouge, la chute de la Manne, Moïse sur le Sinaï en conversation avec l'Eternel, l'adoration du veau d'or, et ainsi de suite, jusqu'à l'apparition de la Terre Promise à Josué. A la différence d'Elia, dont la redingote professionnelle ne sentit jamais que le sublimé et l'acide phénique (mais en le voyant vieillard, âgé de quatre-vingt-dix ans comme son père, dans la troupe des cent quatre-vingt-trois Juifs de Ferrare qui furent envoyés à Fossoli et, de là, déportés en Allemagne, en le voyant si solitaire et silencieux, à son habitude, au milieu de ses compagnons de malheur en larmes, il n'eût pas manqué de gens pour évoquer pour lui aussi la Bible et les Patriarches...) : des vêtements et de la personne tout entière de Salomone Corcos s'exhalait ce parfum religieux subtil, délicat, rare et pourtant familier.

Ses petits livres pascals, rangés dans la console du grand salon, avaient imprégné peu à peu le bois du meuble et la pièce tout entière. Luisa y entrait en catimini, et chez les Corcos, ce fut toujours là son refuge : même après la mort de Gemma, quand, en 1926, elle vint vivre avec Elia en qualité de gouvernante, et même après la disparition d'Elia lui-même, en automne 1943.

Elle restait là, assise dans le noir, à penser et à respirer en silence.

6

L'amour, c'était autre chose : Luisa le savait elle aussi.

Quelque chose de cruel, d'atroce, à regarder de loin ; ou dont rêver, en fermant les yeux.

Et certainement le sentiment que, depuis sa jeunesse, elle avait éprouvé pour Elia, et qui n'était donc pas l'amour, ni même le désir ou l'envie de l'amour, mais qui était pourtant une présence continuelle, fatale, indispensable : ce sentiment n'avait jamais été une pensée joyeuse, puisque, en entrant, chaque fois, dans la cuisine où Elia, près de la fenêtre d'angle, s'attardait à travailler jusqu'à l'heure du dîner (il travaillait et semblait ne s'apercevoir de rien : mais peut-être que rien, en réalité, qui valût la peine d'être remarqué, ne pouvait échapper à ses yeux très noirs, perçants et inquisiteurs), elle éprouvait le besoin d'éviter le calme regard qui, pendant un instant, s'était levé d'un livre, à son entrée ; et le besoin aussi d'évoquer sur-le-champ en elle-même, pour se défendre, le souvenir de Salomone Corcos. C'était de tout le monde, de tout le monde et pas seulement d'Elia, que Salomone Corcos avait été différent ! Même le siècle passé, *son* siècle avait été sans comparaison meilleur que cet autre siècle, plein d'angoisse et de douleur, dans lequel le destin avait voulu que Gemma et elle vécussent. Et ainsi, autour de la figure du bon vieillard, Luisa avait inventé peu à peu une ère heureuse, merveilleuse, où Dieu, planant au-dessus de toutes les divisions de race, de classe et de religion, parlait également à tous les hommes.

Elia, Elia ! Rien ne pouvait échapper à son regard, vraiment ! Et pourtant, en même temps, il semblait presque qu'il ne vît pas...

Le fameux soir de ses fiançailles avec Gemma (c'était en août 1888), comme, en rentrant à une heure tardive, il passait sur la pointe des pieds devant la porte de la chambre à coucher du vieux Salomone, il avait hésité un instant, se demandant s'il allait entrer et tout raconter sur-le-champ à son père.

« D'où viens-tu, Seigneur Dieu ? » avait soudain crié le vieillard, de l'intérieur de la chambre, avant même qu'Elia eût abaissé la poignée de la porte. « Tu le sais que je ne parvenais pas à fermer l'œil ? »

Cela avait incité Elia à changer brusquement d'idée.

Il était donc monté dans sa chambre, une toute petite pièce qui donnait sur les toits par une lucarne. Et ayant vu de là-haut que, maintenant, c'était l'aube (plus un bruit dans la maison, la ville endormie à ses pieds, cette lumière rose qui effleurait là-bas les toits, venue de l'Orient, et un frémissement, un frémissement d'orgueil dans son cœur), il avait décidé de se passer complètement de sommeil, cette nuit-là, et de se mettre plutôt à travailler.

La Science. N'était-ce pas là *sa* mission ?

Ce devait avoir été lui-même qui avait raconté cela, une fois ou une autre ; et cependant il regardait devant lui, sans ne plus voir ni rien ni personne, en ricanant légèrement.

C'était certes un singulier regard, pauvre Gemma ! Comme si, à dater justement de l'aube de ce jour-là, il eût toujours vu ainsi les êtres et les choses : c'est-à-dire de haut et comme hors du temps.

*Une plaque commémorative
via Mazzini*

Et j'ai vu quelquefois ce que l'homme a cru voir.
Rimbaud.

1

Lorsqu'en août 1945, Geo Josz fit sa réapparition à Ferrare, unique survivant des cent quatre-vingt-trois membres de la Communauté israélite que les Allemands avaient déportés dès l'automne 1943 et que, non sans raison, la plupart des gens croyaient tous exterminés depuis longtemps dans les chambres à gaz, au début, personne, à Ferrare, ne le reconnut.

A dire la vérité, on ne se rappelait même pas qui cela pouvait bien être. A moins que — ajoutaient certains d'un air perplexe — à moins qu'il ne s'agît de l'un des fils de cet Angelo Josz, le marchand de tissus en gros bien connu, qui, encore qu'ayant bénéficié d'une mesure de discrimination pour mérites patriotiques (ainsi étaient formulés les motifs du décret de 39 : et, après tout, il avait été humain de la part de feu le Consul Bolognesi qui, à cette époque-là déjà, était Secrétaire Fédéral de Ferrare et dont l'amitié pour le vieux Josz ne se démentit jamais, il avait été humain, donc, de sa part, d'adopter. en souvenir de leurs communs exploits dans les *squadre*[1] fascistes au temps

1. *Squadre :* les groupes d'assaut du fascisme à ses débuts.

de leur jeunesse, un terme aussi vague), n'en avait pas réussi pour autant à éviter pour lui-même et pour sa famille la grande rafle de 43.

Oui — commençait-on à se souvenir, en serrant les lèvres et en fronçant le sourcil — l'un de ces adolescents frappés d'ostracisme, pas plus d'une dizaine en tout, que, parce qu'ils avaient été forcés, dès 38, d'interrompre toute relation de travail avec leurs ex-camarades de classe et avaient également, en conséquence, cessé de fréquenter la maison de ceux-ci, on ne voyait plus que rarement en ville et qui avaient grandi, avec, sur le visage, une expression étrange, à la fois apeurée, sauvage et méprisante, si bien que lorsqu'on les apercevait de temps en temps, brièvement, courbés sur le guidon d'une bicyclette parcourant à toute allure le corso Giovecca ou le corso Roma, on préférait, gêné, les oublier aussitôt.

Mais à part cela : dans cet homme d'âge indéfinissable, si gras qu'il avait l'air boursouflé, avec un colback en peau d'agneau sur son crâne rasé, et vêtu d'une sorte d'échantillonnage de tous les uniformes militaires de l'époque connus et inconnus, qui eût pu reconnaître le frêle enfant d'il y a sept ans ou l'adolescent nerveux, maigre et apeuré d'il y a trois ans ? Et si un certain Geo Josz était jamais né et avait jamais existé, si, comme il l'affirmait, il avait fait partie, lui aussi, de cette troupe de cent quatre-vingt-trois larves que Buchenwald, Auschwitz, Mauthausen, Dachau, etc., avaient englouties, était-il possible que lui, lui seul, revînt maintenant de là-bas et se présentât, bizarrement accoutré, il est vrai, mais en tout cas bien vivant, pour parler de lui-même et des autres qui n'étaient pas revenus et qui, certainement, ne reviendraient jamais plus ? Au bout de tant de temps, après toutes les souffrances qui avaient été un peu le lot de tout le monde, et cela sans distinction de convictions politiques, de fortune, de religion ou de race, qu'est-ce qu'il voulait, celui-là, maintenant ? Même l'*ingegner*[1] Cohen, le président de la Communauté israélite, qui, à peine rentré de Suisse, avait tenu à dédier aux disparus une grande plaque commémorative en marbre qui se détacha bientôt, sévère, énorme, flambant neuve, sur la façade en terre cuite route de la Synagogue (et l'on dut ensuite, naturellement, la refaire, non sans plaisir pour ceux qui avaient reproché à l'ingegner Cohen sa précipitation commémorative : car son linge sale — ne serait-ce que par souci patriotique ! — il y a toujours moyen de le laver discrètement), même lui, donc, avait, au début, soulevé une foule d'objections et, bref, ne voulait pas entendre parler du revenant.

Mais procédons, néanmoins, par ordre ; et, avant d'aller plus loin, arrêtons-nous un instant à l'épisode de la plaque commémorative placée sur la façade de la Synagogue, à la suite de l'imprudente initiative de l'ingegner Cohen : épisode par lequel commence véritablement l'histoire du retour de Geo Josz à Ferrare.

Quand on la raconte maintenant, la scène risque de sembler peu croyable. Et il suffirait, pour douter de sa vérité, de l'imaginer se déroulant avec, pour toile de fond, le décor pour nous si banal, si familier de la via Mazzini (la guerre elle-même ne l'a pas touchée : comme pour dire que rien ne pourra jamais s'y

---

1. *Ingegner* : diplômé des Arts et Métiers, ingénieur.

passer !) : de la rue, veux-je dire, qui, partant de la piazza delle Erbe et longeant l'ancien ghetto — avec, à son début, l'oratoire de San Maurelio, l'étroite fente de la via Vittoria en son milieu, la façade en terre cuite rouge de la Synagogue un peu plus loin, et la double et parallèle rangée de ses cent magasins et boutiques, dont chacun abrite, dans une pénombre imprégnée d'odeurs, une petite âme prudente, pétrie de scepticisme et d'ironie commerciaux —, relie les ruelles tortueuses et décrépies du noyau médiéval de Ferrare aux splendides artères, si dévastées par les bombardements, des quartiers Renaissance et moderne de la ville.

Baignant dans la lumière éclatante et dans le silence de cet après-midi d'août, un silence interrompu à de longs intervalles par l'écho de coups de feu lointains, la via Mazzini s'ouvrait vide, déserte et intacte. Et telle elle était apparue également au jeune ouvrier qui, depuis treize heures trente, juché sur un petit échafaudage, un bonnet en papier sur la tête, s'était mis à s'affairer autour de la grande dalle de marbre qu'on lui avait donnée à fixer, à deux mètres du sol, contre la brique poussiéreuse de la Synagogue. La présence de ce paysan contraint par la guerre de devenir citadin et de s'improviser maçon (le sentiment de sa solitude l'envahissait lentement et, aussi, une vague frayeur, car il s'agissait, bien sûr, d'une plaque commémorative, mais il s'était bien gardé de lire ce qui était écrit dessus !) s'était tout de suite perdue dans la lumière et n'était nullement parvenue à effacer ce que le lieu et l'heure avaient de désert. Pas plus que n'était parvenu à effacer cette impression de désert le petit groupe de passants qui, aussi différents d'attitude que de couleur et se réunissant plus tard sans que le jeune maçon semblât s'en apercevoir, avaient fini par occuper peu à peu une bonne partie de la chaussée derrière lui.

Les premiers à s'arrêter avaient été deux jeunes gens : deux partisans barbus et à lunettes, en short, le foulard rouge autour du cou et le fusil-mitrailleur en bandoulière : des étudiants, de jeunes messieurs de la ville — avait pensé le jeune maçon-paysan en les entendant parler et en se tournant à peine pour leur jeter un regard furtif. Peu après, s'était ajouté à eux un prêtre, imperturbable, malgré la chaleur, dans sa soutane noire, mais les manches retroussées — il avait un air étrangement belliqueux, comme de défi — sur ses blancs avant-bras poilus. Et puis, ensuite, un bourgeois, un sexagénaire au bouc poivre et sel, l'air hagard, la chemise ouverte sur un thorax très maigre et sur une pomme d'Adam inquiète : lequel bourgeois, après avoir commencé par lire à mi-voix ce qui, vraisemblablement, était inscrit sur la plaque (et c'étaient des noms et des noms : mais, à ce qu'il semblait, pas tous italiens), s'était brusquement interrompu à un certain moment pour s'exclamer avec emphase : « Cent quatre-vingt-trois sur quatre cents ! » : comme si, chez lui aussi, Podetti Aristide de Bosco Mésola, qui se trouvait par hasard à Ferrare et qui n'avait pas l'intention d'y rester plus longtemps que le strict nécessaire, et qui, en attendant, s'occupait de son travail de maçon et de rien d'autre, comme si, donc, ces noms et ces chiffres avaient pu éveiller Dieu sait quels souvenirs, susciter Dieu sait quelles émotions. Que lui importait, à lui, de savoir à qui ces noms pouvaient appartenir et pour quelle raison ils avaient été gravés dans le marbre ? Les propos des gens qui, attirés au contraire justement par ces noms, étaient en train de devenir de plus en plus nombreux, étaient comme un bourdonnement désagréable à ses oreilles. Des Juifs, bon, cent quatre-vingt-trois sur quatre cents ! Cent quatre-vingt-trois sur les quatre cents qui vivaient à Ferrare avant la guerre. Mais qu'est-ce que c'était donc, finalement, que ces Juifs ? Que voulaient-ils dire, ceux-là et les *autres,* les fascistes, par ce mot ? Ah ! les fascistes ! C'était justement de son village, au fond de la Bassa[1], dont ils avaient fait, à partir de l'hiver 44, une sorte de quartier général, qu'ils avaient semé la terreur dans les campagnes pendant des mois et des mois. En dialecte, on les appelait les *tupîn,* les petits rats, à cause de la couleur de leurs chemises : et précisément tels des rats, quand était arrivée l'heure de rendre des comptes, ils avaient tout de suite trouvé un trou où se cacher. A présent, ils étaient cachés. Mais qui pouvait garantir qu'ils ne reviendraient plus ? Qui pouvait jurer qu'ils n'étaient pas toujours en train de rôder dans les rues, avec, eux aussi, un foulard rouge autour du cou, attendant le moment de la revanche ? Au bon moment, aussi prestement qu'ils s'étaient cachés, ils surgiraient de nouveau avec leurs chemises noires et leurs têtes de mort : et alors, moins on en savait, mieux cela valait pour vous.

Et il était tellement décidé à ne vouloir rien savoir, le pauvre garçon — parce que, lui, il lui suffisait de travailler et le reste ne l'intéressait pas —, tellement ignorant, et se méfiant tellement de tout et de tous, cependant que, enfermé dans son grossier dialecte, le dialecte du Delta du Pô, il tournait obstinément le dos

---

1. *Bassa :* toute la région du Pô avant le vaste delta de ce fleuve.

au soleil, que, soudain, sentant quelqu'un lui toucher légèrement la cheville (« Geo Josz ? » dit au même moment une voix moqueuse), il se retourna tout de suite, l'œil mauvais.

Un homme de petite taille, trapu, coiffé d'un étrange bonnet de fourrure, était devant lui. Le bras levé, il indiquait la plaque, derrière le jeune maçon. Comme il était gras ! Il avait l'air gonflé d'eau, une espèce de noyé. Et il n'y avait pas de raison d'avoir peur de lui : car il riait, certainement pour se gagner sa sympathie.

« Geo Josz ? » répéta-t-il en montrant toujours la plaque, mais, maintenant, il était grave.

De nouveau, il se mit à rire. Mais, sur-le-champ, comme pris de remords, et parsemant ses propos de fréquents « je vous prie » à l'allemande (il s'exprimait avec la distinction d'un causeur de salon : et Podetti Aristide, car c'était à lui qu'il s'adressait, l'écoutait bouche bée), il se déclara désolé, « croyez-moi », d'avoir tout gâché par son intervention qui, il était prêt à le reconnaître, avait toutes les caractéristiques d'une « gaffe ». Eh oui — soupira-t-il : il allait falloir refaire la plaque, étant donné que ce Geo Josz, à qui elle était en partie dédiée, n'était autre que lui-même, ici présent. A moins que (et, en disant cela, il regarda autour de lui avec ses yeux bleus, comme pour prendre possession d'une image de la via Mazzini dont fût exclue la petite foule qui se pressait autour de lui, sans souffler mot : jusque-là, pas une seule tête ne s'était montrée à l'une des multiples boutiques toutes proches), à moins que la commission chargée des manifestations commémoratives, voyant dans son retour un signe du destin, ne renonce tout bonnement à l'idée de cette plaque : laquelle — ricana-t-il — si elle offrait l'avantage indubitable, étant placée dans ce lieu de trafic intense, de devoir être lue presque de force (« Mais, cher ami, vous ne tenez pas compte de la poussière : dans quelques années, vous verrez, personne ne la remarquera plus ! »), avait néanmoins le grand tort de modifier de façon désagréable la façade si honnête, si accueillante, de « notre chère vieille Synagogue » : l'une des rares choses, y compris la via Mazzini elle-même — que la guerre, grâce à Dieu, avait entièrement épargnée, et qui était restée identique à ce qu'elle était « avant » —, sur lesquelles (« ... oui, cher ami, je le dis également pour vous qui, je l'imagine, n'êtes pas israélite... »), on pouvait encore compter.

« C'est un peu comme si vous, avec ce visage et ces mains, on vous obligeait, je ne sais pas, moi, à vous mettre en smoking ! »

Et, en disant cela, il montrait ses propres mains, calleuses au-delà de toute expression ; mais dont le dos était si pâle qu'on pouvait y lire distinctement, ses cinq chiffres précédés de la lettre J, un numéro matricule, tatoué un peu plus haut que le poignet droit dans une peau molle, comme bouillie.

2

C'est ainsi, donc, qu'avec un regard non pas menaçant mais ironique et amusé (ses yeux, d'un bleu aqueux, regardaient froidement, d'en bas : comme s'il eût émergé, tel qu'il était, pâle et gonflé, des profondeurs de la mer), Geo Josz fit sa réapparition à Ferrare, parmi nous.

Il arrivait de très loin, de beaucoup plus loin qu'il n'arrivait réellement ! Et se retrouver tout à coup ici, dans la ville où il était né...

La chose s'était passée à peu près de la manière suivante.

Le camion militaire à bord duquel il avait pu se transporter en quelques heures du Col du Brenner à la Vallée du Pô, après avoir quitté le bac de Pontelagoscuro, avait remonté lentement la levée de la rive droite du Pô. Et finalement, quand il était parvenu en haut de celle-ci, après un dernier et presque réticent soubresaut, le camion avait offert à ses regards l'immense plaine oubliée de son enfance et de son adolescence. Là-bas, déplacée un peu vers la gauche, ç'aurait dû être Ferrare. Mais était-ce Ferrare — s'était-il demandé et avait-il demandé également au chauffeur assis à côté de lui —, était-ce Ferrare, ce sombre polygone de pierre poussiéreuse, réduit, à part les quatre tours du château qui se dressaient en son centre, aériennes et irréelles, à l'apparence d'une sorte de lugubre fer à repasser pesant lourdement sur les champs ? Où étaient les vieux arbres verts et lumineux qui, jadis, se dressaient le long du faîte des remparts mutilés ? Le camion approchait rapidement de la ville, et, accélérant peu à peu sur l'asphalte intact de la route toute droite, il semblait vouloir fondre sur elle : et à travers les larges brèches ouvertes çà et là dans les remparts, on pouvait déjà apercevoir les rues de la ville, naguère si familières, rendues méconnaissables par les bombardements. Il ne s'était écoulé que deux ans depuis qu'il avait été déporté. Mais c'étaient deux années qui en valaient vingt ou deux cents.

Il était revenu quand plus personne ne l'attendait. Qu'est-ce qu'il voulait, à présent ?

Pour répondre avec calme à une question comme celle-ci — avec le calme nécessaire pour comprendre et excuser ce qui, d'abord, n'avait peut-être été qu'un simple, encore qu'inexpérimenté, désir de vivre — il eût fallu sans doute d'autres temps et, sans doute, une autre ville.

Il eût fallu, en tout cas, des gens un peu moins effrayés que ne l'étaient ces messieurs sur lesquels se réglait, encore et toujours, l'opinion publique ferraraise (il y avait, parmi eux, en même temps que quelques gros commerçants et propriétaires terriens, plusieurs des représentants des professions libérales les plus cotés de Ferrare : bref, l'épine dorsale de ce qu'avant la guerre on appelait notre classe dirigeante) ; des personnes qui, parce qu'elles avaient été forcées d' « adhérer » plus ou moins en bloc à la défunte République Sociale, et ne pouvant pas se résigner, même pendant quelque temps, à se tenir à l'écart, voyaient partout des pièges, des ennemis et jusqu'à des rivaux politiques. Ils avaient pris la carte du Parti, la trop célèbre carte, c'est vrai. Mais par pur civisme. Et, en tout cas, avant ce fatal 15 décembre 43 qui avait vu fusiller simultanément onze de leurs concitoyens et qui avait été le début, en Italie, de cette « lutte fratricide » qu'on ne déplorerait jamais assez. Ils les avaient vus, criblés de balles, en face des arcades du Caffè della Borsa — où ils étaient restés un jour entier, surveillés de près par la troupe, mitraillette au poing — ils les avaient vus, eux, de leurs propres yeux, les corps de ces

« malheureux » gisant comme des paquets sur la neige sale ! Et de la sorte, continuant sur ce ton, s'abandonnant tout entier à l'effort de convaincre les autres et eux-mêmes que, s'ils s'étaient trompés, ils l'avaient fait plutôt par générosité que par peur (c'est pour cette raison que, laissant de côté tout autre insigne, ils avaient commencé à se montrer, arborant toutes leurs décorations disponibles à la boutonnière de leur veste), ils ne pouvaient certainement pas prétendre être les gens les plus aptes à reconnaître chez les autres cette simplicité et ce caractère normal de propos, cette fameuse « pureté » dans les actes et dans les intentions dont ils se réclamaient si bien pour leur part. Alors, quant au cas particulier de l'homme au colback : en admettant même que ce fût Geo Josz — ce dont, néanmoins, on n'était pas du tout convaincus ! ; et cela même admis, il fallait pareillement se méfier de lui. Cette graisse, toute sa graisse, éveillait les soupçons. *L'œdème de la faim,* oui ! Mais qui d'autre, sinon Geo, avait pu mettre en circulation une telle histoire, pour tenter maladroitement de justifier un aspect florissant qui contrastait singulièrement avec ce que l'on disait des camps de concentration allemands ? *L'œdème de la faim* n'existait pas, c'était une invention pure et simple. Et l'embonpoint de Geo signifiait deux choses : ou bien que, dans les *Lager,* on ne souffrait pas de cette terrible faim, comme la propagande voulait vous le faire croire ; ou bien que Geo y avait bénéficié d'une faveur particulière. Un fait était certain : sous ce gros bonnet de fourrure, derrière ces lèvres figées par un éternel sourire, il ne pouvait y avoir de place, on l'eût juré, que pour des pensées et des projets hostiles.

Et que dire des autres — une minorité, à la vérité —

qui restaient tapis chez eux, tendant l'oreille aux plus petits bruits venus de l'extérieur, l'image même de la peur et de la haine ?

Il y avait, parmi ces derniers, celui qui s'était offert pour présider, ceint d'une énorme écharpe tricolore, la vente aux enchères publiques des biens confisqués à la Communauté israélite, y compris les lampes en argent de la Synagogue et les antiques parchemins des Ecritures ; et celui qui, ses cheveux blancs coiffés du noir bonnet surmonté de la tête de mort de la Brigade Noire, avait fait partie d'un tribunal extraordinaire responsable de plusieurs exécutions : des gens, par ailleurs, presque toujours bien, qui peut-être, avant cela, n'avaient jamais paru s'intéresser à la politique et qui, même, dans la majorité des cas, avaient mené une vie principalement retirée, consacrée à leur famille, à leur profession, à leurs études... Mais ils tremblaient tellement pour eux-mêmes, ceux-là ; ils avaient, pour leur compte, une telle peur de mourir : que même si Geo Josz n'avait désiré que vivre (et cela était le minimum, voyons ! qu'il pût désirer) : eh bien, même devant une exigence aussi simple, aussi élémentaire, ils eussent trouvé une raison de se sentir personnellement menacés. La pensée que l'un d'entre eux pouvait, une nuit ou l'autre, être pris en catimini par les « rouges » et emmené à l'abattoir dans un coin perdu de la campagne, cette pensée affreuse revenait, inlassable, les rendre fous d'angoisse. Vivre, survivre à tout prix ! C'était une prétention violente, exclusive, désespérée.

Et si au moins l'homme au colback, « cette épave », s'était décidé à s'en aller de Ferrare !

S'il voyait avec indifférence les partisans, qui

avaient pris la succession du commandement de la Brigade Noire, utiliser comme caserne et comme prison la maison de la via Campofranco, propriété de son père, il était clair en revanche qu'il était heureux de promener partout, obsédant, son visage de mauvais augure : certainement pour ajouter un nouvel aliment à la colère de ceux qui allaient se charger de le venger, lui et tous les siens. Le scandale le plus grand, en tout cas, c'était que les nouvelles autorités supportassent un tel état de choses. Inutile de recourir au préfet, le *dottor*[1] Herzen, nommé à cette charge le lendemain de la « soi-disant » Libération par ce même C.L.N. dont, après les événements de décembre 1943, il était devenu le président clandestin : Oui, inutile de recourir à lui, s'il était vrai, et c'était bien vrai, que c'était dans son bureau, au Château, que, tous les soirs, on dressait les listes de proscription. Ah ! c'est qu'ils le connaissaient bien, eux, ce type qui, en 39, s'était laissé exproprier presque en souriant de la grande fabrique de chaussures dont il était le propriétaire aux portes de la ville, et dont maintenant, si les bombardiers alliés ne l'avaient pas réduite à l'état de ruines, il allait certainement exiger la restitution ! De la quarantaine, chauve, avec des lunettes à monture d'écaille, il avait l'aspect caractéristiquement pacifique et inoffensif (mis à part son nom « juif », Herzen, et son dos raide et inflexible, qui avait l'air vissé à la selle de la bicyclette dont il ne se séparait jamais) de toutes les personnes le plus sérieusement redoutables. Mais la Curie archiépiscopale ? Et le Gouvernorat anglais ? N'était-ce pas là, hélas, un signe des temps : que, même de ce côté-là, on

---

1. *Dottor* : docteur, mais ici simple titre universitaire.

n'obtînt pas de réponse meilleure qu'un soupir de solidarité désolée ou, pis, un ricanement moqueur ?

Avec la peur et avec la haine on ne raisonne pas. Car, si on avait voulu, au contraire, pour en revenir à Geo Josz lui-même, comprendre quelque chose de ce qui se passait réellement dans son âme, il eût suffi, après tout, de se reporter à son extraordinaire réapparition à Ferrare : et plus précisément, à la suite de la scène singulière qui, à un certain moment, devant l'entrée de la Synagogue, via Mazzini l'avait amené à offrir, non sans sarcasme, ses mains à l'examen ahuri d'un jeune maçon.

On se rappellera peut-être le bourgeois d'environ soixante ans, au maigre petit bouc poivre et sel et au cou décharné, qui avait été parmi les premiers à s'arrêter devant la grande dalle en marbre de la plaque commémorative, due à l'initiative de l'ingegner Cohen, et qui éleva à un certain moment sa voix stridente (« Cent quatre-vingt-trois sur quatre cents ! » avait-il crié avec orgueil) pour en commenter l'inscription.

Eh bien, quand celui-ci, après avoir observé en silence comme les autres ce qui s'était passé pendant les minutes suivantes, se fut, avec des mouvements désordonnés, frayé un chemin dans la petite foule et se fut jeté au cou de l'homme au colback, l'embrassant bruyamment sur les joues et montrant par là que, le premier de tous, il avait parfaitement reconnu en lui Geo Josz : ce dernier, qui avait encore les mains tendues en avant, finit par dire très froidement : « Avec cette ridicule barbiche, cher oncle Daniele, j'ai failli ne pas te reconnaître » ; phrase celle-ci vraiment révélatrice non seulement des liens de parenté existant entre lui et l'un des survivants ferrarais de la famille

Josz (un frère de son père, pour être précis, qui, après avoir échappé par miracle à la grande rafle de novembre 43, était rentré à Ferrare, dès les derniers jours du mois d'avril passé), mais révélatrice également de l'impatience intense et profonde que lui, Geo, avait tout de suite éprouvée pour tout ce qui, à Ferrare, pouvait lui parler du passage du temps et des changements même minimes apportés par celui-ci aux choses.

Et alors :

« Pourquoi cette barbe ? »

« Vous croyez peut-être que la barbe vous va bién ? »

Il semblait, vraiment, qu'il n'eût pas d'autre chose en tête que d'observer d'un œil critique toutes les barbes de forme et de taille diverses que la guerre avait fait devenir, tout comme les fameux faux papiers, d'usage général : et c'était là sa manière, car on ne pouvait certes pas le qualifier d'homme loquace, de désapprouver, de ne pas être d'accord.

Dans ce qui, avant la guerre, avait été la demeure des Josz, et où l'oncle et le neveu se rendirent le même après-midi, il y en avait beaucoup de ces barbes, naturellement ; et cela donnait au petit hôtel en pierre rouge, surmonté d'une svelte tour gibeline, et si étendu en longueur qu'il occupait presque entièrement un côté de la brève et tranquille via Campofranco, cela lui donnait, dis-je, une allure militaire, féodale, digne peut-être d'évoquer les anciens maîtres des lieux, les marquis Del Sale, à qui Angelo Josz l'avait acheté en 1910 pour quelques milliers de lires, mais nullement lui, le marchand de tissus en gros juif disparu avec sa femme et ses enfants dans les fours de Buchenwald.

La porte d'entrée était grande ouverte. Devant elle, assis sur les marches du perron, la mitraillette entre leurs jambes nues ou allongés sur les sièges d'une jeep rangée contre le haut mur qui, en face, séparait la via Campofranco d'un vaste jardin privé, une douzaine de partisans attendaient, oisifs. Mais d'autres, en plus grand nombre, certains portant sous le bras de volumineux dossiers et tous avec, sur le visage, une expression énergique et résolue, allaient et venaient sans arrêt, malgré la chaleur étouffante de cette fin d'après-midi. Il y avait de la sorte, entre la rue mi-à l'ombre et mi-au soleil et le porche ébréché du vieil hôtel aristocratique, un va-et-vient intense, alerte, joyeux, qui s'accordait pleinement avec les cris stridents des hirondelles, qui volaient bas, rasant le gravier, et le cliquetis de machines à écrire qui s'échappait continuellement des énormes grilles des fenêtres du rez-de-chaussée.

Ce couple bizarre — l'un maigre, grand et hagard, l'autre gras, lent et en sueur — pénétra donc sous le porche et attira sur-le-champ l'attention des personnes présentes : pour la plupart, des gens armés, comme d'habitude abondamment chevelus et barbus, qui étaient assis, attendant, sur des bancs grossiers disposés le long des murs. Ils les entourèrent ; et Daniele Josz, qui, évidemment, tenait à montrer à son neveu la familiarité qu'il avait avec ce milieu, répondait déjà de bon gré aux questions, pour son propre compte et pour celui de son compagnon.

Mais lui, Geo, regardait fixement, un par un, ces visages bronzés et sanguins, qui les serraient de près, comme s'il eût voulu découvrir, derrière ces barbes, on ne sait quel secret, on ne sait quelle tare cachée.

« Oh ! disait son sourire, avec moi, ça ne prend pas ! »

Il parut rasséréné pendant un instant seulement,

quand il découvrit que, de l'autre côté de la grille du porche, exactement au centre du petit jardin pelé qu'il y avait là, s'épanouissait encore, brun et luxuriant, un grand magnolia. Mais pas assez rasséréné, néanmoins, pour que, un peu plus tard, en haut, dans le bureau du jeune secrétaire provincial de l'A.N.P.I.[1] (celui-là même qui, deux ans après, allait devenir le plus brillant député communiste d'Italie : si gentil, si poli et si rassurant, que cela faisait soupirer de regret plus d'une de nos plus dignes mères de famille, vu qu'il appartenait à l'une des meilleures familles bourgeoises de Ferrare, les Bottechiari, et que, par surcroît, il était célibataire), il ne répétât pas de nouveau cette observation désormais habituelle :

« La barbe ne vous va pas du tout, vous savez ? »

De sorte que, dans l'embarras glacial qui s'abattit immédiatement sur ce qui, jusque-là, grâce exclusivement à l'oncle Daniele, avait été une conversation non dénuée de cordialité, au cours de laquelle le futur député avait affecté de ne pas relever le *vous* que Geo s'obstinait, quant à lui, à employer, et avait utilisé avec insistance le *tu* de rigueur entre contemporains et entre camarades du parti, voici qu'apparut clairement, tout d'un coup, ce que Geo Josz voulait réellement, la raison pour laquelle il se trouvait là (et que n'avaient-ils pu assister à cette scène tous ceux qui, au contraire, avaient tant peur de lui!). Cette maison où *eux* s'étaient installés, comme, avant eux, les *autres*, les noirs, était à lui, est-ce qu'ils ne se le rappelaient pas ? De quel droit en avaient-ils pris possession ? Il regarda,

---

[1]. A.N.P.I. : Associazione Nazionale Partigiani Italiani (Association Nationale des Partisans Italiens).

menaçant, la dactylo qui, tressaillant, cessa soudain de taper sur les touches, comme s'il eût voulu lui dire à elle aussi, justement à elle, qu'il ne se contenterait pas d'une seule pièce, même si c'était celle-ci, qui était si belle et si ensoleillée — jadis, certainement, un salon de réception, même si le parquet avait été arraché de son sol pour s'en servir sans doute comme bois à brûler —, dans laquelle, n'est-ce pas ? on était si bien de l'aube au crépuscule, et peut-être même après le crépuscule, pour travailler en compagnie du jeune commandant de partisans qui semblait tellement décidé, à la bonne sienne ! à changer la face du monde.

En bas dans la rue, on chantait :

Le vent souffle, la tempête hurle,
souliers troués, il faut pourtant marcher...

et cette chanson entrait, impétueuse et absurde, par la fenêtre ouverte sur un ciel d'un rose tendre, très doux.

Mais la maison était à lui, qu'ils ne se leurrent pas ! Tôt ou tard, il la reprendrait tout entière.

3

C'est ce qui devait arriver, effectivement, encore que, bien entendu, pas tout de suite.

Pour le moment, Geo parut se contenter d'une seule pièce — et celle-ci ne fut évidemment pas le bureau de Nino Bottecchiari ! C'était en réalité une sorte de grenier situé au sommet de la tour qui surplombait la maison : pour y arriver, il fallait gravir pas moins de cent marches, et, enfin, au moyen d'une petite échelle en bois vermoulu, on y accédait directement par un cagibi qui se trouvait en dessous et qui avait jadis servi de débarras. Ce fut Geo lui-même qui, du ton dégoûté de quelqu'un qui se résigne au pire, parla le premier de cette « position de repli ». Quant au cagibi situé en dessous, lui aussi, ajouta-t-il, pourrait lui être assez utile, car il pourrait y loger, comme il en avait l'intention, son oncle Daniele...

Mais il apparut vite clairement que, de cette hauteur, Geo pouvait surveiller, à travers une large baie vitrée, tout ce qui se passait, d'une part, dans le jardin et, de l'autre, dans la via Campofranco. Et comme il ne sortait presque jamais et passait probablement une grande partie de la journée à contempler le vaste paysage de tuiles brunes, de potagers et de champs verdoyants qui s'étendait à ses pieds (un panorama immense, maintenant que les gros arbres feuillus des Remparts n'étaient plus là pour le limiter !), sa présence continuelle devint vite pour les occupants des étages inférieurs un sujet de réflexion désagréable et obsédant. Les caves de l'hôtel Josz, qui donnaient toutes dans le jardin, avaient été transformées, dès l'époque de la Brigade Noire, en prisons secrètes, sur le compte desquelles, en ville, même après la Libération, on avait entendu raconter maintes histoires sinistres. Mais à présent, soumises au contrôle probable et inquiétant de l'hôte de la tour, elles ne servaient naturellement plus à ces fins de justice sommaire et clandestine pour lesquelles elles avaient été instituées. A présent, avec Geo Josz installé dans cette espèce d'observatoire, on ne pouvait pas être tranquille, même un seul instant : car la lampe à pétrole qu'il gardait allumée toute la nuit — et on en voyait la faible clarté filtrer là-haut, à travers les vitres, jusqu'à l'aube — laissait supposer qu'il était toujours aux aguets et ne dormait jamais. Il devait être deux ou trois heures du matin, la nuit du jour où Geo était apparu pour la première fois via Campofranco, quand Nino Bottecchiari, qui était resté à travailler dans son bureau jusqu'à cette heure-là et qui finalement se disposait à s'accorder un peu de repos, leva par hasard, aussitôt arrivé dans la rue, les yeux vers la tour. « Faites attention ! » avertissait la lampe de Geo, suspendue entre ciel et terre, dans la nuit étoilée. Et ce fut en se reprochant vertement sa coupable légèreté et son non moins coupable acquiescement — mais, en même temps, en se préparant, en bon politique, à tenir compte des nouvelles circonstances — que le jeune futur député se décida, avec un soupir, à monter à bord de la jeep.

Mais il y avait aussi les cas où, à n'importe quelle heure du jour comme il commença bientôt à le faire, il se présentait soudain dans l'escalier, en bas, sous le porche, passant sous les regards des partisans assemblés là en permanence, vêtu de l'impeccable costume bourgeois en gabardine couleur olive qu'il avait substitué presque tout de suite au colback, à la veste de cuir et aux pantalons serrés aux chevilles qu'il portait lors de son arrivée à Ferrare. Il passait au milieu des partisans devenus muets sans saluer personne, élégant, parfaitement rasé, le bord de son feutre marron abaissé d'un côté du front sur un œil froid, glacial ; et, au vague malaise qui faisait suite à chacune de ses apparitions, on comprit très vite qu'il était bien le maître de maison, trop bien élevé pour discuter, mais fort de son droit, celui qui n'a qu'à paraître pour rappeler au locataire maussade et vandale qu'il doit s'en aller. Le locataire renâcle, fait semblant de ne pas remarquer la muette et insistante protestation du propriétaire de l'immeuble, qui, pour aujourd'hui, ne dit rien mais qui ne manquera certainement pas, en temps opportun, de lui demander des comptes au sujet des planchers abîmés et des murs souillés : si bien que, de mois en mois, sa situation empire et devient de plus en plus embarrassante et précaire. Ce fut plus tard, après les élections de 48, lorsque tant de choses étaient maintenant changées à Ferrare, ou, plutôt, qu'elles étaient redevenues ce qu'elles étaient avant la guerre (mais, en attendant, la candidature à la députation du jeune Bottecchiari avait eu le temps d'être couronnée par le plus complet des succès) : ce fut alors que l'A.N.P.I. se décida à transférer ailleurs son siège; et, pour être plus précis, dans trois pièces de l'ex-Casa del Fascio, viale Cavour, où, depuis 1945, la Fédération provinciale du Travail avait installé ses bureaux. Il est vrai, néanmoins, que par suite de l'action silencieuse, implacable de Geo Josz, ce transfert était depuis longtemps plus que nécessaire.

Il ne sortait, donc, presque jamais, comme s'il eût voulu que, dans la maison, on n'oubliât pas un seul instant qu'il était là. Mais cela ne l'empêchait pas de se montrer de temps en temps dans la via Mazzini, où, à partir de septembre, il avait obtenu que le magasin de son père, dans lequel la Communauté entassait tout ce que l'on pouvait récupérer des biens confisqués aux Juifs pendant la période de la République Sociale, fût débarrassé en vue des « plus que nécessaires » —

comme il le dit à l'ingegner Cohen en personne —
« travaux de restauration et de la réouverture de son
commerce » ; ou, plus rarement, sur le corso Giovecca,
marchant du pas indécis de quelqu'un qui avance en
terrain interdit et dont l'âme est partagée entre la
crainte de faire des rencontres désagréables et l'âpre
désir, parfaitement opposé, de les faire, ces rencontres,
pendant la promenade vespérale qui avait déjà recommencé à s'y dérouler, animée et vivante comme toujours ; ou à l'heure de l'apéritif, et s'asseyant brusquement à un guéridon — car il y arrivait chaque fois
essoufflé et ruisselant de sueur —, au Caffè della Borsa,
corso Roma, qui était demeuré le centre politique de la
ville. Et l'attitude d'ironique mépris qui lui était
habituelle et qui avait incité l'oncle Daniele lui-même,
pourtant si expansif et électrisé par cette atmosphère
du début de l'après-guerre, à renoncer très vite à toute
conversation à travers la trappe qui était au-dessus de
sa tête, cette attitude, donc, ne semblait pas disposée à
désarmer devant les manifestations d'accueillante cordialité et les affectueux « Content de vous revoir ! »
qui, maintenant, après les hésitations des premiers
instants, commençaient à lui venir de tous les côtés.

Les gens sortaient des boutiques proches de celle qui
avait été celle de son père et qui maintenant était à lui,
la main tendue, en personnes qui vous offrent aide et
conseils ou qui, carrément, vous promettent, avec une
hyperbolique générosité, une concurrence éternellement loyale ; ou bien ils traversaient exprès le corso
Giovecca dans toute sa largeur, et avec un élan excessif, rendu encore plus hystérique par le fait que, en
général, ils ne le connaissaient que de nom, ils lui
jetaient les bras autour du cou ; ou bien ils s'éloi-

gnaient du comptoir du bar, encore plongé dans cette même obscurité factieuse d'où sortaient naguère, tous les jours à treize heures, les nouvelles radiophoniques de nos défaites (nouvelles qui atteignaient à peine, au passage, la bicyclette furtive de Geo adolescent), pour venir s'asseoir près de lui, sous la grande tente jaune qui vous défendait si insuffisamment du soleil aveuglant et de la poussière des ruines. Lui, il avait été à Buchenwald et, le seul ! il en revenait, après avoir supporté Dieu sait quelles tortures physiques et morales, après avoir assisté à Dieu sait quelles atrocités. Eh bien, eux, ils étaient là, à sa disposition, tout oreilles pour l'écouter. Qu'il raconte ses aventures ; et ils ne se lasseraient jamais de l'entendre, prêts à renoncer, pour lui, même au déjeuner auquel les appelaient déjà les deux coups de l'horloge du Château. On eût dit dans l'ensemble autant de pathétiques excuses pour avoir tardé à le reconnaître, pour avoir cherché à le repousser, à l'exclure une fois encore. C'était comme s'ils lui eussent dit en chœur : « Tu es changé, tu sais ? Tu es un homme fait, que diable, et puis tu as tellement engraissé ! Mais tu vois : nous aussi, nous avons changé, le temps a passé pour nous aussi... » ; et, en même temps, ils montraient, comme preuve de leur bonne foi et de l'évolution que leurs « idées » avaient subie pendant ces années terribles et décisives, leurs pantalons en toile grossière, leurs manches retroussées, leurs sahariennes, leurs cols sans cravate et leurs pieds nus dans des sandales, ainsi que, naturellement, leur barbe, puisqu'il n'y avait personne qui ne la portât pas... Et ils étaient sincères en s'offrant chaque fois à l'examen et au verdict de Geo : comme fut sincère, à sa manière, la conviction qui, après avril 45, s'empara un peu de tout le monde, à Ferrare — y compris de ceux qui avaient le plus à redouter du présent et le plus à douter de l'avenir — la conviction, veux-je dire, que, bonne ou mauvaise, une ère nouvelle allait commencer maintenant, une ère meilleure en tout cas que celle qui, tel un long sommeil plein de cauchemars atroces, était en train de s'achever dans le sang.

Quant à l'oncle Daniele, pour lui, après trois mois où il avait vécu d'expédients et sans toit, l'étouffant cagibi de la tour avait tout de suite semblé, grâce à son incurable optimisme, une merveilleuse acquisition, nul plus que lui n'était convaincu qu'avec la fin de la guerre venait vraiment de commencer l'ère bienheureuse de la démocratie et de la fraternité universelle.

« Enfin, on respire ! » avait-il risqué dès la première nuit où il avait pris possession de son puits — et il parlait étendu sur le dos sur son matelas de crin, les mains derrière la nuque.

« Enfin, on respire, aah ! » répéta-t-il à voix plus haute. Et puis :

« Tu ne trouves pas, toi aussi, Geo, que l'atmosphère, en ville, est différente de celle d'avant ? Les choses ont changé, crois-moi : intérieurement, profondément, et pas seulement extérieurement. Ce sont les miracles de la liberté. Moi, personnellement, je suis intimement convaincu... »

Ce dont Daniele Josz était intimement convaincu devait, par contre, sembler d'un intérêt plus que douteux à Geo, car, pour toute réponse, il ne laissa jamais tomber de l'ouverture vers laquelle montaient la petite échelle en bois et les apostrophes passionnées de son oncle, que des « Hum ! », des « Ah, vraiment ? » qui n'incitaient guère à poursuivre. « Qu'est-ce qu'il peut bien faire ? » se demandait alors le vieillard, et il se taisait, cependant que ses yeux regardaient le plafond que le va-et-vient d'une paire d'infatigables savates giflait : et il ne savait que penser.

Il lui paraissait impossible, à lui, que Geo ne partageât point son enthousiasme.

Ayant fui Ferrare au moment de l'armistice, il avait passé presque deux ans caché dans un village perdu des Apennins toscano-émiliens, l'hôte de paysans. Et là-haut, après la mort de sa femme qui, la pauvre, elle si religieuse ! avait dû être enterrée sous un faux nom en terre chrétienne, il s'était joint en qualité de commissaire politique à un groupe de partisans. Il était entré parmi les premiers, bronzé et barbu, au sommet d'un camion, dans Ferrare libérée. Quelles journées inoubliables ! Retrouver la ville à moitié en ruines, il est vrai, et presque méconnaissable, mais complètement vidée de ses fascistes, de ceux d'*avant* et de ceux de Salò — bref, de toutes ces têtes, dont Geo aurait tout de même dû se rappeler une bonne partie : cela avait été pour lui une joie si pleine, si extraordinaire ! S'asseoir tranquillement au Caffè della Borsa, dont, aussitôt de retour, il avait tout de suite fait la base d'opérations de son ancienne et modeste activité d'assureur, sans qu'aucun œil courroucé lui ordonnât de s'en aller, mais, au contraire, en se sentant le centre de la sympathie universelle : maintenant, après l'accomplissement d'un tel désir, il eût même pu mourir ! Mais Geo ? Etait-il possible que Geo n'éprouvât rien de tout cela ? Etait-il possible qu'après être descendu aux enfers et en être par miracle remonté, il n'y eût plus en lui que l'envie d'évoquer sans bouger le passé, comme le prouvait la navrante série de photos de ses morts (le pauvre Angelo, la pauvre Luce, et ce petit Pietruccio, né dix ans après Geo quand, dans la famille, plus personne ne l'attendait, né seulement pour connaître la violence et l'angoisse et pour finir à Buchenwald) : des photos avec lesquelles, un jour où, en cachette, il était monté au-dessus, dans la chambre de son neveu, il avait trouvé tapissés les quatre murs ? Etait-il possible, enfin, que la seule barbe de Ferrare contre laquelle il n'avait rien à objecter, ce fût justement celle de ce vieux fasciste de Geremia Tabet, beau-frère du pauvre Angelo, qui, même après 38, et en dépit des lois raciales et de l'ostracisme dont les Juifs avaient été en conséquence partout l'objet, avait pu continuer de fréquenter le Cercle des Commerçants, encore que non officiellement, pour le bridge de l'après-midi ? Le soir même du retour de Geo, lui, Daniele Josz, avait dû suivre à contrecœur son neveu jusque chez les Tabet, via Roversella, une maison où, depuis qu'il était rentré à Ferrare, il n'avait jamais mis les pieds. Eh bien, n'était-il pas inconcevable — continuait de se répéter à lui-même l'ex-commissaire politique, l'ex-partisan sexagénaire — et pendant ce temps-là, son neveu, dans la chambre au-dessus, ne cessait de marcher lourdement de long en large —, n'était-il pas inconcevable que Geo, dès que son oncle fasciste était apparu à l'une des fenêtres du premier étage, eût poussé un cri suraigu, ridiculement, hystériquement passionné, presque sauvage ? Pourquoi ce cri ? Que signifiait-il ? Cela signifiait-il que le jeune homme, malgré Buchenwald et l'extermination de tous les siens, était devenu ce qu'Angelo, son père, avait, dans son ingénuité, été jusqu'au bout et peut-être même jusqu'au seuil de la chambre à gaz : c'est-à-dire un « patriote », ainsi qu'il

Une plaque commémorative via Mazzini

l'avait tant de fois entendu se proclamer avec une fierté stupide ?

« Qui est là ? demanda une voix soucieuse, venue d'en haut.

— C'est moi, oncle Geremia, c'est Geo ! »

Ils étaient en bas, devant la porte close des Tabet. Maintenant, il était dix heures, et, au bout de la ruelle, on n'y voyait pas à plus d'un mètre de distance. Le cri de Geo — se remémorait Daniele Josz — l'avait fait tressaillir d'étonnement. Ç'avait été une espèce d'étrange hurlement, étranglé par la plus violente et la plus inexplicable des émotions. Surprise et embarras : impossibilité de rien dire. En silence, se cognant l'un contre l'autre, et butant à chaque marche, ils avaient monté à tâtons, dans l'obscurité la plus absolue, deux étages d'un escalier fort raide.

Finalement, en haut de l'escalier, une moitié de son corps en deçà et l'autre moitié en delà du seuil, était apparu l'avocat Geremia Tabet en personne, vêtu d'un pyjama. Il tenait de la main droite une soucoupe sur laquelle était fixée une bougie dont la lumière vacillante donnait des reflets verdâtres à la pâleur naturelle de son visage encadré par une barbe en pointe qui n'était même pas devenue tellement grise. A peine l'avait-il aperçu que lui, Daniele Josz, s'était arrêté. C'était la première fois qu'il le revoyait depuis que la guerre était terminée ; et si maintenant il se trouvait là, sur le point de lui rendre visite, il y avait consenti uniquement pour faire plaisir à Geo, lequel, au contraire, depuis la visite domiciliaire qu'il avait faite quelques heures plus tôt à la maison de la via Campofranco, semblait ne plus avoir d'autre idée en tête que « l'oncle Geremia ». Après avoir posé la bougie sur le sol, l'avocat Tabet, dans une longue étreinte, avait serré son neveu sur son cœur : et cela avait suffi pour que le tiers mal à l'aise, qui était resté pour observer la scène sur le palier inférieur plongé dans l'obscurité, oublié là comme un étranger, se sentît de nouveau le parent pauvre qu'eux tous — son frère Angelo d'accord en cela aussi avec les Tabet — avaient toujours évité et méprisé à cause de ses idées « subversives ». S'en aller. S'en aller sans dire au revoir. Ne pas mettre les pieds chez ces gens-là. Quel dommage d'avoir résisté à cette tentation ! Ce qui l'avait retenu, en réalité, c'était un espoir, un espoir absurde. Après tout, s'était-il dit, la pauvre Luce, la mère de Geo, était une Tabet : la sœur de Geremia. Peut-être avait-ce été seulement le souvenir de sa mère qui avait empêché, au premier moment, Geo de se comporter vis-à-vis de son oncle maternel avec la froideur que méritait ce vieux fasciste...

Mais, hélas ! il s'était trompé : et pendant le reste de la soirée et, même, jusqu'à une heure avancée de la nuit, car il semblait que Geo ne se décidât jamais à prendre congé, il avait dû assister, assis dans un coin de la salle à manger, à des manifestations d'affection et d'amitié quasiment écœurantes.

C'était comme si se fût établie, d'instinct, entre les deux hommes une sorte d'entente, à laquelle s'étaient tout de suite conformés, avec une rapidité tout aussi foudroyante, les autres membres de la famille Tabet : Tania, si vieillie et si fanée, elle ! et suspendue comme toujours, les yeux effarés, aux lèvres de son mari ; et, de même, les trois enfants, Alda, Gilberta et Romano, qui, néanmoins, ainsi que leur mère, ne tardèrent pas à aller se coucher. Le pacte était le suivant : Geo ne ferait pas allusion, même indirectement, aux fautes politiques de son oncle, et celui-ci, de son côté, éviterait de demander à son neveu de lui parler de ce qu'il avait vu et souffert en Allemagne, où lui-même, du reste — et c'était là une chose que ceux qui pouvaient songer à lui reprocher quelques peccadilles de jeunesse et une erreur de choix politique plus qu'humaine devaient tout de même se rappeler — avait perdu une sœur, un beau-frère et un petit-neveu qu'il aimait beaucoup. Quel malheur, vraiment, quelle fatalité ! Mais le sentiment de l'équilibre et de la discrétion (le passé était le passé : inutile de s'obstiner à revenir sur lui !) devait désormais l'emporter sur toutes les autres impulsions. Mieux valait regarder devant soi, vers l'avenir. Et même, à propos d'avenir, en quoi consistaient — avait demandé à un certain moment Geremia Tabet, prenant le ton grave mais bienveillant du chef de famille qui voit loin et qui peut beaucoup — en quoi consistaient les projets de Geo ? Il songeait certainement à rouvrir le commerce de son père : très noble inspiration, que lui ne pouvait qu'approuver, étant donné entre autres choses que le magasin, *lui au moins*, était encore là. Mais, pour réussir dans cette entreprise, il fallait de l'argent, beaucoup d'argent : l'appui d'une banque était nécessaire. Pourrait-il l'aider, lui, en cela ? Il l'espérait, il l'espérait vraiment. De toute manière, vu que la maison de la via Campofranco avait été occupée par les « rouges », s'il voulait, en attendant, venir habiter provisoirement chez eux, on réussirait toujours à lui trouver, sinon un lit véritable, du moins de quoi le coucher !

Ce fut à ce moment précis — se rappelait Daniele Josz — que, relevant la tête avec une plus grande attention, il avait, lui, de nouveau cherché, encore qu'inutilement, à comprendre.

Transpirant abondamment, bien qu'en pyjama, l'avocat Tabet était assis, les coudes sur la grande table noire, genre réfectoire, au centre de laquelle grésillait la bougie, maintenant près de s'éteindre ; et, tout le temps, perplexe, il triturait du bout de ses doigts sa courte barbe grise, le bouc classique des *squadristi*, que, seul de tous les anciens fascistes de Ferrare, il avait eu le courage, l'effronterie ou peut-être, qui sait ? l'habileté de ne pas se faire tailler. Quant à Geo, cependant que, faisant non de la tête, il déclinait en souriant cette invitation, c'était justement sur ce bouc maintenant gris et sur la main grassouillette qui le taquinait que, de l'autre côté de la table, il dirigeait avec une fixité opiniâtre et fanatique le regard de ses yeux bleu ciel.

4

L'automne finit. L'hiver survint, le long et froid hiver de nos régions. Le printemps revint. Et lentement, en même temps que le printemps, mais néanmoins comme si c'était seulement le regard scrutateur de Geo qui l'évoquait, le passé aussi revenait.

Etrange, n'est-ce pas ? Et, pourtant, le temps disposait les choses de telle façon qu'on pouvait penser qu'entre Geo et Ferrare — entre Geo et nous — existait, si l'on peut dire, une sorte de secret rapport dynamique. Il est difficile, je le sais, d'expliquer cela clairement. Il y avait, d'une part, la progressive résorption par le corps de Geo de ces humeurs malsaines qui, lors de sa première apparition via Mazzini, avaient donné lieu à tant de discussions et de perplexité. D'autre part, il y avait la réapparition simultanée, d'abord timide, puis de plus en plus décidée et évidente, d'une image de Ferrare et de nous-mêmes, morale et physique, que chacun, dans son for intérieur, avait désiré à un certain moment oublier. Tout doucement, il maigrissait, retrouvant, au fur et à mesure que s'écoulaient les mois, en dépit de ses cheveux rares et précocement blanchis aux tempes, un visage que ses joues glabres rendaient encore plus juvénile. Mais la ville elle aussi, après qu'eurent été enlevés les monceaux de ruines les plus importants et que se fut donné libre cours une initiale frénésie de transformations superficielles, la ville elle aussi, donc, reprenait peu à peu le profil ensommeillé et décrépi que les siècles de la décadence cléricale, succédant brusquement, par un malin décret de l'histoire, aux temps lointains, féroces et glorieux de la Seigneurie gibeline, avaient maintenant figé, pour toutes les époques à venir, en un masque immuable. Tout, en Geo, disait son désir ou plutôt son exigence de redevenir un adolescent, l'adolescent qu'il avait été, certes, mais que, en même temps, précipité comme il l'avait été dans l'enfer privé de temps de Buchenwald, il n'avait jamais pu être. Et voici que nous aussi, ses concitoyens, qui avions été témoins de son enfance et de son adolescence, et qui pourtant ne nous souvenions que vaguement de lui enfant (mais lui, si ! il se souvenait de nous, si différents de ce que nous étions aujourd'hui !), nous redevenions ceux de jadis, ceux d'avant la guerre et de toujours. Pourquoi résister ?

Puisque *lui* nous voulait ainsi, et puisque, surtout, nous étions ainsi, pourquoi lui refuser cette satisfaction ? — finissait-on par se dire, avec une brusque indulgence et une soudaine lassitude. Mais notre volonté, on le sentait bien, n'y était que pour peu de chose ou pour rien. On avait l'impression d'être tous entraînés, Geo Josz d'une part et nous de l'autre, dans un mouvement vaste, lent et fatal, auquel il n'était pas possible de se soustraire. Un mouvement si lent — unanime comme celui de sphères unies par des engrenages placés en dessous d'elles, à un unique et invisible pivot — que seules la croissance des petits platanes replantés le long des remparts de la ville dès l'été 45 ou l'accumulation graduelle de la poussière sur la grande plaque commémorative de la via Mazzini eussent pu en donner la mesure exacte.

Mai arriva.

Donc, c'était pour cela ! — se disait-on en souriant. Donc, c'était seulement pour qu'un regret absurde ne parût pas aussi absurde et que *son* illusion fût parfaite, que, à partir des premiers jours du mois, avaient recommencé à défiler dans la via Mazzini, le guidon de leurs bicyclettes disparaissant sous les fleurs des champs, des bataillons serrés de belles filles qui pédalaient lentement, au retour de promenades dans la campagne environnante, vers le centre de la ville. Et c'était, d'ailleurs, pour la même raison qu'à la même époque, émergeant de Dieu sait quelle cachette pour s'adosser au chambranle de marbre qui avait soutenu, pendant des siècles, l'une des trois grilles du ghetto, reparaissait là-bas, au coin, immuable comme une petite idole de pierre et symbole pour nous tous, sans exclure personne, du diversement heureux « entre deux guerres », la petite silhouette mystérieuse du fameux comte Scocca. (« Tiens, le vieux fou : le voici de nouveau ! », avait-on grommelé spontanément, dès qu'on avait reconnu à distance le chapeau de paille jaunâtre incliné sur l'oreille et impossible à confondre, le cure-dent serré entre les lèvres minces et le gros nez sensuel levé pour renifler l'odeur des ruines que le petit vent du soir apportait avec lui.)

Et comme, pendant ce temps, la dernière génération de belles filles de Ferrare, suscitant de franches exclamations laudatives sur les trottoirs étroits et des coups d'œil d'admiration plus discrets dans la pénombre des boutiques situées en arrière de ceux-ci, avait presque fini, l'un de ces soirs-là, de remonter paresseusement la via Mazzini, et même, sur le point de déboucher sur la piazza delle Erbe, se préparait à passer outre en riant : devant ce spectacle de la vie en éternel renouvellement, et pourtant toujours semblable à elle-même et indifférente aux problèmes et aux passions des hommes, il n'y eut vraiment pas de mauvaise humeur, si obstinée qu'elle fût, qui pût alors persister. La petite scène de la via Mazzini offrait à gauche, venant à contre-jour du bout de la rue, les rangs serrés et lumineux des jeunes filles à bicyclette, et, à droite, immobile et gris comme le mur auquel il s'adossait, le comte Lionello Scocca. Comment ne pas sourire devant un tel spectacle et à la vue de cette lumière comme de postérité qui le baignait ? Comment ne pas s'émouvoir en contemplant cette espèce de sage allégorie qui, soudain, conciliait tout : l'angoissant et atroce hier, avec l'aujourd'hui tellement plus serein et riche de promesses ? Il est certain qu'en revoyant le patricien mûr et décavé reprendre gaillardement son ancien poste d'observation, d'où, pour quelqu'un qui, comme lui, avait la vue excellente et l'ouïe fine, il était possible de surveiller la via Mazzini sur toute sa longueur et, en même temps, la piazza delle Erbe contiguë, on n'eut soudain plus le cœur de lui reprocher d'avoir été pendant des années informateur à gages de l'O.V.R.A.[1] ou d'avoir dirigé, de 39 à 43, la Section locale de l'Institut culturel italo-allemand. Ces petites moustaches à la Hitler qu'il avait laissées pousser pour l'occasion et qu'il avait encore n'incitaient plus maintenant qu'à des considérations pleines de sympathie et même, pourquoi pas ? et même de gratitude.

Aussi parut-il scandaleux que Geo Josz se comportât au contraire à l'égard du comte Scocca — qui était, au fond, un inoffensif original — d'une façon qui excluait non seulement toute sympathie et toute gratitude, mais qui devait se révéler privée des plus élémentaires sentiments d'humanité et de discrétion. Et la surprise fut d'autant plus vive que, depuis quelque temps, avait prévalu l'habitude de sourire avec bienveillance et compréhension de lui et de ses bizarreries, de son aversion pour ce qu'on appelait les « barbes de guerre » incluse. Parler de Geo et de ses fameux caprices (« Il en a après les barbes ! Si ce n'est que ça... »), et prendre l'air résigné de celui qui, contraint et vexé, se disposait à faire sa volonté « juste pour lui donner satisfaction », et surtout « pour lui faire plaisir » : telle était l'habitude et telle, en même temps, la profonde vérité. Non sans qu'ensuite, toujours en

---

[1]. O.V.R.A. : Organizzazione Vigilanza Repressione Antifascismo (Organisation de Vigilance et de Répression de l'Antifascisme), la Gestapo italienne.

matière de barbes ferraraises qui, une à une, tombaient sous le ciseau du coiffeur, on ne pût même lui attribuer une bonne part du mérite — puisque, je le répète, tout se passait en grande partie « pour lui donner satisfaction » et, surtout, « pour lui faire plaisir » — si tous ces visages d'honnêtes hommes osaient finalement s'offrir de nouveau, nus, à la lumière crue du soleil. Et il était vrai, on ne peut plus vrai, en ce qui concerne ce dernier point, que l'avocat Tabet, l'avocat Geremia Tabet, oncle maternel de Geo, ne s'était pas encore rasé la barbe et que, selon toute probabilité, il ne la raserait jamais. Mais son cas n'eût pu représenter une exception valable que pour ceux qui étaient incapables d'associer mentalement à ce pauvre bouc grisonnant la casaque noire d' « orbace »[1], les grandes bottes noires luisantes et le fez en velours noir, avec lesquels chaque dimanche matin, jusqu'à l'été 38, jusqu'à l'extrême limite de la « belle époque », l'avocat Tabet avait eu coutume de se présenter, dans toute sa gloire, entre midi et une heure, au Caffè della Borsa.

Tout d'abord, l'incident parut invraisemblable. Personne n'y croyait. On ne parvenait positivement pas à se représenter la scène : Geo qui entrait tout naturellement, de son pas mou, dans le champ visuel du comte Scocca adossé au mur ; Geo qui frappait les joues parcheminées du vieil espion ressuscité, de deux gifles sèches, péremptoires, de vraies gifles de « squadrista ». En tout cas, il était sûr que la chose avait eu lieu : des dizaines de personnes y avaient assisté. Mais, d'autre part, n'était-il pas assez étrange qu'eussent

---

[1]. *Orbace :* tissu de laine sarde qui était le matériau obligé des uniformes fascistes.

sur-le-champ couru plusieurs versions, et des versions contradictoires, sur la manière dont les choses s'étaient déroulées ? Pour un peu, on en venait à douter non seulement de ce que chacune de celles-ci avait de fondé, mais carrément de la réalité véritable, objective de ce double bruit sec, *pam-pam,* si plein et si sonore, selon la rumeur générale, qu'on l'avait entendu sur une bonne partie de la via Mazzini : de l'oratoire de San Maurelio, à quelques mètres de l'endroit où se tenait le comte, jusqu'à la hauteur de la Synagogue et même au-delà.

Pour beaucoup, le geste de Geo demeurait immotivé, sans explications possibles. Quelques instants auparavant, on l'avait vu marcher dans le même sens que les jeunes filles à bicyclette, lentement, se laissant peu à peu dépasser par elles. Il ne détournait jamais les yeux du milieu de la rue : et rien dans son visage, où se lisait un sentiment mélangé de joie et de stupeur, ne pouvait permettre d'imaginer ce qui allait se passer un instant plus tard. Arrivant ainsi devant le comte Scocca et ayant détaché son regard d'un trio de charmantes cyclistes qui s'apprêtaient à quitter la via Mazzini pour déboucher sur la piazza delle Erbe, voici Geo qui, soudain, s'arrêta brusquement : comme si la présence du comte, à cet endroit et à cette heure-là, lui était apparue pour le moins inconcevable. Son hésitation, en tout cas, avait été réduite au minimum. Le temps de froncer le sourcil, de marmonner quelque chose d'entrecoupé et d'incohérent. Après quoi, comme mû par un ressort, il avait littéralement bondi sur le pauvre comte, lequel, quant à lui, n'avait jusqu'alors témoigné par aucun signe qu'il s'était aperçu de sa présence.

C'était tout ? Et pourtant il y avait, il devait y avoir

une raison — objectaient certains en pinçant dubitativement les lèvres. Le comte Scocca ne s'était pas aperçu de l'arrivée de Geo : et sur cela, pour autant que la chose elle-même pût sembler étrange, ils étaient assez d'accord. Mais comment était-il possible que Geo, lui, eût vu le comte, au moment précis où les trois belles cyclistes, sur lesquelles il dardait des regards avides, étaient sur le point de disparaître dans la brume dorée de la piazza delle Erbe ?

Selon eux, le comte, au lieu de contempler, immobile et silencieux, le va-et-vient de la rue, préoccupé seulement d'être absolument identique à l'image que tout à la fois la ville et lui-même désiraient, dans un élan unanime de sympathie, au lieu de cela, donc, le comte faisait quelque chose. Et ce quelque chose, dont personne passant à plus de deux mètres de distance n'eût pu se rendre compte — également parce que, malgré tout, ses lèvres continuaient de faire passer un curedent d'un coin de sa bouche à l'autre —, ce quelque chose était un sifflement léger, si faible qu'il semblait, plus que timide, machinal : un sifflotis distrait et fortuit, qui serait certainement passé inaperçu si l'air qui en était le thème avait été autre que celui de *Lili Marlène*. (Mais ce dernier détail n'était-il pas, d'ailleurs, le plus savoureux, celui dont on aurait dû être le plus reconnaissant à l'ancien délateur ?)

Tous les soirs, à l'ombre du réverbère...

sifflait tout bas, mais distinctement, le comte Scocca, en suivant vaguement du regard, lui aussi, malgré ses soixante-dix ans et plus, les jeunes filles à bicyclettes. Lui aussi sans doute, cessant un instant de siffler, avait, à un certain moment, uni sa voix au chœur unanime de louanges qui s'élevait des trottoirs de la via Mazzini, pour murmurer en dialecte, selon l'habitude émilienne sensuelle et débonnaire : « Soyez bénies de Dieu ! » ou « Soyez bénies, vous et la mère qui vous a faites ! » Mais la malchance avait voulu que ce sifflotement distrait, pacifique et innocent — innocent pour n'importe qui d'autre, bien entendu, à l'exception de Geo ! — lui remontât aussitôt aux lèvres. Inutile d'ajouter qu'à partir de là et jusqu'à la fin de la scène, la seconde version de l'incident concordait pleinement avec la première.

Néanmoins, il en existait une troisième, de ces versions : et celle-ci, comme la première, ne parlait nullement de *Lili Marlène* ni d'autres sifflotis plus ou moins innocents ou provocateurs.

A croire ce dernier son de cloche, c'était le comte lui-même qui avait arrêté Geo. « Hé ! », s'était-il exclamé en le voyant passer. Brusquement, Geo s'était immobilisé. Et alors le comte s'était mis aussitôt à lui parler, commençant tout bonnement par son prénom et par son nom. (« Tiens, tiens, est-ce que tu ne serais pas Geo Josz, le fils de mon ami Angiolino ? ») : car lui, Lionello Scocca, savait tout sur tout le monde, et les années qu'il avait dû passer caché Dieu sait où n'avaient en rien embrumé sa mémoire ou diminué sa capacité de reconnaître un visage entre mille — même s'il s'agissait d'un visage comme celui de Geo, qui était devenu un visage d'homme à Buchenwald et non à Ferrare ! Et ainsi, bien avant que Geo ne se jetât sur le vieillard et, sans tenir compte ni de son âge ni de rien d'autre, le giflât avec violence, les deux hommes avaient continué de causer pendant quelques instants avec beaucoup d'affabilité, le comte Scocca interrogeant Geo sur la fin d'Angelo Josz, à qui, dit-il, il était *toujours* resté très attaché, s'informant minutieusement du sort qui avait été celui des autres membres de sa famille, Pietruccio y compris, déplorant ces « horribles excès » et, en même temps, se félicitant de son retour à lui, Geo ; et Geo répondant, il est vrai, avec une certaine réticence gênée, mais tout de même répondant : rien ne les distinguant en somme d'un couple normal de citoyens debout sur un trottoir en train de discuter de tout et de rien, en attendant que vienne la nuit. Ce qui avait pu pousser ensuite Geo à assaillir soudain le comte, à qui il était juste de faire l'honneur de croire qu'il n'avait rien dit qui, de quelque manière, pût offenser ou blesser son interlocuteur et qu'il n'avait même pas esquissé, en l'occurrence, le plus petit sifflement : la bizarrerie du caractère de Geo résidait tout entière en cela, à en croire ceux qui racontaient ces choses, résidait tout entière dans cette « énigme » : et les cancans et les suppositions sur ce sujet allaient se prolonger pendant longtemps encore.

5

De quelque manière que les faits se fussent réellement déroulés, il est certain qu'à partir de cette soirée de mai beaucoup de choses changèrent. Ceux qui voulaient comprendre, comprirent. Quant aux autres, la majorité, il leur fut du moins donné de savoir qu'un virage s'était produit et qu'il était arrivé quelque chose de grave, d'irréparable.

Ce fut le lendemain même, par exemple, que les gens purent se rendre vraiment compte à quel point Geo avait maigri.

Absurde comme un épouvantail à moineaux, au milieu de l'étonnement, du malaise et de l'alarme générale, il reparut vêtu des habits qu'il portait quand il était rentré d'Allemagne, en août 45, colbak et veste de cuir compris. Ils étaient si larges pour lui maintenant — et lui, c'était évident, n'avait rien dû faire pour les mettre à sa taille —, qu'ils semblaient suspendus au portemanteau d'une armoire. Les gens le regardaient venir dans le corso Giovecca, le soleil matinal brillant, joyeux et pacifique, sur ses haillons, et l'on avait peine à en croire ses yeux. Donc, pendant tous ces mois, il n'avait fait que maigrir, que se dessécher ! Tout doucement, il n'était plus resté de lui que la peau et les os ! Mais personne ne parvenait à rire. En le voyant traverser le corso Giovecca à la hauteur du Théâtre municipal et prendre ensuite le corso Roma (il traversa en faisant bien attention aux autos et aux bicyclettes, avec une prudence de vieillard), peu nombreux furent ceux qui, dans leur for intérieur, ne se sentirent pas frissonner.

Et ainsi, à partir de ce matin-là, sans plus jamais changer de tenue, Geo s'installa peut-on dire en permanence au Caffè della Borsa, corso Roma, là où, un à un, sinon les récents bourreaux et tueurs de la Brigade Noire, que des condamnations du reste déjà « anachroniques » obligeaient encore à se terrer ou, en tout cas, à se tenir au large, recommençaient à se montrer les anciens donneurs de coups de bâton et les ex-distributeurs de purges de 22 et 24, que la dernière guerre avait emportés et relégués aux oubliettes. De son guéridon,

Geo, couvert de loques, regardait fixement les petits groupes de ceux-ci avec un air à la fois de défi et d'imploration. Et son attitude contrastait, tout à son désavantage, naturellement, avec la timidité et le désir de ne pas se faire trop remarquer que révélait le moindre geste des ex-tyrans. Vieux, maintenant, inoffensifs, avec, sur leur visage et sur leur corps, les marques terribles qu'y avaient multipliées leurs années d'infortune ; et néanmoins réservés, bien élevés et bien habillés : ces derniers en paraissaient beaucoup plus humains, beaucoup plus émouvants et dignes de pitié que l'autre, que Geo. Qu'est-ce qu'il voulait donc, Geo Josz ? — recommença-t-on à se demander, nombreux. Mais à cette époque pleine de romantisme de l'immédiat après-guerre, si propice aux problèmes moraux et aux examens de conscience, les temps de l'incertitude et de la perplexité, les temps — qui semblaient maintenant presque héroïques ! — où, avant de prendre la plus petite des décisions, on restait là à couper, comme on dit, les cheveux en quatre, ces temps-là ne pouvaient plus, hélas, être ressuscités. Que voulait-il donc, Geo Josz ? C'était de nouveau l'ancienne question, certes, mais formulée sans tremblements secrets, avec la brutalité impatiente que la vie, anxieuse de retrouver ses droits, imposait maintenant.

C'est pourquoi, à l'exception de l'oncle Daniele, que la présence à ces mêmes guéridons, « si en vue », de certains des représentants les plus notables du premier « squadrisme » local, ex-Consuls de la Milice, ex-Secrétaires Fédéraux, ex-*podestà*[1], etc., emplissait toujours d'indignation et mettait en veine de polémique

---

1. *Podestà :* chef de l'administration municipale dans le fascisme.

(mais son loyalisme était trop naturel, trop manifeste : qui eût pu le considérer comme une réelle exception, comme une authentique consolation ?) · c'est pourquoi, dis-je, étaient devenus bien rares les habitués du Caffè della Borsa encore capables d'accomplir l'effort de se lever de leur chaise en rotin, de parcourir les quelques mètres nécessaires et de s'asseoir enfin près de Geo.

Il y en avait quelques-uns, quoi qu'il en soit, qui mettaient plus de réticence à s'abandonner à leur intime répugnance. Mais le sentiment de gêne qu'ils rapportaient chaque fois de ces corvées volontaires était toujours le même. Il n'était pas possible, s'écriaient-ils, de causer avec un homme déguisé ! Et, d'autre part, si on le laissait parler, lui, il se mettait tout de suite à vous entretenir de Fòssoli, de l'Allemagne, de Buchenwald et de la fin de tous les siens : et il continuait ainsi pendant des heures entières, et on ne savait plus comment faire pour s'esquiver. Là, au café, à l'abri de la grande tente jaune qui, giflée de biais par le sirocco, avait un mal terrible à protéger les guéridons et les chaises de la fureur du soleil de l'après-midi, il n'y avait rien d'autre à faire, pendant que Geo parlait, que de suivre des yeux les mouvements de l'ouvrier occupé, devant vous, à boucher avec de la chaux les trous creusés dans le parapet du Fossé du Château par la fusillade du 15 décembre 1943. (A ce propos : c'était sans doute au nouveau Commissaire préfectoral, envoyé récemment de Rome après la soudaine fuite à l'étranger du dottor Herzen, qu'on était redevable des dispositions précises prises à ce sujet !) Et, pendant ce temps, Geo répétait les paroles que son père, avant de s'abattre, épuisé, sur le sentier qui menait du *Lager* à la mine de sel où ils travaillaient l'un et l'autre, lui avait murmurées dans un souffle ; et puis, non content de cela, il refaisait de la main le petit geste d'adieu que sa mère lui avait adressé, à la sinistre gare d'arrivée, au milieu de la forêt, cependant qu'on l'entraînait de force avec les autres femmes ; et puis, encore, il évoquait Pietruccio, son petit frère cadet, assis près de lui, dans le noir, dans le camion qui, de la gare au milieu des sapins, les transportait vers les baraques du camp, et tout d'un coup disparu, comme ça, sans un cri, sans une plainte, sans que l'on ait plus rien pu savoir de lui, ni alors ni jamais... C'était horrible, bien sûr, déchirant. Mais, dans tout cela, il y avait quelque chose d'excessif — déclaraient, unanimes, ceux qui revenaient de ces trop longues et déprimantes séances, non sans s'étonner sincèrement, il faut bien le dire, de leur froideur —, il y avait quelque chose de faux, de forcé. La faute de la propagande, peut-être — ajoutaient-ils pour leur excuse. Il est vrai qu'on en avait déjà tant écouté, *à l'époque,* des récits du genre de ceux-ci, que, maintenant, en se les entendant encore infliger quand, peut-être, l'horloge du Château était en train de sonner l'heure du déjeuner ou du dîner, on ne parvenait sincèrement pas à se défendre d'une certaine impression d'ennui et d'incrédulité. Et comme s'il eût fallu, après tout, pour être écouté avec plus d'attention, endosser une veste de cuir et se coller un bonnet de fourrure sur la tête !

Durant le restant de 46, 47 tout entier et une parcelle de 48, la silhouette de plus en plus déguenillée et désolée de Geo Josz ne cessa pas un seul instant d'être devant nos yeux. Que ce soit dans la rue, sur une place, au cinéma, au théâtre, à un match de football ou à une cérémonie publique, on tournait la tête et on le voyait là, infatigable, toujours avec, dans le regard, cette ombre de stupeur attristée, comme ne demandant qu'à engager la conversation. Mais tout le monde le fuyait comme la peste. Personne ne comprenait. Personne ne voulait comprendre.

Que, à son retour de Buchenwald, l'âme encore torturée par l'anxiété et l'angoisse, il fût resté volontiers chez lui ou que, lorsqu'il sortait, il eût choisi d'instinct les ruelles tortueuses de la vieille ville, les étroites et sombres ruelles du ghetto, plutôt que des artères du genre du corso Giovecca, si vaste qu'il donnait parfois presque un sentiment de vertige même à la personne la plus normale, cela était très compréhensible — admettait-on généralement. Mais que, ensuite, délaissant le complet en gabardine que la maison Squarcia, le meilleur tailleur de Ferrare, lui avait fait sur mesure et exhumant de nouveau son lugubre uniforme de déporté, il eût fait son possible pour se montrer partout où il y avait des gens ayant envie de s'amuser ou, simplement, éprouvant le sain désir d'échapper aux ennuis de ce sale après-guerre, d'aller de l'avant, de « reconstruire » : quelle excuse pouvait-on trouver à une ligne de conduite aussi extravagante et outrageante ? Et qu'est-ce que cela pouvait lui faire à lui qui, un soir d'août 46, avait eu le mauvais goût de s'y présenter accoutré de telle façon que le rire s'éteignit sur toutes les bouches, qu'est-ce que cela pouvait bien lui faire, bon Dieu ! que, plus d'un an après la fin de la guerre, on eût pensé à inaugurer un nouveau dancing en plein air : celui qui se trouve à l'extérieur de la Porta San Benedetto, au tournant du Doro ! Ce n'était pas, du reste, un dancing comme les autres ! Ainsi que tout le monde était forcé de le reconnaître, il s'agissait d'un local ultramoderne, avec un superbe éclairage au néon, un bar et un restaurant ouverts en permanence, repas servis à toute heure, auquel la critique la plus sérieuse qu'on avait pu adresser (à en croire ce qu'on avait lu dans l'article publié dans la *Gazzetta del Po* par ce pauvre visionnaire qu'était le jeune Bottecchiari), c'était de se trouver à même pas cent mètres du lieu où, en 44, avaient été tués par représailles les cinq membres du Directoire du IIe C.L.N.[1] clandestin. Eh bien, à part le fait que le dancing situé au coin où se trouve le Doro[2] était distant en ligne droite non pas de cent mais d'au moins deux cents mètres de la petite colonne en marbre de la fusillade, ce n'était qu'à un maniaque haïssant la vie que pouvait venir l'idée de s'acharner contre un endroit aussi sympathique, aussi gai. Quel mal y avait-il ? Les premiers mois, on y allait presque tous, en sortant du cinéma, après minuit, avec l'intention de manger un sandwich. Mais souvent on finissait par souper tout bonnement ; et puis, peut-être, on dansait au son du pick-up, des routiers se joignant parfois aux groupes de passage, et l'on était en joyeuse compagnie jusqu'à l'aube. C'était plus que naturel. La société, disloquée par la guerre, essayait de se reprendre. La vie recommençait. Et quand elle recommence, on le sait, elle ne s'occupe de personne.

Tout d'un coup, les visages, un instant auparavant encore amèrement interrogateurs, sans une lueur d'es-

1. *C.L.N. :* Comité de Libération Nationale.
2. *Doro :* localité située aux portes de Ferrare, mais, ici, le « Café du Doro ».

poir, étaient illuminés par une conviction mauvaise. Et si Geo, en se camouflant et en s'exhibant avec une aussi irritante insistance, avait un but politique précis ? Et si — et on clignait de l'œil — s'il était communiste ?

Le soir du dancing, par exemple, où il s'était mis à exhiber à droite et à gauche les photos de ses parents morts à Buchenwald, il en était arrivé à un tel degré d'excitation qu'il cherchait à retenir par le pan de leurs vêtements les jeunes gens et les jeunes filles qui ne désiraient rien d'autre à ce moment-là — car l'orchestre, sur ces entrefaites, venait de recommencer à jouer — que de s'élancer, enlacés, sur la piste de danse. Ce n'étaient pas des inventions, des centaines de personnes avaient vu cela. Et alors : que pouvait-il bien vouloir dire, lui, avec ces gestes, avec ces rictus mielleux, avec ces grimaces implorantes, ironiquement implorantes ! bref, avec sa bizarre et macabre pantomime, sinon que Nino Bottecchiari et lui, après s'être enfin mis d'accord au sujet de la maison de la via Campofranco, filaient maintenant, *également en ce qui concernait le reste, c'est-à-dire le communisme,* le parfait amour ? Et s'il en était ainsi, s'il n'était qu'un idiot utile, n'était-il pas justifié, au fond, que le Cercle des Amis de l'Amérique, auquel, dans la confusion et l'enthousiasme de l'immédiat après-guerre, quelqu'un avait inscrit d'office même Geo, eût veillé sur-le-champ à l'exclure, par mesure évidente de prudence, du nombre de ses membres ? A vrai dire, probablement, personne, pour le moment du moins, n'eût songé à s'occuper de lui, Geo Josz. Mais il était clair que lui *voulait* le scandale : c'est si vrai que cette fameuse nuit où il avait prétendu entrer de force au Cercle (cela se passa en février 47), les laquais avaient vu se présenter devant eux non pas un monsieur décemment vêtu, mais un étrange individu qui avait l'air d'un mendiant, avec la nuque rasée des bagnards — quelque chose, si l'on prenait également en considération sa saleté et sa puanteur, qui faisait beaucoup penser au pauvre Tugnin da la Ca' di Dio [1] —, qui, du vestibule encombré de pardessus et de pelisses suspendus, bien en évidence, aux portemanteaux, s'était mis à proclamer à voix très haute qu'étant régulièrement inscrit au Cercle, ce qui se révéla on ne peut plus exact, il pouvait le fréquenter quand bon lui semblait. Et à quel titre, d'ailleurs, eût-on pu sérieusement blâmer le Cercle lui-même d'avoir pris, à l'égard de Geo, une décision aussi radicale, quand déjà, à l'automne de l'année précédente, l'assemblée de ses membres avait exprimé le vœu unanime que l'on revînt au plus vite à l'ancien et glorieux nom de Cercle des Amis, limitant de nouveau le champ des inscriptions à l'aristocratie — aux Costabili, aux Del Sale, aux Maffei, aux Scroffa, aux Scocca, etc. — et à la partie la plus choisie de la bourgeoisie ? S'il avait été opportun, *pro temporum calamitatibus*, d'accueillir sans difficulté n'importe qui aux Amis de l'Amérique, il n'y avait plus de raison, voyons ! d'avoir peur de remettre en vigueur, aux Amis, certaines normes, certaines coutumes séculaires, certaines exclusions naturelles — et là-dedans, la politique n'avait rien à voir. Pourquoi ? Y avait-il là quelque chose d'étrange ? La vieille Maria, Maria Ludargnani, elle-même, qui, pendant ce même hiver 46-47, avait rouvert sa maison de rendez-vous de la via Arianuova

---

1. *Tugnin da la Ca' di Dio* : « Tonin de la maison-Dieu », célèbre mendiant de Ferrare.

(c'était resté en définitive le seul endroit où l'on pût se réunir sans que les opinions politiques viennent empoisonner les rapports entre les gens : et on passait les soirées comme jadis, se bornant pour la plupart à bavarder ou à jouer au rami avec ces dames...), la vieille Maria, donc, n'avait rien voulu savoir, elle non plus, pour laisser entrer Geo, cet autre soir où il était venu frapper à sa porte : et elle ne s'était décidée à détacher son œil du judas à travers lequel elle l'avait longuement observé qu'après l'avoir vu s'éloigner dans le brouillard. Bref, si, en cette occurrence, il n'était même pas venu à l'esprit de quelqu'un que Geo avait pu être frustré d'un droit quelconque : c'était avec encore plus de raison que l'on devait reconnaître que le Cercle des Amis avait agi à son égard de la façon la plus correcte et la plus habile. La démocratie, si ce mot avait un sens, devait protéger *tous* les citoyens : en bas de l'échelle, d'accord, mais également en haut !

Ce fut seulement en 48, après les élections du 18 avril et après que la Section provinciale de l'A.N.P.I. eut été contrainte de se transférer dans trois pièces de l'ex-Casa del Fascio, viale Cavour (et l'on eut par cela la preuve tardive que les bruits d'une adhésion au communiste du propriétaire de la maison de la via Campofranco étaient purement imaginaires), donc, ce fut seulement pendant l'été de cette année-là que Geo Josz se décida à quitter la ville. Il disparut brusquement, sans laisser derrière lui la moindre trace, tel un personnage de roman ; et, sur-le-champ, certains le dirent émigré en Palestine, sur les traces du dottor Herzen, d'autres en Amérique du Sud, d'autres, enfin, dans un pays non précisé « de l'autre côté du rideau de fer ».

On continua de parler de lui pendant quelques mois encore : au Caffè della Borsa, au Doro, chez Maria Ludargnani et dans de nombreux autres endroits. Daniele Josz eut plusieurs fois l'occasion de discourir en public sur la question. L'avocat Geremia Tabet fut nommé curateur des intérêts nullement négligeables du disparu. Et pendant ce temps :

« Quel fou ! » entendait-on répéter partout.

On secouait la tête avec bonhomie, on serrait silencieusement les lèvres et on levait les yeux au ciel.

« S'il avait eu un peu plus de patience ! » ajoutait-on en soupirant : et l'on était de nouveau sincère, maintenant, de nouveau sincèrement peiné.

On disait que le temps, qui arrange tout en ce monde, et grâce auquel Ferrare elle-même, heureusement, renaissait identique de ses ruines, l'eût apaisé finalement lui aussi et aidé à rentrer dans la norme, à embrayer de nouveau, en somme — car, en fin de compte, *son* problème, ç'avait été cela. Eh bien, non. Il avait préféré s'en aller. Disparaître. Jouer les personnages de tragédie. Juste maintenant où, en louant comme il faut l'immeuble à présent libre de la via Campofranco et en donnant l'impulsion nécessaire au commerce paternel, il eût pu vivre confortablement, comme un Monsieur, et songer entre autres choses à se refaire un foyer. A se marier, bien sûr : car il n'y eût pas eu une seule jeune fille de Ferrare, appartenant à la même classe sociale que lui, qui, le cas échéant, aurait considéré comme un obstacle insurmontable la différence de religions (sous ce rapport, les années n'avaient pas passé en vain : en cette matière, on était partout beaucoup moins intransigeant que par le passé !). Bizarre comme il l'était, il ne pouvait pas le soupçonner : mais il y avait quatre-vingt-dix-neuf chances sur cent que les choses eussent fini par s'arranger ainsi. Le temps eût tout arrangé, exactement comme si rien de rien ne fût jamais arrivé. Bien sûr, il aurait fallu attendre. Il aurait fallu être capable de dominer ses nerfs. Avait-on jamais vu, au contraire, une manière plus illogique de se comporter ? Un caractère plus indéchiffrable ? Ah ! mais pour comprendre sur quel genre de type, sur quelle sorte d'énigme vivante on était tombé, l'épisode du comte Scocca, sans qu'il fût nécessaire d'en demander davantage, pouvait, au fond, être plus que suffisant...

6

Une énigme, oui.

Et pourtant, en y réfléchissant bien, si, faute d'indications plus sûres, on avait fait appel à ce sentiment d'absurde et, en même temps, de vérité révélée, que peut faire naître en nous, quand le soir est proche, n'importe quelle rencontre, l'épisode du comte Scocca, justement, n'eût rien offert d'énigmatique, rien qui ne pût pas être compris par un cœur tant soit peu solidaire.

Oh ! c'est bien vrai ! La lumière du jour est ennui, dur sommeil de l'esprit, « ennuyeuse hilarité » — comme dit le Poète. Mais que descende enfin l'heure du crépuscule, l'heure également baignée d'ombre et de lumière d'un calme crépuscule de mai, et voici que choses et êtres qui, auparavant, vous avaient semblé tout à fait normaux, indifférents, peuvent soudain se montrer à vous tels qu'ils sont vraiment, peuvent soudain se mettre à vous parler — et ce sera, alors, comme si la foudre venait de vous frapper — pour la première fois d'eux-mêmes et de vous.

« Qu'est-ce que je fais là, moi, avec celui-là ? Qui est-ce, d'ailleurs ? Et moi qui réponds à ses questions et qui, en attendant, me prête à son jeu, moi, qui suis-je ? »

C'étaient deux gifles qui, après quelques instants de muette stupeur, avaient répondu, foudroyantes, aux questions insistantes, encore que courtoises, de Lionello Scocca. Mais, à ces questions, un hurlement furieux, inhumain, eût également pu répondre : un hurlement si aigu que la ville tout entière, ou, du moins, ce que l'on en voyait par-delà les coulisses intactes et trompeuses de la via Mazzini jusqu'aux lointains Remparts ébréchés, l'eût entendu avec horreur.

*Les dernières années
de Clelia Trotti*

On n'aime jamais sincèrement les personnes dont on a conquis l'affection par un subterfuge. Je me rappelle, quant à moi, un moribond qui n'accepta même pas de parler à des personnes qui l'aimaient parce qu'il leur avait fait croire qu'il les aimait.

Italo Svevo.

1

Qualifier de consolant le vaste ensemble architectural du Cimetière municipal de Ferrare, tel qu'il s'offre à la vue de quelqu'un qui débouche de l'étroite via Borso sur l'immense piazza della Certosa, c'est risquer, je le comprends fort bien, de se faire rire au nez ou, pis encore, de s'attirer une épithète malsonnante ! Nulle part en Italie, et moins que partout, ici, en Emilie, la mort n'a jamais été populaire ; quant à consolante... Et pourtant, si l'on a pris la via Borso, qui est une rue toute droite, de quelque deux cents mètres de longueur, comprimée des deux côtés par le feuillage débordant de deux grands parcs aristocratiques — c'est tout au plus un boyau carrossable, avec ses boutiques de marbrier et de fleuriste toutes groupées à chacune de ses extrémités et son asphalte que les sabots des lourds chevaux de trait font résonner, sourdement — la vue soudaine du cimetière provoque toujours une impression de gaieté, presque de fête.

Pour avoir une idée de ce qu'est la piazza della Certosa, que l'on pense à une prairie non close, à peu près vide, parsemée à distance, comme elle l'est, de rares monuments funéraires, ceux de non-catholiques illustres du siècle dernier (quelques francs-maçons, un israélite libre penseur, deux ou trois protestants) : que l'on pense, en somme, à une sorte de place d'armes. D'un côté, s'infléchissant en arc jusque sous les remparts de la ville, avec, en son milieu, la rugueuse façade inachevée de l'église San Cristoforo, s'étend un rouge portique du XVe siècle, sur lequel, les jours de beau temps, le soleil tape vraiment à toute volée. De l'autre côté, vers le sud-ouest, il n'y a que de rustiques masures de type paysan, à peine plus hautes que les petits murs de séparation qui bornent les vastes jardins potagers dont est riche aujourd'hui encore cette zone extrême de notre ville : des petites maisons et des petits murs qui, comparés au vaste rempart du rouge portique du cimetière lui faisant face, ne sont que de petites rides, d'infimes obstacles au torrent de lumière de l'après-midi et du soir. Dans le périmètre de l'espace compris entre ces limites, il y a bien peu de chose, vraiment, qui parle de la mort. Jusqu'aux deux couples d'anges en terre cuite, qui, debout au sommet de chacune des extrémités du portique, sont représentés en train d'attendre que vienne du ciel, vers lequel ils ont les yeux tournés, le signal de souffler dans les longues trompes en bronze qu'ils embouchent déjà, jusqu'à ces anges, donc, qui, si on les regarde bien, n'ont rien de terrible. Ils gonflent au maximum leurs joues rouges, impatients de sonner de leur instrument, impatients de jouer; tels les quatre robustes garçonnets, certainement originaires de nos régions, de nos campagnes, à la ressemblance desquels l'artiste les a représentés.

Ce doit être à cause de cela, à cause de la sereine douceur de cet endroit et aussi, bien entendu, à cause de sa relative solitude, que la piazza della Certosa a toujours été un lieu de rendez-vous pour les amoureux. Où va-t-on, à Ferrare, aujourd'hui encore, quand on a envie de voir quelqu'un un peu tranquillement ? Piazza della Certosa, pour commencer : car si les choses se passent ensuite comme prévu, ce sera l'affaire de rien du tout — une petite promenade de même pas cinq cents mètres — que de gagner plus tard les remparts, ou des endroits à l'abri des regards indiscrets des nourrices, assez nombreuses, elles aussi, vers l'heure du crépuscule, sur la piazza della Certosa, on en trouve autant qu'on veut ; tandis qu'au contraire, si l'idylle refuse de progresser, le retour ensemble vers le centre de la ville sera tout aussi facile et, en même temps, loin d'être compromettant. C'est là une vieille coutume, une sorte de rite : aussi ancienne, on pourrait le jurer, que Ferrare elle-même. Elle existait avant la guerre, elle existe aujourd'hui et elle existera demain encore. Le campanile de l'église San Cristoforo, mutilé à mi-hauteur par un obus anglais en avril 45, et, sorte de tronçon sanguinolent, resté tel quel à plus d'un lustre de la fin de la guerre, est là pour dire, il est vrai, que toutes les promesses d'éternité sont illusoires, et que, donc, même celle que semble exprimer le chaud rougeoiement de la colonnade intacte dans le soleil n'est tout bonnement qu'un mensonge. Elle finira, elle aussi, oui, elle finira tôt ou tard d'exister, de rasséréner et de leurrer l'âme de ceux qui la contemplent — comme a déjà cessé d'exister, là, tout près, le campanile de l'église San Cristoforo — elle finira, la svelte théorie des arcades qui se tendent, comme des bras grands ouverts, vers la lumière. Oui, cela aussi finira, un jour ou l'autre, comme tout. Mais, en attendant, à un pas des milliers et milliers de morts ferrarais alignés dans le cimetière situé derrière (quelque chose d'analogue, pour donner un exemple, se passe également à Pise, autour de la Tour penchée), et pendant que se poursuit, impavide, dans la prairie traversée par les longues ombres des stèles et des monuments funéraires, le pacifique et indifférent manège de la vie qui ne veut pas entendre parler de finir : quelle prophétie semble plus que celle-ci destinée à se perdre dans l'atmosphère excitante du soir maintenant proche et à rester lettre morte ? Cela n'empêche pas, néanmoins, que l'atmosphère de manifestation populaire, quasi sportive, provoquée tout d'un coup sur la place par un cortège funèbre trop différent des cortèges habituels pour passer inaperçu, cortège qui, par un après-midi de l'automne 1946, avait débouché, musique en tête, de la via Borso, ne manqua pas de surprendre les habitués de la place — nourrices, enfants et couples d'amoureux en majorité —, contraignant les premières, assises sur l'herbe à côté des landaus, à lever de leur tricot des yeux étonnés, les seconds à cesser de se poursuivre ou de jouer au ballon, et les derniers à dégager leurs mains enlacées et à se séparer vivement l'un de l'autre.

L'automne 46. La guerre était maintenant une chose lointaine. La première impression, néanmoins, que l'on avait, en observant l'enterrement qui, à ce moment-là, faisait son entrée sur la piazza della Certosa, était d'être de nouveau aux mois de mai et juin de l'année précédente, à l'époque fiévreuse de la Libération. A première vue, non sans un brusque afflux de tout votre sang au cœur, on avait le sentiment d'être convié à assister encore une fois à l'un de ces typiques examens de conscience collectifs, si fréquents à cette époque, par lesquels une société vieille et coupable tentait désespérément de se renouveler. Et, de fait, à peine avait-on remarqué la forêt de drapeaux rouges qui suivaient le corbillard, et les dizaines et dizaines de pancartes qui y étaient mêlées et sur lesquelles était écrit : *Gloire éternelle à Clelia Trotti,* ou *Honneur à Clelia Trotti, martyre du socialisme,* ou encore *Vive Clelia Trotti, guide héroïque de la classe ouvrière,* et les partisans barbus qui les brandissaient, et l'absence, surtout, devant le corbillard de première classe, de prêtres et d'enfants de chœur, à peine, donc, avait-on remarqué tout cela, que le regard courait en avant pour précéder le cortège, qui se déployait, écarlate sur le vert intense du tapis herbeux, et atteindre avant lui le but vers lequel il se dirigeait : une fosse, veux-je dire, creusée dans la partie de la prairie située exactement devant la façade de l'église San Cristoforo. Non pas dans l'enceinte du cimetière proprement dit, par conséquent : mais à l'extérieur de celui-ci, en terre laïque, en terre non consacrée ; là où, à part un protestant anglais mort à Ferrare de la malaria, en 17, personne n'avait été enterré depuis plus de quarante ans.

Mais, revenant en arrière, revenant au cortège funèbre, dont la tête se trouvait déjà à quelques dizaines de mètres de l'humble fosse laïque qui attendait, béante (d'autres gens, pendant ce temps, continuaient d'émerger de la via Borso, à croire que cela ne finirait jamais), un œil tant soit peu exercé se fût aisément rendu compte, à une infinité de détails, combien avait été trompeuse cette première impression d'un retour magique de l'atmosphère de 45.

Prenons, en attendant, la fanfare qui, comme je l'ai dit, marchait en avant du corbillard et qui jouait au ralenti la *Marche funèbre* de Chopin. Les uniformes flambant neufs — l'un des mérites de la municipalité communiste installée depuis peu à la mairie — portés par les exécutants eussent certes ravi l'étranger, l'ignorant, mais non ceux qui, sous les larges casquettes à visière luisante, type police américaine, pour être plus précis, eussent souvent été en mesure de reconnaître une par une les physionomies débonnaires et gênées des zélés vieillards de l'*Orfeonica* (évacués Dieu sait où, en réalité, les pauvres diables, à l'époque des fusillades et des embuscades qui avaient suivi la rupture du front et l'insurrection nationale !). Mais cette mise en scène soigneuse, si étrangère au chaos génial de toutes les révolutions, était, si possible, encore plus manifeste dans le groupe compact d'une quinzaine, pas moins, de femmes du peuple, de typiques *arzdóre* de la Basse-Romagne : lesquelles, portant à deux de grandes couronnes d'œillets et de roses, entouraient de chaque côté le char funèbre, en guise d'escorte d'honneur. Il eût suffi de voir les visages terreux, fortement marqués par la fatigue, de ces mères de famille mûres, toutes contemporaines, ou à peu près, de Clelia Trotti, pour deviner d'où elles venaient et comment elles étaient venues. Convoquées à Ferrare, elles avaient quitté à l'aube leurs villages, certains, les plus lointains, de la côte de l'Adriatique, entassées dans trois ou quatre autos : à Ferrare, où elles étaient arrivées vers midi, elles avaient certainement trouvé quelqu'un pour les restaurer avec des spaghetti, une tranche de rôti et un quart de vin, mais non point, hélas, le repos nécessaire. Le même esprit bureaucratique, signe de temps maintenant pacifiques, qui avait songé à une table décorée de petits drapeaux rouges en papier vélin, avait ensuite décrété, implacable, qu'aussitôt après le repas les vieilles ménagères se débarrasseraient de leur mieux de la poussière du voyage et, ensuite, endosseraient, par-dessus leurs vêtements de tous les jours, une sorte d'étrange tunique : rouge, naturellement, et parsemée, en plus, d'un tas de minuscules faucilles et marteaux noirs. Ainsi habillées, elles figuraient ce qu'il avait été établi qu'elles figureraient : des prêtresses du socialisme. Mais leur pas lourd et effaré, les regards farouches qu'elles jetaient autour d'elles (cela se comprend : la plupart d'entre elles voyaient une ville pour la première fois !) ne les trahissaient que trop. Et l'on se disait que l'harassante odyssée dont elles étaient les protagonistes depuis l'aube de ce jour-là était bien loin, hélas, d'approcher de sa fin. Débarrassées quelques heures ensuite de leur tunique, montant de nouveau dans les autos qui les avaient amenées, ce n'était que tard dans la nuit et à bout de forces qu'elles seraient rendues à leurs masures. Et qui sait si, avant de les faire repartir, on songerait, comme on l'eût tout de même dû, à les faire asseoir une seconde fois autour de la table ornée de petits drapeaux.

Immédiatement derrière le char funèbre, alignées sur plusieurs rangs dans le bref intervalle qui s'ouvrait entre le char lui-même et la foule indifférenciée des porteurs de pancartes et de drapeaux, marchaient les autorités.

Il y avait des socialistes, des communistes, des catholiques, des libéraux, des membres du Parti d'action et des Républicains Historiques : bref, au complet, l'ex-Directoire du dernier C.L.N. clandestin, reconstitué pour l'occasion avec presque tous ses membres, auquel s'ajoutaient et se mêlaient quelques autres personnalités non strictement politiques, comme par exemple l'ingegner Cohen, président de la Communauté israélite, ou la doctoresse Bettitoni, qui venait d'être élue Maire.

Et ainsi, bien que le député Mauro Bottecchiari, « le prince de notre barreau », ne pût être considéré, après les récentes élections municipales qui avaient vu la victoire écrasante des communistes, comme la figure politique la plus représentative de notre ville, c'était vers lui, vers sa chevelure d'argent en désordre et vers le teint coloré de son visage ouvert et loyal, que l'œil de tous allait en premier lieu. Oui, Maître Bottecchiari était maintenant, du point de vue de la politique, ce que l'on appelle un homme fini (« Un réformiste à la Turati ! » avait-on commencé de le définir ironiquement, du côté communiste). Qu'étaient, néanmoins, comparés à ce vieux lion, les autres membres de l'ex-Directoire du dernier C.L.N. clandestin ? A part le dottor Herzen, celui qu'on appelait le préfet de la Libération, récemment émigré en Palestine, personne ne manquait. Il y avait l'avocat Galassi-Tarabini, démocrate-chrétien, qui, préoccupé de se trouver là, à la suite d'un enterrement purement civil (aussi jetait-il autour de lui des regards de ses yeux d'un bleu délavé, qui semblaient toujours sur le point de s'emplir de larmes), se tenait à côté de Don Bedogni, de l'Action catholique, lequel, au contraire, coiffé d'un béret basque et en pantalon, s'efforçait de montrer également dans cette circonstance l'aisance brillante et la désinvolture qui, dans l'après-guerre, avaient fait de lui l'un des polémistes politiques les plus écoutés de la région. Il y avait l'ingegner Sears du Parti d'Action, qui, comme d'habitude, marchait un peu à l'écart et, ses petites mains croisées dans son dos, souriait légèrement pour lui-même. Il y avait le petit groupe des Républicains Historiques — le pharmacien Ricconbini, le tailleur Squarcia, le dentiste Canella —, quelque peu embarrassés, c'était évident, mais tout de même décidés à faire bonne contenance. Il y avait enfin Alfio Mori, le secrétaire de la Fédération communiste de Ferrare, très brun, avec ses lunettes et avec un début de sourire qui lui découvrait à peine ses incisives supérieures grandes et très blanches, et il s'avançait en parlant tout bas avec Nino Bottecchiari, le jeune et plein de promesses secrétaire provincial de l'A.N.P.I. Eh bien, qu'étaient-ils, tous ceux-là, qui marchaient, voûtés et modestes, sinon, dans l'ensemble, une petite bande de nullités ? Le député Bottecchiari les dépassait de toute une tête, et il tournait de temps en temps, dans un geste presque de défi, ce même visage rouge de colère devant lequel le fameux Sciagura[1] lui-même, chargé de l'attaquer en plein corso Giovecca, un jour lointain de 1922, avait dû battre honteusement en retraite. Certes, peut-être seulement pour ce jour-là — en harmonie, du reste, avec le ton de polémique inactualité qu'on avait voulu donner à la cérémonie — il était redevenu ce qu'il avait été jadis, le chef incontesté de l'antifascisme ferrarais. Rien de plus naturel, en conséquence, à ce que, une fois que le char funèbre se fut arrêté à côté de la fosse et que les *arzdóre* du Delta du Pô en eurent extrait le cercueil en zinc de

---

1. *Sciagura*, c'est-à-dire : malheur, catastrophe.

Clelia Trotti, rien de plus naturel, donc, à ce que ç'ait été lui, l'*onorevole*[1] Bottecchiari qui s'avançât le premier vers le catafalque. La solennelle translation de la dépouille mortelle de Clelia Trotti du cimetière de Codigoro au Cimetière municipal de Ferrare (car la pauvre institutrice était morte non pas maintenant, mais trois années plus tôt, au temps de l'occupation allemande, alors qu'elle était détenue à la prison de Codigoro) n'eût pas pu le dispenser de jouer ce rôle de premier plan qui lui était dû et auquel il était tenu. Il revenait évidemment au plus ancien compagnon de lutte socialiste de Clelia Trotti d'ouvrir la série des discours commémoratifs.

« Camarades ! » cria le député Bottecchiari : un hurlement rauque, impérieux, qui résonna longuement sous les arcades du cimetière.

« Camarades ! » ajouta-t-il après un temps, à l'intention des femmes présentes : mais d'un ton plus bas, comme se préparant à prendre son élan.

Il se mit ensuite à parler, en gesticulant. Et ses paroles auraient certainement atteint même les coins les plus lointains de la piazza della Certosa (dans l'effort, le visage du député était devenu écarlate), si, à ce moment précis, une moto, venue de la via Borso, n'avait fait une bruyante irruption : en réalité, pour être plus exact, c'était une Vespa, l'une des premières que l'on voyait circuler à Ferrare tout de suite après guerre. Le tuyau d'échappement de cette Vespa était, selon toute évidence, dépourvu de n'importe quelle forme de silencieux. Et même si l'on avait observé l'élégant truc chromé qui décorait le côté gauche du

---

[1]. *Onorevole :* titre donné aux députés et aux sénateurs italiens.

scooter, on se fût aperçu que ledit truc, au lieu d'atténuer la pétarade du moteur, servait exactement au contraire à la rendre plus sèche et plus métallique, plus apte à répondre à l'inquiète main d'adolescent qui, à chaque instant, la déclenchait.

Interrompu dans son élan oratoire, l'*onorevole* Bottecchiari se tut. Fronçant ses blancs sourcils en broussaille, il dirigea son regard vers le fond de la place. Il était presbyte et, ne distinguant pas très bien, il enleva son pince-nez d'un geste nerveux de sa grosse main qui tremblait toujours. L'image lointaine d'une petite jeune fille à Vespa, qui, venue de la via Borso, mais ralentissant maintenant, roulait le long des arcades du portique du cimetière, derrière les gens massés en demi-cercle, fut immédiatement au point. Oh, ce devait être une fille très jeune, et de bonne famille — exprima la bouche de l'*onorevole* Bottecchiari, qui se crispa dans une grimace de tristesse. Qui cela pouvait-il être, la fille de qui ? — disait également son visage méfiant et irrité : comme s'il eût été en train de récapituler mentalement, tout en considérant le bronzage de ces robustes jambes de fille de quinze ans, de retour de deux mois de bains de mer à Cesenatico ou à Marina di Cervia (eh oui, la bourgeoisie, une fois passée la bourrasque de la guerre, reprenait l'une après l'autre ses habitudes!), la liste des familles bourgeoises de Ferrare, une liste sur laquelle, après tout, malgré le socialisme, son nom aussi, Bottecchiari, avait toujours figuré. « Quelle indécence ! » s'écria-t-il alors, d'une voix forte : avec l'amertume de quelqu'un qui se sent blessé, incompris. « Je me demande », ajouta-t-il, en indiquant de sa main tendue la très jeune scootériste droite sur sa selle, là-bas, son buste frêle, presque masculin, moulé par une chemisette en soie noire très collante et un ruban rouge dans les cheveux, « je me demande s'il est possible d'être plus mal élevé que ça ! » Et la foule — des centaines de visages scandalisés — dirigeant les yeux dans cette direction, se tourna lentement pour inviter l'intruse au silence.

« Chut ! »

La jeune fille n'entendit pas ou ne voulut pas entendre — la dernière génération est très irrévérencieuse, c'est bien connu. Car, bien qu'elle eût maintenant atteint le point de la place qui était sa destination (l'*onorevole* Bottecchiari, qui l'avait vue disparaître derrière une haie plus haute de personnes qui, pour mieux suivre la cérémonie, s'étaient hissées sur les bornes délimitant le parvis de l'église, avait vainement attendu qu'elle réapparût plus loin, à découvert), elle ne jugea non seulement pas opportun de couper le contact, mais même, bien que déjà arrêtée, elle continuait imperturbable son petit jeu, accélérant de temps en temps brusquement et bruyamment.

« Faites-la cesser, bon Dieu ! » cria, exaspéré, l'*onorevole* Bottecchiari.

« Chut ! » répétèrent en chœur les hommes juchés sur les bornes : des nuques qui se tournaient, des yeux qui, de haut, suivaient, sévères, une scène que lui, Bottecchiari, bien qu'ayant beau se hausser sur la pointe des pieds, ne parvenait pas à voir. Mais il n'y eut personne, néanmoins, pour sauter en bas de son perchoir, personne qui, pour mettre fin à cette indécence, voulût risquer de perdre son poste d'observation !

Assis sur les marches du parvis, en excellente position pour tout voir — là-bas, l'*onorevole* Bottecchiari attendant de pouvoir reprendre son discours, et ici, à deux pas de lui, la jeune fille à la Vespa, dont les yeux bleus étaient en train de croiser, à cet instant précis, les siens propres — Bruno Lattès tressaillit. Près de lui, assis sur la même marche, il y avait un garçon de dix-sept ans environ, qui avait une raquette de tennis sous le bras et un chandail blanc noué par les manches autour du cou, très blond lui aussi, comme la jeune fille, et dont les yeux clairs avaient la même expression dure et indifférente. Sans arrêter son moteur, appuyant un pied à terre, la jeune fille se mit à causer avec le jeune joueur de tennis. Evidemment, ils s'étaient donné rendez-vous là, piazza della Certosa : car, à Ferrare, quand deux personnes commencent, comme on dit chez nous, à « sortir ensemble », c'est ce qu'elles font et feront toujours. (Mais qui était-ce, de qui était-elle la fille ? — se demandait pendant ce temps Bruno Lattès, en regardant fixement, comme fasciné, le ruban rouge qui retenait les cheveux de l'adolescente. Etait-il possible que la guerre, les années pendant lesquelles lui avait été petit garçon et elle petite fille — les dernières années de Clelia Trotti —, n'eussent laissé aucune trace sur ce front, nulle ombre de conscience dans ces yeux ? Etait-il possible que partout, et même à Ferrare, la nouvelle génération fût ainsi : comme si elle sortait, ignorant tout, des pages d'un magazine américain ?)

« Ça fait presque une demi-heure que je t'attends », disait le garçon sans se lever.

« Et tu te plains », répondit la jeune fille, en indiquant, avec une petite grimace ironique, la place grouillante de monde. « Tu avais pourtant de quoi te distraire, il me semble. »

« Chut ! Silence ! » répétèrent une troisième fois les hommes juchés sur les bornes.

« Il vaudrait mieux que tu arrêtes ton moteur, dit le garçon.

— Allons-nous-en plutôt. Tu ne veux tout de même pas rester ici », se lamenta la jeune fille. Mais en même temps elle descendait de la Vespa, en arrêtait le moteur et venait s'asseoir sur la marche, à côté de son ami.

« Devant ce cercueil qui renferme la dépouille mortelle de Clelia Trotti, de notre inoubliable Clelia », reprit l'*onorevole* Bottecchiari — et le ton de sa voix annonçait déjà les grosses larmes qui, sous peu, allaient sillonner ses joues apoplectiques —, « je ne puis, camarades, amis, et vous tous, mes concitoyens, m'empêcher de me reporter par la pensée à notre passé commun. Nous fîmes connaissance, si mes souvenirs sont exacts, en avril 1904... »

Bruno Lattès se tourna lentement pour le regarder. Mais, de nouveau, il tressaillit. Est-ce qu'il ne connaissait pas le petit homme qui se tenait là-bas, au fond, raide et gourmé, à côté de l'orateur ? N'était-il pas possible qu'il s'agît de Cesare Rovigatti, le cordonnier de la piazza Santa Maria in Vado, échappé, lui aussi, au temps et, comme l'*onorevole* Bottecchiari et le groupe de personnes qui l'entouraient, presque l'air d'une statue de cire ?

Que de temps s'était écoulé — se disait-il alors, avec douleur — depuis que lui, Bruno, après le 25 juillet 43, avait quitté, en août, Ferrare pour Rome, et ensuite, même pas deux ans plus tard, Rome pour les Etats-Unis d'Amérique ! Pendant ce temps-là, ses parents, qui n'avaient jamais cru qu'il fallait fuir et qui n'avaient jamais voulu se munir de faux papiers, avaient été emmenés par les Allemands : et maintenant, leurs deux noms figuraient, en même temps que presque deux cents autres, sur la plaque commémorative que la Communauté israélite avait fait apposer sur la façade de la Synagogue, via Mazzini. Lui, en revanche, était parti de Ferrare : au bon moment, pour ne pas se laisser prendre avec son père et sa mère (tout avait été inutile : il n'avait absolument pas été possible de les convaincre de s'en aller !), ou, peut-être, pour ne pas être fusillé par ceux de Salò : et, maintenant, pas même un an après son arrivée en Amérique, il enseignait déjà la littérature dans une université. Il n'était encore que chargé de cours, bien entendu, simple *Lecturer in Italian*. Mais bientôt, sûrement, on lui ferait un contrat de longue durée : et ce serait là le premier pas pour obtenir plus tard la nationalité américaine, condition essentielle de toute belle carrière.

Quatre ans, oui, et qui comptaient autant qu'une vie entière. Pourtant, Rovigatti — se répétait Bruno avec une sorte d'amère satisfaction, comme si cette circonstance eût été exactement ce qu'il était en droit d'attendre de la part du cordonnier de la piazza Santa Maria in Vado —, pourtant, Rovigatti, en dehors de quelques cheveux blancs qui commençaient à strier ses tempes brunes, ne semblait à peu près avoir vieilli en rien. Tout comme l'*onorevole* Bottecchiari et les autres participants aux funérailles de Clelia Trotti, qu'il avait connus et fréquentés dans le passé ; tout comme Ferrare lui-même, qui, à part les dégâts produits par les bombardements et qui étaient, du reste, en voie de rapide réparation, lui avait paru, dès le premier instant, telle qu'il l'avait laissée (jusqu'à sa maison de la via Madama qui, encore que vidée de tout son mobilier, lui avait été rendue intacte, intacte comme une coquille vide) : pour Rovigatti aussi, le temps semblait s'être arrêté.

Il était donc là, devant lui, le petit monde d'autrefois qu'il avait laissé derrière lui et dont il était parti juste à temps. Ils étaient vraiment là, tous semblables à eux-mêmes. Mais Clelia Trotti ?

La dernière fois que lui, Bruno, l'avait vue, ç'avait été précisément là, piazza della Certosa, presque à l'endroit où reposait maintenant sa bière, la veille de son départ ; et pendant toutes ces années, dans sa mémoire, Clelia Trotti avait toujours été la même.

Comme il eût voulu, maintenant, pouvoir la retrouver elle aussi, transformée comme les autres en une image de cire, immobile comme une statuette grotesque dont disposer à son gré, dont sourire, mi-moqueur mi-attendri, pour mieux s'en libérer ! Et pouvoir lui dire : « Vous voyez que j'avais raison quand je vous promettais que je reviendrais ? Vous voyez que vous aviez tort, vous, de ne pas me croire ? »

Que jamais elle ne changeât, qu'elle demeurât toujours telle qu'il l'avait vue, la dernière fois, avant de partir, avant de s'enfuir vers le salut... Voilà ce qu'il eût *exigé* également d'elle, si elle n'était pas morte pendant ce temps.

2

Il fallait remonter à 40, à quelques mois après le début de la guerre. Ou peut-être plus loin, à bien avant : peut-être à la fin de l'automne 39, un an environ après la bombe des lois raciales. Quoi qu'il en soit, c'était Rovigatti, qui était le cordonnier de ses parents et l'une des rares personnes à Ferrare qui eût continué d'entretenir des relations régulières avec Clelia Trotti, c'était, donc, Rovigatti qui avait mis pour la première fois Bruno Lattès en contact avec la vieille institutrice.

A cette époque, d'après ce que Bruno avait entendu dire d'elle, Clelia Trotti était une petite femme desséchée, à la mise négligée, âgée de presque soixante ans : l'allure un peu d'une béguine, si bien qu'en la rencontrant dans la rue on ne la remarquait même pas. C'était sans nul doute également à cause de cela, car elle-même après sa relégation devait tenir à se faire oublier, que bien peu de gens, à Ferrare, pouvaient se vanter de la connaître personnellement et que, en tout cas, bien peu se rappelaient son existence. L'*onorevole* Bottecchiari lui-même, qui, pourtant, l'avait très bien connue dans sa jeunesse, car pendant quelques années, au début de sa carrière politique, il avait dirigé avec elle le fameux « Flambeau du Peuple » (à ce qu'on disait, ils avaient même été amants, du moins jusqu'au moment où avait éclaté la Première Guerre mondiale : et puis l'avocat était parti pour le front...), lui-même, donc, ne semblait pas savoir exactement où elle était allée habiter.

« Tiens, notre petit Lattès ! », s'était écrié le député, de derrière sa lourde table style Renaissance, le jour où Bruno était venu exprès à son cabinet pour avoir quelques renseignements sur Clelia. « Petit par l'âge mais non par la taille », ajoutait-il gaiement, en voyant Bruno s'arrêter, indécis, sur le seuil. « Entre, entre donc ! », continua-t-il, en le toisant de la tête aux pieds, comme pour mesurer de combien il avait grandi pendant ces dernières années. « Comment va ton papa ? »

Il s'était à demi levé de son fauteuil et lui tendait, dans un geste d'encouragement et d'accueil, sa main vigoureuse. Mais ensuite, dès qu'il l'avait entendu prononcer ce nom de Clelia Trotti, il s'était sur-le-champ enfermé dans une prudente réserve.

« Mais oui... attends un peu, répondit-il avec embarras, il me semble avoir entendu dire qu'elle habite du côté de la via Saraceno... de la via Belfiore... »

Immédiatement ensuite, il avait mis la conversation sur d'autres sujets : sur la guerre, sur la *drôle de guerre,* sur l'intervention probable de l'Italie ou, plutôt, de « Mussolini », sur les possibles prochains « coups » d'Hitler. « Eh oui », disaient pendant qu'il parlait ses yeux bleus, striés de veinules rouges, étincelant d'ironique triomphe, « eh oui ! Pendant vingt ans vous m'avez regardé avec soupçon, évité et méprisé, *vous* aussi, comme antifasciste, comme révolutionnaire, comme ennemi du Régime, et maintenant que *votre* Régime vous fiche dehors, maintenant vous voici chez moi ! »

Cependant, il continuait de parler d'autre chose : ne

s'éloignant jamais, ainsi qu'il l'avait fait dès le début de leur entretien, du domaine de la politique internationale et de ce genre d'élucubrations stratégiques — celles-là mêmes que les fascistes qualifiaient avec mépris de « haute stratégie » — dont, alors déjà, quand la radio diffusait les nouvelles quotidiennes de la guerre immobilisée devant la ligne Maginot, le Caffè della Borsa lui-même commençait à déborder. Il était évident que, cette fois-ci du moins, il ne voulait pas que la conversation sortît de ce genre de rails. Le ton d'aimable complicité de sa voix ne devait pas leurrer Bruno. Il faisait surtout appel à l'amitié qui, dès l'époque du lycée, l'avait lié, lui, Bottecchiari, à son père à lui, Bruno, lequel était également avocat : de l'amitié ou, peut-être, plus que de l'amitié, l'estime naturelle et réciproque de deux bourgeois aisés et de deux collègues, et c'était grâce à cette estime, à laquelle ils se référaient par un accord tacite, que n'avaient jamais cessé, même après la Marche sur Rome, même après l'assassinat de Matteotti, les saluts solennels et familiers échangés en se souriant à distance, selon l'éternelle coutume, d'un trottoir du corso Giovecca à l'autre... Si bien que, plus tard, à la fin de leur « sympathique conciliabule », cela avait été d'abord une extraordinaire surprise pour Bruno que le député, au moment de lui dire au revoir, revînt spontanément sur le sujet de Clelia Trotti.

« Si tu réussis à mettre la main dessus, dis-lui bonjour pour moi... » lui avait-il dit avec un petit sourire cordial en lui tapotant l'épaule de la main à travers la porte à demi poussée. Et puis, plus bas :

« Tu ne connais pas Rovigatti, Cesare Rovigatti, le

cordonnier dont l'échoppe est piazza Santa Maria in Vado, à côté de l'église ?

— C'est toujours chez lui que nous donnons nos chaussures à ressemeler, répondit Bruno et il sentit qu'il rougissait tout à coup. Pourquoi cela ?

— Lui, il peut te dire où habite Clelia Trotti. Va le voir et demande-le-lui. Mais attention », ajouta-t-il sur-le-champ dans un souffle (l'entrebâillement de la porte garnie de vitres en verre dépoli n'était plus qu'une fente), « n'oublie pas que Clelia est surveillée. »

Le député ne s'était pas trompé. Clelia Trotti habitait bien du côté de la via Saraceno. Mais non, comme il l'avait dit, via Belfiore : mais bien via Fondo Banchetto, dans une petite maison à deux étages qui était presque à l'angle de la via Coperta. Le vieux tribun s'était borné à mettre le « petit Lattès » sur la bonne voie et à lui indiquer la direction à suivre : au cas où on l'eût interrogé, le jeune homme aurait été dans l'impossibilité de dire qu'il en avait appris plus long, grâce à lui, Bottecchiari.

Bruno était allé chez Rovigatti le soir même, en sortant du cabinet de Bottecchiari.

Il était sept heures, l'heure où, sur la piazza del Duomo, la foule vespérale était le plus dense. Aussi Bruno était-il resté assez longtemps au pied de l'escalier, attendant dans l'obscurité du vestibule que le moment fût propice pour sortir de l'immeuble sans se faire remarquer. A la fin, il s'était décidé. Il s'était glissé dehors comme un malfaiteur, et puis, les mains enfoncées dans les poches de son imperméable, il avait traversé la place et s'était faufilé sous les arcades de la cathédrale.

Tout en marchant, il repensait à l'accueil ambigu du

député. Il revoyait le visage de celui-ci, tel qu'il lui était apparu en dernier, dans l'entrebâillement de la porte. « Rovigatti », avait-il dit, et, en même temps, il avait cligné de l'œil, avec une expression nettement, exagérément vulgaire. Qu'avait-il bien pu vouloir dire par ce clin d'œil de complicité ? Avait-il voulu, par ledit clin d'œil et en murmurant ce nom, lui demander tacitement de l'excuser s'il s'en était un peu trop tenu aux généralités pendant leur entretien, et, en même temps, racheter son impolitesse en se compromettant *in extremis* de façon précise ? A moins que (et, à cette pensée, Bruno avait sur-le-champ senti son estomac se crisper de dégoût : ainsi, maintenant, les cheveux blancs ne vous mettaient même plus du plomb dans la tête !) ; à moins, donc, qu'il n'ait fait cela pour rappeler discrètement les liens qui l'avaient jadis uni et qui peut-être l'unissaient encore à son ancienne camarade de parti : un genre d'allusion qui suffisait, c'était évident, à enlever tout caractère de confidence *politique* également au peu qu'il avait déjà dit ? Et n'était-ce pas ainsi, du reste, que l'on se comportait habituellement à Ferrare (à Ferrare : dans cet égout de province, dans cette sentine de tous les vices et de tous les scepticismes !), quand, entre gens « bien », on se faisait, avec un mélange de vanité et d'embarras et en se clignant de l'œil d'homme à homme, des demi-confidences sur une liaison qu'on avait eue avec une fille du peuple ? Mais, d'autre part : pourquoi donc l'*onorevole* Bottecchiari, un ex-député socialiste, un homme qui n'avait jamais courbé le front et qui, étant en règle à tous points de vue, se distinguait en toutes circonstances du troupeau des conformistes, hérissé de froncements de sourcils imposés, qui occupait avec insolence les rues, les cafés, les cinémas, les dancings, les terrains de sports et même les bibliothèques, en excluant d'autorité tous ceux qui étaient ou qui paraissaient différents d'eux : pourquoi donc l'*onorevole* Bottecchiari eût-il consenti, même un seul instant, fût-ce par prudence, par jeu ou par coquetterie, à adopter le masque doucereux et cruel de ce troupeau ? Les choses ne s'étaient-elles pas réellement passées comme si, lui aussi, eût voulu refuser toute aide, comme s'il eût refusé de s'engager en rien : comme si, convié à choisir, il se fût finalement rangé du côté de ceux — le mur compact et hostile des bonnes familles de Ferrare — pour lesquels il avait été si facile, après l'automne 38, de fermer leur porte à tous les Juifs et à lui, Bruno ? La vérité — avait conclu ce dernier avec amertume — c'était que l'*onorevole* Bottecchiari lui-même n'avait pas réussi à passer sans dommage et sans prostituer son âme et sa jeunesse droite et fière, sous la presse de ces décades, de 14 à 40, qui avaient vu la dégénérescence progressive de tout. En réalité, rien, non rien — et le socialisme avec le reste — n'avait pu se conserver pur et intact ! Il était bien vrai, par exemple, que les collègues fascistes de l'*onorevole* Bottecchiari frémissaient de colère quand, dans ses plaidoiries, il ne ratait pas une occasion de faire comprendre quelles étaient ses opinions. Plus d'un, certainement, eût voulu s'approcher de lui, le prendre par le revers de sa veste (mais cela, au fond, Sciagura lui-même, en son temps, n'avait pas osé le faire : en 22 déjà l'*onorevole* Bottecchiari pesait quatre-vingt-dix kilos...) et lui crier, en pleine figure : « C'est ça et ça que vous avez voulu dire, n'est-ce pas ? Admettez-le ! » Mais, finalement, ils le laissaient parler : satisfaits somme toute d'avoir contraint le vieux lutteur à cette éternelle façon de dire les choses sans les dire, à ces allusions continuelles, incessantes, qui, avec les années, étaient devenues chez lui une sorte de tic, de vice, de seconde nature. Non, il n'y avait pas de doute. Si, malgré son passé, l'*onorevole* Bottecchiari avait toujours pu se permettre, même après l'avènement du fascisme, de descendre tous les jours à pied le corso Giovecca, en rentrant chez lui de son cabinet ou du tribunal, en agitant fièrement sa crinière d'une blancheur éclatante, presque lumineuse, et en la faisant flotter de loin au visage de ses amis et de ses adversaires (pendant les années durant lesquelles lui, Bruno, était né et avait grandi, pendant les années qui avaient fait de Clelia Trotti une vieille femme, quelqu'un qui se survivait) : tout cela n'eût pas été possible si lui aussi, au fond de lui-même, n'y avait mis un peu du sien.

Enfermé dans ces pensées qui lui serraient le cœur tel un étau d'angoisse, se heurtant aux gens et se laissant heurter par eux, il avait lentement remonté la via Mazzini et la via Saraceno. « Quel dégoût, quel dégoût ! » murmurait-il entre ses dents, en jetant autour de lui des coups d'œil lourds de mépris. Les vitrines étincelantes ; les gens immobiles devant elles, regardant les étalages ; les négociants qui se mettaient sur le seuil de leur boutique, avec des mines et des sourires semblables à ceux des mégères de la via Colomba ou de la via Sacca, toujours prodigues de séductions pour les étudiants qui passaient à portée de leurs couloirs ; et même les jeunes filles et les dames qui, en descendant vers la piazza delle Erbe, le frôlaient sans le regarder : tout cela qu'il voyait autour de lui portait l'empreinte d'un vice caché, la marque mal dissimulée de la corruption. « Quelle pourriture, quelle honte », continuait-il de dire.

Et pourtant, au fur et à mesure qu'il avançait, que les rues devenaient plus étroites et les lumières moins violentes — au fur et à mesure, en somme, qu'il s'éloignait du centre et que venaient à sa rencontre, semi-désertes, les ruelles, tout entières cailloux de la vieille ville, où habitait Clelia Trotti et où, disait-on, elle s'était imposé presque exclusivement de ne pas sortir — le malaise et le dégoût de Bruno se dissipaient. Il était arrivé, de la sorte, à la hauteur de la via Belfiore. Il fut sur le point de traverser cette rue pour continuer, au hasard, vers le bas. Mais, du moins jusqu'à l'endroit où la ruelle faisait un coude, seules quelques lueurs jaunâtres filtraient des fenêtres closes hermétiquement des maisons. A qui s'adresser à une heure pareille, à quelle porte sonner ? C'était l'heure du dîner : chez lui, soit dit en passant, on devait déjà l'attendre. « Les agapes paternelles ! », murmura-t-il en ricanant intérieurement. Il finit par prendre, à gauche, la via Borgo di Sotto.

La piazza Santa Maria in Vado s'était ouverte tout à coup devant lui comme une mer de brouillard : avec la noire façade de son église, d'un côté, le sombre défilé ouvert sur les remparts, en face, et, au centre, la petite fontaine assiégée par des commères jacassantes, et, tout autour, de pauvres petites boutiques et de misérables masures d'où, en même temps que de faibles lueurs et des odeurs de marrons grillés et de gâteau aux châtaignes — les odeurs de son enfance ! — s'échappaient de-ci de-là des bruits légers : une enclume battue sans force, les pleurs étouffés d'un enfant, un « bonsoir » et un « à demain » échangés au fond d'un invisible vestibule par deux hommes âgés, un tintement de verres... : bref, les grêles et paisibles rumeurs d'une journée d'artisan ou d'ouvrier parvenue à sa fin. L'œil de Bruno s'était tout de suite porté là-bas, vers une petite devanture éclairée un peu plus intensément. Rovigatti était là, assis à son établi : à travers la vitre embuée de la devanture, Bruno distinguait à peine sa silhouette familière. Il s'approcha. Et ce fut comme si l'image immuable du cordonnier de sa famille (il n'avait jamais changé, jamais : depuis qu'il était enfant, Bruno se rappelait l'avoir toujours vu ainsi) venait à sa rencontre à travers le brouillard, se faisant peu à peu plus claire et plus nette.

Il entra, retira son chapeau, tendit la main par-dessus l'établi et s'assit en face de lui. Il obtint tout de suite, sans la moindre difficulté — et même, de la part du cordonnier, avec une certaine ostentation dans la condescendance — l'adresse exacte de l'institutrice : Fondo Banchetto 36, chez Codecà. Mais ensuite ils avaient parlé, parlé d'une infinité d'autres choses. De sorte que ce soir-là, une fois de plus ! Bruno avait fini par rentrer chez lui quand ses parents avaient déjà fini de dîner depuis longtemps.

Il revint le lendemain soir et puis presque tous les autres soirs de cette fin d'année 39. Pendant combien de temps ? Pendant longtemps, sans aucun doute.

Le lendemain même, il était allé sonner, anxieux, à la porte du 36 de la via Fondo Banchetto. Et évidemment, s'il avait été reçu aussitôt, si une dame grasse, en tablier de satin noir et l'emblème fasciste épinglé à la poitrine, les cheveux poivre et sel et l'air méfiant (« Sa sœur », devait ensuite expliquer sèchement Rovigatti) ne s'était pas présentée à la porte pour lui dire que l'institutrice était sortie ; si cette femme, elle, toujours elle, n'était pas réapparue, le lendemain, pour lui dire que l'institutrice était en train de donner une leçon et ne pouvait en conséquence recevoir personne ; et, le surlendemain, qu'elle n'était pas bien ; et le jour suivant, qu'elle était partie pour Bologne et qu'elle ne serait pas de retour avant la semaine prochaine, et ainsi de suite pendant des semaines et des semaines : oui, s'il n'en eût pas été ainsi, Rovigatti et lui, selon toute probabilité, n'auraient pas eu le temps de devenir amis. Bruno avait immédiatement compris qu'il allait lui falloir faire antichambre piazza Santa Maria in Vado. Mais pendant combien de temps, encore ? Impossible de le dire. En tout cas, c'était clair, jusqu'au moment où Clelia Trotti, ou celle qui décidait en son nom, serait d'avis de le laisser entrer. (Mais — s'était-il tout de suite demandé — était-elle au courant, elle, des tentatives qu'il faisait pour la rencontrer ? Lui avait-on dit qu'il passait chez elle presque tous les jours ?)

Chaque fois, c'était le cœur battant qu'il pressait le bouton de la sonnette, et, chaque fois — l'échappatoire était manifeste ! — sa déception se renouvelait. Mais il ne se mettait pas en colère pour autant, bien que, à dire la vérité, la sœur de Clelia Trotti — c'était elle qui était la signora Codecà — ne lui fût guère sympathique. Chaque fois il se repliait là tout près, piazza Santa Maria in Vado, comme si, l'accès d'un monde merveilleux lui étant interdit, il lui fallait se contenter d'attendre aux frontières de celui-ci. Et, effectivement, il s'en contentait. Jamais, il pouvait en être sûr, il ne trouverait fermée la porte vitrée de Rovigatti, lequel, bien qu'il évitât d'en parler, connaissait intimement ce monde et en faisait partie. Elle grinçait à peine quand, pour entrer, il la poussait avec deux doigts. Rovigatti était toujours là, semblable à ces génies rustiques, un peu malicieux mais ayant bon caractère, auxquels le peuple croit encore. « Bonsoir, *signorino*[1] Bruno, comment allez-vous ? » disait-il en souriant du bout des lèvres : et il le regardait de bas en haut, le considérant de ses yeux noirs, comme fiévreux (c'était lui le véritable gardien, le portier débonnairement diplomate et réticent du seuil qui lui était interdit !). Rester là, à attendre ; causer avec lui, en attendant qu'il fasse nuit : peu à peu, cela était devenu une habitude indispensable, presque un rite quotidien.

Le gardien, oui, le cerbère : une sorte de portier dans sa loge (les yeux de Bruno le voyaient, alors, exactement ainsi). Mais en tout cas ni un inférieur ni un subalterne.

Aussitôt entré, Bruno s'asseyait sur le petit banc en face de celui sur lequel était assis Rovigatti ; et il restait là des heures entières, comme fasciné, à le regarder travailler. Quelle force, quelle assurance le cordonnier semblait tirer de l'exercice même de ce métier manuel ! Enroulant les fils autour de ses paumes non moins dures que le cuir dans lequel il venait de découper la forme d'une semelle, il les tirait vers soi avec une énergie mesurée ; une poignée de petits clous prenaient place dans sa bouche, et sa langue et ses lèvres étaient prêtes à les rendre à la lumière, selon les besoins ; le marteau frappait et refrappait sourdement, avec un automatisme précis et inlassable, la surface de la chaussure qu'il maintenait bien solidement entre ses

---

1. *Signorino* : diminutif familier de *signore*.

genoux serrés comme un étau... Comme il était adroit, comme il était sûr de lui ! Et ce n'était pas parce que, en parlant, il continuait de se servir de ses mains — des mains grandes et noircies qui livraient durement leur humble bataille, là, sous la lampe basse, du matin au soir de tous les jours de la semaine : ce n'était pas pour cela que les gestes que lui imposait son travail le gênaient, étaient jamais un obstacle pour lui. Bien au contraire. Un clou fiché d'un seul coup de marteau dans l'épaisseur du cuir semblait, par moments, lui servir mieux, pour souligner une idée, que n'importe quel argument supplémentaire.

Néanmoins, — pensait Bruno — c'était sûrement le travail qui les séparait et qui faisait que lui se sentait continuellement exclu de la pleine confiance de Rovigatti. « Pourquoi ? » semblait vouloir dire ce dernier, en se passant une main dans la mèche de cheveux luisants, couleur aile de corbeau, qui retombaient encore juvénilement d'un côté de son front pâle, aux tempes criblées de points noirs ; « est-ce que vous n'êtes pas encore, malgré ces lois raciales, un *signorino*, un *sgnurîn* ? Les loups ne se mangent pas entre eux, voyons ! »

Et de la sorte, si Bruno se laissait aller à parler de politique (ce n'était au fond qu'un expédient pour tâcher de se le concilier, pour réduire la distance qui les séparait : et, surtout, pour obtenir qu'il s'endormît et employât ses bons offices afin que le royaume de Clelia Trotti lui fût ouvert un peu avant le moment qui avait été décrété), Rovigatti se bornait à écouter, ou tout au plus à répondre avec froideur, d'un ton paisible, exagérément objectif. Quand ensuite son visiteur en disait de plus fortes que d'habitude, il courbait la tête sur son travail ou jetait de furtifs coups d'œil dehors, sur la place, comme craignant qu'un émissaire inconnu de l'O.V.R.A., protégé par l'obscurité, n'ait pu s'approcher sans être vu jusqu'à quelques mètres de distance et ne soit là maintenant, l'oreille collée contre le mur extérieur, en train d'écouter tout ce qu'ils disaient. « Mais non, je ne trouve pas : *eux* aussi, ils ont fait de bonnes choses », alla-t-il même jusqu'à répliquer un jour : et comme Bruno le regardait, stupéfait, il avait les yeux qui riaient malicieusement. Il avait évidemment le sentiment de triompher. Le *signorino* Bruno, le fils de ces bourgeois de la via Madama, dont il ressemelait les souliers depuis près de vingt ans, le *signorino* Bruno était chez lui et venait lui rendre visite ! Mais son triomphe, de toute manière, n'aurait pu se dire complet si, maintenant où ils étaient arrivés au point où ils l'étaient (la barque, c'était évident, commençait vraiment à faire eau de toutes parts!), il n'avait pu s'offrir le luxe de reconnaître tout de même quelques petits mérites à l'adversaire d'hier. Il n'était pas un bourgeois, lui : c'était *de ce côté-ci* de la barricade — le côté des pauvres, des opprimés, des persécutés — que Cesare Rovigatti était né et avait grandi. Et alors ? Etait-ce parce que Cesare Rovigatti n'était qu'un cordonnier, était-ce uniquement pour cela qu'à présent on attendait de lui une haine aveugle, une rancune obtuse et une sévérité sans discrimination ? Ah non, trop commode ! Il était fini le temps où les riches, les puissants, se servaient d'eux, le peuple travailleur, comme d'une masse de manœuvre, se réservant le monopole des sentiments élevés ! Il était fini le temps des équivoques ! Et si *quelqu'un,* à ce propos, s'imaginait pouvoir recommencer l'habituel jeu du passé, en confiant à la classe ouvrière la noble tâche de tirer du feu des marrons qui ne la concernaient pas, eh bien, tant pis pour ce quelqu'un. (Quand il disait ces choses, ou qu'il laissait entendre qu'il les pensait, ses pupilles devenaient dures, hostiles ; un regard glacial, chargé d'ironie méfiante, traversait de nouveau rapidement l'établi encombré de vieux souliers : un regard analogue en tous points à celui dont Bruno s'était senti transpercer le jour où, spéculant sur le violent anticommunisme du cordonnier — un anticommunisme du type anarchiste, romagnol — et espérant lui faire plaisir, il s'était risqué à appeler lui aussi les communistes « nos chers cousins »).

En tout cas, la vanité de Rovigatti semblait particulièrement satisfaite, quand il parvenait à mettre la conversation sur des sujets autres que la politique. Par exemple sur la littérature.

Bruno aimait-il Victor Hugo ? — demandait-il. Quel livre incomparable que *Quatre-vingt-treize !* Et *Les Misérables ?* Et *L'Homme qui rit ?* Et *Les Travailleurs de la mer ?* Dans l'Italie du XIXe siècle, bien que sur un plan très inférieur, seul Francesco Domenico Guerrazzi avait fait quelque chose de comparable dans le domaine du roman. Et, du reste, quel désastre que la littérature italienne dans son ensemble, si on la considérait du point de vue des prolétaires et en tenant compte du degré d'instruction auquel le prolétariat peut aspirer en Italie ! Parmi les poètes, en cherchant bien, il ne restait que Dante, « le plus grand poète du monde ». Ceux qui étaient venus après, au lieu d'écrire *pour* le peuple, avaient écrit *pour* les seigneurs. Pétrarque, l'Arioste, le Tasse, Alfieri, eh oui, même Alfieri, Foscolo : des choses pour une élite. Quant aux *Fiancés* de Manzoni, ils sentaient trop la sacristie et la réaction. Non : si l'on voulait trouver quelque chose de convenable à lire (quelque chose de modeste, peut-être, mais de convenable tout de même), il fallait sauter à pieds joints jusqu'au Carducci du *Canto dell'Amore* et au Stecchetti de certaines invectives socialistes. Mais à propos : maintenant, au XXᵉ siècle, à part ce dégénéré de D'Annunzio et à part Pascoli, comment les choses allaient-elles en littérature ? Lui, hélas, ne disposait pas du temps nécessaire pour se mettre au courant. La Bibliothèque municipale fermait à dix-neuf heures : et c'était dommage, car si l'horaire de consultation avait été étendu à la soirée, après la fermeture de son échoppe et comme il n'avait pas charge de famille, il eût certainement pu comme beaucoup d'autres travailleurs profiter de ce « service public ». Mais le *signorino* Bruno avait étudié et continuait d'étudier ; et même, bien que n'ayant pas encore passé son doctorat (mais est-ce qu'il n'enseignait pas déjà, du reste, à l'école israélite de la via Vignatagliata ?), il pouvait déjà se considérer dès maintenant comme étant professeur. Peut-être songeait-il, n'est-ce pas, à se consacrer un jour ou l'autre à la littérature ? Eh bien lui, qui était indubitablement une personne cultivée et qui, en tant que lettré, devait se tenir au courant même des dernières nouveautés, qu'il veuille bien répondre franchement, s'il vous plaît : y avait-il, à l'heure actuelle, de bons écrivains ? Un profond sentiment d'inutilité et comme d'impuissance s'emparant brusquement de lui, Bruno ne répondait pas. « Dans ce domaine, j'en suis sûr, on ne fait plus rien de beau ni d'utile ! » concluait Rovigatti, et il serrait les lèvres d'un air convaincu et hochait la tête avec une sincère affliction. La répugnance de Bruno à le renseigner sur l'état actuel de la littérature nationale et l'expression que prenait le visage du jeune homme lorsque, interrogé, il préférait ne pas lui répondre (« Pourquoi suis-je ici ? », se demandait en réalité Bruno : et il n'espérait presque plus en la récompense finale dont cette longue quarantaine piazza Santa Maria in Vado eût dû le rendre digne) : cela aussi faisait comprendre au cordonnier qu'il voyait juste et que c'était lui qui avait raison.

Mais, au fond, le sujet où Rovigatti se sentait le plus à l'aise, c'était celui de son métier. C'était un métier humble, disait-il, et même très humble : mais il lui avait toujours permis non seulement de joindre les deux bouts avec dignité, mais de tenir pendant toutes ces années sans jamais courber l'échine. Et, du reste, que s'imaginait donc Bruno : qu'être cordonnier ne présentait pas des côtés intéressants ? Toute activité humaine en avait : il suffisait de l'exercer avec passion, d'y « mettre toute son âme » et d'en pénétrer tous les secrets. Il parlait enfin sans ironie, sans méchanceté : et Bruno, en l'écoutant, oubliait peu à peu sa tristesse et se sentait presque heureux.

Dans ses mains, une chaussure éculée devenait toujours quelque chose de vivant. A la façon dont un client avait usé son talon, déformé une empeigne, éraflé le bout d'un soulier, Rovigatti était capable de reconstituer, avec une intuition merveilleuse et qui ravissait Bruno, le caractère dudit client. Avant de se mettre à réparer une chaussure, il avait coutume de l'examiner à la lueur de la lampe qu'il rapprochait, avec le sourire indulgent de l'artiste qui contemple son personnage et qui est disposé, pourvu que celui-ci vive et qu'il lui soit donné de lire dans son cœur, à lui voir commettre les plus grandes coquineries.

« Ce monsieur-là, voyez-vous, j'aurai du mal à me faire payer par lui », disait-il, par exemple, en manipulant des souliers vernis, très étroits, qui avaient l'air neuf mais dont le bout pointu dissimulait des marques non négligeables d'usure : et la circonspection avec laquelle il les mettait sous les yeux de Bruno, pour que celui-ci les examinât avec l'intérêt qu'ils méritaient (la circonspection du charmeur de serpents !), situait parfaitement le propriétaire de ces objets, lequel était précisément un jeune oisif, un cruel exploiteur de femmes très connu à Ferrare.

« Et toi, belle blonde, attention où tu mets les pieds ! » murmurait-il avec un ricanement de sympathie en passant son pouce calleux autour du talon très haut, acéré comme un poignard, de petits souliers féminins en crocodile, dont une démarche énergique, exubérante, victorieuse, avait fortement abîmé les bords.

Un jour, il montra même à Bruno, parmi les autres, les souliers de l'*onerevole* Bottecchiari, « le prince de notre barreau » (c'est exactement ainsi qu'il s'exprima, avec une certaine ironie : mais ses yeux, tandis qu'il observait de nouveau les souliers, pensif, brûlaient d'un zèle retenu, d'une tenace fidélité).

« Bien sûr, il doit avoir ses défauts, reprit-il au bout d'un instant ; mais c'est quelqu'un après tout à qui l'on peut encore faire confiance. Qu'importe qu'il se soit embourgeoisé ? Il gagne beaucoup d'argent, il a une belle maison, une jolie femme — jolie autrefois, naturellement : elle a bien ses cinquante ans, elle aussi ! — et avec son talent et ses dons d'orateur, même les fascistes qui le respectent et lui font la cour ! Mais la chose qui compte, c'est la suivante : la carte du parti, qu'on voulait encore lui donner l'an dernier, savez-vous ce qu'il en a fait, lui ? Il la leur a jetée à la figure ! »

Et, tout en parlant, il ne cessait de retourner entre ses mains calleuses les souliers de l'*onerevole* Bottecchiari (une paire de souliers marron, à bout carré : les souliers d'un homme sanguin, optimiste, dont le poids dépassait le quintal), un homme aux côtés de qui, quand il était jeune, il avait milité dans les rangs du parti socialiste italien de Giacomo Matteotti et de Filippo Turati, et avec qui, en 24, il avait été attaqué dans les locaux de la Coopérative de consommation des cheminots et traminots, agression à laquelle ils avaient l'un et l'autre échappé par miracle, en se sauvant par une issue secondaire.

Du menton, il indiqua la place, dans la direction de la via Fondo Banchetto.

Depuis près de vingt ans, ajouta-t-il, ni lui ni les autres amis d'autrefois ne fréquentaient plus l'avocat Bottecchiari, cela c'était vrai. Mais récemment, l'ayant vu passer dans un sens contraire au sien, sur l'autre trottoir du corso Giovecca (du côté opposé de la barricade ! pensa Bruno : et soudain, il se sentit comme jamais solidaire de lui, de Rovigatti, et de Clelia Trotti et de tous les pauvres gens trahis et oubliés des villes et des campagnes qu'il imaginait derrière eux : heureux et reconnaissant d'être avec eux, et cela pour toujours) : eh bien, pas même une semaine plus tôt, le député, jovial et « simple » comme il l'avait toujours été, lui avait crié de loin :

« Salut, Rovigatti ! »

3

Un beau jour, la porte de la maison de la via Fondo Banchetto s'ouvrit sans que l'embrasure en fût immédiatement obstruée par la silhouette trapue de la signora Codecà. Il était naturel et, au fond, normal que, à la longue, il en fût ainsi. Dans tout conte de fées qui se respecte (il devait être trois heures, trois heures et demie de l'après-midi : il y avait vraiment quelque chose d'irréel dans le silence du quartier tout à fait désert), il est rare que l'histoire ne se termine pas par la disparition ou la métamorphose du Monstre. Tout à coup, l'enchantement s'était dissipé et la signora Codecà avait disparu. Et alors, qui pouvait bien être, sinon Clelia Trotti, la personne venue ouvrir à sa place ? Bien sûr, c'était elle, ce ne pouvait être qu'elle — se disait Bruno — cette petite femme desséchée et la mise négligée, l'espèce de béguine dont parlaient les gens. Pour s'en assurer, il suffisait de regarder ses yeux. C'étaient encore les yeux, merveilleux, de la belle jeune fille émule d'Anna Koulichoff, de l'impétueuse héroïne de la classe ouvrière que l'*onorevole* Bottecchiari avait aimée dans sa jeunesse...

Débarrassée de sa peau de dragon, miraculeusement rendue à sa véritable apparence, Clelia Trotti elle aussi, donc, comme les princesses des contes de fées, souriait doucement de la stupeur — et sourire et stupeur étaient également de rigueur, dans le ton —

qu'exprimait le visage du jeune homme inconnu, immobile sur la chaussée, devant sa porte. Il eût suffi alors d'un « Entrez, entrez donc, je sais déjà pourquoi vous venez me voir » : et le conte de fées, avec sa petite porte qui se refermait mystérieusement, derrière eux, sur le calme ouaté de la via Fondo Banchetto, eût trouvé son dénouement exact, impeccable. Mais non, cette phrase ne fut pas prononcée. Comme pour signifier que ce sourire, ce doux sourire que démentait en un certain sens, du reste, ce qu'avait d'inquisiteur un regard bleu d'une grande acuité, était de simple politesse, sans plus. Un sourire interrogateur, poli, mais qui exigeait une réponse. Brusquement, Bruno comprit. Non seulement la signora Codecà, mais Rovigatti non plus n'avait jamais prononcé son nom ! Il lui fallut donc, à travers ce seuil encore interdit, dire son prénom et son nom : « Bruno » et « Lattès » en toutes lettres. Ce fut maintenant au tour du visage de Clelia Trotti d'exprimer la stupeur — une authentique stupeur que la sienne — et un abandon plein de confiance, cependant qu'une vague de généreuse tristesse venait comme noyer la pointe inquisitrice de son iris clair. En tout cas, cela suffit pour que le conte de fées s'achevât d'une manière bien différente : en s'estompant, veux-je dire, dans le réel ; et pour que la réalité, la réalité toute nue, commençât à retrouver les dimensions qui lui sont propres.

« Faites attention, on la surveille », avait dit l'*onorevole* Bottecchiari, en baissant la voix comme s'il eût craint que l'air lui-même ne l'entendît. C'était à la police et à l'O.V.R.A. qu'il faisait allusion. Mais une fois de plus, à les voir de près, les choses se révélèrent sur-le-champ différentes.

« Venez dans la salle à manger, que nous parlions », murmura dans un souffle la vieille institutrice, après avoir fait entrer Bruno dans l'antichambre.

Maintenant, elle le précédait sur la pointe des pieds, le long d'un petit couloir sombre et humide. Et alors, tandis qu'il la suivait, en cherchant lui aussi à ne pas faire de bruit, la voyant se mouvoir avec toute la circonspection dont elle était capable, il fut de nouveau facile pour Bruno de deviner la vérité. Si Clelia Trotti était surveillée, elle l'était surtout *chez elle* et non dehors. C'étaient la signora Codecà et le mari de celle-ci (lui caissier de la Caisse Agricole, cette forteresse de la bourgeoisie agraire ferraraise, elle institutrice titulaire, toujours en pleine activité) qui étaient les vrais geôliers de Clelia Trotti. Et la police ? La police, certainement, savait parfaitement ce qu'elle faisait. En abandonnant la sexagénaire « qui avait reçu un avertissement » au contrôle familial des deux dignes époux — lesquels étaient évidemment des personnes ayant trop de bon sens pour tolérer que leur gênante hôtesse reçût des visites suspectes —, l'O.V.R.A. pouvait se borner à se manifester de loin en loin et, le reste du temps, dormir sur ses deux oreilles.

Ils pénétrèrent dans la salle à manger, au rez-de-chaussée. Bruno regarda autour de lui. C'était là que Clelia Trotti passait la majeure partie de ses journées, s'époumonant à donner des leçons aux enfants et aux adolescents du voisinage. C'était là sa prison.

Les meubles en bois clair, très ordinaires mais non sans quelque ridicule prétention ; le dessus de table vert, taché d'encre, qui protégeait la table au centre de la pièce ; le lustre en faux verre de Murano ; le diplôme de comptable sur lequel était écrit en lettres gothiques le nom du maître de maison, Evaristo Codecà, accroché au mur entre de pauvres petits tableaux représentant des paysages alpestres et des marines ; la pendule, en bois clair elle aussi, au tic-tac sec et sonore, pesant sur tout cela comme un menaçant avis ; jusqu'au rayon de soleil hivernal qui filtrait, oblique, dans la pièce, par l'unique fenêtre donnant sur un petit potager, et qui illuminait d'une lumière crue une tête de cheval couleur sang coagulé, peinte à l'huile sur l'un des coussins du divan : tout, dans ce fond de puits, dans cette espèce de tanière peu sûre, parlait à Bruno d'ennui, de fainéantise, de longues années de retraite mesquine et sans gloire et d'oubli. Et là, de l'autre côté de la table, continuant pourtant à sourire d'elle-même, de Bruno et de tout le reste (elle s'excusait aussi, et réclamait un peu d'indulgence !), la vieille révolutionnaire qui avait vu de ses propres yeux Anna Koulichoff et Andrea Costa, qui avait discuté de socialisme avec Filippo Turati, avec Giacomo Matteotti et avec Massarenti, l'apôtre de Molinella, et qui avait joué un rôle important pendant la fameuse Semaine Rouge de Romagne, en 1913, réduite à parler d'une voix étouffée, dans un murmure à peine intelligible, levant de temps en temps les yeux vers le haut, vers le plafond, comme pour dire que de là-haut, de l'étage supérieur, sa sœur ou son beau-frère pouvaient descendre d'un instant à l'autre pour les interrompre, ou bien se taisant soudain, une main ouverte et tendue dans un geste inachevé et l'index de l'autre main sur les lèvres (la pendule sonna, d'une voix rauque, durant l'un de ces silences, en même temps que venait du potager un faible gloussement de poules), tout à fait comme une écolière qui a peur d'être prise en faute ! C'était cela la réalité — pensait Bruno —, inutile de se leurrer ! Et alors, tout bien considéré, et alors, cela valait-il vraiment la peine de s'être toujours conduite dans la vie d'une façon aussi différente de celle de l'*onorevole* Bottecchiari, si le mal commun, le temps qui ronge et détruit tout, avait également pu mener si avant son œuvre de corruption et de désagrégation ? Clelia Trotti ne s'était jamais inclinée, elle avait toujours conservé totale la pureté de son âme ; l'*onorevole* Bottecchiari, au contraire, bien qu'il n'eût jamais accepté la carte du Parti, s'était intégré complètement à la société des années de sa maturité, finissant même par faire partie du conseil d'administration de la Caisse Agricole, et cela sans qu'il y eût personne pour s'en plaindre ou pour s'en scandaliser. Eh bien, à considérer les résultats, lequel des deux avait eu raison dans la vie ? Et qu'était-il donc venu faire, lui, Bruno, qui arrivait tard, irrémédiablement le dernier, si ce n'est, justement, se rendre compte que le monde meilleur, la société plus honnête et plus civilisée dont Clelia Trotti était à la fois un témoignage et une épave, ne reviendraient plus jamais ? Il la regardait, cette célèbre socialiste, cette pitoyable prisonnière, et il ne parvenait pas à détacher ses yeux de la raie sombre à peine visible qui, un peu plus bas que ses cheveux blancs rassemblés en chignon sur sa nuque, faisait le tour de son cou maigre et ridé. Quelle aide — se disait-il, en regardant avec une cruelle fixité ce pauvre cou mal lavé —, quelle protection, quelle marque utile de solidarité, quel espoir effectif de rédemption pouvait-il attendre de Clelia Trotti, de Rovigatti et des autres humbles amitiés du genre de Rovigatti, que l'institutrice continuait sûrement de cultiver en cachette ? Il fallait se lever au plus vite, se soustraire immédiatement à ce grotesque colloque ! Et en dehors de cela : pourquoi n'écouterait-il pas une bonne fois le conseil que depuis longtemps lui donnait son père, lequel, depuis septembre 38, n'avait jamais cessé de l'exhorter à quitter Ferrare pour aller en « Erez », ainsi qu'il avait tout de suite pris l'habitude de dire, ou aux Etats-Unis, ou en Amérique du Sud ? Pourquoi finalement ne pas l'écouter ? continuait à se demander Bruno. Il était jeune, insistait son père, il avait toute la vie devant soi. Il *devait* émigrer, aller s'implanter ailleurs. S'il le voulait, c'était encore possible. L'Italie n'entrerait pas en guerre avant l'été prochain, et on ne refuserait certainement pas un passeport à un Juif bénéficiant du statut privilégié. On pariait ? Cette discrimination que lui méprisait tant, elle allait être très utile pour obtenir un passeport...

« Il faut que vous m'excusiez », disait pendant ce temps Clelia Trotti, d'une voix plus basse que jamais, « mais quand je dis que je suis ici chez moi, c'est une façon de parler. A la vérité, je n'y suis nullement. Ma sœur et mon beau-frère », ajouta-t-elle, et ses yeux bleus, fixés sur ceux de Bruno, exprimaient de nouveau la joie de pouvoir se confier et la certitude de ne pas se tromper en ayant confiance en lui, « ma sœur et mon beau-frère qui, depuis que je suis revenue de relégation, c'est-à-dire depuis plusieurs années maintenant, m'ont prise ici avec eux, se sont mis en tête de m'empêcher » — et elle riait maintenant, hochant la tête, amusée — « de commettre d'autres bêtises. Ils me surveillent, fourrent leur nez dans tout ce que je fais et exigent que je sois rentrée deux heures au moins avant la nuit. C'est pis, croyez-moi, que si j'étais une petite fille ! Certes, je me rends compte que, pour des gens qui ne pensent pas comme *nous*... qui, même, ont en politique des idées totalement différentes des *nôtres*... de braves gens, vous savez, d'ailleurs, deux vrais cœurs d'or... je me rends compte, dis-je, que se comporter comme ils le font à mon égard peut sembler une sorte de droit. Ils font ça pour mon bien, disent-ils, et c'est possible. Mais en attendant » — elle eut alors une brève grimace de lassitude, et son regard devint brusquement grave, presque sévère — « mais, en attendant, quel ennui !

— C'est votre sœur, la dame qui vient toujours ouvrir la porte ?

— Oui, c'est elle, mais pourquoi me demandez-vous ça ? fit l'institutrice, alarmée. Vous voulez sans doute dire que ce n'est pas la première fois que vous cherchez à me voir, n'est-ce pas ? Oh ! pauvre garçon ! » et elle joignit ses petites mains osseuses, et l'index et le médius de sa main droite étaient tachés de nicotine ; « Dieu sait combien de fois Giovanna vous aura fait vous déranger pour rien !

— Un jour, elle me disait une chose, et la fois suivante, elle m'en disait une autre ! C'étaient des prétextes, je le comprenais très bien. Mais je ne pouvais supposer que vous ne fussiez pas au courant d'une manière quelconque. Et alors...

— Oh ! pauvre garçon ! répéta Clelia Trotti. Et moi qui parlais de droit ! Mais ils vont m'entendre, cette fois-ci, je vous jure qu'ils vont m'entendre ! Dans une certaine mesure, je peux comprendre, mais ce qui est trop est trop ! »

Elle resta un instant silencieuse, comme réfléchissant à la gravité de l'acte d'arbitraire commis à son égard et aux mesures qu'elle allait prendre pour faire valoir ses propres droits. Mais en même temps, c'était visible, en même temps, elle pensait également à autre chose. Et ce devait être quelque chose qui, malgré elle, lui faisait un certain plaisir.

« Mais dites-moi : comment avez-vous fait pour avoir mon adresse ? J'imagine qu'il n'a pas dû vous être facile de vous la procurer.

— En novembre dernier, je suis allé voir maître Bottecchiari », dit Bruno en regardant ailleurs.

Et comme elle ne répondait rien :

« Maître Bottecchiari, ajouta-t-il, est un vieil ami de ma famille. Je pensais qu'il pourrait me renseigner ; mais il n'a rien pu, ou rien voulu, me dire de précis. Il m'a néanmoins conseillé de m'adresser à Rovigatti, à Cesare Rovigatti, vous savez bien, ce cordonnier dont la boutique se trouve à deux pas d'ici, piazza Santa Maria in Vado. Par bonheur, je le connaissais très bien et...

— Notre Cesarino, oui. Il est si gentil. Pourtant, je ne parviens pas à comprendre comment il se peut... Il aurait pu me parler de vous ! Vous voyez ? Pour une raison ou pour une autre, il n'y a personne qui ne se croie obligé de prendre à mon égard les plus extravagantes initiatives. Et ils ne comprennent pas qu'au contraire, avec ce système, en créant peu à peu le vide autour de moi, c'est comme s'ils m'enlevaient l'air dont j'ai besoin pour respirer. Dans ces conditions, mieux vaudrait la prison ! »

Il y avait de la lassitude, du dégoût, du désespoir, dans le ton dont elle avait prononcé ces derniers mots. Bruno la regarda bien en face. Mais ses yeux d'un bleu intense, fermes et secs sous ses gris sourcils froncés, étaient pleins d'espoir. Comme si elle eût douté de tout et de tous, mais non de lui.

Tout à coup, la porte s'ouvrit. Quelqu'un apparut : la signora Codecà.

« Il y a quelqu'un ? » avait demandé l'odieuse voix bien connue, avant même que la tête poivre et sel ne s'avançât pour regarder.

Le regard méfiant de la signora Codecà croisa celui de Bruno.

« Ah! dit-elle ensuite, froidement. Je ne savais pas que tu avais une visite.

— Oh! c'est un ami. Le signor Lattès, se hâta d'expliquer Clelia Trotti, avec agitation. Bruno Lattès.

— Enchantée, fit la signora Codecà sans avancer d'un pas. Finalement, vous l'avez trouvée, hein ? » ajouta-t-elle avec un sourire aigre, s'adressant à Bruno mais sans le regarder.

Elle s'écarta un peu et, alors, de l'ombre du couloir, surgit, l'air épouvanté, un bambin de huit ou neuf ans. Il portait un petit tablier noir, barré sur la poitrine par trois raies horizontales blanches.

« Viens donc », l'encouragea la signora Codecà. Et puis, à sa sœur :

« Ne te dérange pas. Je vais raccompagner moi-même le signor Lattès. »

Quand ils se retrouvèrent comme toujours, elle bloquant l'entrée de sa massive personne, et Bruno la regardant de bas en haut, des pavés de la rue :

« Je ne sais si ma sœur a pensé à vous le dire, commença Giovanna Codecà, mais, après-demain au plus tard, elle doit vraiment s'absenter. Un voyage, oui, et, je le crois, plutôt long. Combien va-t-il durer ? Je ne sais pas, quelques semaines... peut-être quelques mois... Bref, pour le moment, il est inutile, croyez-moi, de revenir la voir. Oui, pour le moment, c'est tout à fait inutile. Je vous en prie, signor Lattès, soyez gentil ! *Je dis cela également pour votre bien...* »

A mesure qu'elle parlait, l'expression de son visage devenait de moins en moins dure et sa voix de plus en plus hésitante.

Elle souligna les derniers mots d'un regard désolé, suppliant. Et finalement, cependant qu'elle se retirait et fermait lentement la porte au nez de Bruno, elle ajouta dans un murmure : « Nous sommes surveillés, vous ne le savez pas ? »

Ce même soir, alors que, comme toujours, il rentrait très tard chez lui et sans avoir même téléphoné, vers huit heures, qu'on ne l'attendît pas pour dîner, Bruno fut surpris dans la rue par la neige. (Il avait passé la soirée d'abord dans un cinéma et puis, assis près d'un billard, jouant les marqueurs de points occasionnels et volontaires, dans un bar situé à l'extérieur de la Porta Reno.)

Au début, ce fut une sorte de poussière menue, qui tourbillonnait, légère, autour des réverbères. Mais, via Madama, alors qu'il tentait d'introduire la clef dans la serrure de la porte cochère, la neige était devenue dense et pesante. Il la sentit, comme il se penchait, qui lui mouillait le visage. Cependant, tout en continuant de s'escrimer avec sa clef (à cause de l'obscurité, il lui fallait chaque fois beaucoup de temps pour ouvrir), il tendait l'oreille pour compter les coups que venait alors de commencer à sonner l'horloge du Château. Un, deux, trois, quatre. Il était quatre heures. Mais, pensait-il, son père n'avait pas dû pour autant se décider à éteindre la lumière et à dormir. Comme d'habitude, il n'éteindrait la lumière qu'après l'avoir entendu passer à tâtons et sur la pointe des pieds devant la porte de la chambre à coucher, et qu'après lui avoir fait comprendre, en toussant et en grommelant, qu'à cause de lui il était resté éveillé et dans l'anxiété jusqu'à cette heure-là. Les lèvres de Bruno se crispèrent dans une grimace d'agacement. Il valait mieux qu'il en fût ainsi. Cette nuit-là, il n'avait vraiment pas envie de jouer une fois de plus la vieille et stupide comédie de l'obscurité et des pas sur la pointe des pieds. Si son père ne dormait pas, il allait tout bonnement entrer dans sa chambre. Il savait déjà de quoi il lui parlerait.

Mais il ne fut pas plus tôt dans le vestibule au bout duquel on entrevoyait, à travers la grille, les arbres noirs du jardin, qu'avant même d'allumer l'électricité dans l'escalier il s'aperçut qu'un peu de lumière filtrait sous la porte de la pièce du rez-de-chaussée dont il avait fait son bureau. Il s'approcha. Il ouvrit tout doucement la porte. Son père était là, assis dans le fauteuil en velours vert près de la table, et il dormait, la tête inclinée sur l'épaule et enveloppé dans un plaid. Un journal, grand ouvert, avait à demi glissé de ses genoux sur le dallage.

Bruno entra sans faire de bruit dans le bureau et s'adossa au mur, près de la porte.

C'était vrai — se disait-il — jamais il n'était rentré aussi tard. C'était pour cela sans doute que, ne se décidant pas à éteindre la lumière et ne parvenant pas, d'autre part, à attendre plus longtemps étendu, c'était sans doute pour cela que son père avait décidé à un certain moment de se lever et de descendre comme ça, en chemise de nuit et en pantoufles, à l'étage inférieur. Qui sait ? peut-être avait-il également songé à profiter de l'occasion pour discuter à fond avec lui la question de son départ pour la Palestine ou pour l'Amérique, question à propos de laquelle, toutes les fois qu'il avait tenté de la mettre sur le tapis, il s'était toujours entendu répondre avec froideur ; et en conséquence, prévoyant et redoutant une discussion qui réveillerait certainement la mère de Bruno endormie dans la chambre voisine et qui provoquerait son intervention atterrée et larmoyante, il avait pensé qu'il valait mieux l'attendre en bas, dans le bureau, où ils pourraient parler et crier tant qu'ils voudraient, sans avoir à craindre de déranger quelqu'un.

Ricanant, Bruno s'approcha sur la pointe des pieds. Et il était déjà sur le point de toucher la main gauche du dormeur, qui était abandonnée, comme morte, sur le journal déplié (sa main droite, sur laquelle son front s'appuyait, s'était instinctivement placée de façon à protéger ses paupières closes de la lumière de la lampe de bureau), quand quelque chose, une brusque sensation, presque un élancement de douleur physique, interrompit à mi-chemin son geste. Il resta donc ainsi, touchant presque de sa main tendue la main cireuse de son père, regardant intensément sa tempe maigre, une tempe fragile, plus cartilagineuse qu'osseuse, d'homme déçu, d'homme qui a fait faillite (il ne s'était écoulé qu'un peu plus d'un an depuis septembre 38, mais cela avait suffi pour faire de l'avocat Lattès un vieux Juif du ghetto!), et ces cheveux blancs, blancs et légers comme de la plume, qui avaient la même légèreté et la même blancheur que d'autres cheveux — les cheveux de Clelia Trotti. Combien de temps son père avait-il encore à vivre ? Combien de temps Clelia Trotti avait-elle encore à vivre ? Réussiraient-ils à voir, avant de mourir, la fin de la tragédie qui était en train de bouleverser le monde ?

Bien que finis, bien que proches de la mort, ni l'un ni l'autre ne cessaient encore de rêver, chacun à sa manière, à la liberté. De sa prison de la via Fondo Banchetto, Clelia Trotti rêvait à la renaissance du socialisme grâce à la transfusion dans les veines fatiguées du Parti d'un sang jeune comme celui de Bruno (cela, il l'avait lu dans ses yeux : et, au fond, c'était là ce que lui-même s'était proposé de lui offrir !). L'avocat Lattès, du ghetto de la via Madama où, avec une douloureuse volupté, il s'était volontairement enfermé (on l'avait expulsé même du Cercle des Commerçants : et maintenant il ne sortait plus de chez lui, passant son temps à lire les journaux et à écouter Radio-Londres), l'avocat Lattès, donc, ne cessait pas un seul instant, bien que se laissant aller comme il le faisait, de rêver à la « brillante carrière », qui, pourvu que celui-ci voulût bien s'en donner la peine, attendait sûrement son fils en Amérique ou en « Erez ». Et lui, Bruno, qu'allait-il faire ? Allait-il rester ? Allait-il partir ? Son père se faisait des illusions quant à la valeur effective du statut privilégié : même en le demandant, il ne serait pas possible d'obtenir un passeport. Quant à la guerre, oh ! elle venait à peine de commencer et Dieu sait combien d'années elle allait durer, et l'on ne pouvait en aucune manière prévoir comment elle finirait. Non, entre partir et rester, l'alternative n'existait plus. Il n'y avait plus qu'une seule route : celle qui menait tout le monde, sans exclure personne, à la rencontre d'un inévitable avenir. Et alors, puisque maintenant le piège s'était déclenché et que toute évasion était impossible, autant valait continuer par la route où l'on s'était déjà engagé, en participant volontairement, ne fût-ce que par pitié et par humilité, aux rêves solitaires, aux passe-temps désespérés, aux tristes et misérables rêves de prisonniers, qui étaient le lot de ses compagnons de voyage.

Toujours sur la pointe des pieds, il alla à la fenêtre et en écarta à peine les battants. La neige continuait de tomber. Dans quelques heures, elle serait haute et étendrait sur toute la ville, prison et ghetto communs, son oppressant silence.

4

Jusqu'à la signora Codecà qu'il fallait contenter maintenant. Elle avait demandé que sa maison ne devînt pas un repaire de conspirateurs ; et, finalement, elle s'était démasquée, jetant sur la table tout son pauvre jeu de geôlière zélée mais non perfide, seulement apeurée.

Selon toute probabilité, quoi qu'elle pût dire ou penser, l'O.V.R.A. avait pratiquement oublié la maison sise 36, via Fondo Banchetto. Depuis longtemps, aucun individu au teint olivâtre, aux moustaches de Méridional et au feutre enfoncé jusqu'aux yeux même en été, ne se présentait plus, à la tombée de la nuit, pour vérifier si « Trotti Clelia en résidence surveillée » se trouvait chez elle comme prescrit. Et pourtant — se disait Bruno —, mieux valait ne pas contrarier la signora Codecà. Mieux valait accepter passivement ce rôle de surveillante sévère et incorruptible qu'elle-même s'était assigné. Tenir à l'œil une femme comme cette sœur « subversive », qui, après sa relégation, s'était encore offert dix années supplémentaires de résidence surveillée, avec obligation de regagner son domicile au coucher du soleil et de se présenter au Commissariat une fois par semaine pour signer le registre spécial des suspects ; se précipiter à la porte à chaque coup de sonnette, sans jamais oublier de mettre bien en évidence, au sommet de son tablier noir d'institutrice en pleine activité, l'insigne fasciste : la signora Codecà elle aussi avait tout de même droit à la petite marge d'illusion, de jeu, nécessaire à chacun pour vivre ! Et Clelia Trotti ? Peut-être qu'elle aussi, au fond de son cœur, ne désirait pas recevoir de visites. Sortir de chez elle d'un air furtif, jeter un coup d'œil de biais vers les persiennes du premier étage, prendre sur-le-champ la via Coperta : si quelque chose lui faisait encore plaisir, ce devaient être ces rares évasions de la maison des Codecà. Il suffisait donc d'attendre — et maintenant, hélas ! c'était beaucoup plus facile. Tôt ou tard, c'est elle-même qui allait donner signe de vie.

Un matin, environ deux mois plus tard, alors qu'il était en train de faire son cours dans l'une des classes de l'école israélite de la via Vignatagliata, Bruno vit tout à coup la tête de la concierge apparaître prudemment dans l'entrebâillement de la porte.

« S'il vous plaît ?
— Qu'y a-t-il ?
— C'est une dame qui vous demande. »

La concierge s'approcha de la chaire, traînant la savate sur les carreaux du sol et provoquant l'habituelle hilarité chez les élèves.

« Qu'est-ce que je dois lui dire ? » demandait-elle tout en avançant, préoccupée.

C'était une femme d'âge indéfinissable, courte et ronde, dont les cheveux d'un noir de corbeau, descendant en bandeaux graisseux et luisants, encadraient un visage ensommeillé de brebis : la pensionnaire la moins âgée de l'hospice de vieillards de la via Vittoria, exhumée exprès par l'ingegner Cohen quand, en octobre 1938, il avait été nécessaire d'installer dans les locaux de la crèche les enfants expulsés des écoles secondaires de l'Etat.

« Dites-lui d'attendre la cloche », répondit Bruno, si sèchement que les petits écoliers se turent sur-le-champ. « Combien de fois dois-je répéter que je ne veux pas être dérangé pendant les heures de classe ? »

C'était Clelia Trotti, ce ne pouvait être qu'elle. Tout en continuant d'expliquer et d'interroger, Bruno la voyait par l'imagination attendant dans le vestibule tout proche. Elle lisait les grandes plaques, pleines de noms de donateurs ayant bien mérité, fixées aux murs entre les portes jaunâtres des classes ; elle contemplait les bustes en plâtre verni de Victor-Emmanuel II, d'Humbert Ier et de Victor-Emmanuel III, disposés dans les niches du mur autour du Bulletin de Victoire ; de temps en temps, elle allait patiemment s'accouder à l'une des grandes fenêtres situées en face, grandes ouvertes pour accueillir d'un côté les joyeuses rumeurs du ghetto, et, de l'autre, le gazouillis des moineaux qui, dans le soleil printanier, emplissaient les arbustes malingres du jardin situé en dessous... Finalement, la cloche sonna. Des classes, les enfants se déversèrent dans le vestibule, puis descendirent en trombe le grand escalier central. Et pourtant, quand il eut gagné à son tour le vestibule redevenu désert, Bruno fut d'abord déconcerté en voyant la petite femme en tailleur et en chapeau gris, qui était debout, de dos, en train de lire, là-bas au fond, la proclamation Diaz. Il fallut qu'en l'entendant s'approcher elle se retournât brusquement et lui sourît de son bon sourire, comme mouillé de larmes, et avec ses yeux bleus où il y avait toujours la même expression ironique, triste et généreuse que la première fois, quand il lui avait dit comment il s'appelait. Ce fut seulement alors qu'il la reconnut.

« Ça faisait des années que je n'avais pas eu l'occasion de relire le communiqué du 4 novembre 1918 », dit Clelia Trotti avant même de lui tendre la main et en indiquant le mur avec son menton. « Il est visible qu'il fallait vraiment que je vienne ici ! »

Ils se mirent tous les deux à la grande fenêtre qui donnait sur le jardin, s'accoudant à la balustrade en fer.

« Quel beau temps, n'est-ce pas ? » dit-elle en regardant dans la direction de la rouge étendue de toits qui s'ouvrait devant eux, par-delà le mur d'enceinte du jardin.

« Très beau », répondit Bruno. Il l'observait. Cette fois-ci, elle s'était arrangée avec soin, il s'en rendait compte à la poudre qu'elle s'était mise jusque sur le cou ; elle avait voulu se faire belle pour lui !

« On se sent vraiment revivre », reprit-elle, en fermant à demi les yeux à cause de la réverbération. Et puis, après un temps, mais toujours avec une sorte de joie, d'allégresse intérieure :

« Comme nous avions raison, nous autres socialistes, bien que, à dire la vérité, plus d'un d'entre nous ait pensé alors différemment, comme nous avions raison d'entendre notre glas dans le son des cloches qui saluaient la victoire italienne de 18 ! *Les vallées qu'ils avaient descendues avec une orgueilleuse assurance.* Quel ton, hein ? Il y a déjà là-dedans le fascisme et l'arrogante rhétorique de ces vingt dernières années. »

Tout à coup, né de Dieu sait quel miasme d'amertume, le désir de la blesser, de lui faire du mal naquit, violent, en Bruno.

« Pourquoi voulez-vous vous leurrer ? s'exclama-t-il, sarcastique. Pourquoi continuer de vous mentir à vous-même ? A Ferrare, comme vous le savez parfaitement, nous autres Juifs nous n'étions tous, ou presque tous, que des bourgeois (je dis *étions,* parce que maintenant, et peut-être vaut-il mieux qu'il en soit ainsi, nous n'appartenons plus à aucune classe et formons, comme au Moyen Age — que nous jouissions ou non d'un statut privilégié —, une classe à part). Nous étions presque tous des propriétaires terriens, gros, moyens ou petits ; et donc, c'est vous qui me l'apprenez, presque tous fascistes. Vous ne pouvez pas imaginer combien nous comptons encore parmi nous d'ardents patriotes !

— Des nationalistes, voulez-vous dire ? rectifia doucement Clelia Trotti.

— Appelez-les comme vous voudrez. Mon père, par exemple, est allé se battre comme volontaire sur le Mont Carso. En 19, à son retour du front, il se heurta dans la rue à un groupe d'ouvriers qui le couvrirent de crachats parce qu'il était en uniforme d'officier. C'est pour cette raison et uniquement pour elle qu'il a adhéré au fascisme. Maintenant, naturellement, il n'est plus fasciste — encore que, au fond, ce soit à lui que nous devions notre statut privilégié... Maintenant, lui aussi, ne pense plus qu'à la patrie palestinienne. Et pourtant je ne jurerais pas » — mais à partir de cet instant, Bruno, que la vieille socialiste regardait fixement avec un doux reproche, se sentit injuste et lâche — « je ne jurerais pas que la prose du général Diaz a cessé de frapper son imagination et celle de la plupart de mes... comment dois-je les appeler?... de mes coreligionnaires.

— Ce que vous dites me paraît très naturel, dit calmement Clelia Trotti, cela s'explique très bien. »

Elle ne semblait nullement déçue mais, tout au plus, de nouveau attristée.

« La guerre, reprit-elle ensuite, en soupirant, fut une grande catastrophe, on le sait. Combien d'erreurs avons-nous commises, nous aussi! Mais vous, en tout cas, vous me semblez trop pessimiste. D'une façon générale, j'en conviens, vous avez peut-être raison. Pourtant, pourquoi ne tenez-vous pas compte également de vous-même? Vous êtes différent, vous n'êtes pas comme les autres, et votre exemple suffit à prouver que, Dieu merci, toute règle a ses exceptions. Et puis vous êtes jeune, vous avez toute la vie devant vous; et pour les jeunes gens comme vous, qui ont grandi sous le fascisme, il y a tant à faire, croyez-moi! »

En l'entendant se servir des mêmes phrases que son père, Bruno releva la tête. En parlant, elle s'était de nouveau retournée pour regarder par la fenêtre. L'avenir qu'elle voyait était là-bas, là où les dernières maisons de Ferrare, d'une sinistre couleur rouille, cédaient la place, en direction de la mer, au vert bleuté de la campagne illimitée.

La guerre éclata quelques mois plus tard, et :

« Enfin ! » s'écria Clelia Trotti, joyeuse et essoufflée, en entrant en trombe, le soir-même du 10 juin, dans le bureau de la via Madama.

« Enfin ! » répéta-t-elle, tout en s'affalant dans le fauteuil de velours vert.

Elle laissa aller sa tête contre le dossier et ferma les yeux. Ce n'était pas la première fois que, profitant du black-out et bravant toutes les interdictions, elle venait voir Bruno chez lui. Mais l'excitation, l'espèce de fièvre que, dès le début, avaient provoquées en elle ces visites clandestines, ne semblaient pas encore près de diminuer.

Aussitôt qu'elle eut un peu repris haleine, elle dit que, par ce geste démentiel qu'était l'abandon de la non-belligérance, le fascisme venait tout bonnement de signer sa propre condamnation. Elle en était certaine, affirma-t-elle : et elle se mit sur-le-champ à expliquer, avec une fougue et une chaleur extraordinaires, pourquoi elle était aussi sûre de son pronostic.

Bruno la regardait fixement, en silence. La bonne foi de la vieille institutrice était absolue — se disait-il —, et on n'avait pas le droit de douter d'elle. Et pourtant, pourquoi nier l'évidence ? Est-ce que dans ses yeux il n'y avait pas surtout la certitude que lui, à présent qu'il était vraiment devenu impossible de sortir d'Italie, n'allait maintenant plus pouvoir se dérober à la tâche qu'elle lui avait assignée dans son cœur, ni, en somme, lui échapper comme elle le craignait hier encore ? Il y avait cela dans ses yeux, oui. Même s'il devait lui apparaître clairement ensuite, en voyant l'expression tendre et sceptique que prenait déjà sa bouche (elle n'était pas assez idiote, tout de même ! pour penser, ne fût-ce même que par jeu, à certaines choses : elle, qui aurait pu être sa mère !) ; même, donc, s'il devait ensuite apparaître à Bruno qu'elle était la première à s'interdire la moindre comparaison, fût-elle par contraste, entre le garçon qui était devant elle et Mauro Bottecchiari, le compagnon de sa jeunesse, auquel l'entrée en guerre de l'Italie avait fourni, en cette lointaine année 1915, un prétexte politique pour se débarrasser d'elle.

Pendant une première période, les rendez-vous dans le bureau du rez-de-chaussée eurent lieu avec une certaine fréquence. Tout cela était un jeu, naturellement, le jeu typique des prisons, fait d'amertume et d'absence : un jeu où entrait aussi, et Bruno y prenait un certain plaisir, cette atmosphère de subterfuge, de subterfuge presque érotique, que prenaient forcément leurs rencontres. Quand il savait à l'avance que Clelia Trotti devait venir, Bruno descendait dans son bureau tout de suite après dîner ; et le regard dont son père, assis au haut bout de la table, le suivait jusqu'à la porte de la salle à manger, était celui, mi-inquiet mi-curieux, qu'il lui adressait toujours chaque fois qu'il le soupçonnait d'être le protagoniste d'une intrigue sentimentale ou, en tout cas, qu'il le voyait absorbé par quelque chose qu'il n'était pas capable de définir. Parfois Clelia était en retard. Il n'y avait rien d'autre à faire, en l'attendant, que tâcher de lire un livre ou de préparer une leçon. Impossible, à cause du black-out, de laisser grande ouverte la large fenêtre par laquelle, les étés précédents, le sirocco apportait les bruits et les odeurs de la campagne proche. C'étaient alors des odeurs d'eaux stagnantes, de routes et de plantes poussiéreuses. C'étaient des aboiements lointains, des bribes de musiques. Ou bien, éclatant brusquement comme sous les voûtes d'une grotte, c'étaient des rires de jeunes filles, des voix d'hommes basses et chuchotantes, mêlés aux pas pesants de soldats qui sortaient d'une caserne du voisinage ou qui y rentraient, répondant à l'appel de la retraite... A présent, en revanche, dans cette pièce au sol et aux murs revêtus de bois, où la chaleur, quand tout était fermé, devenait vite intolérable, on n'entendait que le choc inlassable et obsédant d'une phalène se cognant encore et encore contre l'ampoule de la lampe de bureau.

Mais voici que, dehors, des doigts, légers et complices, frappaient aux contrevents.

Aussitôt entrée, elle allait s'asseoir dans le fauteuil de velours vert, de sorte que, pour lui parler ou pour l'écouter, Bruno était obligé, chose qui l'embarrassait toujours, de reprendre sa place habituelle, devant la table encombrée de papiers. Mais parfois, sans même ôter ses gants de fil gris (quant à son chapeau, en dépit de la chaleur qui faisait ruisseler de sueur son front, elle ne l'enleva jamais!), parfois, donc, elle s'attardait, debout, le nez collé aux vitres de l'une des quatre bibliothèques qui étaient disposées symétriquement le long des murs les plus petits du bureau. Il y avait, de sa part, une sorte de point d'honneur d'humilité dans le soin qu'elle mettait à ne toucher aucun volume. Elle se bornait à déchiffrer le titre des livres à travers les vitres, s'aidant d'un face-à-main terni qu'elle n'extrayait que dans de rares occasions de sa grosse serviette en cuir noir d'institutrice.

« Mais pourquoi n'en emportez-vous pas quelques-uns ? l'encourageait Bruno. Je vous les prête volontiers.

— Avec toutes les leçons que j'ai, je n'aurais pas le temps de les lire », répondait-elle.

« Ma culture, si on peut appeler cela de la culture, est tellement démodée, se confia-t-elle un soir, que, pour la mettre à jour, il me faudrait faire un effort excessif, dépassant mes possibilités. Et puis, dans quel but ? J'ai toujours désiré, par exemple, lire au moins un livre de Benedetto Croce : je ne sais pas, peut-être l'un de ses ouvrages les moins ardus, un de ses ouvrages historiques. Je remettais d'année en année. Un peu, sans doute, parce que je pensais à ma sœur Giovanna, car vous pouvez vous imaginer la peur qu'elle aurait eue, la pauvre, en trouvant chez elle des livres de ce genre ; et un peu aussi, qui sait ? par un reste de méfiance... socialiste. Ainsi, une année après l'autre, des décades se sont écoulées, et maintenant, au point où nous en sommes, cela ne vaut plus la peine. Quand j'étais jeune, j'avais une vraie passion pour la philosophie. C'étaient, alors, les Comte, les Spencer, les Ardigo, les Haeckel (celui du *Monisme*) qui étaient à la mode. »

Elle sourit, indulgente pour elle-même : et puis, avec, dans les yeux, une ombre de timidité :

« Vous, par contre, vous connaissez très bien l'œuvre de Croce, n'est-ce pas ? »

C'était une allusion, pas plus qu'une allusion, à ce qu'elle savait bien, et que Bruno lui-même n'avait pu, s'en repentant aussitôt après, du reste, s'empêcher de lui déclarer un jour : à savoir que lui n'était pas socialiste et que, selon toute probabilité, il ne le serait jamais.

Mais plus forte que toute douleur et, en tout cas, plus forte que tout regret de ne pas être à la hauteur pour lui apprendre quelque chose, ce qui la consolait, c'était la conviction qu'il était précisément juste et opportun que lui ne fût pas socialiste, mais bien quelque chose de différent, de nouveau. L'avenir, les années qui, tel un sombre nuage, attendaient l'Italie et le monde après cette guerre encore à ses débuts — des années où l'on arriverait après avoir payé Dieu sait quel écot de sang et de larmes ; cet avenir, avait-elle coutume de dire, ne saurait que faire d'eux autres, les socialistes de la vieille école. « Nous sommes des vieux, nous autres, insistait-elle, de pauvres armes rouillées » : et c'était comme si, en disant cela, elle eût affirmé que demain on aurait besoin, au lieu d'eux, de jeunes gens comme Bruno, qui soient socialistes sans l'être. Non point qu'en cela elle reniât « l'Idée ». Elle était socialiste et elle voulait mourir socialiste — affirma-t-elle explicitement un soir. Mais elle n'en était pas moins convaincue pour autant qu'il était nécessaire de penser d'ores et déjà à quelque chose d'inédit, d'original, qui sortît tout à fait des sentiers battus. C'était seulement ainsi qu'il serait possible, « après », de donner du fil à retordre aux communistes, qui, bien qu'ils fussent des « géants » (elle était indubitablement sincère dans son admiration ; et l'alliance que l'Union soviétique avait conclue en 1939 avec l'Allemagne hitlérienne ne paraissait pas la troubler le moins du monde : mais le fait qu'Alfio Mori, renvoyé lui aussi en 1933 des Iles Tremiti, se fût employé depuis quelques années à lui enlever le mince support ouvrier et paysan qui lui était resté fidèle, ce fait — se disait Bruno — ne pouvait manquer de lui emplir le cœur d'amertume et peut-être d'une secrète rancune...) : malgré cela, eux aussi, c'était évident, appartenaient, maintenant surtout « quant à leurs méthodes », au passé.

Vers la fin septembre, l'O.V.R.A. se réveilla brusquement.

Un jour, à la tombée de la nuit, un agent en civil de la Brigade politique vint demander si la signora Trotti était « à son domicile ». Le souffle coupé, Giovanna Codecà répondit que oui, bien sûr, sa sœur était chez elle. Quelque chose, néanmoins, sans doute l'agitation de son interlocutrice, éveilla les soupçons du policier. Lequel ne se décida à partir qu'après s'être assuré de ses propres yeux, non sans mille excuses, que tout était en règle. On ne pouvait plus être tranquille. De crainte que ce brusque réveil de la police n'annonçât un durcissement du régime de contrôle des suspects, Clelia Trotti renonça pendant quelque temps à ses escapades nocturnes. Si c'était nécessaire, Bruno et elle se verraient de jour : en évitant naturellement de se servir du bureau de la via Madama, cela aussi par une élémentaire mesure de prudence.

De temps en temps, donc, bien que moins fréquemment qu'auparavant, et utilisant comme intermédiaire pour se fixer rendez-vous Rovigatti, qui, jaloux de Clelia Trotti, ne se prêtait qu'à contrecœur à ce rôle, ils commencèrent à se rencontrer piazza della Certosa. De son point de vue, Rovigatti n'avait pas tort. Qu'avaient-ils donc à se dire ou à faire, tous les deux, de si important, de si urgent, qui valût la peine de courir les risques qu'ils couraient ? Etait-ce pour parler de Radio-Londres et du colonel Stevens ? Mais, quand Bruno lui rapportait les commentaires du cordonnier, essayant même, gentiment, de lui donner raison, l'institutrice haussait les épaules avec agacement. « Quel raseur », disait-elle.

« Pauvre Cesarino », dit-elle un jour en riant : et elle n'avait jamais été aussi jeune. « S'il est ainsi, c'est parce qu'il a de l'affection pour moi. Vous savez depuis combien de temps nous nous connaissons ?

— Depuis avant l'autre guerre, j'imagine.

— Oh ! depuis bien avant ça ! Depuis la communale ! Nous habitions tous les deux vicolo del Gregorio.

— Donc Bottecchiari, l'avocat Bottecchiari, vous ne l'avez connu que beaucoup plus tard.

— Beaucoup plus tard », répondit-elle sèchement. Et elle le regardait, plus jeune que jamais, non sans ironie.

Par ces lumineuses et tardives après-midi de septembre, la vaste prairie située devant l'église San Cristoforo était envahie comme d'habitude, comme toujours pendant la belle saison, par une foule d'enfants, de nourrices et de couples de fiancés. Quoi que pût dire Rovigatti, il n'y avait pas dans tout Ferrare d'endroit meilleur que celui-ci, où deux personnes pussent être vues ensemble sans éveiller trop de soupçons — et cela même s'il s'agissait d'un jeune homme et d'une vieille dame, qui n'étaient certainement pas là pour « faire des choses ». Ils parlaient, assis l'un près de l'autre, sur les marches du parvis, le plus souvent ou parfois même sur l'herbe, dans la zone d'ombre qui, au fur et à mesure que le soleil descendait dans le ciel, grandissait lentement près de l'extrémité méridionale du portique, du côté de la via Borso.

« C'est beau, vous ne trouvez pas ? disait Clelia Trotti en regardant la place. On ne se croirait même pas au cimetière. »

« Moi, voyez-vous, dit-elle un jour, je n'ai jamais compris pourquoi il faut que les morts soient séparés des vivants, comme on le fait chez nous, si bien que, pour aller leur rendre visite, il faut parfois, comme dans les prisons, avoir un permis. Napoléon fut, sans aucun doute, un grand homme, car il imposa à l'Europe et aussi à l'Italie, grâce à notre République Cisalpine, les conquêtes de la Révolution. Néanmoins, en ce qui concerne son fameux édit sur les cimetières, je suis de la même opinion que l'auteur des *Sépulcres*. Moi, j'aimerais être enterrée ici, par exemple, dans cette belle prairie, avec, tout autour, cette continuelle rumeur de vie. Au risque », et elle se mit à rire, « au risque d'être excommuniée. Mais il est vrai », ajouta-t-elle aussitôt, « qu'à part quelques années de prison, quelques autres années de relégation et, maintenant, de liberté surveillée, je n'ai jamais rien fait d'assez important pour me mériter une tombe au milieu des personnages illustres, voire même hérétiques, de notre ville. Croyez-vous, je n'ai même pas été passée à tabac. Avec moi, les fascistes furent plus délicats. Ils se bornèrent, en 1922, un jour où je sortais de l'école primaire Umberto Ier, via Bersaglieri del Po, à me faire boire une demi-once d'huile de ricin et à me couvrir de suie. Et n'eût-ce été à cause des enfants qui étaient là à regarder et dont beaucoup pleuraient de frayeur, ça ne m'aurait même pas tellement déplu. Ils n'avaient vraiment pas besoin de venir à vingt, avec leurs gourdins, leurs poignards et une tête de mort sur leurs calots, pour avoir raison d'une femme seule. Joli courage ! Pendant que j'avalais sagement mon huile de ricin, je savais déjà que les chemises noires allaient s'attirer la désapprobation générale. »

De toute manière, le thème préféré de ses propos étaient son passé de détenue et de reléguée politique.

« La prison est une véritable école », dit-elle un soir, en allumant une *Macedonia* au mégot de la précédente — un vice, le tabac, qu'elle avait « contracté » précisément en prison — « à la condition néanmoins qu'elle ne dure pas trop longtemps et qu'elle ne vous brise ou ne vous affaiblisse pas. En ce qui me concerne, je suis reconnaissante au destin de ne pas m'avoir épargné cette épreuve. La solitude, le recueillement, le fait de ne pas avoir d'autre compagnie que soi-même, sont des choses bienfaisantes : et se connaître soi-même, lutter contre ses propres tendances et les combattre souvent, on ne peut arriver à cela qu'entre les quatre murs d'une cellule. Quand je suis sortie de prison, en 1930, j'ai quitté mon numéro 36 (vous remarquez la coïncidence ? le même numéro que la maison de ma sœur) avec une réelle mélancolie, comme si j'y abandonnais une partie de moi-même. Dans cette cellule, chaque coin, chaque mur, chaque petite chose portait l'empreinte de ma douleur. La vérité, c'est que les lieux où l'on a pleuré, où l'on a souffert et où l'on a trouvé assez de ressources en soi pour espérer et résister, sont réellement ceux auxquels on s'attache le plus. Prenez votre cas, par exemple. Vous auriez pu partir comme tant de vos coreligionnaires et vous en aviez tous les droits après ce qu'il vous a fallu subir. Mais votre choix a été autre. Vous avez préféré rester ici pour lutter et pour souffrir. Et à présent, cette terre, cette vieille ville où vous êtes né, où vous avez grandi et où vous êtes devenu un homme, sont devenues doublement vôtres. Vous ne les abandonnerez jamais plus, je le sais ! »

Il en était toujours ainsi. Même quand elle commençait par parler d'elle-même et de sa vie (de sa propre initiative, elle ne parla jamais de l'*onorevole* Bottecchiari : se bornant, sur ce sujet, à répondre aux questions de Bruno avec une sorte d'altière et patiente douceur), elle finissait inévitablement par en revenir à Bruno et à ce qu'elle considérait que devait être son activité dans un avenir immédiat.

Pour lui, disait-elle, elle projetait depuis longtemps de fructueux contacts avec les principaux représentants de l'antifascisme ferrarais, et, même, justement dans ce but, elle avait déjà chargé Rovigatti d'annoncer à la ronde les prochaines visites de Bruno. En premier lieu, il fallait qu'il fît la connaissance des socialistes. Le notaire Licci, un ex-maximaliste plutôt amer et grognon, mieux valait le laisser encore un peu mariner dans son jus, en attendant que lui-même, secouant sa torpeur, cherchât spontanément à renouer avec ses anciens amis. Il était urgent, par contre, d'aller voir les avocats Baruffaldi, Polenghi et Tamagnini, tous les trois réformistes et tous les trois impatients d'agir. Et il fallait qu'il retourne chez l'avocat Bottecchiari : non tellement pour s'entretenir avec lui, chose assez superflue, que pour essayer de « mettre le grappin » sur son neveu Nino, qui venait récemment d'entrer, comme stagiaire, au cabinet de son oncle. Il s'agissait d'un jeune homme à peu près de son âge à lui, un garçon sans nul doute très éveillé et très capable, qui avait su s'imposer même au sein du G.U.F.[1], où, il y avait deux ans encore, il occupait un poste d'une certaine importance. Et il fallait entrer au

---

1. G.U.F. : Gruppi Universitari Fascisti (Groupes Universitaires Fascistes).

plus vite en contact avec lui, c'était évident : sinon, on courait le risque de le retrouver un jour ou l'autre fasciné par une nouvelle « sirène totalitaire ». Mais ensuite, outre les socialistes, il était nécessaire qu'il fît la connaissance des républicains historiques : tels que le dentiste Canella, le tailleur Squarcia et le pharmacien Riccoboni. Eux aussi, ces derniers temps, avaient manifesté de façon non équivoque qu'ils voulaient bouger et qu'ils étaient prêts à oublier, au nom des objectifs de lutte communs, leurs éternelles rancunes et leurs préjugés antisocialistes. Quant aux catholiques, leur milieu, semblable en cela au milieu communiste, était un peu un monde en soi et il n'était pas facile d'y entrer. Toutefois, l'avocat Galassi-Tarabini, lui au moins, était quelqu'un d'assez ouvert. Intime aussi bien du comte Grosoli que de Don Sturzo, combattu par les clérico-fascistes des années où Pie XI exaltait Mussolini, c'était certainement un brave homme qu'il ne fallait absolument pas négliger. Et l'on pouvait en dire tout autant de l'*ingegner* Sears, un libéral qui était très à droite mais qui n'en était pas moins un parfait honnête homme, et du *dottor* Herzen, ardent sioniste, il est vrai, mais peut-être récupérable pour l'Italie, surtout s'il était contacté par un « Israélite ». Il restait enfin Alfio Mori, le compagnon de captivité de Gramsci, l'homme dont les conseils, disait-on tout bas, étaient le plus volontiers écoutés par le camarade Ercoli, toutes les fois que, venant d'U.R.S.S., celui-ci rentrait secrètement en Italie. Mori était le plus important de tous, et comme tel également le plus surveillé. Il lui fallait toujours agir avec des précautions infinies. Par exemple : un rendez-vous était fixé et il ne venait pas. On en fixait un second et, une fois de plus, il ne venait pas. Ce n'était qu'au cinquième, qu'au sixième rendez-vous que Mori se décidait enfin à se montrer. En tout cas, si Bruno avait de la patience, peut-être serait-il possible de lui ménager une entrevue avec lui aussi...

Elle parlait, parlait. Les ombres des stèles et des monuments funéraires s'allongeaient lentement sur l'herbe, la prairie se dépeuplait peu à peu, des couples d'amoureux prenaient le chemin des remparts.

Un soir où il était allongé comme d'habitude aux pieds de Clelia Trotti, écoutant sans trop d'attention ce qu'elle disait et laissant errer paresseusement son regard sur la place, Bruno, à un certain moment, remarqua un garçon blond, grand et mince, qui était debout, appuyé au cadre d'une bicyclette, à une vingtaine de pas d'eux. Il avait tout l'air d'attendre quelqu'un (toujours est-il que, pour tromper son attente, il était plongé dans les feuilles roses de la *Gazzetta dello Sport*). Et là-dessus, effectivement, survint presque en courant une jeune fille, blonde elle aussi et elle aussi toute jeune. Elle avait évidemment peur d'être suivie, car, en avançant dans la prairie, elle se retournait de temps en temps. Quoi qu'il en soit, quand elle eut rejoint son ami, elle fut la première à se laisser glisser dans l'herbe, disposant aussitôt avec des gestes rapides et gracieux de l'une de ses mains les plis de sa robe de laine blanche autour de ses jambes, cependant que, de l'autre main, elle forçait affectueusement le jeune homme, resté debout, à s'asseoir près d'elle.

A présent, les deux jeunes gens étaient assis tout près l'un de l'autre dans l'herbe, à côté de la bicyclette, tournant le dos à Bruno. Leurs jeunes têtes s'étaient rapprochées au point de se toucher. Ils ne disaient pas un mot, semblait-il, envahis par la douceur de l'air et satisfaits par ce simple effleurement de leurs corps. « Qui est-ce ? Comment s'appellent-ils ? » se demandait anxieusement Bruno, cependant que la voix de Clelia Trotti résonnait lointaine, un incompréhensible bourdonnement. Il avait l'impression de les connaître, tant le garçon que la fille, et pourtant, quelque effort qu'il fît, il ne parvenait pas à se rappeler leurs noms. Mais il y avait une chose dont il était sûr : c'étaient des étudiants, peut-être des lycéens, et qui appartenaient l'un et l'autre à la meilleure bourgeoisie de la ville.

Une dizaine de minutes s'écoulèrent.

Tout à coup, Bruno vit bouger le garçon. Il se levait, ramassait calmement sa bicyclette et puis tendait une main à son amie. Celle-ci, tout en se laissant tirer presque comme une masse, riait, renversant sa tête en arrière, avec une coquetterie paresseuse.

Ils commencèrent à s'éloigner, traversant en diagonale la prairie, en direction des Remparts.

« Pourquoi n'allons-nous pas, nous aussi, là-haut ? » dit alors Bruno, en se tournant sur son coude. Le bras tendu, il indiquait le Mur des Anges encore plein de soleil.

Interrompue au milieu d'une phrase, Clelia Trotti regarda, elle aussi, du côté indiqué.

« Mais il est tard ; j'ai peur que nous n'ayons pas le temps, répondit-elle. Vous savez bien que je dois rentrer à la même heure que les poules !

— Oh ! quoi ! Pour une fois... Vous verrez un magnifique coucher de soleil. »

Bruno était déjà debout. Il lui tendit la main pour l'aider à se lever, et puis ils se mirent en route.

Le jeune couple avait environ cinquante mètres

d'avance sur eux. Lui était monté sur sa bicyclette et, de temps en temps, pour conserver son équilibre, il enlaçait de son bras droit les épaules de sa compagne. « Qui est-ce, comment s'appellent-ils ? » se répétait Bruno. Il continuait de les regarder, les yeux mi-clos. Les voici donc les échantillons, les prototypes de la race ! — se disait-il, avec une haine et un amour désespérés. Plus que beaux, ils lui semblaient merveilleux, inaccessibles. Leur sang était meilleur que le sien, leur âme était meilleure que la sienne ! Les cheveux de la jeune fille étaient enserrés par un ruban rouge. Et il semblait à Bruno que le peu de lumière qui restait se rassemblât tout entière sur ce ruban.

Oh ! être avec eux, être des leurs, malgré tout !

« J'ai bien fait de vous écouter. Du haut des Remparts, nous allons pouvoir contempler un coucher de soleil vraiment extraordinaire », dit tranquillement Clelia Trotti.

Bruno se tourna. Donc, encore une fois, elle n'avait rien vu, ne s'était encore une fois aperçue de rien. Et maintenant, de nouveau, elle s'était remise à parler. Comme pour elle-même. Comme poursuivant son rêve. Perdue à jamais, dans son solitaire et éternel délire de recluse.

Il frissonna.

Le jour viendrait peut-être où elle comprendrait qui était Bruno Lattès — se dit-il ensuite, en regardant de nouveau devant lui, vers le Mur des Anges à présent tout proche et très haut dans la lumière du soir. Mais ce jour-là, si même il devait jamais venir, était certainement très loin encore.

Une nuit de 43

Que vous dire ? les visions sont effrayantes, mais la vie, elle aussi, est effrayante. Moi, mon cher, je ne comprends pas la vie et j'ai peur d'elle.

Tchekhov.

1

Sur le moment, on peut même ne pas le remarquer. Mais il suffit que l'on s'asseye quelques minutes à l'un des guéridons de la terrasse du Caffè della Borsa, corso Roma, avec, devant soi, la falaise à pic, d'un rouge presque dolomitique, de la Tour de l'Horloge, et, un peu plus à droite, la terrasse crénelée de l'Orangerie, pour que la chose vous saute tout de suite aux yeux. Que ce soit de jour ou de nuit, effectivement, l'été ou l'hiver, qu'il pleuve ou non, il est rare que les gens, s'ils doivent passer par là, ne préfèrent pas s'engager sous la petite galerie basse où sont nichés, dans la pénombre, des locaux contigus du Caffè della Borsa et de l'ancienne pharmacie Barilari, plutôt que de rester du côté opposé, sur le trottoir qui longe en ligne droite le Fossé du Château. Essayez de passer à certaines heures sous les arcades du Caffè della Borsa — vers treize heures, par exemple, ou vers vingt heures, les heures propices aux apéritifs et aux modestes emplettes de gâteaux pour l'usage familial. Se frayer un chemin entre les guéridons entassés jusqu'aux limites de l'invraisemblable dans cet espace si exigu, parmi la foule des gens assis et celle des gens debout, saluant, serrant des mains, heurtant débonnairement son prochain et étant non moins débonnairement heurté, selon la coutume invétérée de la province italienne, une coutume que la guerre a interrompue mais non abolie, c'est chaque fois, vraiment, guère moins qu'un exploit. Malgré cela, ils sont bien rares, je le répète, ceux qui, pour gagner du temps, se résolvent à faire le grand tour. Si quelqu'un le fait, alors cela vaut la peine, dirigeant sur lui, du fond des arcades du café, des regards surpris et amusés et donnant peut-être un coup de coude à son voisin, cela vaut la peine, donc, d'observer attentivement comment il est habillé, la tête qu'il a, et de conjecturer, d'après cet examen minutieux de son aspect, d'où il vient, où il va, etc., etc. Il y a le touriste, l'index fourré entre les pages du guide rouge du Touring-Club et le nez en l'air, plongé dans la contemplation des quatre tours du Château surplombantes. Il y a le voyageur de commerce qui, sa serviette en cuir sous le bras et son pardessus flottant autour de lui, s'enfuit en courant, hors d'haleine, vers l'avenue qui mène à la gare. Il y a le paysan de la Bassa, venu en ville pour le marché, qui, en attendant le car de l'après-midi pour Comacchio ou pour Codigoro, regarde autour de lui, ne sachant que faire de son corps alourdi outre mesure par la nourriture et le vin ingurgités à midi dans une quelconque gargote du quartier San Romano. Bref, à moins qu'il ne s'agisse d'une paire de filles des bordels de la via Colomba, de la via Sacca, de la via Bomporto ou de la via delle Volte, envoyées là tout exprès pour que les gens puissent se rendre compte, *de visu*, que la relève bimensuelle a eu lieu (et, au fond, elles arrivent, elles aussi, de l'extérieur : mais, toujours est-il, les œillades, les sourires en coin et, parfois, les joyeuses obscénités qui s'échangent entre arcades et trottoir!); ou bien, à moins encore qu'il ne s'agisse, réduite par les années à une espèce de momie fardée et digne, flanquée de son habituel petit chien en laisse, lequel aboie hystériquement contre tout et contre tous — aussi bien contre les vieux habitués que contre les jeunes gens des dernières classes —, à moins, dis-je, qu'il ne s'agisse de Maria Ludargnani, en personne, la vieille maquerelle, qui dès 47 a pu rouvrir sans encombre sa maison de rendez-vous de la via Arianuova et qui, elle, ne s'est jamais laissé intimider ni par Dieu ni par le diable; de toute manière il n'y a pas à se tromper : si un passant s'aventure le long du parapet rougeâtre du Fossé du Château — une raie qui coupe la poitrine d'un homme à peu près à la hauteur du cœur — de l'air de quelqu'un qui n'a absolument aucune raison de soupçonner qu'il y a, dans ce qu'il fait là, quelque chose de spécial ou d'irrégulier, ce passant n'est certainement pas de Ferrare, c'est certainement un étranger : bref, quelqu'un qui ne peut pas *savoir*.

Quoi qu'il en soit, l'objet de cet examen passe et les gens, assis au café, de l'autre côté du corso Roma, regardent et rient sous cape. Les yeux se braquent, les respirations s'arrêtent. A voir l'expression tendue et concentrée que prennent les visages, on dirait que quelque chose de très grave, de très important est sur le point de se produire d'un moment à l'autre. De quels massacres imaginaires, l'ennui et l'oisiveté de la province ne sont-ils pas responsables? De fait, c'est comme si la pierre grise du trottoir de l'autre côté du corso Roma — une longue, étroite et aveuglante bande de marbre de Paros, aveuglante quand le soleil estival la frappe en plein — pouvait être éventrée tout à coup par l'explosion d'une mine dont le pied de cet étranger aurait par mégarde heurté le détonateur. Ou, peut-être, comme si une brève rafale de la même mitrailleuse fasciste qui, tirant justement de là, de sous les arcades du Caffè della Borsa, abattit sur ce même trottoir, par une nuit de décembre 1943, onze citoyens de Ferrare prélevés les uns dans les prisons de la via Piangipane, les autres à leur domicile respectif, comme si donc cette rafale pouvait faire danser au passant imprudent la même danse brève et horrible, faite de soubresauts et de contorsions, que celle que dansèrent certainement, avant de tomber et de s'écrouler inanimés les uns sur les autres, ceux que l'histoire a maintenant consacrés les premières victimes, dans l'ordre chronologique, de la guerre civile italienne.

Rien de tout cela n'arrive jamais, bien entendu. Nulle mine ne va éclater, nulle mitrailleuse ne va recommencer à cribler de balles le petit mur d'en face. De sorte que la personne d'ailleurs, venue à Ferrare, supposons-le, pour en admirer les beautés artistiques, aura tout le loisir de fouler à son aise le trottoir où, il y a plus de dix ans, gisaient onze cadavres ensanglantés, et de passer devant les petites plaques de marbre sur lesquelles sont gravés les noms des fusillés, qu'en 45, le lendemain de la Libération, la Municipalité fit apposer en trois endroits distincts du parapet du Fossé du Château — aux endroits précis où les cadavres, amoncelés dans la neige comme des pantins, furent trouvés le matin du 15 décembre 1943 —, et cela sans que le cours des pensées de cet étranger à Ferrare soit le moins du monde troublé. Et les traces de projectiles, légères, certes, mais néanmoins nettement visibles, qui, malgré des travaux de restauration récents, grêlent encore çà et là l'antique parapet contre lequel furent alignés les condamnés à mort ? L'époque des massacres, des vrais massacres, est maintenant si lointaine qu'il n'y a pas de quoi s'étonner si un œil distrait, effleurant à peine ces traces, en reconnaît si peu la nature qu'il les attribue sans effort à la seule œuvre du temps, lequel n'épargne vraiment rien, hélas, pas même les vieux murs. Donc, soit dit en passant, sage et opportune, cette restauration qui, dédaignant les égratignures mineures, s'est contentée de boucher les trous les plus gros : s'il est vrai que les touristes, âmes que l'on doit toujours traiter avec tous les égards, âmes essentiellement romantiques, ne manquent pas d'ordinaire d'être reconnaissants à ceux qui savent favoriser les délicates rêveries dont ils se nourrissent si volontiers.

Et pourtant parfois, encore que très rarement, il se passe quelque chose : une chose qui, à elle seule, beaucoup mieux que le sentiment de respect ou d'horreur qui vous tient éloigné des lieux où règne la mort. une chose, donc, qui suffit à expliquer la répugnance tenace qu'ont nos concitoyens à se servir du trottoir qui est en face des arcades du Caffè della Borsa.

Non pas forte, mais néanmoins bien claire — telle, en tout cas, qu'elle peut être entendue, sinon par le type qui, *ne sachant pas,* est en train de marcher là-bas, le long du parapet du Fossé du Château, du moins par les gens assis au café — à un certain moment, une voix se fait entendre. C'est une voix blanche, fêlée comme celle de certains jeunes garçons au seuil de la puberté, à la prononciation légèrement zézayante. Et comme elle sort du thorax grêle de Pino Barilari, le propriétaire de la pharmacie homonyme, lequel, accoudé à une fenêtre de l'appartement situé au-dessus, demeure invisible à ceux qui se trouvent en dessous, abrités par les arcades, on dirait qu'elle descend du ciel. « Faites attention, jeune homme ! » dit cette voix ; ou bien : « Monsieur, regardez où vous êtes en train de mettre les pieds ! » ; ou bien : « Attention ! » ; ou bien, tout simplement : « Hé ! » Et je le répète, ce n'est pas que ces mots soient hurlés, oh non ! Il s'agit plutôt d'un avertissement, d'un conseil donné du ton de quelqu'un qui ne s'attend pas à être écouté et qui, somme toute, n'a pas grande envie de se faire écouter : et qui parle, en conséquence, comme il convient, sans trop crier. De fait, le résultat est le suivant : le touriste ou celui, quel qu'il soit, qui, à ce moment-là, est en train de fouler le trottoir évité par tout le monde, poursuit d'ordinaire sa route sans jamais marquer le moins du monde qu'il ait entendu ce qu'on lui dit.

En revanche, ainsi que je viens de le dire, les clients du Caffè della Borsa l'entendent parfaitement. Le touriste distrait vient à peine de déboucher du tournant de la Rampe du Château que, instantanément, sous les arcades du café, les conversations deviennent moins animées. Les yeux se braquent, les respirations s'arrêtent. Ce type qui passe en ce moment de l'autre côté du corso Roma, va-t-il se rendre compte qu'en marchant où il marche, il est en train de faire quelque chose dont il eût mieux fait de s'abstenir ? Va-t-il ou non, celui-là, lever la tête de son guide du Touring, comme si une décharge électrique lui traversait le corps ? Mais surtout : va-t-elle ou non descendre soudain de là-haut, aérienne et absurde, ironique et triste, la voix bien connue de l'invisible Pino Barilari ? Peut-être que oui ; peut-être que non. L'attente de ce qui va se passer a vraiment quelque chose d'angoissant : ni plus ni moins que si, tous autant qu'ils sont, ils étaient en train de parier sur une course de lévriers ou de chevaux.

« Eh là ! »

Tout à coup, l'image du pharmacien accoudé à l'une des fenêtres de l'appartement au-dessus. Il est là, donc, comme toujours : assis à son poste de sentinelle, ses bras maigres, très blancs et poilus, levés à la hauteur de son visage : braquant les scintillantes lentilles d'une jumelle de montagne dans la direction de celui qui passe et qui *ne sait pas*. Il sourit, cependant, sous ses fines petites moustaches à l'américaine. Et chez les gens qui se pressent en bas, à l'ombre protectrice des arcades, devient chaque fois plus vif le plaisir de se trouver là où l'on est et non point là-bas, à découvert, au pilori.

2

Elles n'étaient pas nombreuses, à Ferrare, en 39, où, à partir de l'été de cette année si décisive pour le sort de l'Italie et du monde, on avait commencé de remarquer, au balcon d'une fenêtre du corso Roma, la présence insistante d'un homme en pyjama, assis dans un fauteuil, le dos appuyé à deux oreillers, elles n'étaient pas nombreuses, dis-je, les personnes qui auraient pu raconter, alors, sur cet homme et sur sa vie, des choses qui ne fussent pas plus que vagues.

Non pas, entendons-nous bien, que tout le monde ne

sût pas qui c'était. La ville de Ferrare est petite, c'est une espèce de grande famille, et, en famille, on parvient à tout sauf à ignorer quelque chose les uns des autres. Cet homme était le fils unique du *dottor* Francesco Barilari, mort en 36 et qui lui avait laissé en héritage l'une des meilleures pharmacies de Ferrare : c'était là un fait connu que celui-là et qui, naturellement, était du domaine public. Un fait que n'ignoraient même pas les jeunes gens de la génération la plus récente, sur lesquels s'était posé tant de fois, comme pour soupeser les qualités et les possibilités de chacun (les matins où ils passaient en courant, en direction de l'école, le long des arcades du Caffè della Borsa, tout en tirant les ultimes bouffées de leurs mégots réduits au minimum), le regard ironique et pénétrant de Bilancino (c'est-à-dire : Petite Balance) — car tel était justement le surnom qu'ils avaient eux-mêmes donné au vieux pharmacien, toujours méditatif et maigre comme un cent de clous. A propos de qui, néanmoins, à part le fait qu'il avait été un important *trente-trois,* qu'il avait eu au début quelque sympathie pour le fascisme (sympathie tout de suite retirée) et qu'il était veuf depuis des temps immémoriaux, il y avait bien peu d'autres choses à dire.

Quant aux renseignements sur le jeune Barilari, si toutefois l'on peut qualifier de jeune un homme de trente et un ans, ils n'allaient de toute manière guère plus loin que ce que l'on a déjà dit. En 36, par exemple, quand mourut le vieux franc-maçon, ce fut pour tout le monde une surprise de le voir prendre immédiatement la place de son père derrière le comptoir de la pharmacie. Enfermé dans la blouse blanche de rigueur, il servait les clients avec assurance et se laissait appeler *dottor* sans sourciller. Il avait donc été à l'Université — murmuraient les gens étonnés. Mais où ? Et quand ? Et qui avaient été ses camarades de faculté ?

Nouvelle surprise et étonnement consécutif pendant l'automne 37, à l'occasion du soudain et absolument imprévisible mariage de cet homme de trente-deux ans avec Anna Repetto, une blonde de dix-sept ans, fille d'un adjudant de carabiniers originaire de Chivari et qui, depuis quelques années, était en garnison à Ferrare avec sa famille.

Cette Anna Repetto, une jeune personne qui avait le diable au corps et qui avait déjà tourné la tête à plus d'un de ses camarades de lycée, était éternellement en balade sur sa bicyclette ou en train de danser dans les *circoli rionali*[1] ; toujours suivie d'une escorte de garçons de son âge et par les regards de beaucoup d'autres qui n'avaient plus son âge et qui, de loin, ne perdaient pas une seule de ses évolutions. Une fille trop en vue et trop voyante, trop importante et, en un certain sens, trop représentative pour qu'en se la voyant souffler sous le nez par un homme aussi négligeable que Pino Barilari, tout le monde ne se sentît pas un peu frustré et trahi.

Et en conséquence, tout de suite après le mariage, il y avait eu pendant quelque temps un grand renouveau de cancans au sujet de Pino. Mais plus encore, à dire la vérité, au sujet de la toute jeune mariée.

En ce qui la concernait, les Ferrarais avaient naguère hasardé les pronostics les plus extraordinaires. Un gros bonnet d'une autre ville, la remarquant en

1. *Circoli rionali* : cercles récréatifs fascistes créés par la Fédération fasciste dans les divers quartiers de la ville.

costume de bain sur la plage de Rimini ou de Riccione, avait le coup de foudre et l'épousait sur-le-champ. Un producteur de cinéma l'emmenait à Rome et en faisait une vedette de premier plan... Comment auraient-ils pu lui pardonner, maintenant, d'avoir cédé à la tentation d'un modeste mariage bourgeois ? On l'accusait de mesquinerie, de sécheresse d'âme, de provincialisme et même d'ingratitude envers ses parents. Avares comme le sont les Liguriens, Dieu sait quelle déception ils avaient éprouvée eux aussi, les pauvres gens ! Et puis : quand s'étaient-ils vus, tous les deux, avant d'en arriver au mariage ? Où s'étaient-ils rencontrés pour « faire des choses ensemble » ? Si leurs accordailles n'avaient pas été dès le début la petite saleté, arrangée peut-être par téléphone, qu'elle avait certainement été, il n'eût pas été difficile de les surprendre au moins une fois du côté de la piazza della Certosa, ou le long des remparts, ou encore piazza d'Armi : bref, aux endroits où vont d'habitude les fiancés. Cette fois-ci encore, donc, ce faux jeton de Pino Barilari s'était comporté avec une déconcertante habileté. Terré dans sa pharmacie, il avait laissé les autres, là dehors, se soulager en admirant Anna qui passait et repassait à bicyclette devant le Caffè della Borsa, ses cheveux blonds flottant dans son dos, ses grosses lèvres très fardées, exhibant avec insouciance ses jambes bronzées, nues sur toute leur longueur, jusqu'aux cuisses. Plus tard, au moment opportun, il n'avait pas été long à tirer le filet. Mais d'ailleurs : quel besoin aurait-il bien pu y avoir pour lui de se promener avec une fille libre et sans préjugés comme Anna Repetto — une fille que, entre autres choses, la ville tout entière ne quittait pas un seul instant des yeux —, puisque, au-dessus de la pharmacie, depuis que Barilari père était mort, il y avait un appartement entier à leur disposition ? Qui eût pu la remarquer, si, par exemple, elle s'était faufilée prestement dans la pharmacie à deux heures de l'après-midi, quand le soleil de juillet darde ses rayons, perpendiculairement, sur les tentes marron du Caffè della Borsa, que tout le monde est en train de manger et que, sous les arcades, il ne reste plus que les mouches en train de se colleter autour d'une miette quelconque ? En tout cas, ils s'étaient mariés, c'était là l'important et c'était là ce qui était sûr : et Anna Repetto, devenue de but en blanc la signora Barilari, était venue aussitôt habiter corso Roma, chez son mari : sur qui, après qu'on l'eut vu quelques fois au cinéma avec sa femme ou en promenade avec elle, vers le soir, sur le corso Giovecca (elle robuste, sanguine, presque lumineuse : alors que lui, qui trottait à côté d'elle, l'air d'un naufragé agrippé à une bouée de sauvetage, semblait en comparaison encore plus insignifiant et disparaissait presque), sur qui, donc, s'était reformé peu à peu le silence fait d'indifférence qui avait toujours entouré sa silhouette falote.

Seule la brusque paralysie qui, pas même deux ans plus tard, l'avait frappé aux jambes — un tabès dorsal, il n'y avait pas de doute —, et qui eut comme conséquence de suspendre là-haut, comme dans une loge d'avant-scène, ce demi-buste en pyjama au-dessus du théâtre animé du corso Roma, seule, donc, cette paralysie avait eu le pouvoir de ramener de nouveau l'attention sur lui. A partir de ce moment, bien que plaignant sa jeune femme, on la négligea. On recommença à parler de Pino et de lui seul. N'était-ce pas là, d'ailleurs, ce que lui-même voulait, en s'offrant comme il le faisait aux regards de tous ? Il était toujours là, maintenant, assis du matin au soir à sa fenêtre, prêt à fixer sur chaque passant un regard où brillait une lueur nouvelle. Une lueur nouvelle, eh oui ! avec, dedans, un je ne sais quoi d'à la fois insolent et impudique. Et joyeuse, par surcroît. Comme si c'eût été justement la maladie qui, pendant tant d'années, avait somnolé sournoisement dans son sang, et qui maintenant se manifestait tout à coup pour lui couper les jambes, comme s'il eût fallu, dis-je, cette maladie pour faire finalement de sa vie terne quelque chose de clair et d'intelligible pour lui-même : quelque chose *qui existât* en somme. A présent, on le voyait bien, il se sentait fort : pour la première fois de sa vie. Tout bonnement né de nouveau. « Vous voyez à quoi peut mener une peccadille de jeunesse ? » semblait-il vouloir dire. « Vous le voyez ici ? » Mais, dans ses yeux qui brillaient, il n'y avait pas la moindre tristesse.

Pour se rendre compte, maintenant, de l'embarras, de la méfiance instinctive qu'une telle attitude avait suscitée chez beaucoup de nos concitoyens (ce fut peut-être à partir de ce moment que l'on commença d'éviter soigneusement le trottoir en face des arcades du Caffè della Borsa), il serait bon de se reporter à l'atmosphère de 39, à ce sentiment de désarroi, d'incertitude et de méfiance générale qui avait commencé à serpenter dès le début de l'été dans la société italienne et, en particulier, à Ferrare.

Pour une grande partie de notre bourgeoisie modérée, la ville, à partir du mois de mai, s'était brusquement transformée en un enfer.

Il y avait d'abord eu l'histoire des lycéens : de ce groupe de jeunes gens, veux-je dire, dont pas un n'avait plus de dix-huit ans, qui, à l'instigation d'un de leurs professeurs de philosophie, lequel s'était aussitôt enfui en Suisse, et dans le but précis de fomenter la panique et le désordre dans la population (tous les détails du « complot » avaient transpiré en ville dès les premiers interrogatoires au commissariat), s'étaient fixé le bel objectif de démolir, une par une et une par nuit, toutes les vitrines des magasins du centre. Et il en avait fallu des embuscades de la police, à laquelle s'étaient joints, sous la forme de patrouilles de volontaires, une vingtaine de vieux *squadristi* de la première heure, encadrés personnellement par Carlo Aretusi, le vétéran d'avant la Marche sur Rome bien connu, pour parvenir à ce que ces jeunes gens se laissent cueillir la main dans le sac ! Quand on passait la nuit aux alentours du Château, il n'y avait pas eu, pendant presque deux semaines, un seul couloir ou un seul coin sombre qui ne fût ponctué par les cigarettes allumées que fumaient les hommes à l'affût... Des enfantillages, si l'on veut : dont l'O.V.R.A. elle-même, malgré les ardentes professions de foi communistes des jeunes gens arrêtés —, et les interrogatoires continuaient, pendant ce temps, à la prison de la via Piangipane — faisait des efforts héroïques pour réduire au minimum la portée politique : mais qui, de toute manière, signifiaient quelque chose. On allait vers la catastrophe, voilà ! On était environné de défaitistes, de saboteurs et d'espions. A présent, c'était jusque dans les rangs des élèves de lycée, des fils d'ingénieurs, d'avocats et de docteurs, que le communisme s'était mis à faire des prosélytes ! Et que les choses ne marchassent pas comme il le fallait, on le comprenait en voyant la tête de certaines personnes. La tête de certains Juifs, par exemple, qu'il vous était donné aujourd'hui encore de rencontrer au beau milieu des arcades du Caffè della Borsa (alors que, tous autant qu'ils étaient, on aurait dû les enfermer de nouveau dans leur ghetto : et qu'on en finisse avec l'habituelle « sensiblerie » hors de propos !) ; ou celle de quelques-uns des plus irréductibles antifascistes ferrarais — du genre de l'avocat Polenghi, de l'avocat Tomagnini ou de l'*onorevole* Bottecchiari, l'ex-député socialiste —, qui ne se montraient au Caffè della Borsa qu'en cas de malheur, et de fait ils étaient là, maintenant, comme autant de vilains oiseaux de mauvais augure, venant presque tous les jours et, qui plus est, à l'heure du Radio-Journal ! Seul un aveugle ne se fût pas aperçu de la satisfaction mauvaise qui, sous leur habituel masque d'indifférence, jaillissait de tous leurs pores. Seul un sourd n'eût pas remarqué dans la voix avec laquelle l'*onorevole* Bottecchiari s'adressait de loin à Giovanni, le garçon, pour lui commander son habituel *Punt e mès* (une voix forte, calme et scandée, qui faisait sursauter les gens d'un bout à l'autre du café) la raillerie de quelqu'un qui, dans son cœur, caresse déjà, savoure déjà sa vengeance ? Et que pouvait bien signifier cette absurde manie de s'exhiber qui s'était tout à coup emparée de Pino Barilari lui-même, sinon que, antifasciste et « subversif », il hâtait lui aussi par ses désirs la défaite de la Patrie ? Dans cette manière qu'il avait d'étaler sans pudeur une maladie honteuse, ne pouvait-on pas voir une intention subtilement agressive et provocatrice, devant laquelle elles-mêmes les quatorze vitrines qui avaient volé en éclats sous les jets de pierres de ce qu'on appelait la bande du lycée auraient dû passer immédiatement au second plan ?

Ces préoccupations se répandirent, firent tache d'huile et arrivèrent en haut lieu.

Mais, informé desdites préoccupations, et prié de donner son avis par la petite cour de fidèles partisans qui faisaient quotidiennement cercle autour de lui, Carlo Aretusi, surnommé Sciagura, serra les lèvres, perplexe.

« Ne commençons pas à exagérer ! » dit-il ensuite, en souriant.

Depuis vingt ans à présent, en compagnie de ses inséparables Vezio Sturla et Osvaldo Bellistracci, il trônait à peu près en permanence devant le même guéridon du Caffè della Borsa. Et c'était à lui, en tant que membre le plus important de ce qui, à l'époque des *squadre* d'action, avait été le fameux triumvirat fasciste de Ferrare et en tant qu'ami personnel de Balbo, de Buonaccorsi, de Muti et de Morigi — le grand Morigi, le célèbre champion de tir au pistolet des Olympiades de Ravenne ! — c'était à lui, donc, que les questions les plus délicates étaient aussitôt soumises. (Ce n'était pas pour rien, du reste, que, lorsqu'une « tuile » quelconque s'annonçait de Rome, le Consul Bolognesi, lui-même, le Secrétaire Fédéral, se précipitait en personne le consulter.)

Sciagura continuait de sourire, avec incrédulité et nostalgie. Les autres eurent beau insister, il ne fut pas possible de l'amener à reconnaître qu'il y avait quelque chose de menaçant dans le comportement de Pino Barilari.

« Ce réformé un « subversif » ? » et il éclata de rire. « Mais puisqu'il était avec nous autres à Rome, en 22 ! »

Ce fut donc ainsi — et il y avait lieu de s'en souvenir,

car, dans le passé, la chose n'était pas arrivée très souvent — que des lèvres de Sciagura, crispées pour l'occasion dans une grimace pathétique, le petit groupe des intimes put entendre raconter avec une certaine abondance de détails *également* la Marche sur Rome.

Eh oui — soupira Sciagura. Lui, il avait toujours préféré peu en parler, de la Marche sur Rome.

Mais pourquoi donc — reprit-il aussitôt, avec emphase — pourquoi donc eût-il dû se perdre en bavardages à propos d'un événement comme celui-là, qui, si pour beaucoup il avait signifié la conquête du pouvoir, avec les avantages personnels que cela entraînait, pour lui, par contre, et pour tant d'autres comme lui — et ici Sturla et Bellistracci recommencèrent à acquiescer en silence — n'avait représenté qu'une seule chose : l'arrêt de la Révolution et le crépuscule définitif de l'ère glorieuse des expéditions punitives ?

Et, du reste, si l'on regardait la chose de près, de quoi s'était-il agi sinon d'une sorte de déplacement en convoi militaire en direction de la capitale, avec arrêt à toutes les gares pour y charger des détachements de fascistes (entre Bologne et Florence, à cette époque-là, il n'y avait même pas les tunnels de la ligne directe !) et avec une véritable armée de carabiniers et de gardes royaux disposés en mesure de protection tout le long de la ligne ? Il n'y avait ni carabiniers ni gardes royaux, non, bon Dieu ! pour protéger les quatre 18 BL[1] qui, en 1919, s'étaient aventurés jusqu'à Molinella, en pleine zone rouge, pour y incendier le siège de la Chambre du

---

1. *18 BL* : marque d'un camion utilisé par l'armée italienne pendant la Première Guerre mondiale.

Travail : une entreprise, celle-là, qui avait attiré pour la première fois sur la Fédération de Ferrare l'attention de toute l'Italie, et qui avait provoqué, pour être précis, les toutes premières frictions entre la Fédération de Ferrare et celle de Bologne, à qui l'expédition de Molinella avait paru — et ce fut même dit explicitement ! — une « ingérence provocatrice ». Le fascisme était anarchique, alors, le fascisme était garibaldien. Au contraire de ce qui arriva ensuite, on ne préférait pas les bureaucrates aux révolutionnaires. Si, par exemple, le jeune Sciagura (c'étaient les ouvriers bolcheviques de la Porta Reno qui l'avaient appelé ainsi : et lui s'était toujours fait une gloire de ce surnom et s'en était toujours paré comme d'une décoration), si le jeune Sciagura, ou le jeune Bellistracci, ou le jeune Sturla, armés seulement d'une canne, d'un coup-de-poing américain ou, tout au plus, d'un vieux Sipe des stocks de guerre, sortaient de nuit par la Porta Reno pour aller chercher querelle à ces salauds de communistes dont regorgeaient les bistrots de Borgo San Luca, eh bien, à cette époque-là, il n'y avait pas à compter, ainsi que, au contraire, cela fut toujours possible ensuite, après 22, sur l'appui total de la police ! Après 22, pensez un peu ! avant de partir pour une expédition punitive — celle de Codigoro, par exemple, où il s'agit de mettre à la raison les ouvriers des pompes d'assèchement — on passait tout bonnement au Château, dont la cour était maintenant devenue, d'usage courant, le point de rassemblement des camions et des autos. Et, à présent, il fallait la voir, la bourgeoisie, voir avec quel empressement elle prêtait ses autos et combien elle se disait honorée de les mettre au service de la Cause !

Mais, pour en revenir à la Marche sur Rome et au fils du *dottor* Barilari, au fond ç'avait finalement été lui la seule distraction de tout le voyage. En y repensant, la Marche sur Rome, c'était vraiment lui qui l'avait sauvée.

Toujours est-il qu'ils l'avaient vu s'amener au dernier moment, quand le train s'ébranlait déjà. Et il courait comme un dératé sur le quai, les yeux exorbités par la peur de rester en plan, si bien qu'il fut nécessaire de lui tendre une main par la portière et de le hisser presque à bout de bras. Voici du reste comment il était accoutré : une pèlerine gris-vert, qui appartenait certainement à son père et qui lui descendait jusqu'aux jarrets ; des bandes molletières qui glissaient à chaque instant de ses jambes ; des souliers bas, jaunes ; et un fez, un fez qu'il s'était procuré Dieu sait comment et qui, enfoncé sur sa tête, lui faisait des oreilles de chauve-souris à se tordre de rire. Et que pouvait-on faire d'autre, sinon rire en se voyant contemplé sans arrêt par une paire d'yeux ahuris et écarquillés, comme si lui, Sciagura, avait été une espèce de Tom Mix et les autres, ceux de la *Bombamano*[1], la troupe du Shérif ? « Qui es-tu ? Ne serais-tu pas le fils du *dottor* Barilari ? » lui avait-on tout de suite demandé : non tant pour l'avoir jamais vu auparavant, qu'à cause de la ressemblance. Et lui, que la course qu'il venait de faire rendait incapable de répondre, faisait oui de la tête. « Mais il le sait, ton père, que tu es parti avec nous ? » Et maintenant il faisait signe que non, tout en les regardant l'un après l'autre, avec ses yeux d'enfant en train de vivre un film d'aventures.

1. *Bombamano :* grenade offensive.

Il avait dix-sept ans bien sonnés et ce n'était plus un enfant. Et pourtant, c'était pis que s'il avait été un enfant.

A son âge, il était encore puceau. Et comme le train, tant à l'aller qu'au retour, s'arrêtait à toutes les gares (des arrêts qui, comme à Bologne et à Florence, duraient parfois deux ou trois heures), eux, ils profitaient de chacun de ces arrêts pour filer à la recherche d'un bordel ; et lui, Pino, têtu comme un mulet, ne voulait jamais les suivre au bordel, si bien que, finalement, ils devaient presque l'y traîner de force : il fallait bien essayer de le dépuceler, non ? Lui résistait, s'arc-boutait, les suppliait les mains jointes, pleurait. « Viens, voir au moins. Parole d'honneur, on ne te forcera pas à monter ! »

Il n'avait pas confiance. Chaque fois, il fallait que lui, Sciagura, avec un sourire et un clin d'œil comme de complicité, intervînt et, le prenant à l'écart, lui murmurât quelques mots à l'oreille. « Tu ne veux vraiment pas venir ? » lui disait-il. Ou bien : « Oh ! quoi, ne fais pas le con ! » Mais ce n'étaient pas les mots qui comptaient. C'était le ton.

Alors seulement, de fait, comme s'il eût senti en Sciagura son seul véritable ami, il se décidait à entrer. Pour, ensuite, une fois qu'il était arrivé avec les autres dans la salle commune, aller se blottir dans un coin, jetant autour de lui des regards épouvantés. Et les filles ? Eh bien, enthousiasmées et attendries par son épouvante (de toute manière, elles avaient toujours eu un grand faible pour les fascistes), on ne peut imaginer avec quelle ardeur elles rivalisaient pour le chouchouter. Si on les avait écoutées, celles-là, on eût fini par voir le bordel transformé en asile pour l'enfance abandonnée. Et là-dessus, naturellement, la patronne devait intervenir. « Eh bien, mesdames, qu'est-ce que vous faites ? Vous vous tournez les pouces ? » Chaque fois, c'était la même comédie, la même farce.

Mais la scène capitale avait eu lieu via dell'Oca, à Bologne, aux *Miroirs,* au cours du voyage de retour.

La Porretana n'en finissait jamais et ils avaient vu à l'aller l'ennui que ç'avait été. Si bien qu'à Pistoia, avant d'affronter l'apennin, deux ou trois d'entre eux étaient descendus pour se ravitailler en fiasques de chianti. En montagne, il faisait froid et le brouillard était tel qu'on n'y voyait pas à dix mètres. Pour passer le temps, il ne restait qu'à boire ; et à chanter, bien entendu, tout son répertoire. Morale : quand ils étaient arrivés à Bologne alors qu'il faisait déjà nuit (mais l'omnibus pour Ferrare ne partait qu'à 2 heures 5) ils étaient tous, y compris Pino, complètement soûls.

Via dell'Oca, en bas, le dos collé contre les battants de la petite porte hérissée de clous — comme s'il eût voulu, ce cinglé, se les enfoncer dans la peau ! — Pino s'était livré pour la énième fois à sa tentative de résistance. Et alors, lui, Sciagura, que ce fût l'effet du vin, de l'ennui du voyage ou de la rage d'avoir participé juste pour faire nombre à cette immense pitrerie que se révélait maintenant être la Marche sur Rome (Rome, ils y étaient restés deux jours, consignés la plupart du temps dans une caserne : et quant au Duce, ils ne l'avaient même pas vu de loin, car, disait-on, il était occupé à discuter avec le Roi de la formation du gouvernement), alors, donc, lui, Sciagura, s'était retrouvé tout à coup, sans savoir comment, son Mauser à la main, en train d'en pointer le canon contre la gorge du jeune homme. Oui, si Pino ne se décidait pas, sur-le-champ, à cesser de pleurnicher, et s'il n'entrait pas tout de suite ; et même si, une fois qu'ils seraient là-haut dans la petite salle commune, il se refusait comme d'habitude à monter avec une fille : eh bien, cette fois-ci, ce n'était pas la vérole qu'il allait attraper, mais bien autre chose — étant admis, mais comment être jamais sûr d'une chose pareille, que c'était justement ce soir-là qu'il l'avait attrapée !

Il les avait accompagnés lui-même dans la chambre : uniquement pour contrôler que l'un et l'autre, aussi bien Pino que la fille, faisaient bien et jusqu'au bout tout leur devoir. Et c'était une veine — tenait encore à répéter Sciagura —, c'était une veine que Pino ne se fût pas encore rebiffé ! Sinon, soûl comme il l'était et le revolver braqué, il eût vraiment pu arriver n'importe quoi.

3

Qui, à Ferrare, ne se souvient de la nuit du 15 décembre 1943 ? Qui pourra jamais oublier, jusqu'à la fin de ses jours, les très longues heures de cette nuit-là ? Ce fut, pour tout le monde, une veille angoissée, interminable ; avec les yeux qui vous brûlent à force de scruter, à travers les fentes des persiennes, les rues plongées dans l'obscurité du black-out ; avec le cœur qui, à chaque instant, tressautait dans votre poitrine au crépitement des mitrailleuses ou au passage soudain, encore plus bruyant, des camions pleins d'hommes armés.

> *Nous, la mort ne nous fait pas peur,*
> *Vive la mort et vive le cimetière...*

chantaient, invisibles dans le noir, les hommes des camions, en passant dans les rues désertes. C'était un chant rythmé mais non point martial, un chant désespéré lui aussi.

La nouvelle de l'assassinat du Consul Bolognesi, l'ex-Secrétaire Fédéral — celui-là même qui, depuis septembre, après la parenthèse de la période badoglienne, avait été chargé de réorganiser la Fédération en qualité de Régent —, s'était répandue en ville au début de l'après-midi du 15 décembre. Un peu plus tard, la radio avait donné des détails : la Topolino retrouvée sur une route de campagne, à proximité de Copparo, la portière de gauche ouverte ; la tête de la victime appuyée sur le volant, « comme s'il dormait » ; la « classique » balle dans la nuque, « plus révélatrice qu'une signature » ; et la colère, « l'irrésistible vague de colère », que la nouvelle, dès qu'elle avait été connue, avait soulevée à Vérone, au sein de l'Assemblée Constituante de la République Sociale, réunie à Castelvecchio. Vers le soir, même (une soirée livide, tous les bruits amortis par le brouillard et par la neige qui était tombée par intermittence pendant toute la journée, personne dans les rues, les gens obligés de rester chez eux par le couvre-feu fixé à cinq heures de l'après-midi), vers le soir, donc, on avait même pu écouter, toujours à la radio, un enregistrement direct de la séance véronaise. Une voix aiguë, pénétrante — le cri rageur et plaintif d'un enfant — avait soudain couvert la voix basse et attristée de celui qui, après avoir annoncé la mort du Consul Bolognesi, était en train d'en faire l'éloge funèbre. « Tous à Ferrare ! » entendit-on crier distinctement. « Vengeons le camarade Bolognesi ! » On venait à peine de fermer la radio et l'on était en train de se regarder l'un l'autre, apeurés, que déjà, dehors, à travers les vitres des fenêtres qui commençaient à trembler, s'annonçaient le roulement sourd de lointains camions qui approchaient et le *ta-ta-ta* déchirant des premières rafales de mitraillette. Et il faisait déjà nuit, dehors, et l'heure du couvre-feu était passée depuis longtemps.

Personne n'alla se coucher, personne ne dormit. Il n'y eut pas un seul bourgeois de Ferrare — même parmi ceux qui, à cause de leur conformisme passé à l'égard du régime qui était tombé le 25 juillet, avaient accueilli avec une moins grande appréhension le retour du Fascio — qui ne craignît de voir sa maison envahie d'un moment à l'autre. (Certains, plus peureux, allèrent jusqu'à se faire enfermer dans un cagibi secret, dont on dissimula l'entrée derrière une armoire ou une commode.) Mais, également, dans les intérieurs bourgeois, on parla et on discuta, en général, comme jamais : pendant les longues pauses consenties par un bridge ou par un poker, auxquels seuls le désir de se dissimuler à soi-même et aux autres son angoisse et la nécessité, de toute manière, de faire passer au plus vite le temps, avaient conseillé de jouer ; ou bien assis à ne rien faire sous les lampes de la suspension, autour de ces tables où, à une certaine heure, on avait vainement tenté de dîner comme les autres soirs et qui étaient ensuite restées comme ça, à demi desservies, la nappe parsemée de miettes et encombrée d'assiettes sales.

Que se passait-il ? Qu'allait-il se passer ?

Comme il est naturel, les prévisions variaient chez les gens d'ordre, selon le tempérament et l'expérience de chacun. On peut être certain néanmoins que dominèrent — ne fût-ce que pour se donner, grâce à cela aussi, un peu de courage — les avis les moins catastrophiques.

La ville résonnait de coups de feu et de lugubres chants qui parlaient de mort et de cimetières. Mais ce n'était pas là une raison pour penser sérieusement que les fascistes, qui, depuis septembre, se bornant à nettoyer la ville de la centaine de Juifs sur lesquels ils avaient réussi à mettre la main et à enfermer dans la prison de la via Piangipane une dizaine à peine des antifascistes ferrarais les plus acharnés, avaient, somme toute, fait preuve d'une remarquable modération, allaient, maintenant, changeant brusquement de registre, serrer la vis. Que diable, les fascistes étaient italiens, eux aussi ! Et même, pour dire la vérité — et, ici, un sourire et un clin d'œil étaient devenus obligatoires —, plus italiens que beaucoup d'autres, lesquels étaient tout juste bons à se gargariser avec le mot « liberté » et qui, pratiquement, n'étaient soucieux que de cirer les bottes de l'envahisseur étranger. Non, non, il n'y avait rien à craindre. Les fascistes faisaient un peu de boucan, bien entendu ; ils se donnaient des airs féroces ; ils se baladaient avec une tête de mort sur leur calot : mais tout cela surtout pour faire tenir tranquilles les Allemands, qui, si on les avait laissés faire (et, au fond, on ne pouvait pas leur donner tellement tort à eux non plus : la guerre est la guerre, et certaines trahisons devraient toujours se payer !), n'auraient pas hésité un seul instant à traiter l'Italie de la même manière qu'une quelconque Pologne ou qu'une quelconque Ukraine. De pauvres diables, les fascistes ! Il fallait se mettre un peu à leur place ! Essayer de comprendre leur drame et le drame personnel de Mussolini qui, lui aussi, le pauvre homme, s'il ne s'était pas encore retiré de la vie publique pour aller vivre aux Caminate, ainsi qu'il le désirait sans doute et comme cela lui convenait certainement, devait l'avoir fait surtout pour l'Italie, oui, surtout pour l'Italie. Et le Roi ? Ah, le Roi ? Le 8 septembre, lui, il n'avait été capable que de s'enfuir à Bari avec Badoglio. Tandis que Mussolini, en bon Romagnol à l'âme profondément généreuse (les Savoie et Badoglio étaient piémontais : et, rien à faire, les Piémontais ont toujours été des gens mesquins, peu francs !), Mussolini, donc, n'avait pas hésité un seul instant, lui, à l'heure de la tempête, à remonter sur le pont et à reprendre en main, le visage face aux lames, la barre du gouvernail... Et, pour être franc, comment qualifier l'assassinat du Consul Bolognesi — un père de famille, entre autres choses, et un homme qui, de sa vie, n'avait jamais fait de mal à une mouche ? Nulle personne civilisée, nul véritable Italien ne pouvait approuver un crime comme celui-là, un crime qui tendait, ce n'était que trop clair, à déclencher également chez nous, à l'imitation servile de la France et de la Yougoslavie, les horreurs de la guerre de partisans. La destruction de toutes les valeurs de la civilisation méditerranéenne et occidentale, des valeurs culturelles et religieuses aux valeurs matérielles ; en somme le communisme : tel était l'ultime but de la guerre de partisans. Si, malgré l'expérience récente de l'Espagne, les Yougoslaves et les Français voulaient le communisme, eh bien, qu'ils gardent leur Tito et leur De Gaulle. Quant aux Italiens, un seul devoir s'imposait à eux maintenant : celui de rester unis et de sauver ce qui pouvait être sauvé.

Dieu merci, la lumière du jour revint enfin. Et, avec elle, chants et coups de feu cessèrent.

Derrière les portes et les fenêtres, tous les bavardages cessèrent également tout à coup. Mais l'angoisse, non, l'angoisse ne se dissipa pas. La lumière du jour, en rendant à chacun, les plus aveugles y compris, le sentiment brutal de la réalité, ne faisait que donner plus d'acuité à celle-ci. Que signifiait ce brusque silence ? Que cachait-il ou qu'annonçait-il ? Il pouvait très bien s'agir d'un piège : pour inciter la population à sortir dans la rue et, ensuite, arrêter tout le monde ou faire Dieu sait quoi. Deux heures au moins s'écoulèrent ainsi — deux heures d'attente inerte et torturante — avant que de vagues bruits du massacre ne parvinssent peu à peu, isolés, à l'intérieur des maisons.

Les victimes des représailles étaient au nombre de dix, de vingt, de cinquante, de cent... Comme on se laissait aller aux pronostics les plus désespérés, il semblait vraiment, au début, que non seulement le corso Roma mais le centre tout entier de Ferrare fussent parsemés de morts. Bref, il fallut encore un certain temps — on arriva ainsi vers les neuf heures et demie, dix heures du matin — et c'est seulement alors qu'il fut possible de savoir avec précision le nombre et l'identité des fusillés.

Ils étaient onze : tombés le long du parapet du Fossé du Château, ils formaient trois tas sur cette partie du trottoir qui est exactement en face du Caffè della Borsa et de la pharmacie Barilari : et pour les compter et les reconnaître, les premiers qui avaient osé s'approcher (de loin, on n'eût même pas dit des corps humains, mais bien des guenilles, de pauvres guenilles, ou des ballots, jetés là, au soleil, dans la neige sale) avaient dû retourner sur le dos ceux qui gisaient à plat ventre et séparer l'un de l'autre ceux qui, tombés en se donnant le bras, formaient encore un étroit enchevêtrement de membres raidis. Et, en réalité, il y eut à peine le temps de les compter et de les reconnaître. Car, quelques instants plus tard, débouchant brusquement du coin du corso Giovecca, une petite auto militaire était venue s'arrêter, avec un théâtral grincement de freins, devant le groupe rassemblé autour des cadavres. « Circulez ! Circulez ! » crièrent, avant même de sauter à terre, les miliciens de la Brigade Noire qui étaient dans l'auto. Toujours poursuivies par les cris de ceux-ci, les personnes présentes n'avaient plus eu qu'à se retirer lentement vers les extrémités opposées du corso Roma : et de là, sans quitter néanmoins des yeux les quatre miliciens qui là-bas, sous le soleil maintenant haut, montaient la garde devant les morts, la mitraillette en position, ils avaient appris par téléphone à toute la ville ce qu'ils venaient de voir et de risquer.

De l'horreur, de la compassion, une peur folle : il y avait de tout cela dans l'impression que l'annonce du nom des fusillés provoqua chez chacun. Ils n'étaient que onze, c'est vrai. Mais il s'agissait de personnes trop connues, à Ferrare, de personnes dont, outre le nom, on connaissait trop bien d'innombrables particularités physiques et morales (le visage de l'un, et la façon qu'il avait, quand il riait, de plisser ses yeux bleu clair derrière les petits verres de son pince-nez ; la démarche traînante de cet autre et, même, ses cheveux prématurément grisonnants ; la manière de saluer d'un autre encore, en agitant le bras et en criant de loin :

« Bonjour ! » ; les habitudes, les petites manies ; la passion pour le jeu, l'avarice, la prodigalité, la méchanceté ; l'amour pour sa femme, pour sa maîtresse, pour ses enfants, et ainsi de suite... : onze vies dont on savait tout ou presque tout, qui avaient grandi ensemble et qui avaient été fauchées ensemble, d'un seul coup, sur le trottoir qui fait face au Caffè della Borsa) : elles étaient trop familières, trop liées à chacun, par mille liens, les onze victimes de ce massacre — leurs existences modestes trop intimement mêlées à la modeste existence de chacun — pour que leur fin ne parût pas tout de suite un événement épouvantable, d'une férocité presque irréelle. Et il va sembler étrange, certainement, que l'horreur — quasi générale, pourquoi ne pas le dire ? — pour cet assassinat ait pu être accompagnée immédiatement de la décision, tout aussi générale, de faire bon visage aux assassins, de faire publiquement acte d'adhésion et de soumission à leur violence. Mais c'est ce qui arriva, cela aussi, il est inutile de le cacher : car, et c'est la vérité, à partir de cet instant, dans aucune autre ville de l'Italie du Nord, le fascisme républicain n'allait pouvoir compter un nombre aussi imposant d'adhérents, si l'on en jugeait par les longues et silencieuses files de Ferrarais qui, dès le matin du 17 (durant la nuit, il s'était mis à pleuvoir à verse), se trouvaient dans la cour de la Casa del Fascio, via Cavour, attendant l'ouverture des bureaux de la Fédération. Voûtés, humbles, abattus, avec leurs vieux manteaux en étoffe autarcique, que la pluie frappait sans pitié, c'étaient la même marée de gens silencieux qui, l'après-midi de la veille, avaient suivi au pas tout au long du corso Giovecca, de la via Palestro et de la via

Une nuit de 43

Borso, jusqu'à la piazza della Certosa l'enterrement du Consul Bolognesi, et dans le visage desquels, un visage blêmi par la terreur, les rares personnes restées chez elles à l'affût derrière leurs volets clos (des hommes, des hommes, des hommes : il y en avait donc tant à Ferrare ?) avaient reconnu, en frissonnant, leur propre visage. Que pouvait-on faire, sinon céder ? Les Allemands et les Japonais, encore que maintenant ils fissent semblant de battre en retraite, allaient sûrement finir par utiliser des armes secrètes d'une puissance inouïe et, renversant la situation, ils gagneraient la guerre en deux temps trois mouvements. Il n'y avait donc qu'une seule route à suivre.

Mais, en attendant, qui étaient les auteurs du massacre ? Aucun doute : les premiers responsables, les responsables matériels, c'étaient certainement les hommes des camions — quatre camions immatriculés VR, Vérone, et deux PD, Padoue —, ceux-là mêmes qui, toute la nuit, avaient fait retentir la ville de leurs chants et de leurs coups de feu et qui s'étaient éclipsés ensuite, vers l'aube, comme si la nuit qui les avait amenés les eût remportés avec elle : les vengeurs annoncés par la radio, en somme, et dont quelques passants qui, le soir du 15, avaient pu s'attarder dans les rues parce que munis d'un permis spécial, avaient eu le temps d'entrevoir de loin qu'ils avaient d'extravagantes chemises bleues, type Légion espagnole, la tête de mort à leur bonnet à la Raphaël, la mitraillette en bandoulière et, à leur ceinturon de cuir, en même temps que le poignard et le pistolet, une paire de grenades à longs manches, de marque allemande. Pour savoir où était la via Piangipane, il n'était vraiment pas indispensable d'être de Ferrare ou de se faire conduire par quelqu'un de Ferrare : il suffisait, pour cela, de jeter un coup d'œil sur un plan de la ville. De fait, c'étaient eux, les *squadristi* de Vénétie, qui s'étaient présentés à deux heures du matin à la porte de la prison, via Piangipane. C'étaient eux et personne d'autre qui avaient contraint, revolver au poing, ce pauvre homme qu'était le directeur de la prison, de présenter la liste des détenus politiques et de leur consigner les avocats Polenghi et Tomagnini, l'un et l'autre socialistes et anciens militants syndicalistes, et les avocats Galimberti, Fano et Ferraresi du Parti d'Action : tous les cinq en détention préventive depuis septembre dernier.

Mais, pour démentir le bruit qui circula tout de suite — une rumeur mise intentionnellement en circulation, c'était clair —, selon lequel personne de Ferrare n'avait participé au massacre et selon lequel personne de Ferrare ne s'était souillé de ce sang, il restait les six autres morts : le Conseiller National Abbove, le *dottor* Malacarne, le *ragionier*[1] Zoli, les deux Casès, père et fils, et l'ouvrier Felloni : chacun de ceux-ci arrêté à son domicile respectif, lequel n'était certainement indiqué sur aucun plan de la ville — et cela, quand bien même on exceptait de leur nombre l'ouvrier Felloni, dont la bicyclette, retrouvée le matin du 15 le long de la muraille rougeâtre de l'Auditorium, via Boldini, semblait indiquer que le malheureux, un obscur employé de la Compagnie d'Electricité, avait été agrégé au groupe des condamnés uniquement parce qu'il s'était heurté, alors qu'il se rendait sans se douter de rien à

---

1. *Ragioniere* : expert-comptable, mais ici titulaire d'un diplôme d'expert-comptable.

Une nuit de 43 285

son travail, à l'une des nombreuses patrouilles qui bloquaient l'accès du centre : coupable de cela, en somme, et de cela seulement. Eh bien, il fallait être de Ferrare et de plus connaître très bien la ville, pour pouvoir mettre du premier coup la main sur le Conseiller National Abbove, et cela non point dans son immeuble du corso Giovecca, mais dans le studio-garçonnière qu'il s'était fait construire récemment, à partir d'un petit cloître médiéval acheté pour une bouchée de pain, dans la tranquille et solitaire via Brasàvola, et à l'ombre discrète duquel, après l'avoir empli d'une foule d'objets d'art (tableaux, tapis, bibelots rares et curiosités de tous genres : un bric-à-brac dans le goût d'annunzien le plus exquis, il n'y avait pas à dire !), il avait coutume d'abriter de temps en temps la délicate blancheur de ses cheveux de jouisseur mûr. Personne, s'il n'avait été de Ferrare et, de plus, très au courant de ce qui s'était passé ces derniers temps en ville, n'eût pu avoir connaissance des réunions secrètes qui s'étaient tenues, durant les quarante-cinq jours de la période badoglienne, précisément dans la garçonnière du Conseiller National Abbove (le *dottor* Malacarne et le *ragionier* Zoli, à en croire les cancans, y avaient assisté chaque fois, mais pas le vieux Sciagura, lequel avait toujours décliné l'invitation...), réunions visant à établir une ligne de conduite commune pour tous ces fascistes qui n'étaient désireux de rien d'autre, une fois le régime tombé, que de faire parvenir au Roi « l'expression de leur fidélité inconditionnelle », et, en somme, comme on dit, de tourner casaque le plus vite possible. Et les deux Casès, père et fils, en particulier, deux des rares Juifs ayant échappé à la grande rafle de septembre (ils faisaient le commerce de cuir et jamais, au grand jamais, ne s'étaient occupés de politique), qui, depuis septembre, vivaient terrés dans le grenier de leur maison du *viccolo mozzo*[1] Torcicoda, exclusivement ravitaillés, à travers un orifice du sol, par leur épouse et mère respective, laquelle était on ne peut plus aryenne et on ne peut plus catholique : qui donc, sinon quelqu'un qui connaissait parfaitement leur cachette — quelqu'un de Ferrare, donc ! — eût été en mesure de conduire là-haut, au sommet de ce labyrinthe de petits escaliers à demi croulants, les cinq bandits chargés de les arrêter ? Qui d'autre sinon...

Carlo Aretusi, oui, Sciagura lui-même. Et pour que les soupçons convergeassent aussitôt sur lui (dès le matin du 16, c'était lui qui avait repris les rênes, à la Fédération, et, à partir de cet instant, son nom recommença d'être prononcé, comme jadis, avant 22, dans un murmure à peine intelligible), il eût été suffisant, plus que suffisant, au fond, de se rappeler comment il était apparu aux funérailles du consul Bolognesi, l'après-midi de ce même jour.

Il n'avait jamais voulu prendre part aux réunions clandestines qui s'étaient tenues à maintes reprises, en août dernier, chez le Conseiller National Abbove et avait même fait dire à ses ex-camarades qu'il n'avait pas envie d'y assister parce que — c'est là ce qu'il dit, textuellement — il n'avait pas l'intention de renier à cinquante ans ce qu'il avait fait à vingt. Et voici qu'effectivement, tandis qu'il marchait à la tête de l'interminable cortège, immédiatement derrière l'affût de canon sur lequel était posée la bière du Consul Bolognesi, lançant continuellement en direction des

1. *Viccolo mozzo :* impasse.

maisons du corso Giovecca et de la via Palestro — des rangées et des rangées de volets clos — des coups d'œil lourds de haine et de mépris : voici donc que semblait ressuscité par miracle, si l'on ne tenait pas compte, bien entendu, de ses tempes grises, le jeune homme qu'il était à vingt ans : svelte, veux-je dire, et ne portant, malgré le froid, que la seule chemise noire et, mis en bataille, le bonnet à la Raphaël de la Decima Mas[1]. « Maudites taupes, marmottes, salauds de bourgeois ! Je vous ferai voir, moi... je vous ferai sortir de votre tanière... » menaçaient ses yeux furibonds et ses babines retroussées. Piazza della Certosa, avant que le cercueil du Consul Bolognesi fût introduit dans l'église, c'est sur ce ton qu'il avait harangué la foule : et la foule écoutait, se pressant autour de lui, grise et inerte ; et lui s'emportait de plus en plus, justement, semblait-il, à cause de cette inertie.

« Les corps des onze traîtres fusillés ce matin à l'aube corso Roma, avait-il hurlé en guise de conclusion, ne seront enlevés que lorsque j'en donnerai l'ordre. Nous voulons d'abord être sûrs que l'exemple a porté les fruits désirés ! »

Que manquait-il vraiment pour que, dans le paroxysme de sa colère, il s'attribuât carrément le mérite d'avoir fait justice lui-même, de ses propres mains ?

Et peu après, corso Roma, lorsqu'il avait surgi brusquement pour faire mettre au garde-à-vous les quatre miliciens de la Brigade Noire qui montaient

---

[1]. *Decima Mas :* troupes de débarquement qui opérèrent de 43 à 45 dans les rangs de la « République Sociale » fasciste, en collaboration avec les Allemands.

toujours la garde devant les corps des fusillés : que dire de son comportement qui, d'abord, avait semblé tellement en contradiction avec celui qui avait été le sien, une demi-heure plus tôt, piazza della Certosa, mais qui, si on y repensait, en disait plus long que cent aveux réunis ?

Il descendit de l'auto, l'air sombre, jetant à peine un coup d'œil aux cadavres étendus sur le trottoir ; et, aussitôt, l'un des miliciens s'était avancé d'un pas, pour l'informer, visiblement heureux de le voir arriver au bon moment, de ce qui se passait. Pendant toute la journée, rapportait le milicien, ils avaient à eux quatre réussi à tenir en respect les gens qui voulaient s'approcher. Plus d'une fois, même, dans le but de les faire circuler (il s'agissait selon toute probabilité de personnes de la famille des traîtres : des femmes qui hurlaient et qui pleuraient, des hommes qui juraient : ce n'avait pas été facile, ça non, de les persuader de reculer !), ils avaient été contraints de tirer en l'air quelques rafales, ce qui avait eu pour effet de les refouler là-bas, aux quatre coins de la piazza del Duomo et du corso Giovecca, où maintenant encore, comme pouvait le constater le camarade Aretusi, il y en avait quelques-uns qui s'obstinaient à rester. En tout cas, qu'eussent-ils pu faire, ajouta le milicien — et alors, levant le bras, il avait indiqué la fenêtre derrière les vitres de laquelle on entrevoyait, immobile, la silhouette de Pino Barilari — avec ce monsieur là-bas, un drôle d'inconscient, parole d'honneur, qu'aucune sommation ou menace, qu'aucune rafale de mitraillette, n'avaient pu décider à se déplacer d'un seul millimètre ? Peut-être était-il sourd. En tout cas, si le rideau de fer de la pharmacie, là-bas sous les arcades, n'avait pas été baissé, l'un d'entre eux serait certainement monté le sommer de plus près, de gré ou de force, de se débiner...

Tout à coup, comme s'il venait d'être mordu par une vipère, Sciagura leva les yeux vers la fenêtre que le milicien lui indiquait. A présent, dans la rue, il faisait noir. Débordant du Fossé du Château, le brouillard devenait plus dense d'instant en instant. Et dans tout le corso Roma (le long d'une façade d'au moins cent cinquante mètres, on ne voyait que des fenêtres sans lumière, des fenêtres de bureaux : banques, cabinets d'avocats, etc.), la seule fenêtre éclairée, c'était celle-là, en face.

Ne cessant pas de la regarder, Sciagura laissa échapper d'entre ses lèvres crispées une imprécation étouffée et il eut comme un geste de colère. Se retournant ensuite vers les quatre miliciens, il leur ordonna d'une voix changée — une sorte de murmure apeuré — de laisser faire les hommes qu'il allait envoyer dans une vingtaine de minutes enlever les cadavres et de ne les gêner en rien.

4

On s'imaginait des tas de choses.

Tout d'abord : l'intérieur de l'appartement qui était au-dessus de la pharmacie et où personne à Ferrare, y compris les amis de Loge du défunt *dottor* Francesco, qui à ce qu'on disait n'étaient jamais parvenus à franchir le seuil de l'arrière-boutique, ne pouvait dire avoir mis une seule fois les pieds. Un petit escalier en colimaçon reliait l'arrière-boutique à l'étage supérieur. Là, outre la salle à manger, le salon et la chambre à coucher conjugale — et sans compter, bien entendu, les dépendances — il ne devait y avoir que la petite chambre que Pino occupait dans sa jeunesse et où, depuis sa paralysie, il avait probablement recommencé de coucher. Personne n'y était allé, personne ne savait rien de précis. Mais en réalité, à force d'y penser, c'était comme si on eût vu de ses propres yeux un plan de l'appartement, ou même comme si on l'eût visité en personne. Cela au point de pouvoir dire à quel mur de la salle à manger était accroché le portrait photographique de Bilancino, dans un lourd cadre doré XIXe ; ou de pouvoir décrire la forme de la suspension qui faisait converger sur le drap vert de la table et sur les cartes de la réussite de chaque soir une lumière blanche et très forte ; ou de parler de l'effet que faisaient dans un tel intérieur, épars çà et là, mais, en tout cas, avec une fréquence plus grande, les meubles et les objets de goût moderne qu'y avait introduits la femme de Pino. Et, là-dessus, on parlait longuement, on s'étendait sur la petite pièce contiguë de la chambre conjugale (elles donnaient l'une et l'autre sur une cour intérieure), dans laquelle, aussitôt après dîner, Pino se retirait uniquement pour dormir : avec un lit d'enfant dans un coin, un petit bureau contre l'un des murs et une armoire contre l'autre, et, au pied du lit, recouvert d'une étoffe écossaise à carreaux rouges et bleus, le grand fauteuil à dossier que, chaque matin, la signora Anna transportait dans la salle à manger, près de la fenêtre pleine de soleil, et dans lequel Pino demeurait assis jusqu'au soir. Si on l'eût voulu, on eût pu nommer un par un (mais c'était là aussi une manière de prêter à Pino Barilari quelque chose de notre enfance et de notre propre innocence perdue) les auteurs des livres contenus dans une bibliothèque vitrée qui était à côté de la porte ; près du radiateur du chauffage central. Salgari, Verne, Ponson du Terrail, Dumas, Mayne Reid, Fenimore Cooper, etc. Il y avait même *Les Aventures de Gordon Pym* d'E.-A. Poe, dans une édition dont la couverture s'ornait du grand fantôme blanc qui se dresse, armé d'une faux, au-dessus de la minuscule chaloupe de l'explorateur : et ce dernier volume n'était pas avec les autres, mais sur la table de nuit, posé de telle sorte qu'on ne vît pas l'image de la couverture (il suffisait de retourner le livre : et alors, le fantôme blanc, bien que continuant d'être présent, *d'être là,* ne vous faisait plus peur !) : et il voisinait avec l'album de la collection de timbres, une gerbe de crayons de couleur fichés dans un verre, un canif de quelques sous, une gomme à demi usée...

On s'imaginait tant d'autres choses.

« Où vas-tu ? » avait demandé par exemple Pino, le soir du 15 décembre 1943, en levant les yeux de sa réussite.

Sa femme venait de se lever de table. Sans lui répondre, elle se dirigeait déjà vers la porte. Et c'était de l'ombre du couloir, où s'ouvrait la trappe du petit escalier en colimaçon, que lui était parvenue sa voix calme.

« Où veux-tu que j'aille ? En bas, fermer... »

Peut-être n'avait-il pas écouté à la radio, au début de l'après-midi, l'émission de Vérone. Toujours est-il qu'à neuf heures, quand les coups de l'horloge du Château s'étaient tus au-dessus de la ville avec la douceur d'une bénédiction (*dang, dang, dang :* c'étaient sûrement la neige et le brouillard qui les avaient diffusés aussi clairement ; mais, en même temps, sous ce son, un autre son grandissait : le ronronnement lointain de gros moteurs qui s'approchaient), toujours est-il, donc, qu'à neuf heures il semblait normal de retrouver Pino déjà blotti dans son petit lit d'enfant, les couvertures tirées jusqu'aux oreilles, profondément endormi. On le voyait : exactement comme s'il vous eût été donné d'être à la tête de son lit, en guise d'ange gardien. Dormir, fermer au plus vite les yeux... Entendant sa femme se lever de table pour descendre à la pharmacie (il y avait toujours quelque chose à faire en bas : les comptes de la journée et, depuis quelque temps, baisser de l'intérieur le rideau de fer) ; en la voyant de dos, si grande, si belle et si indifférente : à quoi d'autre Pino eût-il pu penser, sinon à cela ? Qu'eût-il bien pu attendre d'autre ? Dormir, oui, fermer les yeux : et ce soir-là — qu'il eût ou non écouté la radio pendant l'après-midi — plus tôt encore que de coutume.

Les onze hommes alignés en trois groupes distincts contre le parapet du Fossé du Château ; le va-et-vient des légionnaires en chemise bleue, dans l'espace compris entre les arcades du café et le trottoir d'en face ; la grimace désespérée de l'avocat Fano, quand, un instant avant la décharge, il avait crié à Sciagura, qui, un peu à l'écart, était en train d'allumer une cigarette : « Assassin ! » (ce hurlement très haut, atroce, avait été entendu à l'intérieur de plusieurs maisons de la piazza del Duomo et du corso Giovecca : donc, à guère moins de cent mètres de distance) ; cette grande lumière, ensuite, cet incroyable clair de lune qui, depuis minuit, le vent ayant brusquement tourné, avait transformé toutes les pierres de la ville en un morceau de verre ou de charbon, et Pino Barilari, enfin, que seul le cri de l'avocat Fano avait réussi à arracher au dernier moment à son dur sommeil d'enfant, tapi maintenant là-haut, tremblant sur ses béquilles, derrière les vitres de la fenêtre qui surplombait la scène... Et il en fut ainsi, pendant des mois et des mois, pendant tout le temps qu'il fallut à la guerre, de décembre 43 à mai 45, pour remonter lentement la péninsule tout entière. Comme si l'imagination collective — de même que quelqu'un, pour se punir, fait saigner de temps en temps une plaie mal cicatrisée — avait eu besoin d'en revenir toujours là, à cette nuit terrible, et de revoir, l'un après l'autre, les visages des onze fusillés, tels qu'au moment suprême les seuls yeux de Pino Barilari avaient pu les voir.

La Libération et la paix arrivèrent enfin : et pour beaucoup d'entre nous, pour *presque* tous, le brusque désir d'oublier.

Mais peut-on oublier ? Suffit-il de le désirer ?

Il fallut que les gens attendissent, en tout cas — et ce furent encore des mois de fureur, de secrète impatience, à la recherche continuelle d'un prétexte, d'une occasion de rachat quelconque.

Jusqu'au moment où, pendant l'été 46, dans la grande salle des conférences de l'ex-Casa del Fascio, viale Cavour, commença le procès d'une vingtaine d'auteurs présumés du massacre de trois ans auparavant — des types originaires de Vénétie pour la plupart, pêchés au camp de concentration de Coltano et dans les prisons ; et quand, ensuite, découvert sous un faux nom en Toscane, dans le petit hôtel de Colle Val d'Elsa où il se cachait, découvert, dis-je, par Nino

Bottecchiari, le jeune et dynamique secrétaire provincial de l'A.N.P.I., Sciagura lui-même fit son entrée dans la grande cage des accusés : cette dernière occasion parut, tout à coup, la plus propice pour mettre définitivement une pierre sur le passé. C'était on ne peut plus vrai, hélas ! — disait-on. Aucune ville de l'Italie du Nord n'avait fourni à la République de Saló un plus grand nombre d'adhérents, aucune bourgeoisie n'avait été plus prompte à s'incliner devant les sinistres étendards, les mitraillettes et les poignards de ses diverses Milices et Corps spéciaux : que ce fussent les Brigades Noires, les Légionnaires de la Decima Mas, les Parachutistes ou les *Tupin*. (Ce n'était pas un hasard, de fait, si depuis 45 Ferrare était administrée par les seuls communistes, et si tant de gens, encore dans la fleur de leurs forces et de leur âge, avaient été pratiquement exclus de toute forme de vie politique !) Et pourtant il eût suffi de peu de chose pour que l'erreur de calcul que tant de Ferrarais avaient commise sous la pression d'événements exceptionnels — cette simple et très humaine erreur de calcul que les communistes tendaient maintenant à transformer en une éternelle marque d'infamie — ne fût plus en même temps que le reste d'un vilain rêve, un horrible cauchemar dont s'éveiller plein d'espoir et de confiance en soi-même et en l'avenir. Il eût suffi de la condamnation exemplaire des assassins et de Sciagura en particulier : et tout souvenir de la nuit du 15 décembre 1943, de cette nuit décisive et fatale, eût été bien vite effacé.

Le procès se déroulait au ralenti, dans la chaleur et dans l'ennui, suscitant chez le public qui accourait en foule à chaque audience un sentiment croissant d'inutilité et d'impuissance.

Les accusés, enfermés dans la grande cage placée, le long de l'un des côtés de la salle, entre deux fenêtres, répondaient l'un après l'autre à la Cour, une Cour énervée et mise mal à l'aise par les haut-parleurs que le C.L.N. avait fait disposer dans l'avenue située en dessous, avec des ramifications qui arrivaient jusqu'au centre, en plein corso Roma, toujours les mêmes choses : qu'aucun d'eux n'avait participé à l'expédition punitive de décembre 43, et qu'aucun d'eux, même, n'était jamais venu à Ferrare. Ils étaient tellement sûrs de n'avoir rien à redouter et de s'en tirer, au pis, avec un acquittement pour insuffisance de preuves, que certains d'entre eux osaient même plaisanter et faire de l'esprit. Il y en eut un, par exemple — un type de Trévise, âgé de la quarantaine, brun, les cheveux longs et bouclés, sa grosse mâchoire maculée de barbe et qui, malgré la chaleur, portait un gros chandail noir à col montant —, qui dit que oui, il était venu une fois à Ferrare : mais vingt ans plus tôt, à bicyclette, pour voir sa fiancée ! Réplique, celle-ci, qui arracha au président, toujours disposé, quant à lui, à se soustraire à cette atmosphère de tribunal populaire et révolutionnaire que l'on avait voulu donner à ce procès, réplique, donc, qui lui arracha un fin sourire, typiquement napolitain, de débonnaire compréhension. (S'il avait consenti à ce que les débats eussent lieu là, dans les locaux de l'ex-Casa del Fascio, c'était uniquement parce que le siège du Tribunal, à demi détruit par l'un des bombardements de 44 et en voie de reconstruction, ne pouvait encore être utilisé !)

Quant à Sciagura, non seulement il niait lui aussi, comme c'était à prévoir, toute participation directe ou indirecte aux « événements » du 15 décembre 43 ; mais dès le premier instant où les partisans de Nino Bottecchiari l'avaient livré aux carabiniers et où ceux-ci, après lui avoir mis les menottes, l'avaient enfermé lui aussi dans la cage, il n'avait pas laissé passer une occasion de manifester, en même temps que le respect le plus vif pour la Cour appelée à juger de son « activité » (à l'égard du *signor* Président, il se montrait particulièrement obséquieux, presque humble), son profond mépris pour les gens qui, là-bas, se pressaient dans la partie de la salle réservée au public et dans le comportement de qui on pouvait voir les effets nocifs du « présent état de choses ». Etait-ce ainsi, avec cette haine factieuse, avec cette soif de vengeance qui perçait sur chacun de ces visages (dont il reconnaissait un grand nombre, car ils appartenaient à des personnes tout aussi prêtes, « hier », à applaudir et à pousser des vivats), était-ce vraiment avec de tels procédés que l'on prétendait réaliser la pacification si souhaitée et si souhaitable de l'Italie ? Etait-ce là le climat de liberté qui était réservé à la Cour pour la mettre en mesure de prononcer un jugement serein sur un homme comme lui, coupable seulement d'avoir été un « soldat au service d'une Idée » ?

Ce n'étaient là que manœuvres dilatoires, on s'en rendait bien compte ; de la poudre aux yeux : pour gagner du temps ou pour empêcher que le procès ne prît cette couleur strictement pénale dont, il était évident, il devait le plus se méfier.

« J'ai été seulement le soldat d'une Idée », continuait-il de répéter avec complaisance, « et non l'homme de main d'un système et encore moins le valet de l'étranger ! »

Ou bien, avec tristesse :

« Maintenant, tout le monde dit du mal de moi ! »

Et il n'en disait pas plus. Mais c'était, chaque fois, comme s'il eût insinué que non, que ses persécuteurs d'aujourd'hui ne s'imaginent pas qu'ils réussiraient à faire oublier, en le condamnant lui, ce qu'ils avaient été hier. Tous, comme lui, avaient été plus ou moins fascistes : et aucun verdict de tribunal n'effacerait jamais une vérité du genre de celle-ci.

De quoi l'accusait-on, du reste, après tout ? S'il avait bien compris, d'avoir fourni la liste des onze personnes fusillées la nuit du 15 décembre 1943 et d'avoir dirigé personnellement l'exécution de ces « malheureux ». Mais il fallait des preuves, et il ne suffisait pas de simples présomptions pour convaincre un tribunal « sérieux », un tribunal « régulier » que lui, Carlo Aretusi, avait vraiment fait ces deux choses : dressé la liste et commandé le peloton d'exécution. « Qu'on ne raconte pas d'histoires sur ce massacre, car, moi, j'en assume la responsabilité pleine et entière ! » aurait-il dit, paraît-il, quelques jours après, au cours d'il ne se rappelait plus quelle assemblée plénière des actionnaires de la Caisse Agricole : et il se pouvait très bien que telles, en cette circonstance ou en une autre, eussent été ses paroles. Mais, et après ? Il fallait encore des preuves, toujours des preuves. Car les paroles qu'il pouvait avoir prononcées alors n'avaient « probablement » pas d'autre but que de convaincre les Allemands de la sincérité et de la fidélité inconditionnelles de leur allié méridional. Après le 8 septembre — maintenant, on pouvait bien le dire ! — les Allemands étaient devenus les vrais maîtres du pays et il ne leur eût rien coûté, à eux, de faire de chaque centre habité un amas de décombres. Ce n'étaient donc pas les paroles et, qui plus est, des paroles dites en public pour que *d'autres* les entendissent et les rapportassent, qui comptaient. Ce qui comptait, c'étaient les preuves et les faits. Ce qui comptait, c'étaient les décorations méritées par lui pendant la Première Guerre mondiale, en combattant ces mêmes Allemands à l'égard de qui, maintenant, on l'accusait de servilisme (lui, un Ardito[1] du Piave !). Et puisqu'il était question de l'assemblée de la Caisse Agricole, pourquoi ne pas rappeler à ce propos que l'*onorevole* Bottecchiari, l'avocat socialiste Mauro Bottecchiari, lequel faisait partie, comme il était notoire, du Conseil d'administration de ladite Caisse, avait été relâché à Noël de la prison de la via Piangipane sur son intervention directe, à lui, Carlo Aretusi ? L'institutrice Trotti elle aussi, cette sainte femme ! avait été libérée par la même occasion (ce n'était pas sa faute à lui si, quelques mois plus tard, les SS allemands l'avaient de nouveau arrêtée et envoyée dans cette prison de Codigoro où elle était morte ensuite) : et c'était dommage maintenant qu'elle ne pût, hélas, pas venir témoigner en sa faveur. Mais l'*onorevole* Bottecchiari, lui, était bien vivant. Et alors : pour quelle raison ne faisait-on pas le nécessaire pour le convoquer sur-le-champ devant le tribunal (un brave homme, l'*onorevole* Bottecchiari : un homme parfaitement loyal, et c'est pour cela que lui-même, Carlo Aretusi, avait toujours eu le plus grand respect pour lui, et cela dès les temps lointains de 20 et de 22 !), l'invitant à dire franchement ce qu'il savait ? La vérité,

---

1. *Ardito :* membre des sections d'assaut de l'armée italienne pendant la Première Guerre mondiale.

c'était que les mœurs politiques d'aujourd'hui — et, en disant cela, Sciagura regardait avec intention vers Nino Bottecchiari, le neveu du député, qui ne quittait pas un seul instant la salle — étaient bien pires que celles de naguère ! Et il restait encore à dire une autre vérité : qui était que, si, maintenant, on voulait le condamner, lui, c'était surtout parce qu'il avait pris la direction du Secrétariat Fédéral le lendemain de l'assassinat du Consul Bolognesi, pour cela et pas pour autre chose. C'était pour ce motif « strictement politique » qu'on réclamait aujourd'hui sa tête. Mais un tribunal « sérieux », un tribunal « régulier », un tribunal qui ne se laisserait pas influencer par les passions de parti, pourrait aisément comprendre, il en était certain, que cette maudite charge de Régent, il ne l'avait acceptée alors que pour empêcher des tas d' « extrémistes », des tas de « criminels irresponsables » d'instaurer un régime de terreur. Et, de fait, quelle était la première mesure qu'il avait prise aussitôt après avoir assumé ses fonctions : tout bonnement celle de rendre immédiatement à leurs familles respectives la dépouille mortelle des victimes !

De temps en temps, il faut le reconnaître, le Président pensait à l'interrompre, le rappelant doucement à l'ordre. Et lui, chaque fois, prompt à obéir, détachant aussitôt ses mains des barreaux de la cage, auxquels, en parlant, il finissait toujours par s'agripper convulsivement, et cessant de darder sur le fond de la salle des regards flamboyants, s'asseyait de nouveau sur le banc, à côté des autres accusés, l'un desquels n'oubliait jamais de lui serrer silencieusement la main. Mais c'étaient, néanmoins, des trêves qui ne duraient guère. Car, au premier mot du Ministère Public qui lui déplaisait ou devant la déposition d'un témoin, qu'il estimait contraire à la « vérité des faits », ou à un simple murmure du public, ou, surtout, à la moindre allusion que l'on pouvait faire à une participation active de sa part à la fusillade de la nuit du 15 décembre 1943, de nouveau, il bondissait sur ses pieds, saisissait une fois de plus les barreaux avec un élan sauvage, et, de nouveau, s'élevait dans la salle sa voix lourde et désagréable d'ancien maître, une voix que, dehors, les haut-parleurs diffusaient dans un large rayon au-dessus de la ville.

« Faites venir vos témoins ! » hurlait-il alors, comme devenu fou. « Nous allons voir qui aura le courage d'affirmer une chose pareille devant moi ! »

Mais il se tut soudain, le jour où il vit se frayer un chemin dans la foule, s'agrippant d'une main au bras de sa femme et s'appuyant de l'autre sur une grosse canne noueuse à extrémité caoutchoutée (dans l'effort qu'il faisait pour marcher, ses jambes maigres comme des pieux, dans les demi-bas qu'il portait sous des culottes à la zouave, décrivaient d'étranges arabesques latérales), Pino Barilari en personne. C'était Nino Bottecchiari qui avait suggéré par lettre à la Cour de l'interroger, après qu'une sorte de députation composée de lui-même, de la mairesse Bettitoni, du secrétaire de la Fédération communiste Alfio Mori et de l'*ingegner* Sears du Parti d'Action, s'étant rendue exprès à la pharmacie pour le convaincre de se présenter devant le tribunal, avait dû, comme jadis les amis francs-maçons du défunt *dottor* Francesco, s'arrêter en deçà de l'arrière-boutique. « Mon mari est malade, il est au lit avec la grippe », avait dit la signora Anna, en s'appuyant avec lassitude au chambranle de la petite porte par-delà laquelle, dans une pénombre de cave, on entrevoyait le petit escalier de fer, en colimaçon, qui conduisait au-dessus : mais, à la vérité, elle avait dit cela avec l'air de s'excuser (bonté divine, comme elle s'était abîmée, ces derniers temps : la mise négligée, pas fardée, les yeux cernés par l'insomnie : une femme de quarante ans !), comme si elle eût été désolée d'avoir à dire ce mensonge. Et aussitôt, certain comme toujours d'avoir compris l'indispensable essentiel, Nino Bottecchiari avait souri.

Ce même sourire ironique, de diplomate qui voit les événements donner raison à ses pronostics et prendre la tournure désirée, flottait maintenant, au tribunal, sur les lèvres du jeune secrétaire provincial de l'A.N.P.I., cependant qu'il observait, d'une bonne position, l'effet que l'entrée dans la salle de Pino Barilari avait produit sur Sciagura. Ce dernier, de fait, s'était tenu coi : immobile, comme fasciné, il ne détachait pas un seul instant ses yeux du pharmacien, pour qui et pour la femme de qui on était pendant ce temps en train de chercher une place dans le secteur réservé aux témoins. Il se bornait à lisser ses cheveux couleur gris fer avec sa main droite, dans un geste lent, uniforme et machinal. Et en même temps il réfléchissait, cela se voyait nettement, il ne cessait pas un seul instant de réfléchir.

Le tour de Pino Barilari arriva. Toujours soutenu par sa femme, il s'avança.

Il prêta régulièrement serment, encore que dans un souffle.

Mais avant que, répondant à la question du Président, il eût prononcé avec netteté, presque en les scandant, ces deux seuls mots : « Je dormais », qui, d'un coup, telle la piqûre d'une épingle dans une vessie gonflée d'air, avaient réduit à néant l'énorme tension générale ; exactement au moment où, un instant avant d'ouvrir la bouche, le paralytique avait regardé autour de lui en écarquillant les yeux (le silence était absolu, tout le monde retenait son souffle : et même sa femme, à côté de lui, s'était penchée anxieusement pour scruter son visage) : à ce moment précis, de son coin, Nino Bottecchiari avait distinctement vu Sciagura adresser à Pino Barilari — la seule personne, à Ferrare, qui « *savait* » peut-être, le seul témoin dont dépendaient maintenant sa liberté et peut-être sa vie — quelque chose comme une rapide et furtive grimace propitiatoire : et un clin d'œil, oui, un imperceptible clin d'œil de complicité.

5

Pour pouvoir dire le dernier mot sur la question, il fut nécessaire, néanmoins, d'attendre encore quelques années. Pendant ce temps, chacun eut le loisir de reprendre sa place. Pino Barilari à sa fenêtre : mais devenu agressif et ironique maintenant, avec des jumelles de montagne toujours à portée de la main, implacable dans l'exercice des fonctions qu'il semblait s'être assignées, les fonctions de surveillant du va-et-vient sur le trottoir d'en face. Et tous les autres, les vieux comme les jeunes (y compris, naturellement, Sciagura, pour lequel le procès s'était terminé par l'inévitable acquittement), se partageant de nouveau, à l'étage en dessous, les guéridons et les chaises du Caffè della Borsa.

En 48, tout de suite après les élections du 18 avril, Anna abandonna le domicile conjugal et commença les démarches en vue d'une séparation légale. Les gens pensaient qu'elle allait retourner vivre dans sa famille, chez l'adjudant Repetto : mais ils se trompaient.

Elle alla habiter toute seule dans un petit appartement au bout du corso Giovecca, du côté de la Perspective : deux fenêtres au rez-de-chaussée qui, défendues par des barreaux convexes et saillants, donnaient directement sur le trottoir. Et bien qu'elle eût maintenant près de trente ans et que, d'apparence plantureuse comme elle l'était, elle en parût bien plus, elle recommença à circuler à bicyclette comme jadis, quand elle attirait à sa suite, tel un essaim de mouches, ses camarades d'école ; et nombreux étaient, à Ferrare, ceux qui se rappelaient encore cela. Elle s'était inscrite à l'Académie de Dessin (elle y fit deux ou trois apparitions), portait des chandails montants qui mettaient en évidence sa poitrine agressive, ses cheveux d'un blond chanvre étaient rejetés en arrière, sur ses épaules, et elle se maquillait plus que jamais. Elle voulait probablement imiter les jeunes existentialistes de Paris et de Rome. En réalité — assuraient ceux qui étaient bien placés pour le savoir — elle faisait la noce, et cela sans y regarder de trop près. Elle ne dédaignait même pas — disait-on — la compagnie de quelqu'un de la campagne venu à Ferrare pour le marché du lundi : et, de fait, c'était pour cela que, le lundi, elle fréquentait si volontiers les restaurants et les trattorie de San Romano ! Il est vrai que de loin en loin elle disparaissait, pendant des laps de temps qui variaient d'une semaine à vingt jours. D'autres fois, au contraire, voilà qu'elle faisait sa réapparition avec une amie qui n'était pas de Ferrare. Elles vivaient ensemble pendant une semaine ou deux, arpentant bras dessus bras dessous, du matin au soir, le corso Giovecca et le corso Roma et soulevant, à chacun de leurs passages sous les arcades du Caffè della Borsa (l'autre trottoir, celui d'en face, elles l'abandonnaient évidemment à Maria Ludargnani et aux professionnelles de la via Sacca et de la via Colomba), des vagues d'intérêt toujours renouvelées. Qui était donc cette petite brune aux yeux malicieux que promenait Anna ? — entendait-on demander de tous côtés. Une Bolonaise ? Une Romaine ? Mais cette autre jeune femme aux yeux bleus, au visage fin et exsangue, aux souliers bas, sans talon et, semblait-il, presque sans semelle, cette autre jeune femme, à moins que ce ne fût une étrangère — une Française, une Anglaise ou une Américaine — ce ne pouvait être qu'une Florentine ! En tout cas, pour en avoir le cœur net, il ne manquait jamais de volontaires pour pousser le soir-même jusqu'au bout du corso Giovecca et venir frapper aux vitres du petit appartement bien connu. Ils n'entraient pas toujours, surtout en été. Ils restaient souvent à faire la conversation, du trottoir, à travers les barreaux de la fenêtre. De sorte que, si l'on passait dans ces parages aux environs de minuit, il n'était pas rare d'apercevoir trois ou quatre hommes devant les fenêtres de l'ex-signora Barilari (la lumière du réverbère le plus proche n'atteignait pas l'appui de la fenêtre sur lequel elle était accoudée : mais ses cheveux, de plus en plus oxygénés, semblaient émettre dans l'obscurité une lumière qui leur était propre), en train de bavarder avec elle et avec l'amie de garde.

Il s'agissait en général d'hommes entre trente et quarante ans, et dont plus d'un était marié et père de famille. Ils connaissaient Anna depuis sa jeunesse et certains d'entre eux avaient même été ses camarades d'école. Si bien que, plus tard, quand, vers une ou deux heures du matin, ils faisaient leur réapparition au Caffè della Borsa, et que, fatigués et accablés par la chaleur, retroussant les manches de leur veste de toile, ils se laissaient choir autour d'un guéridon : c'était en parlant d'elle, surtout, et pas tellement de sa compagne occasionnelle, qu'ils tuaient le temps en attendant qu'arrivât l'heure d'aller au lit.

Ce n'était vraiment pas un caractère facile que celui d'Anna ! — soupiraient-ils.

Cela venait sans doute de ce que, ayant été récemment encore une femme bien, elle avait honte maintenant de se donner pour de l'argent ; ou parce qu'eux-mêmes ne parvenaient pas à comprendre pour quelle raison elle pouvait bien avoir choisi de s'humilier ainsi (était-ce vraiment cela qu'elle voulait devenir : une prostituée professionnelle ?) : pour une raison ou pour une autre — disaient-ils — avec elle on ne savait jamais quel ton prendre. Elle se vexait pour un rien. Quand on lui parlait du trottoir, à tout instant, elle vous fermait la fenêtre au nez, quitte néanmoins à la rouvrir quelques secondes plus tard pour peu que, au lieu de hausser les épaules, de l'envoyer au diable et de s'en aller, on recommençât à frapper aux vitres et à siffler. Mais même quand on pouvait entrer chez elle, c'était la même chanson. A la fin, par exemple, on ne savait jamais clairement s'il fallait ou non insister pour qu'elle acceptât quelque chose. Et que dire des longs préludes sentimentaux (avec les courtiers en terrains et avec les marchands du lundi il était souhaitable qu'elle fût plus expéditive !) auxquels étaient condamnés tous ses concitoyens et en particulier ses ex-camarades d'école ? Que dire du malaise que provoquait son bavardage ininterrompu, continuel, infatigable ? Elle était en train de se rhabiller que, déjà, elle recommençait à parler d'elle, de Pino Barilari (elle l'avait quitté, oui, mais non sans l'avoir au préalable confié à une gouvernante !), des années qu'elle avait vécues avec son mari dans l'appartement au-dessus de la pharmacie, des raisons pour lesquelles elle s'était mariée et de celles qui l'avaient ensuite incitée à se séparer légalement. Elle et son mari, son mari et elle : elle ne parlait que de ça. Du jour où il avait été paralysé — disait-elle — elle avait commencé de le tromper, cela se comprend, avec celui-ci et avec celui-là. Lui n'était plus qu'une espèce d'enfant, d'enfant malade : ou une espèce de vieillard. Et elle, par contre, était une jeune femme, qui n'avait guère plus de vingt ans. Le désordre de la guerre, avec ses alertes, ses bombardements et ses peurs de tout genre, avait fait le reste. Mais lui, elle l'avait toujours aimé : comme un frère cadet. Quand elle le trompait, c'était en cachette, en prenant toutes les précautions qu'elle pouvait, justement pour que lui ne s'en aperçût pas. Et, du reste, elle ne le trompait pas tellement fréquemment.

Il était si tard, quand ils se laissaient aller à rapporter ces propos d'Anna Barilari, et le corso Roma était tellement silencieux et vide que leurs voix résonnaient comme dans une salle. On n'entendait pas autre chose que le sifflement d'un train dans le lointain ou, à chaque quart, les coups que l'horloge du Château laissait tomber du sommet de la tour.

Une nuit, vers la fin du mois d'août 1950 (mais, cette fois-ci, celui qui parlait le faisait à voix basse, levant à chaque instant les yeux vers le haut, comme s'il eût craint d'être écouté), l'un d'entre eux raconta quelque chose de nouveau.

Tout à l'heure — dit-il — il se trouvait chez Anna Barilari avec deux amis communs. Ce soir-là, Anna avait été particulièrement ennuyeuse. Si bien qu'à un certain moment, agacé de l'entendre répéter les choses habituelles :

« Jolie façon que tu avais d'aimer ton mari, l'avait-il interrompue. Tu l'aimais et puis tu couchais avec le premier gars dont tu avais envie. Non, vraiment, tu as toujours été une sacrée compliquée ! »

Cela avait déclenché une scène effroyable.

« Salauds ! Insolents ! Foutez le camp de chez moi ! » s'était-elle mise à hurler.

Elle avait l'air d'une furie. L'autre fille aussi, une fille de Modène, criait, Dieu sait pourquoi, comme si on l'eût écorchée vive. Mais ensuite, entendant qu'on leur faisait des excuses, elles n'avaient guère tardé à se calmer l'une et l'autre. Et voici, plus ou moins exactement, ce qui était sorti aussitôt après de la bouche d'Anna.

Elle avait toujours aimé Pino — recommença-t-elle à dire du ton plaintif qui lui était habituel. Et même, jusqu'à une certaine époque, l'accord entre eux avait été parfait.

Depuis qu'il ne pouvait plus marcher, il passait ses journées à la fenêtre de la salle à manger, résolvant l'un après l'autre tous les problèmes de la *Settimana enigmistica* et des autres petits journaux de ce genre, pour lesquels il avait une vraie passion. Il n'avait rien d'autre à faire : ce qui explique pourquoi, en peu de temps, à force de s'exercer, il était devenu d'une force exceptionnelle dans ce genre de passe-temps, et en particulier pour les mots croisés et les rébus... Et ainsi, pour lui montrer comme il était fort, il se traînait parfois sur ses béquilles jusqu'au petit escalier en colimaçon qui communiquait avec l'arrière-boutique, et, de là-haut, se penchant au-dessus de la trappe, il se mettait à l'appeler : « Anna, Anna ! » : avec une telle impatience et une telle insistance qu'elle, pour le calmer, devait immédiatement planter là sa caisse, monter au premier et attendre qu'après lui avoir montré le problème il se décide enfin, les yeux brillants d'orgueil, à lui en révéler la solution. C'était elle qui lui faisait les longues séries de piqûres auxquelles, à cause de sa maladie, il devait souvent s'astreindre. C'était elle qui le mettait au lit tous les soirs, avant neuf heures. Quelle importance cela avait-il qu'ils ne couchassent plus ensemble ? Fallait-il vraiment coucher ensemble pour s'aimer ? Lui du reste n'y avait jamais beaucoup tenu, même avant sa maladie : à croire même qu'en un certain sens il avait été content, alors, de retourner dans la petite chambre qu'il avait occupée étant enfant... Non, deux êtres pouvaient très bien coucher ensemble et pourtant ne pas s'aimer du tout !

Quoi qu'il en soit, c'était à partir de la nuit du 15 décembre 1943 — précisément, la fameuse nuit du massacre — que tout, entre eux, avait soudain changé.

Après l'avoir mis au lit comme tous les soirs, elle était sortie, comptant être de retour au maximum une heure plus tard (grâce au prétexte de la pharmacie, elle s'était fait donner un laissez-passer qui était valable également pour les éventuels couvre-feux). Mais il ne s'était même pas écoulé une demi-heure qu'avait commencé dans les rues cette grande fusillade : une fusillade qui l'avait contrainte de rester là où elle se trouvait — chez quelqu'un, quoi ! inutile de citer des noms ! — jusqu'à quatre heures du matin.

Lorsque les coups de feu eurent cessé, elle s'était immédiatement précipitée dehors. Elle avait remonté en courant le corso Giovecca tout entier, lequel était complètement désert. Ce n'était que quand elle était arrivée au coin du corso Roma qu'elle s'était arrêtée un instant, pour reprendre son souffle. Et pendant qu'elle stationnait, hors d'haleine, sous l'une des arcades du porche du Théâtre Municipal, c'était de là exactement que, tout à coup, elle avait vu les morts amoncelés sur le trottoir en face de la pharmacie.

Elle se rappelait parfaitement tous les détails de la scène, comme si elle l'avait encore eue devant les yeux. Le corso Roma désert sous la pleine lune ; la neige durcie par le froid, répandue sur tout comme une sorte de poussière brillante ; l'atmosphère si claire et si transparente qu'on pouvait lire l'heure à l'horloge du Château, là-haut — quatre heures vingt et une, exactement ; et les cadavres, enfin, qui, de l'endroit où elle les regardait, ressemblaient à des ballots de chiffons, alors que, elle l'avait tout de suite compris, c'étaient des corps humains. Sans savoir ce qu'elle faisait, comme fascinée, elle s'était éloignée du porche du Théâtre Municipal, avançant en diagonale vers eux, à découvert.

Ce fut à mi-chemin, alors que maintenant, en pleine lumière, elle ne se trouvait plus qu'à cinq ou six mètres du premier groupe des fusillés, que la pensée de Pino lui avait brusquement traversé l'esprit. Alors elle s'était retournée brusquement. Et Pino était là-haut, immobile derrière les vitres de la fenêtre de la salle à manger : une ombre à peine visible qui l'observait.

Ils étaient restés ainsi, à se regarder fixement, pendant quelques secondes. Lui de l'obscurité de la salle à manger et elle de la rue. Et, cependant, elle se disait : qu'est-ce que je vais faire maintenant ?

Finalement, elle s'était décidée à rentrer.

Tandis qu'elle montait le petit escalier en colimaçon, elle essayait de penser à ce qu'elle allait pouvoir dire. Au fond, il n'allait pas être difficile d'inventer un mensonge quelconque et de faire en sorte que Pino y crût. C'était un enfant, au fond, et elle était sa maman.

Mais, cette fois-là, il ne lui avait pas permis de dire le moindre mensonge. Quand elle était entrée dans la salle à manger, Pino n'y était plus. Il était dans sa chambrette, couché, le visage tourné vers le mur, les couvertures remontées jusqu'aux oreilles ; et à en juger d'après la façon dont il respirait, on eût dit qu'il dormait. Le réveiller, oui : c'est là ce qu'elle eût dû faire ! Oui, mais s'il dormait vraiment et si elle, quelques instants plus tôt, dans la rue, n'avait eu qu'une hallucination ? C'était possible.

Dans le doute, elle avait refermé tout doucement la porte et était allée se jeter sur son lit, dans sa chambre. Elle pensait que d'ici quelques heures, sinon des lèvres de Pino mais, du moins, à l'expression de son visage, elle allait savoir la vérité. Et au lieu de cela, rien. Pas un mot, de sa part, pas un regard qui lui eussent permis de comprendre. Ni ce matin-là ni jamais.

Et pourquoi tout cela, pourquoi ? S'il était éveillé,

cette nuit-là, pourquoi n'avait-il jamais voulu l'admettre, même devant le tribunal ? Avait-il peur ? Mais précisément de qui ou de quoi ? En apparence, dans leurs rapports, rien n'était changé. Sauf que, à partir de ce moment-là, après le procès, cette manie des jumelles lui étant venue, il passait ses journées comme ça, surveillant le trottoir d'en face, ricanant et grommelant pour lui-même : sans plus l'appeler de là-haut, comme il avait coutume de le faire naguère, pour lui montrer avec quelle habileté il trouvait la solution des mots croisés et des rébus.

Etait-il devenu fou ? Etant donné sa maladie, c'était bien possible. Mais d'autre part : comment eût-elle pu, elle, continuer de vivre avec lui, sans finir, elle aussi, peu à peu, par devenir folle ?

Les lunettes d'or

Je suis perdu, mon fils ! Je ne peux plus te dissimuler mon mal. Ciel !

il me transperce, il me transperce de part en part !

Infortuné, malheureux que je suis !

Je suis perdu, mon enfant ! Ce mal horrible me dévore, ô mon fils ! Ah ! Ah !

Oh ! Oh ! Ah ! Oh ! Oh ! Ah !

Prends une épée et tranche-moi,

tranche-moi ce pied maudit ! Vite, tranche-le !

Ne crains pas pour ma vie ! Allons, fais vite, ô mon fils !

Sophocle : *Philoctère.*

1

Le temps a commencé à éclaircir leurs rangs, et pourtant on ne peut encore dire qu'ils soient peu nombreux, à Ferrare, ceux qui se rappellent le docteur Fadigati : Athos Fadigati, l'oto-rhino-laryngologiste dont le cabinet médical et le domicile se trouvaient via Gorgadello, à deux pas de la piazza delle Erbe, et qui a fini si mal, le pauvre homme, si tragiquement, lui qui, quand il était jeune et qu'il était venu de sa Venise natale s'établir dans notre ville, avait paru promis à la plus normale, à la plus tranquille et, par cela même, la plus enviable des carrières.

Ce fut en 19 qu'il arriva à Ferrare, tout de suite après l'autre guerre. Pour des raisons d'âge, je ne puis, moi qui écris ces lignes, donner qu'une image plutôt vague et confuse de cette époque. Les cafés du centre regorgeaient d'officiers en uniforme ; à chaque instant, dans le corso Giovecca et dans le corso Roma (rebaptisé depuis quelques années corso Martiri della Libertà), passaient des camions pavoisés de drapeaux rouges ; sur les échafaudages qui recouvraient la façade en construction de l'immeuble des Assurances Générales, face au côté nord du château, était tendu un énorme calicot publicitaire écarlate qui invitait amis et adversaires du socialisme à boire ensemble l'APÉRITIF LÉNINE ; des bagarres entre paysans et ouvriers maximalistes d'une part et anciens combattants d'autre part éclataient presque tous les jours... Ce climat de fièvre, d'agitation et d'insouciance générales dans lequel se déroula la première enfance de tous ceux qui devaient devenir des hommes au cours des vingt années suivantes, dut en quelque sorte favoriser le Vénitien Fadigati. Dans une ville comme la nôtre, où les jeunes gens de bonne famille répugnèrent plus que partout ailleurs à revenir après la guerre aux professions libérales, on comprend qu'il ait pu facilement s'implanter, presque sans se faire remarquer. Toujours est-il qu'en 25, lorsque, chez nous aussi, l'agitation commença à s'apaiser et que le fascisme, s'organisant en grand parti national, fut en mesure d'offrir des situations avantageuses à tous les retardataires, Athos Fadigati était déjà solidement implanté à Ferrare, médecin titulaire d'une magnifique clinique privée et, de plus, directeur du service nez-gorge-oreilles du nouvel Hôpital Sant'Anna.

Comme on dit, il avait plu. On apprécia que, plus très jeune et avec l'air, alors déjà, de ne l'avoir jamais été, il eût quitté Venise (il le raconta lui-même un jour) non tant pour chercher fortune dans une ville autre que sa ville natale, que pour fuir l'atmosphère angoissante d'une vaste maison sur le Grand Canal, où il avait vu s'éteindre son père, sa mère et une sœur très aimée. Ce qui avait séduit en lui, c'étaient ses manières courtoises, son évident désintéressement et l'esprit de charité raisonnée avec lequel il se comportait vis-à-vis de ses malades besogneux. Mais plus encore que ces

Les lunettes d'or

raisons, c'est la manière dont il se présentait qui dut lui servir de recommandation : la manière de se présenter, veux-je dire, physiquement. On aima ces lunettes d'or qui se détachaient sympathiquement sur le teint terreux de ses joues glabres et l'embonpoint nullement déplaisant de son gros corps de cardiaque congénital, échappé par miracle à la crise de la puberté et toujours enveloppé, même l'été, de douillets lainages anglais (pendant la guerre, il n'avait pu, pour raisons de santé, servir que dans la censure postale). Bref, il y eut certainement en lui quelque chose qui, dès le premier abord, attira et rassura.

Le cabinet de la via Gorgadello, où il recevait tous les après-midi de 16 heures à 19 heures, compléta plus tard son succès.

Il s'agissait d'une installation vraiment moderne, telle que, à Ferrare, aucun docteur n'en avait jamais eu. Comprenant un cabinet de consultation impeccable, qui, quant à la propreté, à l'équipement et même aux dimensions, ne pouvait être comparé qu'aux locaux analogues de l'Hôpital Sant'Anna, il disposait en outre, comme salles d'attente pour les clients, des huit pièces, pas moins ! de l'appartement privé contigu. Nos concitoyens, surtout les plus notables socialement, en furent éblouis. Habitués au désordre, pittoresque, si l'on veut, mais trop familier et, au fond, équivoque, où les trois ou quatre autres vieux spécialistes locaux continuaient de recevoir leurs clientèles respectives, ils y virent comme un émouvant hommage personnel. Où étaient, chez Fadigati — ne se lassaient-ils jamais de répéter — les interminables attentes, entassés les uns sur les autres comme du bétail, à écouter, à travers de minces cloisons, les voix plus ou moins proches de familles presque toujours joyeuses et nombreuses, cependant qu'à la faible lueur d'une ampoule de vingt bougies, l'œil, en parcourant les lugubres murs, ne trouvait pour l'arrêter qu'un DÉFENSE DE CRACHER ! en majolique ou la caricature d'un professeur de Faculté ou d'un confrère, pour ne pas parler d'autres tableaux, encore plus mélancoliques et de mauvais augure, représentant des malades en train de recevoir d'énormes clystères sous les regards d'un amphithéâtre plein à craquer ou des laparotomies auxquelles, ricanante, procédait la mort elle-même, déguisée en chirurgien ? Et comment, comment était-il possible que l'on eût supporté jusque-là d'être traité, en somme, comme au Moyen Age ?

Aller chez Fadigati fut bientôt plus qu'une mode : cela devint une véritable distraction. Les soirs d'hiver, en particulier, lorsqu'un vent glacial, venu de la piazza del Duomo, s'engouffrait en sifflant dans la via Gorgadello, c'était avec une nette satisfaction que tel riche bourgeois, emmitouflé dans son gros manteau fourré, prenait comme prétexte le moindre mal de gorge pour franchir le seuil de la petite porte qui était entrouverte à l'angle de la via Bersaglieri del Po, gravir les deux étages et sonner à la porte vitrée. Là-haut, de l'autre côté de ce magique rectangle de lumière, à l'ouverture duquel présidait une infirmière en blouse blanche, toujours jeune et toujours souriante, là-haut, donc, le riche bourgeois en question trouvait les radiateurs d'un chauffage central qui marchait à toute vapeur, et cela, non pas comme chez lui, mais même pas, ou presque même pas comme au Cercle des Commerçants ou à celui des Amis. Il trouvait des fauteuils et des divans en abondance, des guéridons où s'amoncelaient

Les lunettes d'or

des revues toujours récentes et des abat-jour d'où pleuvait, vraiment sans parcimonie, une lumière blanche et généreuse. Il trouvait des tapis qui, si l'on était fatigué de rester là à somnoler bien au chaud ou à feuilleter les revues illustrées, lui donnaient envie de passer d'un salon à l'autre, en contemplant les innombrables tableaux et gravures, anciens et modernes, accrochés aux murs. Il trouvait enfin un médecin débonnaire et disert, qui, pendant qu'il le faisait personnellement entrer « par là », pour lui examiner la gorge, semblait surtout anxieux, en authentique homme du monde et en non moins authentique wagnérien passionné qu'il était, de savoir si son client avait pu, quelques soirs plus tôt, aller écouter, au Théâtre Municipal de Bologne, Aureliano Pertile dans *Lohengrin*; ou bien, que sais-je ? s'il avait bien vu le De Chirico ou la toile « Casoratienne » qui étaient accrochés à tel mur de tel salon, ou ce qu'il avait pensé du De Pisis; et il manifestait du reste le plus grand étonnement si, en entendant nommer ce dernier, le client avouait non seulement ne pas connaître De Pisis mais avoir attendu jusqu'alors pour apprendre que Filippo De Pisis était un jeune peintre ferrarais plein de promesses. En somme, on trouvait chez le docteur Fadigati une ambiance confortable, agréable, raffinée et, même, riche d'enseignements. Où le temps, ce maudit temps, qui a toujours été le grand problème de la province italienne, passait que c'en était un plaisir.

2

Pour exciter l'intérêt indiscret des petites sociétés de gens bien, il n'est rien comme la légitime prétention de préserver, dans sa vie, ce qui est public de ce qui est privé. Qu'advenait-il d'Athos Fadigati après que l'infirmière avait refermé la porte vitrée de la clinique sur le dernier client ? L'usage mystérieux ou, pour le moins, peu normal qu'il faisait de ses soirées contribuait à stimuler continuellement la curiosité à son égard. Oui, chez Fadigati, il y avait quelque chose qui n'était pas parfaitement compréhensible. Mais, en lui, cela aussi plaisait, cela aussi attirait.

Ses matinées, tout le monde savait comment il les passait, et sur ses matinées personne n'avait rien à dire.

A neuf heures, il était déjà à l'hôpital, et, entre les visites et les opérations (car il opérait aussi : il n'y avait pas de jour où il n'eût deux amygdales à enlever ou un mastoïde à cureter), il n'arrêtait pas jusqu'à treize heures. Là-dessus, entre treize heures et quatorze heures, il n'était pas rare de le rencontrer qui remontait à pied le corso Giovecca, un petit paquet de thon à l'huile ou de charcuterie suspendu à son petit doigt et le *Corriere della Sera* sortant de la poche de son pardessus. Donc, il déjeunait chez lui. Et comme il n'avait pas de cuisinière et que l'infirmière venait seulement l'après-midi, ce devait être lui-même, chose, au fond, déjà assez bizarre, qui se préparait l'indispensable plat de pâtes.

Les lunettes d'or

Pour le dîner également, c'était en vain qu'on l'eût attendu dans l'un des deux ou trois seuls restaurants ferrarais d'une certaine classe : chez *Vincenzo,* chez *Sandrina,* ou aux *Trois Coquelets.* Et pas davantage chez *Roveraro,* vicolo del Granchio, dont la cuisine bourgeoise attirait tant d'autres célibataires d'âge moyen. Mais cela ne signifiait nullement que le soir il mangeât chez lui comme le matin. Le soir, chez lui, il ne devait pratiquement jamais y rester. Quand on passait vers huit heures, huit heures et quart via Gorgadello, il était fréquent de le surprendre au moment précis où il sortait. Il s'attardait un instant sur le seuil, regardant en haut, à droite, à gauche, comme n'étant pas sûr du temps et de la direction à prendre. Finalement, il se mettait en route, se mêlant au fleuve humain qui, à cette heure-là, été comme hiver, défilait lentement devant les vitrines illuminées de la via Bersaglieri del Po, comme dans l'une des *mercerie*[1] vénitiennes.

Où allait-il ? Se promener, flânant çà et là, apparemment sans but précis.

Après une journée de travail intense, cela lui faisait certainement plaisir d'être dans la foule : une foule joyeuse, bruyante et sans visage. Grand et gros, avec son feutre, ses gants jaunes et, si l'on était en hiver, son manteau doublé d'opossum, et sa canne enfilée par le pommeau dans sa poche droite, il pouvait apparaître en n'importe quel point de la ville. De temps en temps, on avait la surprise de le découvrir arrêté devant la vitrine d'un magasin de la via Mazzini ou de la via Saraceno, vitrine dont il regardait attentivement l'éta-

---

1. *Mercerie :* rues de Venise.

lage par-dessus l'épaule des gens qui étaient devant lui. Souvent, il tombait en arrêt devant les éventaires de quincaillerie ou de confiserie qui sont échelonnés par dizaines le long de la face méridionale de la cathédrale, piazza Travaglio ou via Garibaldi, contemplant sans mot dire l'humble marchandise exposée. Mais c'étaient néanmoins les trottoirs étroits et noirs de monde de la via San Romano que Fadigati arpentait de préférence. Quand on le croisait sous ces portiques bas, où stagnait une âcre senteur de poisson frit, de charcuterie, de vins et de tissus à bon marché, mais pleins d'une foule composée surtout de commères, de soldats, de gosses et de paysans drapés dans leurs manteaux, on était étonné de voir comme il avait l'œil vif, gai et satisfait, et le vague sourire qui lui détendait le visage.

« Bonsoir, docteur ! » lui criait quelqu'un de derrière.

Et c'était miracle s'il entendait et si, déjà emporté loin par le flot, il se retournait pour répondre à celui qui venait de le saluer.

Il ne faisait sa réapparition que plus tard, après dix heures, dans l'un des quatre cinémas de la ville : l'*Excelsior,* le *Salvini,* le *Rex* ou le *Diana.* Mais là aussi, aux places de corbeille où les personnes distinguées se retrouvaient toujours entre elles comme dans un salon, il préférait les places populaires. Et quel embarras c'était alors, pour les personnes distinguées, que de le voir là, en bas, à l'orchestre, perdu, élégamment vêtu comme il l'était, au milieu de la pire pègre populaire ! Etait-ce vraiment de bon goût — soupirait-on, en détournant avec chagrin les yeux — que d'afficher à ce point son esprit bohème ?

Il est assez compréhensible, en conséquence, que vers 1930, quand Fadigati avait déjà une quarantaine d'années, plus d'une personne ait commencé à penser qu'il fallait qu'il se mariât au plus vite. On en parlait à mi-voix entre malades, fauteuils rapprochés l'un de l'autre, dans les salles d'attente de la via Gorgadello, pour tuer le temps jusqu'au moment où le docteur, ne se doutant de rien, passait la tête par la petite porte réservée à ses apparitions périodiques et vous invitait à venir « par là ». On y faisait allusion plus tard, à dîner, entre mari et femme, en prenant bien garde que la marmaille, le nez dans la soupe et les oreilles aux aguets, ne réussisse à deviner de qui il s'agissait. Et plus tard encore, au lit, mais en parlant maintenant sans plus de retenue, et ce sujet de conversation avait déjà envahi généralement cinq ou dix minutes de ces précieuses demi-heures consacrées aux confidences et aux bâillements de plus en plus prolongés qui précèdent normalement l'échange des baisers et des « bonne nuit » conjugaux.

Aux maris comme aux femmes, il semblait également absurde qu'un homme de cette valeur ne songeât pas une fois pour toutes à fonder un foyer.

Si l'on faisait abstraction de sa nature un peu « artiste », évidemment, mais par ailleurs si sérieuse et si tranquille, quel autre moins de cinquante ans possédant des titres universitaires pouvait, à Ferrare, se vanter d'une situation meilleure que la sienne ? Sympathique à tout le monde, riche (car oui, en ce qui concerne ce dernier détail, il devait maintenant gagner ce qu'il voulait !) ; membre actif des deux principaux Cercles de la ville et, à ce titre, reçu tant par la moyenne et la petite bourgeoisie des professions libérales ou du commerce que par l'aristocratie avec ou sans blason de la grosse fortune ou de la grande propriété ; pourvu même de la carte du Fascio, que le Secrétaire Fédéral en personne avait tenu à lui donner à tout prix, bien qu'il se fût modestement déclaré « apolitique par nature » : que lui manquait-il maintenant, sinon une jolie femme à exhiber tous les dimanches matin à San Carlo ou à la cathédrale et, le soir, au cinéma, couverte comme il se doit de fourrures et de bijoux ? Et pourquoi ne se remuait-il pas un peu pour en trouver une ? Peut-être, oui, peut-être était-il absorbé par une liaison avec une femme inavouable, du genre couturière, gouvernante, bonne à tout faire, etc. Peut-être, comme cela arrive à beaucoup de médecins, aimait-il seulement les infirmières — et, qui sait, peut-être était-ce précisément pour cela que celles qui se succédaient d'année en année dans son cabinet étaient toujours tellement jolies, tellement provocantes ! Mais même en admettant qu'il en soit vraiment ainsi — et, d'ailleurs, il était curieux qu'il n'eût jamais rien transpiré de précis sur ce sujet —, pourquoi ne se mariait-il pas ? Voulait-il réellement finir lui aussi comme avait fini naguère le docteur Elia Corcos, le médecin-chef octogénaire de l'hôpital, le plus illustre des médecins ferrarais, lequel, à ce que l'on racontait, après avoir flirté pendant des années avec une jeune infirmière, avait un beau jour été contraint par les parents de celle-ci de la subir jusqu'à la fin de ses jours ?

Et, à Ferrare, déjà, battait son plein la recherche de la jeune fille vraiment digne de devenir la signora Fadigati (mais, pour une raison, celle-ci ne faisait pas l'affaire, et, pour une autre, celle-là non plus : aucune ne semblait jamais être celle qu'il fallait pour l'homme solitaire que, certaines nuits, quand on sortait en foule de l'*Excelsior* ou du *Salviati* sur la piazza delle Erbe, il vous était donné d'apercevoir, rentrant chez lui, là-bas, au bout du Listone [1], un instant avant qu'il disparaisse dans l'obscure fente latérale de la via Bersaglieri del Po...) : quand, mises en circulation par on ne sait qui, voici que commencèrent à se dire sur le compte du docteur d'étranges et même de très étranges choses.

« Tu ne sais pas ? Il paraît que le docteur Fadigati est... »

« *Je vais te dire la dernière. Tu connais bien ce docteur Fadigati, qui habite via Gorgadello, presque au coin de la via Bersaglieri del Po ? Eh bien, j'ai entendu dire que c'était...* »

3

Un geste, une grimace suffisaient.

Il suffisait même de dire que Fadigati était « comme ça », qu'il « en était ».

Mais parfois, comme cela arrive lorsqu'on parle de sujets indécents et, en particulier, de l'inversion sexuelle, il y avait quelqu'un qui employait, en ricanant, un mot ou une expression en dialecte, et celui-ci, chez nous, est toujours beaucoup plus méchant que le

---

1. *Le Listone :* vaste emplacement dallé, situé près de la cathédrale de Ferrare, marché aux légumes le matin et lieu de promenade le soir.

langage des classes supérieures. Pour ajouter ensuite, non sans mélancolie :

« Eh oui.

— Quel type, tout de même !

— Comment avons-nous pu ne pas y penser plus tôt ? »

Quoi qu'il en soit, on souriait. Comme si l'on n'eût pas été trop mécontent d'avoir découvert le vice de Fadigati avec autant de retard (pensez donc ! pour s'en rendre compte, on avait mis plus de dix ans), mais même, en un certain sens, comme si l'on eût été rassuré.

Au fond — s'exclamait-on, en haussant les épaules —, pourquoi ne pas reconnaître jusque dans cette honteuse anomalie le style de l'homme ?

Ce qui vous incitait principalement à l'indulgence envers Fadigati et, après le premier mouvement de stupeur alarmée, presque à l'admiration, c'était justement son style. Et par style on entendait principalement une chose : sa réserve, le soin manifeste qu'il avait toujours mis et qu'il continuait malgré tout de mettre à dissimuler ses goûts, à ne pas provoquer le scandale. Oui — disait-on : maintenant que son secret n'en était plus un, maintenant que tout était clair, on avait finalement compris comment se comporter avec lui. De jour, à la lumière du soleil, être le premier à le saluer ; le soir, même si l'on était poussé ventre contre ventre par la cohue de la via San Romano, faire semblant de ne pas le connaître. Comme Frederick March dans le *Docteur Jekyll,* le docteur Fadigati avait une double vie. Mais pour qui n'en est-il pas de même ?

Savoir équivalait à comprendre, à ne plus être curieux, à « laisser tomber ».

Auparavant — se rappelait-on —, la chose qui vous obsédait le plus, quand on entrait dans un cinéma, c'était de s'assurer si *lui* était, comme à l'accoutumée, aux places populaires. On connaissait ses habitudes, on avait remarqué qu'il ne s'asseyait jamais. Fouillant les ténèbres du regard, par-delà la balustrade de la corbeille, on le cherchait là-bas, à l'orchestre, le long des sordides murs latéraux, près des sorties de secours et de la porte des toilettes. On ne parvenait pas à comprendre la raison de sa manière d'agir. Et précisément pour cela, sans doute, on n'avait de repos qu'après avoir aperçu le typique miroitement qu'avaient de temps en temps ses lunettes d'or dans la fumée et l'obscurité : un petit éclair inquiet, provenant d'une distance véritablement infinie... Mais maintenant! Qu'importait maintenant d'avoir, à peine entré, la confirmation immédiate de sa présence? Et pourquoi donc, d'autre part, eût-on attendu, avec le malaise de naguère, chaque retour de la lumière dans la salle? S'il existait à Ferrare un bourgeois à qui pût être reconnu le droit de fréquenter les places populaires, de se plonger à son gré et à la vue de tous dans l'horrible monde inférieur des fauteuils à une lire vingt, ce bourgeois ne pouvait être que Fadigati.

Il en était de même aux Cercles des Commerçants et des Amis, les deux ou trois soirs par an où il y paraissait (comme je l'ai déjà dit, il était membre de l'un et l'autre de ces Cercles depuis 1927).

Alors que, jadis, quand on le voyait traverser la petite salle de billard et passer sans s'arrêter devant les tables de poker et d'écarté, tous les visages étaient prêts à prendre une expression mi-étonnée, mi-consternée, à présent, non, et bien rares étaient les regards qui se détachaient des tapis verts pour le suivre jusqu'à la porte de la bibliothèque. Il avait tout le loisir de s'enfermer dans celle-ci, où il n'y avait jamais âme qui vive, où le cuir des fauteuils clubs reflétait faiblement les vacillantes lueurs de la cheminée, et de se plonger jusqu'à minuit et au-delà dans la lecture de l'ouvrage scientifique qu'il apportait de chez lui : qui eût encore trouvé quelque chose à objecter à une telle extravagance ?

Et ce n'était pas tout. De temps en temps, il faisait un voyage ou, pour lui emprunter sa propre expression, il s'accordait « une escapade » à Venise pour la Biennale ou à Florence pour le Mai florentin. Eh bien, maintenant que les gens *savaient,* il pouvait se faire qu'on le rencontrât en pleine nuit dans le train, comme cela arriva pendant l'hiver 1934 à un petit groupe de Ferrarais qui s'étaient rendus au Berta de Florence pour un match de football, sans que personne se permît les malicieux « Tiens, tiens, en voilà une rencontre ! » toujours de rigueur entre Ferrarais, dès qu'ils se retrouvent en dehors du territoire exigu limité par les rives parallèles du Reno et du Pô. Après qu'ils l'eurent invité avec empressement à s'installer dans leur compartiment, nos braves sportifs, qui n'étaient certes pas des musicomanes (Wagner : à ce seul nom, ils avaient le sentiment de sombrer dans un océan de tristesse !), restèrent là, sages comme des images, à écouter un compte rendu enthousiaste que leur fit Fadigati du *Tristan* que Bruno Walter avait dirigé, ce même après-midi, au Municipal de Florence. Fadigati parla de la musique de *Tristan,* de l'admirable interprétation qu'en avait donnée le « maestro germanique », et, surtout, du second acte de l'opéra, qui, dit-il,

« n'est qu'une longue plainte d'amour ». Il parla du banc, transparent symbole du lit nuptial, sur lequel les amants s'asseyent et chantent pendant trois quarts d'heure d'affilée. En parlant longuement de ce banc, du rosier en fleur qui l'entoure et de la nuit d'amour d'Isolde et de Tristan — de leur sublime « ewige Nacht » —, Fadigati fermait à demi ses paupières derrière ses lunettes et souriait avec extase. Et les autres le laissaient faire et ne pipaient pas. Ils se bornaient à échanger quelques coups d'œil furtifs.

Mais c'était Fadigati lui-même qui, par sa conduite formellement irréprochable, favorisait et entretenait autour de lui un aussi large esprit de tolérance.

Sur lui, après tout, que pouvait-on dire de concret ? A l'inverse de ce qu'il était permis d'attendre de spécimens du genre, par exemple, de donna Laura Grillanzoni, une dame plus que septuagénaire de notre meilleure aristocratie, dont les impétueuses tentatives de séduction, effectuées sur la personne des garçons épiciers et bouchers qui venaient chez elle le matin, étaient normalement sur toutes les lèvres (et, de temps en temps, Ferrare en apprenait une nouvelle sur son compte, et cela faisait rire, bien entendu, mais on le déplorait aussi), l'érotisme de Fadigati donnait toutes les garanties qu'il se maintiendrait toujours dans les limites précises de la décence.

De cela, ses nombreux amis et admirateurs se proclamaient plus que convaincus. Au cinéma, il est vrai — on était forcé de le reconnaître —, il allait régulièrement se placer à quelque distance des groupes de soldats : d'où l'apparence de fondement que prenait l'hypothèse de son prétendu « faible » pour les militaires. Il était tout aussi vrai néanmoins — s'empressaiton d'ajouter avec énergie — que l'on n'avait jamais vu le pauvre homme s'approcher au-delà d'une certaine limite desdits soldats ; et qu'on ne l'avait jamais vu dans la rue en compagnie de l'un de ceux-ci ; et que jamais non plus on n'avait vu le moindre jeune lancier du Pinerolo Cavalleria, le haut colback enfoncé jusqu'aux yeux et son lourd et bruyant sabre sous le bras, franchir à des heures suspectes le seuil de sa maison. Restait son visage, ça oui : un visage gras mais gris, aux traits tirés par une angoisse secrète et continuelle. C'était son visage seul qui rappelait qu'il *cherchait*. Mais quant à dire s'il trouvait (comment et où), qui eût pu le faire en connaissance de cause ?

De temps en temps, en tout cas, on entendait parler également de cela. A des années, peut-être, d'intervalle et avec la même lenteur et presque avec la même répugnance que celles avec lesquelles on voit émerger et crever en silence à la surface de certains étangs les rares bulles d'air qui remontent du fond boueux, voici que, de temps en temps, on citait des noms, on indiquait des personnes et l'on précisait des circonstances.

Aux alentours de 35, je me rappelle que l'on associait d'ordinaire au nom de Fadigati celui d'un certain Manservigi, un agent de police aux yeux bleus et inflexibles, que, lorsqu'il ne dirigeait pas pompeusement le trafic cycliste et automobile au croisement du corso Roma et du corso Giovecca, nous avions parfois, nous autres gosses, la surprise de trouver sur le Montagnone[1], assistant, un cure-dent à la bouche et

---

1. *Le Montagnone :* partie des remparts de Ferrare servant de lieu de promenade.

rendu presque méconnaissable par son miteux costume civil, à nos interminables parties de football, lesquelles se prolongeaient souvent jusqu'après la tombée de la nuit. Plus tard, vers 36, on parla de quelqu'un d'autre : un huissier de la mairie, un certain Trapolini, personnage doux et mielleux, marié et chargé d'enfants, dont le zèle catholique et la passion pour l'opéra étaient très connus en ville. Plus tard encore, pendant les premiers mois de la guerre d'Espagne, le nom d'un ex-joueur de l'*U.S. Estense* vint s'ajouter à la maigre liste des « amis » de Fadigati. Brun de peau, devenu poussif, les tempes maintenant grises, il s'agissait bien de ce Baùsi, Olao Baùsi, qui, pendant la décade de 1920 à 1930, avait été, qui ne s'en souvenait pas ? une sorte d'idole pour la jeunesse sportive de Ferrare, et qui, en quelques années, s'était vu réduit à vivre des pires expédients.

Donc, pas de soldats. Jamais rien de public, que ce fût même pendant la seule phase des manœuvres d'approche, et jamais rien de scandaleux. Mais des rapports soigneusement clandestins avec des hommes entre deux âges, et de condition modeste et subalterne. Bref, avec des individus discrets ou, du moins, tenus d'une manière quelconque à l'être.

Vers les trois ou quatre heures du matin, un peu de lumière filtrait presque toujours par les persiennes de l'appartement de Fadigati. Dans le silence de la ruelle, qu'interrompaient seulement les étranges soupirs des hiboux perchés tout là-haut, le long des vertigineuses et presque invisibles corniches de la cathédrale, s'envolaient de faibles lambeaux de musiques célestes : Bach, Mozart, Beethoven et Wagner, Wagner surtout, peut-être parce que la musique wagnérienne était la plus indiquée pour évoquer des atmosphères déterminées. L'idée que l'agent Manservigi, l'huissier Trapolini ou l'ex-footballeur Baùsi pût être à cet instant précis l'hôte du docteur était de celles que le dernier noctambule, de passage alors par la via Gorgadello, ne pouvait accueillir que d'un cœur léger.

4

En 1936, il y a exactement vingt ans de cela, le train local qui partait chaque matin de Ferrare, quelques minutes avant sept heures, parcourait les quarante-cinq kilomètres de voie ferrée qui séparent Ferrare de Bologne en pas moins d'une heure vingt.

Lorsque tout marchait bien, le train arrivait à Bologne vers huit heures et quart. Mais la plupart du temps, même s'il s'élançait à toute allure sur la partie rectiligne de voie après Corticella, le convoi abordait la large courbe qui vous amène en gare de Bologne avec dix ou quinze minutes de retard. (Quand il avait dû s'arrêter au sémaphore d'entrée, ces minutes devenaient même trente.) D'accord, on n'était plus au temps du vieux Ciano, le temps où certains trains, à leur arrivée, trouvaient pour les attendre le ministre des Communications en personne, arpentant d'un pas impatient le quai et vérifiant à chaque instant l'heure au cadran de la grosse montre qu'il tirait de la poche de son gilet. Il est vrai, d'autre part, que l'omnibus de six heures cinquante faisait rigoureusement ce qu'il voulait. Il semblait qu'il ignorât le gouvernement et la prétention de celui-ci d'avoir imposé même aux Chemins de Fer de l'Etat un strict respect des horaires. Quant au gouvernement, du reste, il faut bien admettre que, du moins en cette occurrence, il était disposé à fermer non pas un seul œil mais bien les deux. Le train local, qui partait de Ferrare au petit matin, pouvait entrer en gare, à Bologne, avec une demi-heure de retard et plus : qui s'en apercevait, qui s'en préoccupait ? A demi recouvert d'herbe, dépourvu de marquise, le quai de la voie numéro seize, qui lui était réservé, était le dernier et confinait à la campagne qui commence après la Porta Galliera. Un quai qui avait vraiment l'air d'être oublié.

D'ordinaire, ce train se composait de six voitures seulement : cinq de troisième classe et une de seconde.

Je me rappelle les matins de décembre ferrarais, ces sombres matins des années où nous étions étudiants et où, hélas ! nous devions nous lever quand sonnait le réveil. Du tram qui, avec un bruit de ferraille, roulait à toute allure en direction de la barrière d'octroi du viale Cavour, nous entendions le train siffler à plusieurs reprises, lointain et invisible. On eût dit qu'il menaçait : « Attention, je vais partir ! » Ou carrément : « Inutile de vous dépêcher, jeunes gens, je suis déjà parti ! » Mais il n'y avait en général que les étudiants de première année, garçons et filles, pour s'agiter autour du wattman afin qu'il accélérât. Nous autres tous, Eraldo Deliliers y compris, lequel s'était inscrit cette année même à Bologne aux sciences politiques, et qui, en conséquence, était en première année, mais qui se comportait déjà avec la désinvolture et l'indifférence d'un ancien, nous savions que jamais l'omnibus de six heures cinquante n'eût quitté Ferrare avant de s'être chargé de nos personnes. Le tram s'arrêtait finalement devant la gare, nous sautions à terre ; et, quelques instants plus tard, nous étions dans le train qui projetait de toutes parts de blanches bouffées de vapeur mais qui, comme prévu, était immobile sur sa voie. Deliliers, lui, arrivait toujours bon dernier. Il marchait tout doucement, en bâillant. Très souvent, de fait, comme il s'était endormi, nous devions l'extraire de force du tram.

Les wagons de troisième classe, on peut le dire, étaient tout entiers pour nous. A l'exception de quelques voyageurs de commerce, de quelque hâve troupe de comédiens de music-hall qui avait passé la nuit dans la salle d'attente de la gare et avec les danseuses de qui on tentait parfois de lier un peu amitié pendant le voyage, personne, à cette heure-là, ne partait jamais de Ferrare.

Cela ne voulait pas dire, en tout cas, que le train de six heures cinquante parvînt à destination à moitié vide !

Au cours de son lent passage de l'obscurité épaisse de Ferrare à la lumière de certains matins bolonais — une lumière intense, fulgurante, avec la colline de San Luca blanche de neige et les coupoles des églises, couleur vert-de-gris, qui se détachaient presque en relief sur le rouge océan des tours et des toits —, le train ramassait peu à peu, dans les stations petites et infimes disséminées le long de la ligne, une foule toujours renouvelée.

C'étaient des lycéens, garçons et filles ; des instituteurs des deux sexes ; de petits propriétaires agricoles, des métayers, de modestes marchands de bétail de toutes sortes, reconnaissables à leurs vastes capes, à leur chapeau de feutre enfoncé sur les yeux et au cure-dent ou au *mezzo toscano* fiché entre leurs lèvres : des gens de la campagne qui s'exprimaient déjà dans le grossier langage bolonais et du contact desquels on se défendait en se barricadant dans deux ou trois compartiments contigus. L'assaut des « *vilàn* » commençait à Poggio Renatico, un kilomètre avant la rive gauche du Reno. Il se renouvelait à Galliera, à peine après le pont de fer, et puis à San Giorgio di Piano, à San Pietro in Casale, à Castelmaggiore, à Corticella. Quand le train arrivait à Bologne, par les portières ouvertes avec une violence presque d'explosion, c'était une petite foule tumultueuse de plusieurs centaines de personnes qui se déversait sur le quai de la seizième voie.

Restait le wagon de seconde classe, seul et unique : dans lequel, du moins jusqu'à une certaine date et plus précisément jusqu'à l'hiver 1936-1937, jamais une seule âme ne monta.

Le personnel d'escorte du train, un quatuor fixe qui, affecté aux omnibus, faisait cinq ou six fois par jour la navette entre Ferrare et Bologne, y tenait chaque matin académie de *scopa* et de tré-sept. Quant à nous, nous nous étions tellement habitués, en ce qui nous concernait, au fait que le wagon de seconde classe fût réservé en pratique au chef de train, au contrôleur, au serre-freins et au gradé de la Milice ferroviaire (tous les quatre, cordiaux et aimables tant qu'on veut, surtout s'ils flairaient des étudiants appartenant au G.U.F., mais on ne peut plus décidés à s'opposer à tout déclassement abusif) ; il nous paraissait si naturel, veux-je dire, de voir ce wagon faire en quelque sorte office de Cercle Récréatif pour cheminots, que, au début, quand le docteur Fadigati se mit à venir deux fois par semaine à Bologne, prenant régulièrement un billet de seconde, au début, donc, nous n'y fîmes aucune attention et lui, nous ne le vîmes même pas.

Il n'en fut néanmoins que peu de temps ainsi.

Je ferme les yeux. Je vois le grand espace asphalté du viale Cavour, entièrement désert du Château à la barrière de l'octroi, avec ses réverbères, disposés en longue perspective à une cinquantaine de mètres l'un de l'autre, encore tous allumés. Le wattman Aldrovandi, dont, de l'intérieur du tram, on ne peut apercevoir que le dos bossu et rageur, pousse au maximum son véhicule décrépit. Mais voici que, un peu avant que le tram ne soit arrivé à la barrière, voici que surgit derrière nous et nous double à toute vitesse, avec le caractéristique bruissement étouffé que fait un moteur de Lancia, une auto, un taxi. C'est une Astura verte, toujours la même. Chaque mardi et chaque vendredi matin, elle nous dépasse à peu près à la même hauteur, dans le viale Cavour. Et il va si vite, ce taxi, que lorsque nous autres, avec notre tram qui tangue dangereusement pendant le sprint final, nous faisons irruption sur l'esplanade de la gare, non seulement il a déjà déposé son passager (un monsieur corpulent, coiffé d'un feutre au rebord blanc, portant des lunettes d'or et vêtu d'un manteau à col de fourrure), mais il a aussi manœuvré et est même en train de repartir dans la direction contraire à la nôtre, vers le centre.

Quel peut bien être celui d'entre nous qui, le premier, attira la curiosité générale sur le monsieur du taxi : sur le monsieur, plutôt que sur le taxi ? C'est vrai : dans le tram, sa tête blonde et bouclée appuyée au dossier de bois, Deliliers dormait d'ordinaire. Et pourtant il me semble vraiment que c'est lui, un matin

Les lunettes d'or

aux alentours de la mi-février 37, alors que plusieurs mains, toujours un peu plus nombreuses que le nécessaire, se tendaient par la portière pour l'aider à monter dans le train et qu'il se laissait soulever presque comme une masse, je jurerais donc que c'est en réalité Deliliers qui annonça que le wagon de seconde avait trouvé en la personne du type de l'Astura un client fixe, fixe et payant, et que ce type était rien de moins que le docteur Fadigati lui-même.

« Fadigati ? Qui était-ce, ça ? » demanda d'un air ahuri l'une des filles : Bianca Sgarbi, pour être précis, l'aînée des deux sœurs Sgarbi (l'autre, Attilia, plus jeune de trois ans et encore au lycée, je ne la connaissais pas encore au début de 37).

De grands éclats de rire accueillirent cette question. Deliliers s'était assis et était en train d'allumer une *Nazionale*. Il avait la manie d'allumer ses cigarettes du côté de la marque et faisait chaque fois très attention de ne pas se tromper.

A cette époque-là, Bianca Sgarbi, qui faisait très à contrecœur sa troisième année de lettres, était presque fiancée à Nino Bottecchiari, le neveu de l'ex-député socialiste. Bien qu'ils se fréquentassent, comme on dit à Ferrare, ils ne s'entendaient guère. Exubérante de nature et comme présageant le triste avenir qui attendait les jeunes gens de notre génération et elle en particulier (restée veuve d'un officier d'aviation abattu au-dessus de Malte en 42, avec deux enfants à élever, la pauvre a fini par échouer à Rome, comme employée au ministère de l'Aéronautique), elle se montrait intolérante de tout lien et, faisant la coquette avec tous ceux qui lui plaisaient, elle passait pratiquement d'un flirt à l'autre.

« Et alors, peut-on savoir qui c'est ? » insista mollement Bianca, en se penchant vers Deliliers qui était assis en face d'elle.

Blotti près de ce dernier, dans le coin à côté de la portière, le pauvre Nino souffrait en silence.

« Oh, une vieille tante ! » déclara enfin Deliliers, avec calme, en levant la tête et en regardant notre camarade Bianca Sgarbi fixement dans les yeux.

5

Pendant quelque temps, il continua de rester isolé, dans son wagon de seconde classe, durant tout le trajet.

A tour de rôle, profitant des arrêts du train à San Giorgo di Piano ou à San Pietro in Casale, l'un d'entre nous sautait à terre avec comme mission d'acheter au bar de la station quelque chose à manger : des sandwiches au saucisson cru, un saucisson qui venait tout juste d'être fait, du chocolat aux amandes qui avait goût de savon, des biscuits Osvego à demi moisis. En tournant alors la tête vers le train immobile et en le parcourant ensuite de wagon en wagon, on apercevait tout à coup le docteur Fadigati qui, derrière la vitre épaisse de son compartiment, observait les gens qui traversaient les voies et se hâtaient vers les voitures de troisième. A voir l'expression d'envie attristée de son visage et les regards de regret avec lesquels il suivait la petite foule campagnarde si indigeste pour nous autres, il avait presque l'air d'un détenu : d'un relégué de marque, en train d'être transféré à Ponza ou aux îles Tremiti, pour y rester Dieu sait combien de temps. Deux ou trois compartiments plus loin, derrière une vitre d'égale épaisseur, on distinguait le chef de train et ses trois amis. Imperturbables, ils continuaient de jouer aux cartes et de discuter avec animation, riant et agitant les mains.

Bientôt, en tout cas, comme c'était à prévoir, nous commençâmes à le voir rôdailler dans les wagons de troisième. La portière de communication était toujours fermée à clé. Pour se faire ouvrir (il le raconta lui-même, plus tard), il devait chaque fois s'adresser au contrôleur.

« Pardon, messieurs », disait-il, en mettant la tête dans le compartiment-tripot. « Pourrais-je, s'il vous plaît, passer en troisième classe ? »

Mais il ne s'en apercevait que trop bien, il les embêtait. Le contrôleur le précédait le long du couloir, sa clé à la main, avançant d'un pas de geôlier, maugréant et ronchonnant sans le moindre égard. Aussi, à un certain moment, Fadigati s'était-il décidé à se débrouiller tout seul. Il attendait le premier arrêt, celui de Poggio Renatico. L'omnibus y restait de trois à cinq minutes. Il y avait tout le temps de descendre et de remonter dans le wagon suivant.

Malgré cela, je suis tenté de dire que non, que ce ne fut pas dans le train qu'eurent lieu les premiers contacts entre nous. Je garde l'impression que la chose se passa à Bologne, dans la rue, même si, comme on le verra ensuite, je suis incapable d'indiquer avec précision dans *quelle* rue exactement. (Peut-être, à ce moment-là, étais-je absent des cours, et peut-être le fait me fut-il diversement rapporté, ensuite, par les autres ? A moins que ce ne soit tout simplement moi qui, à tant d'années de distance, suis incapable de préciser, de me rappeler avec exactitude ?)

Il se peut que cela se soit passé en sortant de la gare, tandis que nous attendions dans le tram de Mascarella. Nous sommes tous là, une dizaine, occupant une bonne partie de la plate-forme réservée aux voyageurs et qui se trouve devant la station de voitures à cheval et de taxis. Le soleil brille sur les tas de neige sale qui ponctuent à intervalles réguliers la vaste esplanade. Le ciel, là-haut, est d'un bleu intense, vibrant de lumière.

Et Fadigati, qui attend lui aussi le tram sur la même plate-forme (il est arrivé le dernier, il y a un instant), ne trouve rien de mieux, tout à coup, pour engager la conversation, qu'une banale observation sur cette « journée délicieuse, presque printanière », et sur le tram de Mascarella, qui « en prend toujours tellement à son aise qu'en un certain sens on aurait presque intérêt à aller à pied ». Ce sont des phrases vagues, tout à fait banales, dites à mi-voix et sans qu'il s'adresse à aucun de nous en particulier, mais bien à tous en bloc et à personne. Comme s'il ne nous connaissait pas ou plutôt comme s'il ne se hasardait pas à admettre qu'il nous connaît, même de vue. Mais, finalement, il suffit que quelqu'un, gêné par son attitude hésitante et par le sourire nerveux dont il a accompagné ses vagues considérations sur la saison et sur le tram, lui réponde avec un minimum d'urbanité et l'appelle « docteur ». Alors, sur-le-champ, éclate la vérité : c'est-à-dire que lui nous connaît tous très bien, qu'il connaît nos noms et prénoms, malgré le fait que, en quelques années, nous soyons devenus des jeunes gens. Il sait exactement qui sont nos parents. Et comment pourrait-il ne pas le savoir, comment pourrait-il l'avoir oublié, voyons ! quand, depuis notre enfance, « depuis l'âge où les enfants de bonne famille ont toujours à lutter contre les maux de gorge et d'oreilles » — et il rit — il nous a tous plus ou moins vus défiler un par un dans son cabinet ?

Mais souvent, au lieu de prendre le tram et d'aller directement à l'Université, via Zamboni, nous préférions remonter à pied jusqu'au centre, par les arcades de la via Indipendenza. Il était rare que Deliliers nous accompagnât. A peine sorti de la gare, il filait de son côté, et personne ne le revoyait plus, ni à l'Université, ni au restaurant, ni ailleurs, avant le lendemain matin. Mais les autres, égrenés en ordre dispersé sur le trottoir, les autres étaient toujours là. Il y avait Nino Bottecchiari qui faisait son droit, mais qui, à cause de Bianca Sgarbi, hantait continuellement les couloirs et les amphis de la Faculté des Lettres, absorbant patiemment les cours les plus indigestes, de ceux de grammaire latine à ceux de « bibliothéconomie ». Il y avait Bianca, coiffée d'un béret bleu et vêtue d'une veste courte en lapin, tantôt au bras de l'un et tantôt au bras de l'autre : presque jamais à celui de Nino, et alors seulement pour se disputer avec lui. Il y avait Sergio Pavani, Otello Forti, Giovannino Piazza, Enrico Sangiuliano, Vittorio Molon : l'un inscrit à l'Institut d'Agronomie, l'autre à la Faculté de Médecine, et un autre encore aux Sciences économiques et commerciales. Et il y avait enfin moi-même qui, Bianca Sgarbi mise à part, étais le seul étudiant en lettres du groupe.

Eh bien, il n'est pas impossible que l'un de ces matins, alors que nous marchions sous les interminables arcades de la via Indipendenza, hautes et sombres comme des nefs d'église, nous arrêtant de temps en temps devant une vitrine d'articles de sport, ou près d'un kiosque à journaux, ou nous mêlant peut-être aux gens qui, attirés et comme hypnotisés par la flamme d'un chalumeau oxhydrique, s'attroupent en silence autour d'une équipe d'ouvriers en train de réparer un rail de la ligne de tramways ; il n'est nullement impossible, disais-je, que l'un de ces matins de fin d'hiver, où tout prétexte semble bon pour retarder le moment de s'enfermer dans une salle de faculté, le docteur Fadigati, qui nous suivait depuis longtemps, se soit insensiblement rapproché de certains d'entre nous : de Nino Bottecchiari et de Bianca Sgarbi, par exemple, qui, un peu à l'écart, mais comme toujours insoucieux d'être entendus, discutent et se chamaillent.

Fadigati nous a suivis pas à pas depuis la gare, rôdant, pour ainsi dire, continuellement autour de nous. Nous autres, nous nous en sommes bien aperçus. Ricanant et nous donnant des coups de coude, nous en avons même parlé.

Tout à coup, il s'approche de Nino et de Bianca, et il se racle la gorge.

D'une voix neutre et du ton vaguement impersonnel qu'il adopte toujours, c'est évident, quand il aborde des inconnus dont il ne sait quel accueil attendre, on l'entend qui dit quelque chose.

« Allons, les enfants, faites la paix ! » dit-il : et cette fois-ci également, c'est comme s'il parlait surtout à un interlocuteur non défini et non à des personnes précises.

Mais ensuite, jetant vers Bianca un regard timide,

hésitant, et pourtant en quelque sorte complice, complice et solidaire avec réticence :

« Et vous, mademoiselle, ajoute-t-il, soyez gentille, soyez un peu plus conciliante. C'est le rôle des femmes, vous ne le savez donc pas ? »

Il plaisante, le pauvre, il ne veut que plaisanter. Bianca éclate de rire. Nino rit, lui aussi. Et alors, ensemble, bavardant de choses et d'autres, nous arrivons piazza del Nettuno. Et même : avant de nous séparer, nous sommes forcés d'accepter un café.

Bref, nous devenons amis : dans la mesure, en tout cas, où, à partir d'avril 37, dans les deux ou trois compartiments de troisième classe où nous avions coutume de nous barricader (la campagne, déjà verte, défile, fraîche et lumineuse, dans le rectangle de la fenêtre), il va toujours y avoir, le mardi et le vendredi matin, une place également pour le docteur Fadigati.

6

Il s'était mis en tête, dit-il, de passer son agrégation : c'est pour cela qu'il venait deux fois par semaine à Bologne. Mais maintenant qu'il avait trouvé des compagnons de voyage, ces déplacements bihebdomadaires ne lui pesaient plus autant.

Il restait tranquillement assis dans un coin, se bornant à assister à nos discussions quotidiennes, lesquelles allaient du sport à la politique, de la littérature à la philosophie et concernaient même parfois l'amour, et, de temps en temps, il laissait tomber un mot, nous regardant, de sa place, d'un œil paternel et indulgent. En un certain sens, c'était pour beaucoup d'entre nous un ami de la famille ; nos parents fréquentaient depuis vingt ans son cabinet de la via Gorgadello. Sans nul doute, c'est à eux qu'il pensait, en nous regardant.

Savait-il que nous *savions ?* Peut-être que non : peut-être se faisait-il encore des illusions sur ce point. Dans son attitude, en tout cas, dans la réserve courtoise et inquiète qu'il s'efforçait de maintenir, il n'était que trop facile de lire le ferme propos de se comporter comme si rien, le concernant, n'eût jamais transpiré à Ferrare. Pour nous, surtout pour nous, il fallait qu'il continuât d'être le docteur Fadigati de jadis, du temps où, quand nous étions enfants, nous voyions son large visage, à demi caché derrière le cercle du miroir frontal, se pencher et planer au-dessus de notre visage. S'il existait en ce monde des êtres devant qui il lui fallait préserver sa réputation, c'était bien nous.

D'ailleurs, vu de près, son visage n'avait guère changé. Ces dix ou douze années qui nous séparaient maintenant de l'âge des angines, des otites et des végétations, n'avaient laissé sur son visage que des traces très légères. Il avait les tempes grises, voilà tout. Mais quant au reste ! Ses joues, peut-être un peu plus grasses et tombantes, étaient de la même teinte terreuse qu'autrefois. La peau qui les recouvrait, rude et glabre, avec ses pores très visibles, donnait toujours cette même impression de cuir, de cuir bien tanné. Non, quant à cela, par comparaison, nous avions, nous, beaucoup plus changé : nous qui, furtivement, absurdement (cependant que lui, peut-être, tirait de la poche de son manteau le *Corriere della Sera* et se mettait à le lire, dans son coin, calme et débonnaire), cherchions sur ce visage familier les preuves, les marques, et je dirais presque les souillures visibles de son vice, de son péché.

Avec le temps, néanmoins, il prit confiance et se mit à parler un peu plus. Après un court printemps, l'été était arrivé presque d'un coup. Il faisait chaud, même le matin de bonne heure. Dehors, le vert de la campagne bolonaise était devenu plus sombre, plus riche : dans les champs délimités par les rangées de mûriers, le chanvre était déjà haut et le blé jaunissait.

« J'ai l'impression d'être de nouveau étudiant », répétait souvent Fadigati, en regardant au-dehors. « J'ai l'impression d'être revenu à l'époque où j'allais et venais, moi aussi, entre Venise et Padoue... »

C'était avant l'autre guerre, raconta-t-il, entre 1910 et 1915.

Il faisait sa médecine à Padoue et, pendant deux ans, il avait fait quotidiennement la navette entre les deux villes, tout comme nous la faisions, nous autres, entre Ferrare et Bologne. A partir de la troisième année, néanmoins, ses parents, toujours inquiets à cause de son cœur, avaient voulu qu'il s'installât à Padoue, dans une chambre meublée. Et ainsi, pendant les trois années suivantes (il avait été reçu docteur en médecine en 15, en même temps que le « grand » Arslan : 110 et félicitations du jury), il avait mené une vie qui, comparée à celle d'avant, était relativement sédentaire. Le samedi matin, quoi qu'il en soit, il prenait régulièrement le train, pour aller passer le dimanche en famille. Venise, à cette époque, n'était certainement pas une ville gaie, le dimanche et surtout en hiver. Mais Padoue, avec ses lugubres et noires arcades, avec l'odeur de pot-au-feu qui y stagnait les jours de fête, quand on sortait du restaurant... Du reste, il était rare que, le lundi, il ne se présentât pas ponctuellement aux cours.

« Dieu sait, docteur, le bûcheur que vous avez dû être ! » s'écria un jour Bianca, qui, telle est la force de l'habitude, jouait les coquettes même avec Fadigati.

Il ne lui répondit pas directement, se bornant à lui sourire avec gentillesse.

« Aujourd'hui, dit-il ensuite, vous avez le football, le cinéma et toutes sortes de divertissements sains. Vous savez quelle était, de mon temps, pour la jeunesse, la principale ressource du dimanche ? Les dancings ! »

En disant cela, il fit une grimace, comme s'il venait d'évoquer des lieux bien autrement abominables. Ajoutant tout de suite qu'à Venise, du moins, il avait un foyer, son père et sa mère, surtout sa mère : bref, ses « affections » les plus sacrées.

Comme il l'avait adorée, soupirait-il, sa pauvre mère !

Intelligente, cultivée, belle et pieuse : toutes les vertus étaient résumées en elle. Un matin, même, et d'émotion ses yeux se mouillèrent de larmes, il tira de son portefeuille une photographie qui circula aussitôt de main en main. Il s'agissait d'un petit ovale pâli. Le portrait d'une femme entre deux âges, vêtue d'une robe 1900, à l'expression douce, certes, mais dans l'ensemble plutôt insignifiante.

Vittorio Molon était le seul d'entre nous dont la famille ne fût pas de Ferrare. Propriétaires agricoles de Fratta Polesine, les Molon ne s'étaient transférés de ce côté-ci du Pô que depuis cinq ou six ans. Et cela s'entendait : car Vittorio, surtout quand il parlait italien, conservait entièrement l'accent de Vénétie.

Un jour, Fadigati lui demanda si, par hasard, « ils » n'étaient pas de Padoue.

« Je lui ai demandé cela, expliqua-t-il, parce que lorsque moi, j'habitais Padoue, je prenais pension chez une veuve qui s'appelait Molon, Elsa Molon. La petite maison de cette dame Molon se trouvait via San Francesco, à proximité de l'Université ; et elle donnait, par-derrière, sur un grand potager. Quelle vie je menais ! A Padoue, je n'avais pas de parents et je n'avais pas d'amis, même parmi mes camarades d'université. »

Après quoi, changeant apparemment de sujet (mais ce fut la seule fois où il nous laissa entrevoir sa remarquable culture littéraire : comme si, en cela aussi, il s'était imposé une réserve précise), il se mit à parler d'une nouvelle d'il ne savait plus quel écrivain anglais ou américain du XIXe siècle, qui se situait justement à Padoue, vers la fin du XVIe siècle, si ses souvenirs étaient exacts.

« Le protagoniste de cette nouvelle est un étudiant solitaire comme je l'étais moi-même il y a trente ans, dit-il. Comme moi, il habite une chambre meublée qui donne sur un grand potager, plein d'arbres vénéneux...

— Vénéneux ? l'interrompit Bianca en écarquillant ses yeux bleus.

— Oui, confirma-t-il, vénéneux.

« Mais le verger sur lequel s'ouvrait ma fenêtre n'était nullement vénéneux, rassurez-vous, mademoiselle. C'était un verger très normal, cultivé à la perfection par une famille de paysans, les Scagnellato, qui habitaient une masure adossée à l'abside de l'église

San Francesco. Moi, j'y descendais souvent me promener, un livre à la main : en particulier, les fins d'après-midi de juillet, à l'époque des examens. Les Scagnellato, qui m'invitaient souvent à dîner, étaient l'unique famille de Padoue avec laquelle je fusse devenu intime. Ils avaient deux fils : deux beaux garçons, si vivants et si sympathiques, si... Ils travaillaient, plantant et ensemençant, aussi longtemps qu'on y voyait clair. A l'heure où je descendais, en général, ils arrosaient. Ah, la bonne odeur de fumier ! »

L'air de notre compartiment était gris de la fumée de nos *Nazionali*. Mais il l'aspirait à pleins poumons, fermant à demi les yeux derrière ses lunettes et dilatant les narines de son gros nez.

Un silence assez prolongé et oppressant suivit. Deliliers ouvrit les yeux et bâilla bruyamment.

« Bonne, l'odeur de fumier ? » demandait pendant ce temps Bianca, avec un petit rire nerveux. « Quelle idée ! »

Avançant la tête, Deliliers laissa tomber sur Fadigati, de biais, un coup d'œil plein de mépris

« Laissez donc le fumier tranquille, docteur, ricana-t-il, et parlez-nous plutôt de ces deux jeunes paysans qui vous plaisaient tant. Qu'est-ce que vous faisiez avec eux ? »

Fadigati sursauta. Comme s'il venait d'être brusquement frappé d'une gifle très violente, son large visage se déforma, sous nos yeux, en une grimace douloureuse.

« Hein ?... Comment ?... » balbutiait-il.

L'air dégoûté, Deliliers se leva. Se frayant grossièrement un chemin entre nos jambes, il gagna le couloir.

« Toujours aussi mufle ! » grogna Bianca, en se frottant un genou.

Elle lança à Deliliers, qui s'était exilé dans le couloir et qui était debout de l'autre côté de la porte vitrée, un regard de désapprobation. Et puis, se tournant vers Fadigati :

« Pourquoi n'achevez-vous pas de raconter votre histoire ? » proposa-t-elle gentiment.

Mais elle eut beau insister, il s'y refusa. Il prétexta qu'il ne s'en rappelait plus exactement l'intrigue. Et en outre, conclut-il, avec une nuance de mélancolique galanterie qui eut un son particulièrement forcé, pour quelle raison tenait-elle tant à connaître une histoire qui finissait, il pouvait le lui assurer, si mal ?

Un seul instant d'abandon lui avait coûté cher. A présent, cela se comprend, il redoutait plus que jamais le ridicule.

7

Il se contentait de peu, au fond, ou du moins il en avait l'air. Rester là, dans notre compartiment de troisième classe, l'air d'un vieillard qui se chauffe en silence devant un bon feu, il ne demandait pas plus.

A Bologne, par exemple, à peine débouchions-nous du passage souterrain sur l'esplanade devant la gare, qu'il sautait dans un taxi et disparaissait. Après qu'il nous eut accompagné une ou deux fois, au début, jusqu'à l'Université, il ne nous arriva plus jamais de le trouver près de nous et de ne pas savoir comment nous en débarrasser. Il connaissait bien, car nous lui en avions parlé, les *trattorie* à bon marché où, aux alentours d'une heure, il eût pu nous rejoindre : l'*Etoile du Nord,* strada Maggiore, chez *Gigino,* au pied des deux Tours, ou la *Pintade,* via San Vitale. Néanmoins, pour autant que je puisse me souvenir, il n'y vint jamais. Entrant dans un café de la via Zamboni, un après-midi, pour jouer au billard, nous l'aperçûmes assis à une table, à l'écart, un café et un verre d'eau devant lui, plongé dans la lecture d'un journal. Il nous vit tout de suite, c'est certain. Mais il feignit de ne pas nous avoir vus ; et même, au bout de quelques instants, il appela le garçon d'un signe, paya et fila en catimini.

Il n'était, en somme, ni indiscret ni ennuyeux.

Et pourtant, peu à peu, bien que, gros comme il l'était, il se tassât tellement sur la banquette de bois du compartiment qu'il en occupait seulement la huitième partie et même moins, peu à peu, donc, sans le vouloir, nous commençâmes à peu près tous à lui manquer de respect.

A la vérité, ce fut de nouveau lui qui commit une erreur : quand, un matin, alors que le train était en gare de San Pietro in Casale, il décida tout à coup, Dieu sait pourquoi, de descendre pour aller nous chercher les habituels sandwiches et biscuits au bar de la station. « C'est mon tour », déclara-t-il, et il n'y eut pas moyen de le retenir.

Du train, nous le vîmes donc traverser les voies. Il y avait gros à parier qu'il allait oublier combien de sandwiches et combien de paquets de biscuits il devait acheter. Et, de fait, c'est exactement ce qui se passa. Et le résultat fut que, nous penchant à la portière comme des conscrits soûls, nous lui hurlâmes de loin, en ricanant sans retenue, les ordres les plus contradictoires : si bien qu'il s'en fallut de peu que lui, qui, au fur et à mesure que les minutes s'écoulaient, était de plus en plus troublé et affolé, ne restât sur le quai.

Je dois dire maintenant que Deliliers ne lui adressait jamais la parole mais ne se privait pas, toutes les fois que l'occasion s'en présentait, de le gratifier d'allusions transparentes et de grossiers sous-entendus. Mais Nino Bottecchiari lui-même, qu'il avait opéré enfant des amygdales et qui était le seul d'entre nous qu'il tutoyât, se mit à le traiter froidement. Et lui ? C'était étrange à voir, et même pénible : plus Nino et Deliliers multipliaient les grossièretés à son égard, plus il se livrait à de vaines tentatives pour leur être sympathique. Pour un mot gentil, un regard approbateur, un sourire amusé venant de ces deux-là, il eût fait n'importe quoi.

Avec Nino, qui, de l'avis unanime, était l'intellectuel de notre groupe et qui avait participé l'année précédente, comme moi, aux Littoriales de Culture et d'Art à Venise (il s'était classé cinquième en Doctrine du fascisme et second sans ex-æquo en Critique cinématographique), il essayait d'engager des discussions qui permissent à notre camarade de briller : sur le cinéma, justement, et même sur la politique —, encore qu'en politique, comme il le précisa plusieurs fois, il ne comprît pas grand-chose.

Mais il n'avait pas de chance. Il ratait toujours son but.

Il se mettait à parler de cinéma (et là, il s'y connaissait : cela faisait des années, entre autres choses, qu'il passait ses soirées au cinéma !), et aussitôt Nino s'acharnait hystériquement sur lui, comme ne lui reconnaissant pas le droit d'en parler, comme si lui entendre déclarer, que sais-je, que les vieilles bandes de Ridolini étaient « formidables », eût suffi à le faire complètement changer d'avis sur ce sujet.

Rabroué, Fadigati essaya alors de la politique. La guerre d'Espagne était maintenant sur le point de se terminer par la victoire de Franco et du fascisme. Un matin, en parcourant la première page du *Corriere della Sera,* sûr de ne rien dire qui pût déplaire à Nino ou à aucun d'entre nous, mais plutôt convaincu, sans nul doute, de nous trouver tous de son avis, Fadigati exprima l'opinion, nullement originale à cette époque, que le triomphe imminent de « nos légionnaires » devait être considéré comme une grande et belle chose. Et au lieu de ça, voici que soudain se déchaîna l'imprévisible. Comme traversé par un courant électrique et haussant tellement la voix qu'à un certain moment Bianca jugea bon de lui mettre la main sur la bouche, Nino se mit à brailler que, au contraire, c'était « peut-être » un désastre, que « peut-être » c'était le commencement de la fin : et que lui, à son âge, devrait avoir honte d'être encore aussi « irresponsable ».

« Excuse-moi, mon cher enfant... écoute... si tu permets... », ne cessait de répéter Fadigati, plus pâle qu'un mort. Dérouté par cette tempête, il ne comprenait pas. Il regardait autour de lui, comme pour quêter une explication. Mais nous étions trop déconcertés, nous aussi, pour lui prêter attention : surtout moi qui, l'année d'avant, au cours de l'une de nos habituelles discussions, avais été accusé précisément par Nino (disciple de Gentile, lui, et ardent champion de l'Etat éthique !), d'être imbu de « scepticisme crocien »... Et puis, après tout, les yeux ronds du docteur étaient-ils vraiment atterrés ou bien n'étaient-ils pas plutôt, brillant avec vivacité derrière ses lunettes, pleins d'une âpre satisfaction, d'une gaieté puérile, inexplicable et aveugle ?

Un autre jour, avec Deliliers, on parlait tous de sport.

Si, en matière de culture, Nino Bottecchiari était considéré comme notre numéro un, en sport, c'était indiscutablement Deliliers qui l'emportait. Ferrarais seulement par sa mère (il était né à Imperia, je crois, ou à Vintimille, et son père était mort en 18, sur le Grappa, à la tête d'une compagnie d'Arditi), lui aussi, comme Vittorio Molon, avait seulement fait à Ferrare la dernière partie de ses études secondaires : c'est-à-dire les quatre dernières années de lycée. Ces quatre années avaient suffi, en tout cas, pour faire d'Eraldo, qui avait été vainqueur en 35 du championnat régional de boxe, catégorie élèves, poids moyens, et qui, à part cela, était un très beau garçon, d'un mètre quatre-vingts, et avec un corps et un visage de statue grecque, un véritable petit potentat local. On lui attribuait déjà, et il n'avait pas encore vingt ans, trois ou quatre retentissantes conquêtes. Une de ses camarades de lycée, qui s'était suicidée l'année même où il avait remporté le titre de champion d'Emilie, l'avait fait, disait-on, par amour pour lui. Du jour au lendemain, assurait-on, il ne l'avait même plus regardée ; et alors la pauvre petite était allée tout droit se jeter dans le Pô. Il est certain que même parmi nous, dans le milieu purement estudiantin, Eraldo Deliliers n'était pas aimé, non, mais tout bonnement idolâtré. Pour s'habiller, on prenait modèle sur ses vêtements que sa mère lui brossait, lui détachait et lui repassait infatigablement. Etre à côté de lui, le dimanche matin, le dos appuyé à l'une des colonnes des arcades du Caffè della Borsa, pour regarder les jambes des femmes qui passaient, était en général considéré comme un privilège.

Bref, un jour, dans le train, vers la fin de mai, nous discutions de sport avec Deliliers. De l'athlétisme, on en vint à parler de boxe. Deliliers ne faisait jamais trop de confidences à personne. Ce jour-là, néanmoins, il s'ouvrit quelque peu. Il dit que travailler ne lui plaisait pas, qu'il avait besoin de trop d'argent pour vivre : et que, en conséquence, si un certain « petit coup » qu'il projetait réussissait, il se consacrerait ensuite tout à fait à la boxe.

« Comme professionnel ? » osa lui demander Fadigati.

Deliliers le regarda comme on regarde un cafard.

« Evidemment, dit-il. Vous avez peur que je m'abîme le portrait, docteur ?

— Ce n'est pas votre visage qui m'importe, d'autant que, à ce que je vois, il est déjà très marqué le long des arcades sourcilières. Mais j'estime de mon devoir de vous avertir que la boxe, surtout si elle est pratiquée professionnellement, finit à la longue par être néfaste pour l'organisme. Si j'étais au gouvernement, j'interdirais les matches de boxe : même les matches amateurs. Je considère que, plus qu'un sport, la boxe est une sorte d'assassinat légal. De la pure brutalité organisée.

— Oh, écoutez ! l'interrompit Deliliers. Avez-vous jamais vu boxer ? »

Fadigati fut contraint d'admettre que non. Il dit que, bien que médecin, la violence et le sang lui faisaient horreur.

« Eh bien, alors, coupa court Deliliers en élevant la voix, si vous n'avez jamais vu boxer, pourquoi parlez-vous ? Qui vous a demandé votre avis ? »

Et de nouveau, pendant que Deliliers, après lui avoir adressé ces mots presque en criant, lui tournait le dos et nous expliquait à nous, beaucoup plus calmement, que la boxe, « contrairement à ce que certains cons peuvent penser », est un jeu de jambes, le choix du bon moment et de l'escrime, en somme, surtout de l'escrime : de nouveau, je vis briller dans les yeux de Fadigati la lueur absurde, mais indéniable, d'une sorte de joie intérieure.

Nino Bettecchiari était le seul d'entre nous qui n'eût pas de vénération pour Deliliers. Bref, ils n'étaient pas amis, mais ils se ménageaient respectivement. En présence de Nino, Deliliers jouait sensiblement moins au gangster ; et Nino, de son côté, jouait moins au professeur.

Un matin, Nino et Bianca n'étaient pas là (c'était en juin, je crois, pendant les examens). Nous n'étions que six dans le compartiment et tous des hommes.

Je m'étais plaint d'une légère sensation de brûlure à la gorge. Se rappelant que, lorsque j'étais enfant et durant la période de puberté, il avait dû me soigner à plusieurs reprises pour des abcès des amygdales, Fadigati proposa immédiatement, avec empressement, de jeter un « coup d'œil » sur ma gorge.

« Nous allons voir. »

Il remonta ses lunettes sur son front, me prit la tête entre ses mains et se mit à examiner l'intérieur de ma bouche.

« Faites *aaa* », ordonna-t-il.

J'obéis. Et il était encore en train de m'examiner la

gorge, tout en me recommandant, débonnaire et paternel, de faire attention, d'éviter de me mettre en nage, car mes amygdales, « bien que maintenant assez petites », restaient nettement mon... talon d'Achille : lorsque Deliliers dit tout à coup :

« Pardon, docteur ! Dès que vous aurez fini, est-ce que ça vous ennuierait de m'examiner aussi ? »

Fadigati se tourna, étonné. Par cette requête et par le ton inhabituellement aimable sur lequel Deliliers l'avait formulée.

« Qu'éprouvez-vous ? demanda-t-il. Vous avez du mal à déglutir ? »

Deliliers le regardait fixement avec ses yeux bleus. Il souriait, découvrant à peine ses incisives.

« Je n'ai pas mal à la gorge, dit-il.
— Où avez-vous mal, alors ?
— Ici », fit Deliliers en montrant son pantalon, à la hauteur de l'aine.

Il expliqua ensuite, calme et indifférent, mais non sans une pointe d'orgueil, qu'il souffrait depuis environ un mois des conséquences d'un « cadeau que lui avaient fait ces demoiselles de la via Bomporto » : et que c'était un « fameux emmerdement, je ne vous dis que ça ! » à cause duquel il avait « même » dû renoncer à la culture physique. Le docteur Manfredini, ajouta-t-il, le soignait au bleu de méthylène et avec des injections quotidiennes au permanganate. Mais la cure traînait en longueur, et lui, au lieu de ça, avait besoin de se rétablir au plus vite.

« Mes femmes commencent à se plaindre, vous comprenez... Et alors, répéta-t-il, voudriez-vous être assez gentil pour m'examiner vous aussi ? »

Fadigati était retourné s'asseoir.

« Mais, mon cher, balbutia-t-il, vous savez bien que ce genre de maladies n'est pas de ma compétence. Et puis, le docteur Manfredini...

— Bien sûr que c'est de votre compétence, ricana Deliliers, et comment !

— Sans parler du fait qu'ici, dans le train..., reprit Fadigati, jetant un regard épouvanté dans le couloir, ici, dans le train... comment voulez-vous ?...

— Oh, quant à ça, répliqua vivement Deliliers, avec une grimace de mépris, il y a toujours les toilettes, si vous voulez. »

Il y eut un instant de silence.

Soudain, Fadigati éclata d'un grand rire.

« Mais vous plaisantez ! cria-t-il. Est-ce possible de passer ainsi son temps à plaisanter ? Vous me prenez vraiment pour un naïf ! »

Puis, se penchant un peu de côté et finissant par lui tapoter un genou de la main :

« Vous savez, dit-il, vous devriez faire attention ! Si vous ne faites pas attention, un jour ou l'autre cela finira mal pour vous ! »

Et Deliliers, du tac au tac, mais gravement :

« Vous, plutôt, prenez garde que cela ne finisse mal pour vous. »

A quelques jours de là, avant de reprendre le train pour Ferrare, nous entrâmes vers six heures chez Majani, via Indipendenza. Il faisait très chaud. C'était Nino Bottecchiari qui avait proposé d'aller prendre une glace.

Même alors, avant d'être modernisée en 40, la pâtisserie Majani était l'une des plus importantes de Bologne. Elle se composait d'une énorme salle à demi plongée dans l'obscurité, du plafond très haut et ténébreux de laquelle pendait un seul et gigantesque lustre en verre de Murano. De deux ou trois mètres de diamètre, ce lustre représentait une rose. Il était garni d'une grande quantité de petites ampoules poussiéreuses, desquelles pleuvait vers le bas une lumière extraordinairement faible.

Dès notre entrée, nos yeux allèrent tout de suite vers le fond de la salle, d'où venait un bruit de rires.

Il devait y avoir une vingtaine de jeunes gens, la plupart en combinaison de sport bleu foncé : les uns affalés sur un siège, les autres debout, et tous aux prises avec un cornet de glace ou avec un sorbet. Ce faisant, ils parlaient à voix haute, avec les accents les plus divers : celui de Bologne, celui de la Romagne, celui de la Vénétie, celui des Marches et l'accent toscan. Rien qu'à les voir, on comprenait qu'ils appartenaient à cette catégorie particulière d'étudiants qui fréquentent avec beaucoup plus d'assiduité les stades et les piscines que les amphithéâtres de l'Université et les bibliothèques.

Sauf Deliliers qui nous salua immédiatement, de loin, en levant le bras dans un geste amical, nous ne découvrîmes d'abord dans ce groupe personne de connaissance. Mais, au bout de quelques instants, dès que nous fûmes habitués à la pénombre de l'endroit, nous vîmes parmi eux un monsieur âgé qui, tournant le dos à la porte, était assis à côté de Deliliers. Il était là, son chapeau sur la tête et les mains croisées sur le pommeau de sa canne, sans rien consommer. Il attendait. Tel un père au cœur tendre qui, ayant consenti à offrir des glaces à sa bande de turbulents fils et neveux, attend en silence et un peu gêné que les chers marmots aient fini de lécher et de sucer leur friandise, pour les ramener, ensuite, plus tard, à la maison...

Ce monsieur, c'était, naturellement, le docteur Fadigati.

8

Cet été-là également, comme les étés précédents, nous allâmes en vacances à Riccione, sur la côte, toute proche, de l'Adriatique. Tous les ans, c'était la même chose. Mon père, après avoir vainement tenté de nous entraîner à la montagne, dans les Dolomites, aux endroits où il avait fait la guerre, se résignait à la fin à retourner à Riccione et à louer la même petite villa près du *Grand Hôtel*. Je m'en souviens très bien : maman, ma sœur cadette Fanny et moi-même, nous partîmes de Ferrare le 10 août, avec la bonne. (Mon frère Ernesto était en Angleterre depuis la mi-juillet, au pair dans une famille de Bath, pour se perfectionner en anglais.) Quant à mon père, resté à Ferrare, il devait nous rejoindre plus tard, quand la surveillance de sa propriété de Masi Torello lui en laisserait le loisir.

Le jour même de notre arrivée, j'entendis tout de suite parler de Fadigati et de Deliliers. Sur la plage, envahie déjà par des Ferrarais en villégiature avec leurs familles, on ne parlait que d'eux et de leur « amitié » scandaleuse.

Dès les premiers jours d'août, en effet, on les avait vus passer tous les deux d'un hôtel à l'autre des diverses stations balnéaires disséminées entre Porto

Corsini et la Pointe de Pesaro. Ils étaient apparus la première fois à Milano Marittima, de l'autre côté du port et du canal de Cervia, où ils avaient pris une belle chambre à l'*Hôtel Mare e Pineta*. Au bout d'une semaine, ils s'étaient transportés à Cesenatico, à l'*Hôtel Britannia*. Et puis, ainsi de suite, provoquant partout un énorme scandale et des commentaires sans fin, ils étaient allés à Viserba, à Riccione même, à Rimini, à Cattolica. Ils se déplaçaient en auto : une Alfa Romeo 1750 à deux places, rouge, type Mille Miglia.

Aux alentours du 20 août, inopinément, ils reparurent à Riccione, s'installant au *Grand Hôtel* comme une dizaine de jours plus tôt.

L'Alfa Romeo était toute neuve et son moteur émettait une sorte de grognement. Les deux amis s'en servaient non seulement pour voyager mais aussi pour les promenades qu'ils faisaient chaque après-midi, quand, à l'heure du couchant, la masse des baigneurs quittait la plage pour se déverser sur la promenade du bord de mer. C'était toujours Deliliers qui conduisait. Blond, bronzé, très beau dans ses petits chandails qui lui moulaient le torse et avec ses pantalons de flanelle couleur crème (aux mains, qui étaient posées avec nonchalance sur le volant, il arborait des gants en daim perforé dont le prix ne pouvait laisser aucun doute), c'était évidemment à lui et à son seul caprice qu'obéissait la voiture. Quant au docteur Fadigati, le praticien ferrarais bien connu, qui avait inauguré pour l'occasion une casquette plate en tissu écossais et des lunettes de second pilote ou de mécanicien (objets dont il ne se séparait jamais, même quand l'auto, se frayant avec peine un chemin dans la cohue, devait parcourir au pas le bout d'avenue qui est devant le café Zanarini), il se bornait à se laisser voiturer, tassé sur son siège à côté de son compagnon.

Ils continuaient de coucher dans la même chambre et de prendre leurs repas à la même table.

Et, le soir également, ils étaient assis l'un à côté de l'autre, au même guéridon, quand l'orchestre du *Grand Hôtel*, après avoir transporté ses instruments de la grande salle à manger du rez-de-chaussée sur la terrasse extérieure, passait brusquement des morceaux de musique légère à la musique syncopée. Rapidement la terrasse se remplissait (j'y allais très souvent, moi aussi, avec mes nouveaux amis de villégiature), et Deliliers ne ratait ni un tango, ni une valse, ni un paso-doble, ni un slow. Fadigati ne dansait pas, bien entendu. Portant de temps en temps à ses lèvres la paille qu'il pêchait dans sa consommation, il ne cessait pas néanmoins de suivre de son œil rond, par-dessus le bord de son verre, les parfaites évolutions qu'accomplissait au loin son ami enlaçant les jeunes filles et les femmes les plus élégantes et les plus en vue. En rentrant de leur randonnée en auto, ils étaient ponctuellement montés l'un et l'autre mettre leur smoking. Sérieux et d'épais drap noir, celui de Fadigati; avec une petite veste blanche, très ajustée et courte sur les côtés, celui de Deliliers.

Ils menaient ensemble aussi la vie de plage — encore que, le matin, Fadigati fût d'ordinaire le premier à sortir de l'hôtel.

Il arrivait bien avant neuf heures, quand il n'y avait encore presque personne, salué avec respect par le personnel des cabines, à qui, d'après ce que ces gens disaient eux-mêmes, il donnait toujours des pourboires très généreux. Vêtu de la tête aux pieds d'un costume de ville normal (plus tard seulement, lorsque la chaleur augmentait, il se décidait à se débarrasser de sa cravate et de ses souliers : mais son panama blanc, dont le bord était abaissé sur ses lunettes noires, il ne l'enlevait jamais), il allait s'asseoir sous le parasol solitaire que, sur son ordre, on avait planté plus en avant que tous les autres, à quelques mètres de l'eau. Etendu sur une chaise longue, les mains croisées derrière la nuque et un roman policier ouvert sur ses genoux, il restait ainsi pendant deux bonnes heures, à ne rien faire et à regarder la mer.

Deliliers n'arrivait que vers les onze heures. De son beau pas de fauve paresseux, rendu plus élégant encore par le léger obstacle constitué par les *zoccoli*, il traversait sans se presser l'espace de sable embrasé entre les cabines et les tentes. Lui, il était presque entièrement nu. Le slip blanc qu'il achevait maintenant seulement de lacer sur sa hanche gauche et jusqu'à la petite chaîne en or qu'il portait au cou et d'où pendait, sur sa poitrine, une médaille de la Sainte Vierge, accentuaient en quelque sorte sa nudité. Et bien que, les premiers jours surtout, cela lui coûtât un certain effort de me dire bonjour même à moi, quand il me voyait là, à l'abri de notre tente, et bien que, en contournant les tentes et les parasols, il ne manquât jamais de froncer le sourcil en signe d'agacement, il ne fallait néanmoins pas trop le croire : il était clair qu'il se sentait profondément admiré par la majorité des personnes présentes, par les hommes comme par les femmes, et que cela lui faisait un grand plaisir.

Tout le monde, hommes et femmes, l'admirait, il n'y a aucun doute. Mais, par contrecoup, c'était ensuite à

Fadigati de payer en quelque sorte l'indulgence que le secteur ferrarais de la plage de Riccione réservait à Deliliers.

Cette année-là, notre voisine de tente était la signora Lavezzoli, la femme de l'avocat. Quand on la voit aujourd'hui, ce n'est plus qu'une vieille femme et elle a perdu beaucoup de son ancienne importance. Mais alors, dans la splendide maturité de ses quarante ans, comblée perpétuellement d'hommages par ses trois enfants adolescents, deux garçons et une fille, et par ceux non moins constants de son digne mari, illustre avocat, professeur d'université et ex-député de l'époque de Salandra, elle pouvait alors être considérée comme l'une des inspiratrices les plus écoutées de l'opinion publique ferraraise.

Braquant son face-à-main vers le parasol auquel Deliliers venait d'arriver, la signora Lavezzoli, qui était née et avait grandi à Pise, « sur les rives de l'Arno », et qui se servait avec une extraordinaire dextérité de sa rapide langue toscane, nous tenait constamment au courant de tout ce qui se passait « là-bas ».

Avec les intonations et la technique, ou presque, d'un chroniqueur sportif de l'E.I.A.R.[1], elle nous apprenait par exemple que les « tourtereaux », abandonnant tout à coup leurs chaises longues, étaient en train de se diriger vers le plus proche pédalo : évidemment, le jeune homme avait exprimé le désir d'aller plonger au large, et le « vieux », pour ne pas rester « dans les transes » sous son parasol, à attendre son retour, avait obtenu la permission de l'accompagner. Ou bien elle

1. E.I.A.R. : la radio italienne (Ente Italiano Audizioni Radiofoniche).

décrivait les exercices de culture physique que Deliliers faisait au soleil pour se sécher, après le bain : alors que son « bien-aimé », inactif à côté de lui, une serviette-éponge à la main, se fût chargé si volontiers, on pouvait le jurer, de lui rendre ce service, de le sécher et, en même temps, de le peloter.

Oh, ce Deliliers — commentait-elle ensuite, toujours d'une tente à l'autre, mais s'adressant en particulier à ma mère : croyant, sans doute, baisser la voix, afin de ne pas être entendue par les « enfants », mais, en réalité, parlant plus fort que jamais —, ce Deliliers, ce n'était au fond qu'un enfant gâté, un « sale gosse » à qui, le moment venu, le service militaire ferait beaucoup de bien. Mais le docteur Fadigati, non. Un homme de sa condition, de son âge, n'était absolument pas excusable. Il avait certains goûts ? Il était « comme ça » ? Eh bien... soit ! Qui donc, avant maintenant, lui en avait tenu particulièrement rigueur ? Mais venir s'exhiber précisément à Riccione, où il n'ignorait certainement pas combien il était connu ; venir se donner en spectacle précisément ici, alors qu'en Italie, si on le voulait, on pouvait les trouver par milliers les plages où l'on ne court pas le risque de se heurter à un Ferrarais digne de ce nom ! Non, vraiment : ce n'était que d'un « vieux dégoûtant » (et, en disant cela, les grands yeux bleus de reine de la signora Lavezzoli jetaient des flammes d'authentique indignation), ce n'était que d'un « véritable dégénéré » — répétait-elle — que l'on pouvait s'attendre à un coup pareil.

La signora Lavezzoli parlait, et moi, j'aurais donné gros pour qu'elle se tût une fois pour toutes. Je sentais qu'elle était injuste. Fadigati ne m'était pas sympathique, bien sûr, mais ce n'était pas par lui que je me considérais offensé. Je connaissais à la perfection le caractère de Deliliers. Dans ce choix des plages romagnoles, si proches de Ferrare, il y avait toute sa méchanceté et toute son insolence. Fadigati n'y était pour rien, j'en étais sûr. A mon avis, il avait honte. S'il ne me saluait pas, s'il feignait lui aussi de ne pas me reconnaître, ce devait être surtout pour cela.

A la différence de l'avocat Lavezzoli, qui était à la mer depuis les premiers jours d'août et qui, donc, était comme les autres au courant du scandale (sous la tente néanmoins, pendant que son épouse pérorait, lui ne faisait que lire *Anthony Adverse*, et je ne l'entendis jamais se mêler à la conversation), mon père n'arriva à Riccione que le matin du 25, un samedi : encore plus tard que la date prévue et ignorant tout évidemment. Il arriva par le train, à l'improviste, et ne trouvant personne à la villa, pas même la cuisinière, il descendit, sans plus attendre, sur la plage.

Presque aussitôt, il aperçut Fadigati. Et avant que ma mère ou les Lavezzoli aient pu le retenir, il se dirigea, joyeux, vers lui.

« En voilà une surprise ! » criait-il en s'approchant à grands pas du parasol du docteur.

Fadigati sursauta et se retourna. Déjà mon père lui avait tendu la main, et lui était encore en train d'essayer de s'extraire de sa chaise longue.

Finalement, il y parvint. Après quoi, pendant cinq minutes au moins, nous les vîmes parler sous le parasol, debout et nous tournant le dos.

Tous deux, ils regardaient la surface immobile de la mer : lisse, d'une lumineuse pâleur, sans une ride. Et mon père, dont la personne exprimait tout entière le bonheur d'avoir « fermé boutique » (c'est ainsi qu'il s'exprimait quand, à Riccione, il voulait parler de toutes les choses peu agréables qu'il avait laissées derrière lui, à Ferrare : les affaires, la maison vide, la chaleur estivale, les mélancoliques repas chez *Roveraro*, les moustiques, etc.), montrait, le bras tendu, à Fadigati les centaines de pédalos épars à des distances variables de la rive, et, tout au loin, à peine visibles à l'horizon et comme suspendues entre ciel et mer, les voiles couleur de rouille des *paranze* et des *bragozzi*.

Finalement, ils se dirigèrent vers notre tente, Fadigati se laissant précéder d'un mètre environ par mon père et avec, sur le visage, une expression bizarre, à la fois implorante, dégoûtée et coupable. Il devait être onze heures : Deliliers n'avait pas encore fait son apparition. Tandis que je me levais pour aller à leur rencontre, je remarquai que le docteur jetait vers la rangée des cabines, d'où, d'un instant à l'autre, il espérait ou craignait de voir surgir son ami, un coup d'œil rapide et plein d'inquiétude.

9

Il baisa la main de ma mère.

« Vous connaissez maître Lavezzoli, n'est-ce pas ? » dit aussitôt mon père à haute voix.

Fadigati eut une seconde d'hésitation. Regardant mon père, il fit, de la tête, signe que oui ; puis, visiblement sur des charbons ardents, il se tourna vers la tente des Lavezzoli.

L'avocat semblait plus que jamais plongé dans la

lecture d'*Anthony Adverse*. Les trois « enfants », étendus à plat ventre sur le sable à deux pas de distance, en cercle autour d'une serviette en tissu éponge bleu, se doraient le dos au soleil, immobiles comme des lézards. La signora Lavezzoli était en train de broder une nappe, laquelle retombait en larges plis sur ses genoux. Elle avait l'air d'une Madone de la Renaissance sur son trône de nuages.

Célèbre pour sa candeur, mon père ne se rendait compte qu'une « situation » était embarrassante que lorsqu'il y était plongé jusqu'au cou.

« Lavezzoli, cria-t-il, voyez donc qui est là ! »

Avant que son mari ait pu répondre, la signora Lavezzoli intervint rapidement. Levant brusquement les yeux de sa nappe, elle tendit avec élan le dos de sa main à Fadigati.

« Mais oui... mais oui... » gazouilla-t-elle.

Elle souriait, engageante, découvrant toutes ses belles dents.

Profondément gêné, Fadigati s'avança dans le soleil, et, comme toujours, il titubait un peu à cause de ses souliers et du sable. Atteignant néanmoins la tente des Lavezzoli, il baisa la main de la signora Lavezzoli, serra celle de l'avocat qui, sur ces entrefaites, s'était levé, et serra l'une après l'autre celles des trois enfants. Finalement, il revint vers notre tente où mon père lui avait déjà préparé une chaise longue à côté de celle de ma mère. Il avait l'air beaucoup plus serein que tout à l'heure : soulagé comme un étudiant après un examen difficile.

Aussitôt assis, il poussa un soupir de satisfaction.

« Qu'il fait donc beau ici, dit-il, comme on respire bien ! »

Il se tourna sur le côté, pour me parler.

« Vous vous rappelez, par contre, le mois dernier, à Bologne, la chaleur qu'il faisait ? »

Il expliqua ensuite à mon père et à ma mère, à qui, d'ailleurs, je n'avais jamais dit un mot de nos rencontres périodiques dans l'omnibus matinal de six heures cinquante que, ces derniers trois mois, nous nous étions « très agréablement » tenu compagnie. Il parlait avec la désinvolture d'un homme du monde. Evidemment, il ne lui paraissait pas possible qu'il pût être là, avec nous et même avec les redoutables Lavezzoli, rendu à ce qu'il pensait certainement, à ce moment-là, que devait être *son* milieu et de nouveau accepté par cette société de personnes cultivées et bien élevées, à laquelle il avait toujours appartenu. « Aah ! » faisait-il de temps en temps, en dilatant sa poitrine pour accueillir comme un baume la brise marine. Il était clair qu'il se sentait heureux et libre : et en même temps pénétré de gratitude (un peu impudiquement, me disais-je) pour tous ceux qui lui permettaient de se sentir ainsi.

Cependant, mon père avait ramené la conversation sur la chaleur incroyablement étouffante du mois d'août ferrarais.

« La nuit, pas moyen de dormir », disait-il, et son visage avait une grimace de souffrance : comme si le souvenir de la chaleur ferraraise eût suffi pour lui en faire de nouveau éprouver le poids écrasant. « Croyez-moi, docteur, je ne parvenais pas à fermer l'œil. Il y en a qui font commencer l'Ere Moderne à l'année où le FLIT a été inventé. Je ne dis pas le contraire. Mais le FLIT signifie également des fenêtres hermétiquement closes. Et les fenêtres closes, cela veut dire des draps que la sueur vous colle à la peau. Je ne plaisante pas : jusqu'à hier, je vous le jure, je voyais avec épouvante s'approcher la nuit. Maudits moustiques ! »

« Ici, c'est tout à fait différent, dit Fadigati avec un élan d'enthousiasme. Ici, même par les nuits les plus chaudes, on respire toujours. »

Et il se mit à s'étendre longuement sur les « avantages » de la côte de l'Adriatique comparée aux autres côtes de l'Italie. Il était vénitien, admit-il, il avait passé son enfance et son adolescence au Lido, aussi, probablement, son jugement pouvait-il ne pas être absolument impartial. Selon lui, néanmoins, l'Adriatique était, de loin, beaucoup plus reposante que la Tyrrhénienne.

La signora Lavezzoli avait l'oreille tendue. Dissimulant ses intentions perfides derrière un prétendu orgueil toscan, elle prit avec une grande chaleur la défense de la Tyrrhénienne. Elle déclara que, si elle avait été à sa place, à lui, Fadigati, et qu'elle eût pu choisir entre des vacances à Riccione et des vacances à Viareggio, elle n'eût pas hésité un seul instant.

« Voyez certains soirs, ajouta-t-elle. Quand on passe devant le café Zanarini, on a souvent la sensation de ne pas s'être éloigné d'un seul kilomètre de Ferrare. Franchement, l'été au moins, on voudrait voir d'autres têtes : des têtes enfin différentes de celles qui vous sont offertes tout le reste de l'année. On a l'impression de se promener corso Giovecca ou corso Roma, sous les arcades du Caffè della Borsa, vous ne trouvez pas ? »

Fadigati bougea sur sa chaise longue, mal à l'aise. De nouveau, ses yeux s'enfuirent vers les cabines. Mais toujours pas de Deliliers.

« C'est possible, c'est possible », répondit-il avec un sourire nerveux, en se remettant à contempler la mer.

Comme chaque matin, entre onze heures et midi, l'eau venait de changer rapidement de couleur. Ce n'était déjà plus la masse blafarde, huileuse, d'une demi-heure plus tôt. Le vent incessant du large, le soleil à peu près au zénith l'avaient transformée en une étendue bleue, parsemée d'innombrables étincelles d'or. Les premiers baigneurs commençaient à traverser la plage en courant. Et les trois jeunes Lavezzoli, eux aussi, après avoir demandé la permission à leur mère, se dirigèrent vers leur cabine pour y changer de maillot.

« C'est possible, répéta Fadigati. Mais où trouveriez-vous, chère Madame, des après-midi comme ceux que le soleil nous prépare ici, quand il va disparaître derrière

la bleuâtre vision de Saint-Marin ? »

Il avait déclamé ce vers de Pascoli d'une voix chantante, légèrement nasale, détachant chaque syllabe et soulignant la diérèse de « vision ». Un silence embarrassé suivit ; mais déjà le docteur recommençait de parler.

« Je me rends compte, enchaîna-t-il, que les couchers de soleil de la Riviera di Levante sont magnifiques. Mais il faut les payer très cher : les payer, veux-je dire, par des après-midi torrides, où la mer est transformée en une sorte de miroir ardent et où les gens sont en conséquence forcés de se tapir chez eux ou, à la rigueur, de se réfugier dans les pinèdes. Vous devez par contre avoir remarqué la couleur de l'Adriatique l'après-midi. Plutôt que bleue, elle devient noire : bref on n'est pas ébloui quand on la regarde. La surface de son eau absorbe les rayons du soleil, elle ne les réfléchit pas. Ou, plus exactement, elle les réfléchit, oui, mais en direction de la... Yougoslavie ! Quant à moi, conclut-il, presque étourdiment, il me tarde d'avoir fini de déjeuner pour revenir sur la plage. Deux heures de l'après-midi ; il n'y a pas de meilleur moment pour jouir en paix du spectacle de notre divine Très-amère !

— J'imagine que vous devez y venir en compagnie de votre... de votre inséparable ami », dit, aigrement, la signora Lavezzoli.

Rappelé aussi grossièrement à la réalité, Fadigati se tut, confus.

Voici qu'alors, à quelques centaines de mètres de là, du côté de Rimini, un attroupement soudain attira l'attention de mon père.

« Que se passe-t-il ? » demanda-t-il, en mettant la main en visière devant son front pour mieux voir.

Des vivats mêlés à des applaudissements nous parvinrent, portés par le vent.

« C'est le Duce qui entre dans l'eau », expliqua la signora Lavezzoli avec componction.

Mon père fit la grimace. « Est-il possible que, même à la mer, on ne puisse pas y échapper ? » gémit-il entre ses dents.

Romantique, patriote, et politiquement naïf et inexpérimenté comme tant d'autres Juifs de sa génération, mon père, lui aussi, en revenant du front, en 19, avait pris sa carte du Fascio. Il avait donc été un fasciste de la « première heure », et, au fond, il l'était resté, en dépit de sa douceur et de son honnêteté. Mais depuis que Mussolini, après les chamailleries du début, s'était mis à être d'accord avec Hitler, mon père était devenu inquiet. Il ne faisait que penser à un possible déchaînement d'antisémitisme également en Italie ; et de temps en temps, bien qu'en souffrant, il se laissait aller à prononcer des paroles amères contre le Régime.

« Il est si simple, si humain, continua la signora Lavezzoli sans lui accorder la moindre attention. En bon mari, tous les samedis matin, il prend sa voiture et en route, et il est capable de faire d'une seule traite Rome-Riccione.

— Un bon mari, vraiment ! ricana mon père. Dieu sait si donna Rachele doit être heureuse ! »

Il regardait l'avocat Lavezzoli avec intention, quêtant son approbation. L'avocat Lavezzoli n'était-il pas de ceux qui n'avaient pas la carte du Parti ? N'avait-il pas été signataire, en 24, du fameux manifeste Croce, et pendant quelques années au moins, jusqu'en 30 au moins, n'avait-il pas été considéré comme un démolibéral et un défaitiste ? Mais ce fut en vain. Les yeux de l'avocat, bien que s'étant finalement détachés des pages compactes d'*Anthony Adverse,* demeurèrent insensibles à l'appel muet de ceux de mon père. Tendant le cou, fermant à demi les yeux, il regardait obstinément du côté de la mer. Les « enfants » qui avaient loué un pédalo s'aventuraient trop au large...

« Samedi dernier, disait pendant ce temps la signora Lavezzoli, Filippo et moi, nous rentrions bras dessus bras dessous par le viale dei Mille. Il était sept heures et demie, ou à peu près. Tout à coup, qui voyons-nous sortir de la grille d'une villa ? Le Duce en personne, en blanc de la tête aux pieds. Moi, instinctivement, je lui dis : « Bonsoir, Excellence. » Et lui, très aimable, en se découvrant : « Bonsoir, Madame. » N'est-ce pas,

Pippo, ajouta-t-elle, s'adressant à son mari, n'est-ce pas qu'il a été très aimable ? »

L'avocat acquiesça :

« Nous devrions peut-être avoir l'humilité de reconnaître que nous nous sommes trompés, dit-il gravement, se tournant vers mon père. L'Homme, ne l'oublions pas, nous a donné l'Empire. »

Comme si elles avaient été enregistrées sur une bande magnétique, je retrouve l'une après l'autre dans ma mémoire toutes les paroles de cette lointaine matinée.

Après avoir prononcé cette sentence (en l'entendant, mon père écarquilla tout grands les yeux), l'avocat Lavezzoli avait repris sa lecture. Mais la signora Lavezzoli, elle, avait maintenant perdu toute retenue. Eperonnée par la phrase de son époux et en particulier par ce mot d' « Empire », que, peut-être, elle recueillait alors pour la première fois sur les lèvres austères de celui-ci, elle n'en finissait plus de parler du bon cœur du Duce et de son généreux sang romagnol.

« A ce propos, dit-elle, je veux vous raconter un épisode dont j'ai été moi-même témoin il y a trois ans, ici même, à Riccione. Un matin, le Duce se baignait avec ses deux aînés : Vittorio et Bruno. Vers treize heures, il sort de l'eau, et qu'est-ce qu'il trouve, l'attendant ? Un télégramme, arrivé un instant plus tôt, qui lui annonçait l'assassinat du chancelier autrichien Dollfuss. Cette année-là, notre tente était à deux pas de celle des Mussolini ; donc, ce que je dis est la pure vérité. A peine eut-il lu le télégramme que le Duce blasphéma violemment en dialecte — eh! cela se comprend, le tempérament est le tempérament! Mais ensuite il se mit à pleurer et j'ai vu moi-même les larmes qui lui sillonnaient les joues. C'est que les Mussolini étaient de grands amis des Dollfuss. Et même : la signora Dollfuss, une toute petite femme, maigre, effacée et si gentille, était justement cette année-là l'invitée des Mussolini avec ses enfants. Et s'il pleurait, lui, le Duce, c'était certainement en pensant à ce qu'il allait devoir dire quelques minutes plus tard à cette malheureuse mère, quand ils se retrouveraient tous pour déjeuner... »

Tout à coup, Fadigati se leva. Humilié par la phrase venimeuse de la signora Lavezzoli, il n'avait, depuis lors, plus ouvert la bouche. Soucieux, il ne cessait pas de se mordiller les lèvres. Pourquoi Deliliers n'était-il pas encore là ? Que lui était-il arrivé ?

« Excusez-moi, balbutia-t-il, embarrassé.

— Mais il est encore très tôt ! protesta la signora Lavezzoli. Vous n'attendez pas votre ami ? Il est tout au plus une heure moins vingt ! »

Fadigati bredouilla quelques chose d'incompréhensible. Il serra toutes les mains à la ronde et puis s'éloigna, en marchant péniblement, en direction de son parasol.

Quand il fut parvenu à ce dernier, il se baissa pour ramasser son roman policier et la serviette en tissu éponge. Après quoi, nous le vîmes qui traversait de nouveau la plage sous le soleil d'une heure, mais, cette fois-ci, en se dirigeant vers l'hôtel.

Il avançait avec peine, le roman policier sous son bras et la serviette sur l'épaule, le visage décomposé par la sueur et par l'anxiété. Si bien que mon père, que l'on avait aussitôt mis au courant de tout et qui le suivait d'un œil apitoyé, murmura à mi-voix : « *Puvràz!* »

10

Tout de suite après le déjeuner, je revins seul sur la plage.

Je m'assis sous la tente. Ouì, à deux heures de l'après-midi, l'Adriatique devient bleu foncé, presque noire. Ce jour-là, pourtant, jusqu'à perte de vue, la crête de chaque vague se terminait par un panache d'écume, plus blanc que la neige. Le vent soufflait toujours du large, mais, maintenant, un peu de biais. Quand je levais les jumelles militaires de mon père de façon à cadrer l'éperon de la Pointe de Pesaro, qui fermait, à ma droite, l'arc de la baie, je voyais le vent courber, là-haut, le tronc des pins et en agiter sauvagement le feuillage. Poussées par lui, par le vent grec de l'après-midi, les longues lames couleur d'encre et aux crêtes blanches s'avançaient en rangs serrés et successifs. A les voir de l'endroit où j'étais, on eût dit qu'elles se précipitaient à l'assaut de la terre ferme. Mais, au fur et à mesure qu'elles se rapprochaient, voici que diminuaient de plus en plus leurs cimiers d'écume, pour finir par disparaître tout à fait pendant les derniers mètres. Etendu sur ma chaise longue, j'entendais le bruit sourd que faisait chaque vague contre la rive.

Le désert de la mer, dont peu à peu avaient même disparu les voiles des bateaux de pêche (le lendemain matin, qui était un dimanche, on verrait ceux-ci alignés pour la plupart le long des quais des ports-canaux de Rimini et de Cesenatico), correspondait au désert tout aussi complet de la plage. Sous une tente assez proche de la nôtre, quelqu'un faisait jouer un phonographe. Je serais incapable de dire quelle musique c'était : du jazz sans doute. Quoi qu'il en soit, pendant plus de trois heures je restai ainsi, les yeux fixés sur un vieux pêcheur de palourdes, qui sarclait le fond de la mer à quelques brasses du rivage ; et avec, dans les oreilles, cette musique non moins triste et infatigable. Lorsque, un peu après cinq heures, je me levai, le vieux était encore en train de chercher ses palourdes et le phonographe de jouer. Le soleil, en descendant à l'horizon, avait considérablement allongé l'ombre des tentes et des parasols. Celle du parasol de Fadigati atteignait maintenant presque l'eau.

Du côté de la mer, la rotonde qui est devant le *Grand Hôtel* confinait directement aux dunes. Je n'y eus pas plus tôt mis le pied que je remarquai immédiatement Fadigati assis sur l'un des bancs de ciment, en face de l'escalier extérieur de l'hôtel.

Il me vit lui aussi. Trop tard pour l'éviter !

« Bonjour », dis-je en m'approchant.

Il montra le banc. « Pourquoi ne vous asseyez-vous pas ? Asseyez-vous donc un instant. »

J'obéis. Il mit la main à la poche intérieure de sa veste, en tira un paquet de *Nazionali* et me le tendit.

Dans le paquet, il ne restait que deux cigarettes. Il s'aperçut que j'hésitais à accepter.

« Ce sont des *Nazionali !* » s'exclama-t-il, avec, dans les yeux, un éclair d'étrange fanatisme.

Comprenant finalement la raison de mon hésitation, il sourit.

« Oh ! prenez, prenez donc ! Nous allons partager en bons amis : une pour vous et une pour moi. »

Ses pneus crissant sur l'asphalte du virage, une auto fit irruption sur l'esplanade. Fadigati se tourna pour la regarder, mais sans espoir. Ce n'était effectivement pas l'Alfa Romeo : il s'agissait d'une Fiat 1500, une berline grise.

« Je crois qu'il va falloir que je m'en aille », dis-je. Néanmoins je pris l'une des deux cigarettes.

Il remarqua mes *zoccoli*. « Je vois que vous venez de la plage. La mer devait être belle aujourd'hui.

— Oui, mais pas pour se baigner !

— Je vous en prie, ne vous avisez jamais de plonger avant une certaine heure ! s'exclama-t-il. Vous êtes jeune, vous avez probablement la chance d'avoir un cœur en parfait état, mais la congestion est foudroyante, *tac,* elle démolit même les plus robustes. »

Il me tendit une allumette allumée. « Et maintenant, vous avez sans doute un rendez-vous quelconque ? » demanda-t-il.

Je lui répondis, et, du reste, c'était la vérité, que les jeunes Lavezzoli m'attendaient à six heures. Nous avions retenu pour cette heure-là le court de tennis derrière le café Zanarini. Evidemment : il s'en fallait encore d'une vingtaine de minutes avant qu'il fût six heures. Mais je devais passer à la villa, me changer, prendre ma raquette et des balles ; bref, j'avais peur de ne pas arriver à l'heure.

« Et espérons que Fanny ne va pas se mettre dans la tête de venir elle aussi ! ajoutai-je. Jamais ma mère ne consentirait à la laisser partir sans lui avoir refait ses nattes, et moi, ça me ferait perdre encore une bonne dizaine de minutes. »

Tandis que je parlais, je le vis se livrer à une bizarre manœuvre. Il ôta sa *Nazionale* de sa bouche, pour l'allumer ensuite par l'extrémité opposée, le côté de la marque. Après quoi, il jeta sur le sol le paquet vide

A ce moment-là seulement, je m'aperçus que, devant nous, le sol était jonché de mégots : plus d'une douzaine.

« Vous avez vu comme je fume ? dit-il.

— Oui. » Une question me brûlait les lèvres : « Et Deliliers ? » Mais je fus incapable de la poser.

Je me levai et lui tendis la main.

« Autrefois, si je ne me trompe, vous ne fumiez pas.

— Je m'efforce, moi aussi, d'apporter ma modeste contribution à la diffusion des maux de gorge, ricana-t-il pitoyablement. J'ai pensé que c'était mon intérêt. »

Je m'éloignai de quelques pas.

« Vous avez bien dit le court de tennis qui est derrière le café Zanarini, n'est-ce pas ? me cria-t-il. Il se peut que tout à l'heure je vienne vous admirer. »

Ainsi qu'on l'apprit un peu plus tard, il n'était rien arrivé de grave à Deliliers. Ce qui s'était passé, c'était simplement qu'au lieu de se baigner à Riccione, il lui était soudain venu l'envie de se baigner à Rimini où, à la hauteur de l'*Hôtel Vittoria,* il connaissait deux sœurs originaires de Parme. Il avait pris sa voiture, et il avait disparu tranquillement, sans même se donner la peine de laisser un mot à son compagnon de chambre. Il était revenu vers huit heures — raconta la signora Lavezzoli qui, en compagnie de son mari, se trouvait par hasard dans le hall du *Grand Hôtel,* en train de prendre l'apéritif. Brusquement, ils avaient vu « ce Deliliers » traverser le hall à grands pas, l'air furieux et suivi de Fadigati presque en larmes.

Ce fut Deliliers qui, ce même soir, m'aborda sur la terrasse du *Grand Hôtel*.

J'y étais venu avec mes parents et avec les inévitables Lavezzoli, mari et femme. Encore fatigué par le tennis, je n'avais pas envie de danser. J'écoutais en silence la signora Lavezzoli qui, bien qu'elle n'ignorât certainement pas combien cela pouvait nous blesser, s'était mise à parler « avec objectivité » de l'Allemagne hitlérienne, pensez donc ! et de son « indéniable » grandeur.

« N'oubliez pas néanmoins, Madame, essayai-je de lui faire remarquer, qu'il semble que ce soit Hitler lui-même qui a liquidé *votre* Dollfuss. »

« Et alors ? » répliqua-t-elle vivement. Elle avait pris l'expression indulgente et patiente d'une maîtresse d'école disposée à justifier toutes les incartades du premier de la classe. « Ce sont, hélas ! les exigences de la politique. Laissons de côté les sympathies et les antipathies personnelles : il est de fait que, dans des circonstances déterminées, un chef de gouvernement, un homme d'Etat digne de ce nom doit, quand il s'agit du bien et de l'intérêt de son peuple, passer outre aux scrupules des gens ordinaires... des humbles mortels comme nous. » Et elle eut un sourire plein d'orgueil, qui contrastait nettement avec ces derniers mots.

Bouleversé, mon père ouvrit la bouche pour dire quelque chose. Mais encore une fois la signora Lavezzoli ne lui en laissa pas le temps. Affectant de changer de sujet et s'adressant directement à lui, elle s'était déjà mise à nous exposer le contenu d'un « intéressant » article paru dans le dernier numéro de *Civiltà Cattolica* et signé du célèbre Père Gemelli.

Le thème de cet article était la soi-disant « question juive ». Selon le Père Gemelli, disait la signora Lavezzoli, les persécutions périodiques auxquelles, depuis près de deux mille ans, étaient soumis les Israélites dans toutes les parties du monde, ne pouvaient être interprétées que comme une manifestation de la colère céleste. Et l'article se terminait par la question suivante : est-il licite pour un chrétien, même si son cœur répugne, bien entendu, à toute idée de violence, de porter un jugement sur des événements historiques à travers lesquels s'exprime manifestement la volonté de Dieu ?

A ce moment-là, sans plus de cérémonies, je me levai de mon fauteuil de rotin et je m'éclipsai.

J'étais donc adossé au montant de la grande baie qui sépare la salle à manger de la terrasse ; et l'orchestre venait, si je ne me trompe, d'attaquer *Blue Moon*.

> *Mais toi... pâle lune, pourquoi...*
> *Es-tu si triste, pourquoi...*

chantait l'habituelle voix sirupeuse. Soudain, je sentis deux doigts me toucher durement une épaule.

« Salut ! » fit Deliliers.

C'était la première fois qu'il m'adressait la parole à Riccione. « Salut ! répondis-je. Ça va ?

— Un peu mieux maintenant, dit-il en clignant de l'œil. Et toi, qu'est-ce que tu fais ?

— Je lis... je travaille... mentis-je. J'ai deux examens à passer en octobre.

— Ah ! oui ! » dit Deliliers, en se grattant pensivement le crâne avec le petit doigt, sous ses cheveux luisant de brillantine.

Mais il s'en fichait bien. Soudain, son visage changea d'expression. A voix basse, de l'air de me confier un secret important et regardant de temps en temps derrière lui comme s'il avait peur d'être surpris, il me parla brièvement du bain qu'il avait pris à Rimini et aussi des deux filles de Parme.

« Pourquoi ne viendrais-tu pas, toi aussi, demain matin, en auto ? Moi, j'y retourne. Viens, quoi, rends-moi ce service ! Je ne peux tout de même pas coucher avec deux filles à la fois. Et laisse tomber ton boulot ! »

Fadigati apparut au fond de la salle à manger, en smoking. Il regardait autour de lui, clignant de ses yeux de myope derrière ses lunettes. La pénombre lunaire créée artificiellement par *Blue Moon* l'empêchait de distinguer tout de suite la veste blanche de Deliliers.

« Ça ! dis-je, je ne sais pas si je vais pouvoir.
— Je t'attendrai à l'hôtel.
— Je vais tâcher de venir. A quelle heure partirait-on ?
— A neuf heures et demie. Ça te va ?
— Oui, mais je ne te promets rien. »

Du menton, j'indiquai Fadigati. « On te cherche.
— Alors, c'est entendu, hein ? » fit Dililiers en pivotant sur ses talons et en se dirigeant vers son ami qui était occupé à nettoyer fébrilement ses lunettes avec son mouchoir.

Et, quelques secondes plus tard, le vrombissement caractéristique de l'Alfa Romeo s'éleva de l'esplanade située en dessous de la terrasse, pour avertir tout l'hôtel que les deux « tourtereaux » avaient décidé, sans doute pour fêter dignement leur réconciliation, de s'accorder une soirée exceptionnelle.

11

Le lendemain matin, je l'avoue, je fus un instant tenté d'aller à Rimini avec Deliliers.

Ce qui m'attirait surtout, c'était la randonnée en voiture sur la route du littoral. Mais après ? — me dis-je. Que signifiait pratiquement la proposition de Deliliers ? Et qui étaient exactement ces deux sœurs de Parme dont il m'avait parlé ? Deux filles quelconques, que l'on pouvait emmener dans la pinède comme on voulait ; ou deux filles de bonne famille à qui il fallait faire la conversation sur la plage, sous les yeux vigilants d'une autre signora Lavezzoli ? Dans un cas comme dans l'autre (bien que, après tout, une solution intermédiaire ne fût pas à exclure !), je ne me considérais pas comme assez ami de Deliliers pour accepter tranquillement son invitation. Si je l'acceptais, je prévoyais une journée pleine de dégoût et d'humiliation. Et du reste : pourquoi donc Deliliers, qui ne m'avait jamais témoigné ni sympathie ni véritable intérêt, me demandait-il soudain, me suppliait-il même presque de l'accompagner pour aller voir des filles ? Voulait-il que l'on sût que s'il couchait avec Fadigati, ce n'était pas par vice mais seulement pour se faire payer des vacances, et qu'en tout cas, lui, il préférait toujours une jolie fille ?

Je finis par ne pas y aller. Et un peu plus tard, sur la

plage, apercevant le docteur sous son parasol en proie à une solitude qui, soudain, me sembla immense, je me sentis intimement payé de mon sacrifice. Moi, du moins, je ne l'avais pas trompé — allai-je jusqu'à penser; invité à m'associer à celui qui le trompait et qui l'exploitait, j'avais su résister et lui conserver un minimum de respect.

A un certain moment, l'idée me vint qu'un peu de compagnie lui ferait plaisir.

Un instant avant que je fusse arrivé au parasol, il se tourna.

« Ah! c'est vous, dit-il, mais sans surprise. C'est gentil de votre part de venir me rendre visite. »

Tout en lui exprimait la lassitude et la douleur d'une dispute récente. Bien que, selon toute probabilité, le soir précédent, il se fût laissé arracher la promesse de rester, Deliliers était tout de même allé à Rimini.

Il ferma le livre qu'il était en train de lire et le posa sur un pliant qui était près de lui, mi-à l'ombre, mi-au soleil. Il ne s'agissait pas de l'habituel roman policier : mais d'un mince volume, recouvert d'un vieux papier à fleurs.

« Que lisiez-vous ? demandai-je, en indiquant le petit volume. Des vers ?

— Vous pouvez regarder. »

C'était une édition scolaire du premier chant de l'*Iliade*, avec la traduction juxtalinéaire.

« Il était dans ma valise, dit-il. *Mènin aèide teà peleiàdeo Achillèos* », ajouta-t-il avec un sourire amer.

Mon père et ma mère arrivaient alors, maman tenant Fanny par la main. Je levai un bras pour les avertir de ma présence et sifflai le signal de reconnaissance de la famille : la première mesure d'un *Lied* de Schubert.

Fadigati se tourna, se leva à demi de sa chaise longue et ôta avec déférence son panama. Mes parents lui rendirent ensemble son salut : ma mère en inclinant légèrement la tête et mon père en portant deux doigts à la visière de sa casquette de toile blanche, une casquette flambant neuve. Je compris sur-le-champ qu'ils étaient mécontents de me trouver en compagnie de Fadigati. Dès qu'elle m'avait vu, Fanny s'était tournée pour demander quelque chose à ma mère, sans nul doute la permission de me rejoindre. Mais ma mère l'avait visiblement retenue.

« Votre sœur est vraiment charmante! dit Fadigati. Quel âge a-t-elle ?

— Douze ans : exactement huit ans de moins que moi, répondis-je, embarrassé.

— Mais vous êtes trois, je crois.

— Effectivement. Deux garçons et une fille : nous nous suivons à quatre ans d'intervalle. Ernest, mon cadet, est en Angleterre...

— Quel petit visage intelligent! répéta Fadigati, en continuant de regarder dans la direction de Fanny. Et comme cette robe rose lui va bien! Elle a de la chance, vous savez, d'avoir deux frères qui sont grands maintenant.

— Elle est encore très petite fille, dis-je.

— Oh! cela se voit. Je lui aurais donné tout au plus dix ans. Du reste, ça ne signifie rien. Les filles se développent d'un seul coup. Vous verrez la surprise que ce sera... Elle va au lycée, n'est-ce pas ?

— Oui... elle est en cinquième... »

Il hocha la tête, dans un geste de mélancolique

regret : comme mesurant en lui-même les peines et les douleurs que tous les êtres humains doivent connaître pour grandir et pour mûrir.

Mais il pensait déjà à autre chose.

« Et les Lavezzoli ? demanda-t-il.

— Bah ! Je crois que ce matin, à cause de la messe, nous ne les verrons pas avant midi.

— Ah ! c'est vrai, dit-il en tressaillant, c'est aujourd'hui dimanche.

« Mais puisqu'il en est ainsi, ajouta-t-il après un nouveau silence tout en se levant, venez, allons dire bonjour à vos parents. »

Nous avançâmes côte à côte sur le sable qui commençait déjà à être brûlant.

« J'ai l'impression, me disait-il en marchant, j'ai l'impression que la signora Lavezzoli n'a pas grande sympathie pour moi.

— Mais non, je ne crois pas.

— De toute façon, il vaut toujours mieux, je pense, profiter de ce qu'elle n'est pas là. »

Les Lavezzoli étant absents, mon père et ma mère ne réussirent pas à persévérer dans leur évidente intention de froideur. En particulier mon père, qui ne tarda pas à engager avec le docteur une conversation de la plus grande cordialité.

Il soufflait un léger vent de terre, ce vent qu'on appelle le « *garbino* ». Entièrement vide de voiles, la mer, bien que le soleil n'eût pas encore atteint le zénith, était déjà d'une couleur sombre : une masse compacte, couleur de plomb. Sans doute parce qu'il sortait de la lecture du premier chant de l'*Iliade,* Fadigati parlait du sentiment de la nature chez les Grecs et en particulier de la signification qu'il fallait, selon lui, attribuer à des épithètes comme « de pourpre » et « violacée », appliquées par Homère à l'eau de l'océan. Mon père parla à son tour d'Horace et ensuite des *Odes Barbares,* lesquelles représentaient, et c'était avec moi un sujet de polémique presque quotidien, son idéal suprême dans le domaine de la poésie moderne. Bref, l'accord qu'il y avait entre eux était si grand (et le fait que Deliliers ne dût pas surgir d'un instant à l'autre de derrière les cabines était évidemment favorable à l'équilibre nerveux du docteur), que lorsque la famille Lavezzoli, arrivant tout droit de la messe, survint au grand complet vers midi, Fadigati put se sentir assez fort, assez protégé, en quelque sorte, pour supporter avec désinvolture les inévitables rosseries de la signora Lavezzoli et, même, pour répondre à quelques-unes de celles-ci avec une certaine efficacité.

Quant à Deliliers, nous ne devions plus le voir sur la plage : ni ce jour-là, ni les jours suivants. De ses randonnées en auto, il ne rentrait jamais avant deux heures du matin, et Fadigati, abandonné à lui-même, recherchait de plus en plus souvent notre compagnie.

Ce fut ainsi, donc, qu'en plus de fréquenter notre tente pendant la matinée (mon père, au fond, n'était que trop heureux de pouvoir parler de musique, de littérature et d'art avec lui au lieu de politique avec la signora Lavezzoli), il prit l'habitude, l'après-midi, de venir au court de tennis qui était derrière le café Zanarini, quand il savait y retrouver les jeunes Lavezzoli et moi-même.

Nos languissants échanges de balles à quatre, un couple masculin contre un couple mixte, n'avaient certainement rien d'enthousiasmant. Si déjà moi-même, je m'en tirais assez mal, Franco et Gilberto

Lavezzoli savaient à peine tenir une raquette. Quant à Cristina, leur blonde, rose et délicate sœur de quinze ans (elle sortait tout juste d'un couvent de religieuses de Florence, et toute sa famille la portait aux nues), en tant que joueuse de tennis, elle valait encore moins que ses frères. Elle avait laissé pousser autour de sa tête une petite couronne de boucles « à l'ange musicien de Melozzo » — ainsi que la définit un jour, paternellement admiratif, Fadigati lui-même —, et plutôt que d'en déranger une seule, elle eût même renoncé à marcher. Il était bien question alors de soigner son *drive* ou de travailler ses revers !

Et pourtant, malgré cela, Fadigati semblait s'intéresser passionnément à notre jeu, si médiocre et ennuyeux fût-il. « Jolie balle ! » « Un peu plus à gauche, et elle n'était pas *out !* » « Dommage ! » : il était prodigue de louanges pour tous et avait toujours un commentaire, parfois, du reste, à tort et à travers, pour chaque balle.

Parfois, néanmoins, nos échanges de balles languissaient un peu trop, même pour un spectateur aussi indulgent que lui.

« Pourquoi ne faites-vous pas une partie ? proposait-il.

— Oh ! non ! se dérobait aussitôt Cristina, en rougissant. Vous voyez bien que je n'arrive même pas à rattraper une balle ! »

Mais lui ne l'écoutait pas.

« Volonté et persévérance ! clamait-il joyeusement. Le docteur Fadigati récompensera l'équipe victorieuse avec deux superbes petites bouteilles d'orangeade San Pellegrino ! »

Il courait à la cabane du gardien, en extrayait un

siège d'arbitre, vermoulu et branlant, et d'au moins deux mètres de haut, le transportait à bout de bras d'un côté du court et, finalement, grimpait dessus. Le ciel peu à peu s'assombrissait ; son chapeau, à contre-jour, semblait entouré d'une auréole de moucherons. Mais lui, juché sur son perchoir, tel un gros oiseau, restait encore là-haut, scandant nos points l'un après l'autre, d'une voix métallique, et s'obstinant à jouer jusqu'au bout son rôle d'arbitre impartial. Visiblement, il ne savait que faire, ni comment combler le vide terrible de ses journées.

12

Ainsi qu'il arrive souvent sur l'Adriatique, le temps, dès les premiers jours de septembre, changea brusquement. Il ne plut qu'un seul jour, le trente et un août. Mais le beau temps du lendemain ne trompa plus personne. La mer, inquiète, était verte, d'un vert végétal ; et le ciel, d'une transparence exagérée, une transparence de pierre précieuse. Dans la tiédeur même de l'air s'était insinuée une petite et persistante pointe de froid.

Le nombre des estivants commença tout de suite à diminuer. Sur la plage, les trois ou quatre rangées de tentes et de parasols se réduisirent bientôt à deux et puis, après une nouvelle journée de pluie, à une seule. Les cabines des divers établissements étaient, elles aussi, peu à peu démontées. Maintenant, quand on se retournait, il était possible de parcourir librement du regard les dunes recouvertes, il y a quelques jours encore, d'une maigre broussaille desséchée, mais qui, à présent, comme par miracle, étaient ponctuées par une incroyable quantité de merveilleuses fleurs jaunes, aussi hautes sur tige que des lis. Il suffisait de connaître un peu la côte romagnole pour savoir ce que signifiait cette floraison. L'été était fini maintenant : à partir de cet instant, il n'allait plus être qu'un souvenir.

J'en profitai pour me mettre à travailler. En octobre, je voulais, au moins, passer mon examen d'histoire ancienne ; et, en conséquence, je restais enfermé dans ma chambre jusque vers midi, à revoir mes cours.

L'après-midi, j'attendais l'heure du tennis en me livrant à la même activité.

Un jour, après déjeuner, alors que j'étais justement en train de travailler (ce matin-là, je n'étais même pas allé sur la plage : dès mon réveil, le lointain fracas de la mer avait chassé pour moi toute idée de bain), j'entendis monter du jardin la voix aiguë de la signora Lavezzoli. Je ne distinguais pas ce qu'elle disait. Mais, à son intonation, je comprenais qu'elle était indignée de quelque chose.

« Ah ! non... le scandale d'hier soir... » réussis-je à saisir.

Contre qui en avait-elle ? Et pourquoi était-elle venue nous rendre visite ? me demandai-je, irrité. Et sur-le-champ, instinctivement, je pensai à Fadigati.

Je résistai à la tentation de descendre au petit salon et de me cacher pour écouter derrière la porte qui donnait dans le jardin. Une heure plus tard, en tout cas, lorsque je fis mon apparition, la signora Lavezzoli n'était plus là. Mon père était assis sous son pin habituel, à l'ombre. Dès qu'il entendit le bruit de mes pas sur le gravier, il leva les yeux de son journal.

J'étais en tenue de tennis ; d'une main je tenais ma bicyclette par le guidon et de l'autre ma raquette. Il ne m'en demanda pas moins :

« Où vas-tu ? »

Deux étés auparavant, toujours à Riccione, j'avais eu une aventure avec une jeune femme de trente ans, une dame de Milan, dont ma mère avait par hasard fait la connaissance. Je venais à peine de passer mon baccalauréat et c'était la première fois que m'arrivait une chose pareille. Ne sachant s'il devait s'enorgueillir ou s'inquiéter de mon aventure, mon père ne perdait pas de vue un seul de mes mouvements. Il suffisait que je me prépare à quitter la villa ou, simplement, que je m'éloigne de la tente : aussitôt, il me lançait un coup d'œil à la fois timide et indiscret...

Et voici que réapparaissait dans son regard la même expression, la même exactement, qu'alors. Je sentis le sang me monter à la tête.

« Tu ne le vois pas ? » répondis-je sèchement.

Il détourna ses yeux des miens. Il semblait non seulement inquiet mais fatigué. La visite de la signora Lavezzoli, visite que je devinais inattendue, l'avait empêché de faire son habituelle petite sieste.

« Je crois que tu ne trouveras personne, dit-il. La signora Lavezzoli était là il y a un instant. Elle est venue nous prévenir qu'aujourd'hui ses enfants n'iraient pas au tennis. Les deux garçons doivent travailler et elle ne laissera pas Cristina y aller toute seule. »

Il jeta un coup d'œil vers Fanny qui, accroupie au fond du jardin, jouait toute seule avec sa poupée. De dos, ses petites omoplates saillant sous son chandail et ses maigres nattes blondies par le soleil, elle avait l'air encore plus gracile et enfantin. Puis il me montra du geste le fauteuil de rotin qui était en face du sien.

« Assieds-toi un instant », dit-il avec un sourire hésitant.

Il voulait me parler, mais cela l'ennuyait, c'était évident. Je feignis de ne pas avoir entendu.

« C'est très aimable à elle de s'être dérangée, mais j'y vais tout de même », dis-je, en tournant le dos et en me dirigeant vers la grille.

« Ernesto a écrit, me cria encore mon père d'un ton plaintif. Tu ne veux même pas lire la lettre de ton frère ? »

De la grille, je me retournai, et, à cet instant précis, Fanny leva la tête. De loin, elle me lança un long regard qui me parut de reproche.

« Plus tard, quand je reviendrai ! » répondis-je et je m'éloignai en pédalant.

Avant même de pénétrer dans l'enceinte du court de tennis, je vis Fadigati à travers le grillage métallique. Il était debout, près du siège de l'arbitre, resté là depuis l'après-midi précédent, et il fumait, regardant droit devant lui.

Il se tourna.

« Ah ! vous êtes seul ! dit-il. Et les autres ? »

Après avoir appuyé ma bicyclette contre le grillage métallique, je m'approchai. « Aujourd'hui, ils ne viendront pas », répondis-je.

Ses lèvres crispées eurent un faible sourire. Je m'aperçus alors que sa lèvre supérieure était plutôt enflée et qu'une double fêlure traversait l'un des verres de ses belles lunettes d'or.

« Je ne comprends pas pourquoi, dis-je en le regardant fixement. Il paraît que Franco et Gilberto doivent travailler. Mais ça m'a l'air d'un prétexte. En tout cas, j'espère...

— Moi, je vais vous dire pourquoi, m'interrompit Fadigati avec amertume. C'est certainement à cause de l'histoire d'hier soir.

— Quelle histoire ?

— N'allez pas me dire que vous n'êtes pas au courant ! ricana-t-il avec désespoir. Evidemment, ce matin, sur la plage, je ne vous ai pas vu. Mais se peut-il que vous n'en ayez pas entendu parler plus tard, à table par exemple, par vos parents ? »

Je n'eus pas de peine à le convaincre du contraire. Certes, dis-je, j'avais entendu la signora Lavezzoli prononcer le mot « scandale », et j'expliquai comment et quand : mais je n'en savais pas davantage.

Alors, regardant de nouveau ailleurs, il commença à me raconter que, la veille au soir, dans le salon du *Grand Hôtel*, « devant tout le monde », il avait eu une « discussion » avec Deliliers.

« Je lui faisais des reproches, mais à voix basse, bien entendu, au sujet de la vie qu'il s'est mis à mener ces temps derniers : toujours par monts et par vaux avec la voiture... si bien, on peut le dire, que je ne le voyais presque plus. Et lui, à un certain moment, vous savez ce qu'il fait ? Il se lève et, pam, il me décoche un grand coup de poing en pleine figure ! »

Il toucha sa lèvre enflée.

« Vous voyez ?

— Ça vous fait mal ?

— Oh ! non, dit-il, haussant l'épaule. Il est vrai que j'ai fini les quatre fers en l'air et que, sur le moment, j'ai presque perdu connaissance. Mais un coup de poing, après tout, quelle importance cela a-t-il ? Et le scandale, aussi : quelle importance cela peut-il avoir... à côté du reste ? »

Il se tut. Et moi aussi, je me tus, très embarrassé. Je pensais à ces mots « à côté du reste » ; et j'avais devant moi l'image de sa douleur d'amant bafoué, une image qui, je dois l'avouer, me répugnait plus qu'elle ne m'apitoyait.

Mais je ne savais encore que la moitié.

« Aujourd'hui, à une heure, reprenait effectivement Fadigati, quand je suis rentré à l'hôtel de la plage, la surprise la plus amère m'attendait. Regardez ce que j'ai trouvé là-haut, dans notre chambre. »

Il tira de la poche de sa veste une petite feuille de papier toute froissée et me la tendit.

« Lisez, lisez donc. »

Il n'y en avait pas long à lire, mais cela suffisait. Il n'y avait que ces quelques mots, écrits en caractère d'imprimerie et au crayon :

AU REVOIR ET MERCI
ERALDO

Je repliai la feuille en quatre et je la lui rendis.

« Il est parti, oui... il s'est en allé, dit-il. Mais le pire », ajouta-t-il, et sa voix et sa lèvre tuméfiée tremblèrent, « c'est qu'il m'a tout emporté.

— Tout ! m'exclamai-je.

— Tout. Il a pris non seulement la voiture, qui d'ailleurs était à lui, je l'avais achetée pour lui, mais aussi tout le reste : mes vêtements, mon linge, mes cravates, deux valises, une montre en or, un carnet de chèques et un millier de lires qui étaient dans ma table de nuit. Il n'a rien laissé, absolument rien de ce qui m'appartenait : pas même mon papier à lettres à entête, pas même mon peigne et ma brosse à dents. »

Il termina par un cri bizarre, presque d'exaltation. Comme si, finalement, l'énumération des objets volés par Deliliers avait eu pour effet de transformer son chagrin en un sentiment, plus fort, d'orgueil et de plaisir.

Des gens arrivaient : deux jeunes gens et deux jeunes filles, tous les quatre à bicyclette.

— Il est cinq heures trois quarts ! cria gaiement l'une des jeunes filles, en consultant son bracelet-montre. Nous avons retenu le court pour six heures, mais puisque personne ne joue, nous pouvons peut-être entrer tout de suite ? »

Fadigati et moi, nous sortîmes du court et prîmes en silence la petite allée d'acacias fermée au bout par le mur rouge du café Zanarini. Là-bas, dans la cour, on voyait des garçons aller et venir, transportant chaises et tables, à travers la piste de danse en ciment.

« Et maintenant, demandai-je, qu'avez-vous l'intention de faire ?

— Je vais m'en aller ce soir. Il y a un train semi-direct qui part de Rimini à neuf heures et qui arrive à Ferrare aux environs de minuit et demi. J'espère qu'il me reste assez pour régler la note de l'hôtel. »

Je m'arrêtai brusquement et le regardai fixement. Il était en tenue de ville, chapeau de feutre et tout. « Donc, il n'est pas vrai que Deliliers lui a tout emporté, me dis-je en considérant le chapeau de feutre. Donc, il exagère un peu. »

« Pourquoi ne portez-vous pas plainte ? » lançai-je froidement.

Il me regarda fixement lui aussi.

« Porter plainte ? » grommela-t-il, surpris.

Dans ses yeux, soudain, passa un éclair de moquerie.

« Porter plainte ? » répéta-t-il, et il me regardait comme on regarde un étranger un peu ridicule. « Mais vous n'y songez pas ! »

13

Nous quittâmes Riccione le 10 octobre, un samedi après-midi.

Aux alentours de la mi-septembre, le baromètre s'était mis au beau fixe. Des journées superbes se succédaient, avec un ciel sans un seul nuage et une mer très calme. Mais qui y faisait attention ? Qui avait l'esprit à remarquer ce genre de choses ? Ce que mon père avait tant redouté, était, hélas ! en train de se réaliser. Moins d'une semaine après le départ de Fadigati, avait débuté dans tous les journaux italiens, le *Corriere Ferrarese* en tête, la violente campagne de dénigrement qui, au bout d'un an, devait nous amener aux lois raciales de 38.

Je me souviens comme d'un cauchemar de ces premiers jours. Mon père anéanti, qui sortait le matin de bonne heure pour aller chercher les journaux ; les yeux de ma mère, éternellement gonflés de larmes ; Fanny qui ne savait rien et qui était pourtant, en quelque sorte, déjà consciente de tout ; le plaisir douloureux, en ce qui me concernait, le plaisir douloureux de m'enfermer dans un silence obstiné. A présent, pour ne pas être contraint d'écouter la signora Lavezzoli disserter, comme si de rien n'était, sur le christianisme et sur le judaïsme, et, même, sur la responsabilité plus ou moins grande à attribuer aux « Israélites » dans le crucifiement de Jésus-Christ (en ligne générale, elle désapprouvait la nouvelle politique du gouvernement à notre égard, et pourtant, le Pape lui-même, dans un de ses discours de 29, etc., etc.), à présent, dis-je, je ne me montrais même plus sur la plage. Il me suffisait, et j'en avais par-dessus la tête, de devoir écouter mon père qui, dans une vaine polémique avec les articles venimeux qu'il ne cessait de lire, s'entêtait à énumérer les mérites patriotiques ou carrément fascistes des Juifs italiens. En réalité, j'étais, moi aussi, désespéré. Je m'efforçais de poursuivre la préparation de mon examen. Mais je faisais surtout de longues promenades solitaires à bicyclette dans les collines de l'arrière-pays. Une fois, sans avertir personne et avec comme résultat, au retour, de trouver mon père et ma mère tous les deux en larmes, je poussai jusqu'à San Leo et la Carpegna, restant en tout absent pendant près de trois jours. Je pensais sans trêve à notre prochain retour en ville. J'y pensais avec une sorte de terreur, avec un sentiment de plus en plus grand de déchirement intérieur.

Finalement, il se remit à pleuvoir et il fallut partir.

Dès mon arrivée à Ferrare, comme je le faisais toujours quand nous rentrions de vacances, je ne pus résister au désir d'aller faire tout de suite un tour en ville. J'empruntai sa bicyclette au concierge de notre maison, le vieux Tubi, et avant même de remettre les pieds dans ma chambre, ou de téléphoner à Vittorio Molon et à Nino Bottecchiari, je partis en balade, sans but précis.

Vers le soir, je finis par échouer sur le Rempart des Anges où j'avais passé tant d'après-midi de mon enfance et de mon adolescence ; et bientôt, pédalant sur le sentier qui est au sommet du rempart, j'arrivai à la hauteur du cimetière israélite.

Descendant alors de bicyclette, je m'adossai à un tronc d'arbre.

Je regardais à mes pieds ce cimetière où étaient enterrés nos morts. Parmi les rares pierres tombales, je voyais errer un homme et une femme d'âge moyen et que la distance faisait paraître tout petits : pour avoir réussi à obtenir du *dottor* Levi l'autorisation nécessaire pour visiter le cimetière un samedi, me disais-je, c'étaient probablement deux étrangers qui s'étaient arrêtés entre deux trains. Et voici qu'à les regarder, eux, et à regarder le vaste paysage urbain qui, de là-haut, s'offrait à moi dans toute son étendue, je sentis tout à coup m'envahir une grande douceur, une paix et une reconnaissance pleines de tendresse. Le soleil à son couchant, perçant une sombre nappe de nuages bas à l'horizon, illuminait vivement tout : le cimetière juif à mes pieds, l'abside et le campanile de l'église San Cristoforo un peu plus loin, et, au fond, se dressant au-dessus de la brune étendue des maisons, les masses lointaines du Château des Este et de la cathédrale. Il m'avait suffi de retrouver inchangé le visage maternel de ma ville, de l'avoir une fois encore devant moi tout entier à moi, pour que disparaisse d'un coup cette atroce sensation d'être exclu qui m'avait tourmenté ces derniers jours. L'avenir de persécutions et de massacres qui nous attendait peut-être (dès l'enfance, j'en avais continuellement entendu parler comme d'une éventualité toujours possible pour nous autres Juifs) ne me faisait plus peur.

Et puis, du reste, qui sait ? — me répétais-je en regagnant la maison. Qui est-ce qui pouvait lire dans l'avenir ?

Mais, du moins en ce qui me concernait, cette illusion ne dura guère.

Le lendemain matin, comme je passais sous les arcades du Caffè delle Borsa, corso Roma, quelqu'un cria soudain mon nom.

C'était Nino Bottecchiari. Il était assis, tout seul, à une table de la terrasse et, en se levant, il s'en fallut de peu qu'il ne renversât sa petite tasse d'espresso.

« Content de te voir ! s'écria-t-il en venant à ma rencontre les bras ouverts. Depuis quand avons-nous le plaisir et l'honneur de te compter parmi nous ? »

Quand il sut que j'étais à Ferrare depuis la veille, cinq heures de l'après-midi, il se plaignit que je ne lui eusse pas téléphoné.

« Naturellement, tu vas me dire que tu allais le faire aujourd'hui même, à l'heure du déjeuner, ajouta-t-il avec une affectueuse amertume. Nie-le si tu oses ! »

Je lui aurais téléphoné, j'étais vraiment en train d'y penser quand il m'avait appelé ; mais justement à cause de cela, je gardai le silence, confus.

« Viens, je te paie un café ! » reprit Nino en passant son bras sous le mien et en s'efforçant de m'entraîner vers son guéridon.

« Accompagne-moi jusque chez moi, proposai-je.
— Déjà ? Il n'est pas même midi ! répliqua-t-il. Allons, viens, tu ne voudrais tout de même pas rater la sortie de la messe ! »

Il me précéda au milieu des guéridons. Moi, je le

suivais, encore que de mauvaise grâce, quand, brusquement, je m'arrêtai. Tout me gênait, tout me blessait

« Alors, qu'est-ce qu'il y a ? fit Nino qui s'était déjà rassis.

— Excuse-moi, il faut que je m'en aille », bredouillai-je en levant une main pour lui dire au revoir, en guise d'adieu.

« Attends ! »

Son cri et la longue manœuvre qu'il dut faire pour payer (Giovanni, le garçon, n'avait pas la monnaie d'un billet de cinquante lires : il fallut que le vieillard, traînant la savate et ronchonnant, allât changer le billet à la pharmacie Barilari, toute proche) attirèrent immédiatement sur Nino et sur moi-même l'attention des personnes présentes. Je me sentis observé avec insistance par de nombreux regards. Et, même, à la table des *squadristi,* autour de laquelle, ce jour-là, étaient assis, outre l'habituel triumvirat Aretusi-Sturla-Bellistracci, le Secrétaire Fédéral Bolognesi et Gino Cariani, le secrétaire du G.U.F., la conversation, précédemment très animée, cessa d'un coup. Après s'être retourné pour me lorgner, Cariani, servile comme toujours, se pencha pour murmurer quelque chose à l'oreille d'Aretusi. Je vis Sciagura faire une grimace et acquiescer gravement

En attendant que Nino ait réussi à avoir sa monnaie, je m'éloignai de quelques pas. La journée était magnifique et le corso Roma était plus gai et plus animé que jamais. De sous les arcades du café, je regardais, inerte, à travers les colonnes, le milieu de la chaussée où des dizaines de bicyclettes, montées en majorité par des lycéens et scintillant au soleil de tous leurs vernis et de tous leurs chromes, virevoltaient dans la foule dominicale. Un blondinet de douze ou treize ans, encore en culottes courtes, passa à toute vitesse sur une Bianchi de course bleu ciel. Il leva un bras et cria : « Eho ! » Tressaillant, je me tournai pour voir qui c'était ; mais il avait déjà disparu au coin du corso Giovecca.

Nino me rejoignit enfin.

« Excuse-moi, dit-il, essoufflé. Mais avec cet escargot de Giovanni, il faut avoir de la patience. »

Nous nous éloignâmes en direction de la cathédrale, marchant l'un à côté de l'autre sur le trottoir de gauche.

Comme les autres années, ils étaient allés en vacances à Moena, dans la vallée de Fassa, me disait Nino, parlant de lui-même et de sa famille. Des prairies, des sapins, des vaches, des sonnailles : toujours la même chose, si bien que, et à présent, il le regrettait, il avait jugé superflu de m'envoyer la traditionnelle carte postale. Ça oui, il s'était pas mal embêté — grogna-t-il. Heureusement, néanmoins, qu'en août, ils avaient eu comme hôte pendant une quinzaine de jours son oncle Mauro, l'ex-député socialiste, dont l'arrivée avait aussitôt électrisé l'atmosphère familiale. Tous les deux, du reste, l'oncle et le neveu, avaient fait ensemble plusieurs belles excursions.

« Ah ! je te garantis qu'il est toujours en pleine forme, le vieux, dit-il en me clignant de l'œil. Quelle vigueur ! Il te faisait de ces escalades en montagne, que c'était un vrai plaisir, et cela en chantant à tue-tête *Bandiera rossa*[1]. Bref, nous sommes devenus amis : et

---

1. *Bandiera rossa :* Drapeau rouge.

il m'a même promis de me prendre comme stagiaire dans son cabinet, dès que j'aurai passé ma licence... »

Nous étions arrivés devant l'entrée principale de l'archevêché.

« Passons par là », proposa Nino.

Il me précéda dans le vestibule frais et sombre. Au fond, en plein soleil, le jardin intérieur était d'une immobile splendeur. Et aussitôt, le bruit du corso Roma fut lointain, un brouhaha confus où l'on distinguait à peine le timbre des bicyclettes.

Nino s'arrêta.

« A propos, demanda-t-il. Tu es au courant, pour Deliliers ? »

Un bizarre sentiment de culpabilité m'envahit.

« Mais oui... balbutiai-je absurdement. Je l'ai vu à Riccione le mois dernier. Mais nous ne faisions pas partie du même groupe. J'ai dû lui parler une ou deux fois...

— Oh! mais ça, je le savais ! m'interrompit Nino. La nouvelle de sa présence à Riccione avec cette ignoble tante de docteur Fadigati est parvenue tout de suite à Moena également. Non, non : ce n'est pas de cela que je voulais parler. »

Et effectivement, sans me laisser le temps de surmonter mon embarras, il m'apprit qu'une semaine auparavant il avait reçu une lettre de Deliliers, et de Paris, s'il vous plaît ! Dommage, il ne l'avait pas sur lui, dit-il en tapant du plat de la main sur les poches de sa veste. Mais il me la montrerait : cela en valait la peine. Jamais un échantillon de cynisme aussi répugnant ne lui était passé entre les mains.

« Dégoûtant ! s'écria-t-il avec emphase. Tu te rappelles ce qu'il disait ? Il disait qu'un jour ou l'autre il ferait un beau coup et qu'ensuite... qu'ensuite il se consacrerait à la boxe. La boxe, tu parles ! Il doit s'être mis avec une quelconque autre tante riche ! Je le vois d'ici ! Si la France n'était pas dans l'état pitoyable où elle est — et en cela le fascisme a raison —, elle se garderait bien d'accorder des permis de séjour à des aventuriers de ce genre-là... Quant à nous, quant à l'Italie, tu sais ce que nous devrions faire ? Les fusiller, oui, et bonsoir ! Mais la société italienne en est-elle une ? Est-elle, veux-je dire, une société digne de ce nom ? Et tu verras ce ton, le ton de sa lettre ! Il nous couvre d'insultes, il nous traite tous autant que nous sommes de fils à papa, de provinciaux, de bourgeois... Il s'en prend aussi à toi, bien entendu.

— Qu'est-ce qu'il dit ? demandai-je machinalement. J'imagine qu'il doit me traiter de sale youpin. »

Nino hésita à répondre. Dans la pénombre du vestibule, je le vis rougir.

« Viens, dit-il en me prenant par le bras, la messe doit être déjà finie. »

Et il m'entraîna de force vers la sortie secondaire de l'archevêché : celle qui, juste à l'angle de la via Gorgadello, donne sur la piazza del Duomo.

14

La messe de midi n'était pas encore finie. Comme d'habitude, néanmoins, une petite foule de gamins, de jeunes gens et d'oisifs, provenant de la piazza delle

Les lunettes d'or

Erbe et du corso Roma, était en train de se disposer en demi-cercle autour du parvis de la cathédrale.

Jusqu'à ces tout derniers mois, je n'avais jamais raté, le dimanche matin, la sortie de la messe de midi et demi à San Carlo ou à la cathédrale. Ce jour-là non plus, après tout, je n'allais pas la rater. Mais aujourd'hui, me disais-je à moi-même, aujourd'hui, je n'étais plus là-bas, mêlé aux autres qui étaient probablement en train de rire et de plaisanter à propos de ce petit et grand sujet : le prochain défilé des jeunes filles de bonne famille et de leurs mères. Adossé au portail du palais archiépiscopal, relégué dans un coin de la place (la présence à mes côtés de Nino Bottecchiari ne faisait qu'accroître encore mon amertume), je me sentais exclus, irrémédiablement un intrus.

A cet instant précis, le cri rauque d'un vendeur de journaux retentit.

C'était Cenzo, un demi-crétin d'âge indéfinissable, qui louchait et qui, à moitié bancal, parcourait tous les trottoirs de la ville, un gros paquet de quotidiens sous le bras. Partisan fanatique de l'*U.S. Estense* et très populaire à Ferrare, il était invariablement l'objet de la part de tous, moi compris, de cordiales bourrades dans le dos et d'affectueuses insultes.

Du pas traînant de ses vieilles godasses sur la chaussée, Cenzo se dirigeait vers le centre de la place en brandissant dans sa main droite un journal déployé.

« Prochaines mesures du Grand Conseil contre *i ebrei !* » braillait-il avec indifférence, de sa voix caverneuse.

Et cependant que Nino, pour sa part, se taisait, très gêné, je sentais naître en moi, avec une indicible répugnance, la vieille et atavique haine du Juif pour tout ce qui est chrétien, catholique : bref, pour tout ce qui est *goy*. Je pensais aussi à la via Mazzini, à la via Vignatagliata, au *vicolo mozzo*[1] Torcicorda : à ce dédale d'étroites ruelles, humides en hiver et étouffantes en été, qui jadis constituaient le ghetto de Ferrare. *Goy, goïm :* quelle honte, quelle humiliation, quel dégoût j'éprouvais de m'exprimer ainsi ! Et pourtant j'y parvenais déjà, tel un quelconque Juif de l'Europe orientale, qui n'aurait jamais vécu hors du ghetto. Dans un avenir plus ou moins lointain, j'en étais certain à présent, eux, les *goïm,* allaient nous forcer à vivre de nouveau là, dans ce quartier médiéval d'où, somme toute, nous n'étions sortis que depuis soixante-dix ou quatre-vingts ans. Entassés les uns sur les autres, derrière les grilles, comme autant de bêtes apeurées, nous ne nous en évaderions plus jamais.

« Ça m'embêtait de t'en parler, commença Nino sans me regarder ; mais tu ne peux pas imaginer combien ce qui est en train de se passer me fait de la peine. Mon oncle, le député, est pessimiste, inutile que je te le cache : et d'ailleurs, c'est naturel, car lui a toujours souhaité que les choses aillent le plus mal possible. Moi, personnellement, je ne crois pas. Malgré les apparences, je ne crois pas que, en ce qui vous concerne, l'Italie imitera vraiment l'Allemagne. Tu verras, comme d'habitude, tout cela finira en bulle de savon. »

J'aurais dû être reconnaissant à Nino d'avoir abordé ce sujet. Qu'eût-il pu dire d'autre, après tout ? Eh bien, non. Pendant qu'il parlait, je parvins à peine à dissimuler l'agacement que me causaient ce qu'il disait et

---

1. *Vicolo mozzo :* impasse.

le ton, surtout le ton désabusé de sa voix. « Comme d'habitude, tout cela finira en bulle de savon », avait-il dit. Pouvait-on être plus maladroit, plus insensible, plus obtusément *goïm* que cela ?

Je lui demandai pourquoi, à la différence de son oncle, il était si optimiste.

« Oh, nous autres Italiens, nous sommes trop peu sérieux, répliqua-t-il sans paraître avoir remarqué mon ironie. Nous pouvons sans doute imiter tout ce que font les Allemands, y compris le pas de l'oie, mais point le sentiment tragique qu'ils ont de la vie. Crois-moi, nous sommes trop vieux, trop sceptiques et trop usés. »

C'est seulement alors, à mon silence, qu'il dut se rendre compte de l'inopportunité et de l'inévitable ambiguïté de ce qu'il était en train de dire. Brusquement, son visage changea d'expression.

« Et c'est tant mieux, tu ne crois pas ? s'écria-t-il avec une gaieté forcée. Après tout, vive notre millénaire sagesse latine ! »

Il était sûr, répéta-t-il, que, chez nous, l'antisémitisme ne pourrait jamais prendre. Il suffirait selon lui de penser à Ferrare — et Dieu sait combien d'autres villes italiennes lui ressemblaient « socialement parlant » — pour se convaincre qu'une séparation nette de l' « élément » juif de l'élément « dit aryen » était pratiquement irréalisable. Les « Israélites » appartenaient tous, ou presque tous, à l'élite de la bourgeoisie : et même, en un certain sens, ils en constituaient le nerf, l'épine dorsale. Le fait même que la majorité d'entre eux aient été fascistes, et beaucoup d'entre eux des fascistes de la « première heure », prouvait leur parfaite solidarité et leur parfaite fusion avec leur milieu. Pouvait-on imaginer quelqu'un de plus israélite et de plus ferrarais à la fois que l'avocat Geremia Tabet, pour citer le premier nom qui vous venait aux lèvres, un homme qui appartenait au groupe restreint de personnes (avec Carlo Aretusi, Vezio Sturla, Osvaldo Bellistracci, le Consul Bolognesi et deux ou trois autres) qui, en 1919, avaient fondé la première section locale des *Fasci* de combat ? Et qui y avait-il de plus « nôtre » que le vieux docteur Corcos, Elia Corcos, le célèbre clinicien, à tel point nôtre que, à la rigueur, il eût très bien pu supporter de figurer en effigie dans le blason de notre ville ? Et mon père ? Et l'avocat Lattès, le père de Bruno ? Non, non : il suffisait de parcourir l'annuaire du téléphone, où le nom des Israélites était inévitablement suivi de titres professionnels et académiques, pour avoir aussitôt le sentiment de l'impossibilité de réaliser à Ferrare une politique raciste ayant quelque prétention de sérieux. Une telle politique n'aurait eu des chances de « marcher » qu'au cas où des familles du genre des Finzi-Contini, avec leur tendance assez « typique » à rester isolées dans une vaste demeure aristocratique et à ne frayer presque avec personne (lui-même Nino, bien que connaissant très bien Alberto Finzi-Contini, n'avait jamais réussi à mettre le pied dans leur magnifique court de tennis privé !), eussent été plus nombreuses. Mais, à Ferrare, les Finzi-Contini représentaient justement une exception. Et puis n'accomplissaient-ils pas, eux aussi, une « fonction historique » impossible à supprimer, puisqu'ils avaient succédé à une ancienne famille de l'aristocratie ferraraise, maintenant éteinte, non seulement comme propriétaires de l'hôtel du corso Ercole I et des terres de celle-ci, mais aussi dans la façon de vivre isolée qui avait été la sienne ?

Il dit tout cela et autre chose encore dont je ne me souviens pas. Tandis qu'il parlait, j'évitais, moi aussi, de le regarder. Au-dessus de la place, le ciel était plein de lumière ; pour suivre le vol des pigeons qui le traversaient de temps en temps, je devais fermer à demi mes yeux éblouis.

Tout à coup, il me mit une main sur le bras.

« J'aurais besoin que tu me donnes un conseil, dit-il. Un conseil d'ami.

— De quoi s'agit-il ?

— Tu me promets la plus grande sincérité ?

— Mais oui. »

Quelques jours plus tôt — il fallait que je le sache —, ce « reptile » de Gino Cariani était venu le trouver et, sans trop de préambules, lui avait proposé de prendre les fonctions de Préposé à la Culture. Quant à lui, sa première impulsion avait été de refuser. Mais ensuite, en y repensant... Ce matin encore, au café, un peu avant mon arrivée, Cariani était revenu à la charge.

« Que faire ? » demanda-t-il alors, après un court silence.

Il serrait les lèvres, perplexe, et moi je restai silencieux. Mais déjà il recommençait à parler.

« J'appartiens à une famille qui a les traditions que tu sais, dit-il. Eh bien, tu peux en être sûr : quand mon père apprendra que je n'ai pas accepté la proposition de Cariani, il s'arrachera littéralement les cheveux, voilà ce qu'il fera. Et mon oncle, le député, crois-tu qu'il se comportera différemment ? Il suffira que papa lui demande de me convoquer et lui, aussitôt, le fera, ne fût-ce que pour qu'on ne puisse pas l'accuser de prosélytisme. Je vois déjà sa tête quand il m'invitera avec bonhomie à revenir sur ma décision. J'entends déjà ce qu'il me dira. Il m'exhortera à ne pas me comporter comme un enfant, à réfléchir, car, dans la vie, c'est bien connu, etc., etc. »

Il eut un petit rire dégoûté.

« Tiens, ajouta-t-il, j'ai si peu d'estime pour la nature humaine et pour le caractère des Italiens en particulier, que je ne peux même pas me porter garant pour moi-même. Nous vivons dans un pays, mon cher, où il n'est resté de romain, de romain au sens antique, que le salut bras tendu. A présent, je me demande moi aussi : à quoi bon ? En fin de compte, si je refusais...

— Tu aurais grand tort », l'interrompis-je tranquillement.

Il me regarda attentivement, avec une nuance de méfiance.

« Tu parles sérieusement ?

— Et comment ! Je ne vois pas pourquoi tu ne devrais pas aspirer à faire carrière dans le parti ou grâce au parti. Moi, si j'étais à ta place... si, veux-je dire, je faisais mon droit comme toi... je n'hésiterais pas un seul instant... »

J'avais pris soin de ne rien laisser transpirer de ce que j'éprouvais. L'expression du visage de Nino s'éclaira. Il alluma une cigarette : mon objectivité, mon détachement l'avaient profondément frappé.

Il me remerciait de mon conseil — dit-il ensuite, en exhalant une première grosse bouffée de fumée. Quant à le suivre, néanmoins, il allait y réfléchir quelques jours encore. Il voulait y voir clair dans les choses et en lui-même. Le fascisme, il n'y avait pas de doute, était en crise. Mais s'agissait-il d'une crise *au sein du régime* ou d'une crise *du régime* ? Agir, d'accord, mais comment ? Essayer de changer les choses *de l'intérieur* ou bien...

Il termina par un geste vague de la main.

En tout cas, reprit-il, ces prochains jours, il viendrait me voir chez moi. J'étais un lettré, il est vrai, un « poète » — et il sourit, s'efforçant de prendre encore une fois ce ton à la fois affectueux et protecteur, ce ton d'homme politique qu'il adoptait souvent avec moi. Lui, en tout cas, tenait énormément à examiner de nouveau avec moi toute la question. Nous devions nous téléphoner, nous voir, maintenir à tout prix le contact : bref « réagir » !

« A propos, demanda-t-il brusquement, en fronçant le sourcil. Ton premier examen, à Bologne, c'est quand ? Il va falloir penser au renouvellement de notre abonnement de chemin de fer, bon Dieu !... »

15

Je revis Fadigati.

Ce fut dans la rue, de nuit : après le Jour des Morts, une humide nuit de brouillard. Je sortais du bordel de la via Bomporto, et, sentant mes vêtements imprégnés de l'habituelle et écœurante odeur, je m'attardais devant la porte, ne pouvant me résoudre à rentrer immédiatement chez moi et avec le désir d'aller jusqu'aux remparts proches, en quête d'un peu d'air pur.

Le silence alentour était total. De l'intérieur du

bordel, derrière moi, filtrait la conversation paresseuse de trois voix : deux masculines et une féminine. Elles parlaient de sport : de football. Les deux hommes déploraient que l'équipe de l'*U.S. Estense* qui, dans les premières années de l'après-guerre, avait été une grande équipe, l'une des plus fortes de l'Italie du Nord (en 23, même, il s'en était fallu d'un cheveu qu'elle ne remportât carrément le championnat de première division : il lui eût suffi, au cours de la dernière partie, de faire match nul avec la *Pro Vercelli !*), ils déploraient donc que maintenant, son déclin s'accentuant de plus en plus, elle fût réduite à se classer en série C et obligée de lutter chaque année pour s'y maintenir. Ah, les années du demi-centre Condorelli, des deux Banfi, Beppe et Ilario, et celles du grand Baùsi : ça oui, c'étaient de fameuses années ! La femme n'intervenait que rarement dans la conversation. Par des phrases du genre de celle-ci : « Oh quoi, vous autres Ferrarais, vous aimez trop faire l'amour ! » ; ou bien : « Mais ce n'est pas tant de monter avec une femme qui vous démolit : c'est de passer votre temps à vous tourner les pouces ! » Les deux autres, en l'entendant, se taisaient un instant, comme pour réfléchir ; et puis ils enchaînaient sur le même sujet. Ce devaient être des hommes âgés, dans les quarante-cinq à cinquante ans : de vieux fumeurs. La femme en tout cas n'était pas ferraraise. Elle était de Vénétie, ou peut-être du Frioul.

Lentement, trébuchant sur les cailloux pointus de la ruelle, un pas lourd s'approchait.

« Mais est-ce qu'on peut savoir ce que tu veux ? Tu as faim, hein ? »

Le brouillard était si épais que j'entendis la voix de Fadigati avant même de le voir, lui

« Idiote, espèce de petite salope ! continuait-il d'un ton geignard, débordant d'une tendresse maniérée. Tu sais, je n'ai absolument rien à te donner ! »

A qui parlait-il donc ?

Il parut enfin. Auréolée par la lumière jaune de l'unique réverbère de la rue, sa grosse silhouette se profila tout à coup dans le brouillard. Il avançait lentement, un peu penché sur le côté, parlant toujours : s'adressant à un chien, ainsi que je m'en aperçus aussitôt.

Il s'arrêta à quelques pas de moi.

« Et alors : vas-tu, oui ou non, me ficher la paix ? »

Il regardait l'animal dans les yeux, son index levé dans un geste de menace. Et l'animal, une chienne bâtarde, blanche à taches marron (le résultat, probablement, du croisement d'un braque et d'un fox-terrier), lui rendait, d'en bas, agitant désespérément la queue, un regard humide et implorant. Et, cependant, elle se traînait sur les cailloux, vers les pieds du docteur. Dans un instant, elle allait se renverser sur le dos, ventre et pattes en l'air : entièrement à sa merci.

« Bonsoir. »

Il détacha ses yeux du chien et me regarda.

« Comment allez-vous ? dit-il, me reconnaissant immédiatement. Bien ? »

Nous nous serrâmes la main. Nous étions l'un en face de l'autre, devant la porte bardée de clous du bordel. Comme il avait vieilli, mon Dieu ! Ses joues tombantes, masquées par une barbe hirsute et grise, lui donnaient l'air d'un homme de soixante ans. A ses paupières rougies et chassieuses, je voyais en outre qu'il était fatigué, qu'il dormait peu. Et pourtant son regard, derrière ses lunettes, était encore vif, gai...

« Vous savez que vous avez maigri, vous aussi ! disait-il. Mais cela vous va bien, oh ! très bien ! Cela vous rend plus homme. Vous voyez : certaines fois, dans la vie, quelques mois suffisent. Parfois, quelques mois comptent plus que des années entières. »

La petite porte bardée de clous s'ouvrit devant quatre ou cinq jeunes gens : des types des faubourgs, sinon carrément de la campagne. Ils s'arrêtèrent un instant, en cercle, pour allumer des cigarettes. L'un d'eux se rapprocha du mur, près de la porte, et se mit à uriner. Cependant, tous, ce dernier y compris, nous lorgnaient avec une étrange insistance. (Mais n'avaient-ils pas raison, au fond ? Qu'est-ce que fabriquaient là, à cette heure, ce vieux monsieur et moi-même ?)

Passant sous les jambes écartées du jeune homme immobile devant le mur, une petite rigole descendit rapidement, en serpentant, vers le milieu de la ruelle. La chienne fut attirée par elle. Prudemment, elle s'approcha pour la flairer.

« Il vaudrait mieux que nous partions ! » chuchota Fadigati, avec un léger tremblement dans la voix.

Nous nous éloignâmes en silence, cependant que, derrière nous, la ruelle retentissait brusquement de gros mots et de rires. Pendant un instant, je craignis que la petite bande ne nous suivît. Mais, heureusement, nous étions déjà via Ripagrande, où le brouillard semblait encore plus épais. Il suffit de traverser la rue, de monter sur le trottoir d'en face : et aussitôt je fus certain que nous leur avions fait perdre nos traces.

Nous marchions côte à côte, d'un pas lent, vers le Montagnone. Minuit avait sonné depuis longtemps, et dans les rues on ne rencontrait personne. Des rangées et des rangées de volets clos et aveugles, des portes verrouillées : et, de loin en loin, la lumière quasi sous-marine des réverbères.

Il était si tard que nous étions peut-être les seuls, Fadigati et moi, à être dehors à cette heure-là. Il me parlait d'une voix basse, désolée. Il me racontait ses malheurs. Sous un prétexte quelconque, on l'avait révoqué de son poste à l'hôpital. Outre cela, même à son cabinet de la via Gorgadello, des après-midi entiers s'écoulaient sans que se présentât un seul malade. Il n'avait personne au monde, d'accord ; des préoccupations immédiates, du point de vue financier, il n'en avait pas encore. Mais était-il possible de continuer à vivre longtemps ainsi, dans la solitude la plus absolue, entouré de l'hostilité générale ? Bientôt allait venir le moment où il faudrait qu'il congédie son infirmière, qu'il réduise les dimensions de son cabinet médical et qu'il commence à vendre ses tableaux. Autant valait partir tout de suite, essayer d'aller s'établir ailleurs.

« Pourquoi ne le faites-vous pas ?

— C'est facile à dire, soupira-t-il. Mais à mon âge... Et puis, même si j'avais le courage et la force de me décider à une telle solution, croyez-vous que cela servirait à quelque chose ? »

Comme nous arrivions à proximité du Montagnone, nous entendîmes derrière nous un léger bruit de piétinement. Nous nous retournâmes. C'était la chienne bâtarde de tout à l'heure qui arrivait, hors d'haleine.

Elle s'immobilisa, heureuse de nous avoir retrouvés, grâce à son flair, dans cette mer de brouillard. Et rejetant sur son cou ses longues et soyeuses oreilles, jappant et remuant joyeusement la queue, elle renouvelait déjà en l'honneur, surtout, de Fadigati, ses pathétiques protestations d'affection.

« Elle est à vous ? demandai-je.

— Vous n'y pensez pas ! Je l'ai trouvée ce soir, du côté de l'aqueduc. Je l'ai caressée, mais, bon sang, elle a pris ça trop au sérieux ! Depuis lors, je ne suis plus arrivé à m'en débarrasser. »

Je remarquai que ses mamelles, grosses et pendantes, étaient gonflées de lait.

« Elle a des petits, vous voyez ?

— Mais oui ! s'écria Fadigati. Mais oui, c'est vrai ! »

Et puis s'adressant à la chienne :

« Petite garce ! Où as-tu laissé tes enfants ? Tu n'as pas honte de vadrouiller dans les rues à une heure pareille ? Mère dénaturée ! »

De nouveau, la chienne s'aplatit, le ventre contre terre, à quelques centimètres des souliers de Fadigati. « Bats-moi, tue-moi si tu veux ! semblait-elle vouloir dire. Ce n'est que justice, et puis j'aime ça ! »

Le docteur se pencha pour lui caresser la tête. En proie à un véritable accès de passion, l'animal n'en finissait plus de lui lécher la main. Elle tenta même de lui atteindre le visage d'un coup de langue aussi furtif que foudroyant.

« Du calme, du calme... » répétait Fadigati.

Toujours suivis ou précédés par la chienne, nous reprîmes enfin notre promenade. Nous nous rapprochions maintenant de chez moi. Quand elle nous précédait, la chienne s'arrêtait à chaque croisement, comme craignant de nous perdre une nouvelle fois.

« Regardez-la, disait en avançant Fadigati, en me la montrant. Peut-être faudrait-il être ainsi, savoir accepter sa propre nature. Mais, d'autre part, comment faire ? Est-il possible de payer un tel prix ? Il y a beaucoup de la bête en l'homme : et pourtant, l'homme peut-il s'avouer vaincu ? Admettre qu'il est une bête et seulement une bête ? »

J'éclatai d'un grand rire.

« Oh non, dis-je. Ce serait comme si l'on disait : un Italien, un citoyen italien, peut-il admettre qu'il est un Juif et seulement un Juif ? »

Il me regarda, humilié.

« Je comprends ce que vous voulez dire, dit-il ensuite. Ces jours-ci, vous pouvez me croire, j'ai bien des fois pensé à vous et aux vôtres. Mais, permettez-moi de vous le dire, si j'étais vous...

— Qu'est-ce que que je devrais faire ? l'interrompis-je avec impétuosité. Accepter d'être ce que je suis ? Ou mieux : me résigner à être ce que les autres veulent que je sois ?

— Je ne sais pas pourquoi vous ne le devriez pas, répliqua-t-il avec douceur. Cher ami, si le fait d'être ce que vous êtes vous rend tellement plus humain (sinon, vous ne seriez pas là, maintenant, avec moi !), pourquoi refusez-vous, pourquoi vous révoltez-vous ? Mon cas est différent, exactement l'opposé du vôtre. Après ce qui s'est passé l'été dernier, je ne parviens plus à me supporter. Je ne le peux plus ; je ne le dois plus. Me croirez-vous si je vous dis que, parfois, je ne supporte pas de me raser devant la glace ? Si je pouvais au moins m'habiller différemment ! Mais est-ce que vous me voyez, vous, sans ce chapeau... sans ce manteau... sans ces lunettes d'homme bien ? Et d'autre part, vêtu ainsi, je me sens tellement ridicule, tellement grotesque, tellement absurde ! Ah, non ! *unde redire negant,* c'est vraiment le cas de le dire ! Pour moi, comprenez-vous, il n'y a plus rien à faire ! »

Je gardai le silence. Je pensais à Deliliers et à Fadigati : l'un bourreau et l'autre victime. La victime pardonnait, comme d'habitude, se soumettait au bourreau. Quant à moi, néanmoins, Fadigati se trompait : à ce moment-là, j'étais certain que je ne réussirais jamais à répondre à la haine que par la haine.

Dès que je fus devant la porte de chez moi, je tirai ma clé de ma poche et ouvris. La chienne passa la tête dans l'embrasure, comme pour entrer.

« Va-t'en ! criai-je. Va-t'en de là ! »

L'animal hurla plaintivement, épouvanté, et se réfugia près des jambes de son ami.

« Bonne nuit, dis-je. Il est tard, il faut vraiment que je monte. »

Il me rendit ma poignée de main avec une grande effusion.

« Bonne nuit... Portez-vous bien... Et bien des choses aussi à vos parents », répéta-t-il plusieurs fois.

Je franchis le seuil. Et comme lui, toujours souriant et levant le bras dans un geste d'adieu, ne se décidait pas à s'en aller (assise sur le trottoir, la chienne elle aussi me regardait de bas en haut, d'un air interrogateur), je commençai à fermer la porte.

« Vous me téléphonez ? demandai-je légèrement, avant de pousser tout à fait les battants de la porte.

— Ça ! fit-il en souriant un peu mystérieusement dans l'entrebâillement. Qui vivra verra. »

16

Il me téléphona néanmoins deux jours plus tard. Nous étions à table ; ce fut ma mère, qui ne s'était pas encore assise, qui répondit la première à l'appareil.

« C'est pour toi, dit-elle, en passant la tête par la porte du cagibi réservé au téléphone.

— Qui est-ce ? »

Elle s'approcha de la table en haussant les épaules, désolée d'avoir comme d'habitude omis de demander son nom à son interlocuteur.

« C'est un monsieur... je n'ai pas pu comprendre qui c'était.

— Il suffisait que tu le lui demandes, ronchonnai-je en me levant. Ce n'est pas difficile ! » Mais un secret battement de cœur m'avait déjà dit de qui il pouvait s'agir.

Je m'enfermai dans le cagibi.

« Qui est à l'appareil ?

— Allô... C'est moi, Fadigati, dit-il. Je suis désolé de vous avoir dérangé. Vous étiez encore à table ? »

Sa voix me surprit. Dans le récepteur, elle avait un son plus aigu. Et son accent vénitien ressortait aussi davantage.

« Non, non... attendez un instant, s'il vous plaît. »

Ouvrant la porte qui donnait dans la salle à manger, je passai la tête à mon tour et, sans dire qui était à l'appareil (j'en étais arrivé au point de ne plus avoir confiance même en mes parents !), je priai ma mère de couvrir ma soupe avec une assiette. Fanny, prestement, la devança. Etonné, immédiatement jaloux, mon père me regarda. Il leva le menton comme pour demander : « Que se passe-t-il ? » Mais j'étais déjà retourné m'enfermer dans le cagibi.

« Je vous écoute.

— Oh, rien de spécial, ricana le docteur à l'autre bout du fil. Vous m'aviez dit de vous téléphoner, et alors... Soyez franc, je vous ai dérangé !

— Mais non, au contraire ! protestai-je. Vous m'avez fait plaisir. Vous voulez que nous nous voyions ? »

J'eus une légère hésitation (qui ne lui échappa certainement pas) ; et puis j'ajoutai :

« Ecoutez, pourquoi ne viendriez-vous pas nous voir ? Je crois que mon père serait très heureux de vous voir. Vous voulez bien ?

— Non, merci... Vous êtes vraiment gentil... Oui, vous au moins, vous êtes gentil ! Non... plus tard peut-être, avec une vraie joie... en admettant toujours que... Sérieusement avec une grande joie ! »

Je ne savais plus que dire. Quoi qu'il en soit, après un temps plutôt long, durant lequel je n'entendis dans l'écouteur que sa lourde respiration de cardiaque, ce fut lui qui se mit à parler.

« A propos : vous savez, le chien m'a accompagné jusque chez moi. »

Sur le moment, je ne compris pas.

« Quel chien ?

— Mais si... la chienne de l'autre soir... la mère dénaturée ! dit-il en riant.

— Ah oui... la chienne bâtarde.

— Non seulement elle m'a accompagné chez moi, continua-t-il, mais quand nous sommes arrivés ici, via Gorgadello, devant la porte de la rue, il n'y a rien eu à faire, elle a absolument voulu monter. Elle avait faim, la pauvre bête. J'ai été chercher dans le garde-manger un bout de saucisson, du pain dur, des croûtes de fromage... J'aurais voulu que vous voyiez avec quel appétit elle a dévoré le tout ! Mais attendez, je n'ai pas fini. Après, figurez-vous, j'ai dû la prendre avec moi dans ma chambre !

— Comment ? Elle a couché avec vous ?

— Oh, il s'en est fallu de peu... Nous nous sommes installés de la façon suivante : moi, dans mon lit, et elle, par terre, dans un coin de la chambre. De temps en temps, elle se réveillait, se mettait à geindre tout doucement et allait gratter à la porte. « Couchée ! » lui criais-je dans le noir. Pendant un moment, elle restait tranquille, pendant un quart d'heure, une demi-heure. Mais ensuite elle recommençait. Une nuit infernale, je vous assure !

— Si elle voulait s'en aller, pourquoi l'en avez-vous empêchée ?

— Que voulez-vous : la paresse. Cela m'ennuyait de me lever et de l'accompagner jusqu'en bas... Vous savez comment c'est. En tout cas, dès qu'il a fait jour, je me suis hâté de la satisfaire. Oui... cette fois-ci, c'est moi qui l'ai accompagnée. Il m'était venu à l'esprit qu'elle ne parviendrait pas à retrouver son chemin pour rentrer chez elle.

— Vous l'aviez rencontrée du côté de l'aqueduc, si je ne me trompe.

— Précisément. De fait, tout en haut de la via Garibaldi, à l'angle que fait cette rue avec la Spia-

nata¹, j'entends tout à coup appeler : « Vampa ! »
C'était un garçon boulanger, un gamin brun à bicyclette. La chienne se jette sur lui : bref, vous ne pouvez pas imaginer la fête qu'ils se sont faite l'un à l'autre. Et puis ils sont partis ensemble, lui sur sa bicyclette et elle derrière.

— Vous voyez, les femmes, plaisantai-je.

— Eh oui ! soupira-t-il. Elle était déjà loin, ils se préparaient à prendre la via Piangipane, quand, le croirez-vous, elle s'est retournée pour me regarder ? Comme pour dire : « Excuse-moi de te planter là, vieux monsieur, mais, tu comprends, il faut vraiment que j'aille avec ce jeune homme ! »

Il rit tout seul, sans la moindre amertume.

« Mais, ajouta-t-il, vous ne devinerez jamais pourquoi, pendant la nuit, elle voulait s'en aller.

— Ne me dites pas que la pensée de ses petits l'empêchait de dormir !

— Mais si, justement, vous avez deviné : elle pensait à ses petits ! En voulez-vous la preuve ? Dans ma chambre, dans le coin où elle avait dormi, j'ai trouvé, plus tard, une grande flaque de lait. Au cours de la nuit, elle avait eu ce qu'on appelle une montée de lait : c'est pour cela qu'elle ne parvenait pas à rester tranquille et geignait. Les angoisses qu'elle a dû éprouver, la pauvre bête est seule à le savoir ! »

Il parla encore : de la chienne, et des animaux en général et de leurs sentiments, qui sont tellement semblables à ceux des hommes, dit-il, encore que, « sans doute », plus simples, plus directement soumis

---

1. *La Spianata :* partie de Ferrare voisine de l'aqueduc, qui, il y a vingt ans encore, n'était qu'un vaste pré.

à l'empire de la loi naturelle. Quant à moi, je me sentais maintenant sur des charbons ardents. Soucieux de ne pas permettre à mon père et à ma mère, qui étaient certainement tout ouïe, de comprendre avec qui je causais, je me bornais à répondre par monosyllabes. J'espérais également, de cette manière, l'inciter à abréger. Mais rien à faire. Il semblait réellement ne pas parvenir à s'éloigner du téléphone.

On était un jeudi. Nous prîmes rendez-vous pour le samedi suivant. Il devait me téléphoner tout de suite après déjeuner : s'il faisait beau, nous prendrions le tram et nous irions jusqu'à Pontelagoscuro, voir le Pô. Depuis les dernières pluies, le niveau du fleuve devait s'être beaucoup rapproché de la cote d'alerte. Cela devait être un magnifique spectacle !

Mais ensuite, prenant finalement congé :

« Adieu, cher ami... portez-vous bien, répéta-t-il plusieurs fois, ému. Bonne chance pour vous et pour ceux qui vous sont chers... »

17

Il plut tout le samedi et tout le dimanche. Pour cette raison aussi, sans doute, j'oubliai la promesse de Fadigati. Il ne me téléphona pas et je ne lui téléphonai pas, moi non plus : mais par simple oubli, je le répète, et non à dessein. Il pleuvait sans un instant de répit. De ma chambre, par la fenêtre, je regardais les arbres du jardin : le peuplier, les deux ormes, le châtaignier que la pluie torrentielle dépouillait de leurs dernières feuilles. Seul le grand sapin, au centre, plus noir et plus barbu que jamais, ruisselant littéralement d'eau, semblait apprécier toute cette humidité.

Le dimanche matin, je m'en souviens, je donnai une leçon de latin à Fanny. Elle avait déjà repris l'école, mais elle peinait sur la syntaxe. Elle me montra un thème, bourré de fautes. Elle ne comprenait pas et je me mis en colère !

« Tu es idiote ! » hurlai-je.

Elle fondit en larmes. La peau de son visage, maintenant qu'avait disparu le hâle marin, était redevenue pâle, presque diaphane, au point de laisser apparaître aux tempes le bleu de ses veines. Ses cheveux raides pleuvaient sans grâce sur ses frêles épaules qui sursautaient.

Alors, l'étreignant, je l'embrassai.

« Est-ce qu'on peut savoir pourquoi tu pleures ? » lui disais-je. Et je lui promis de l'emmener au cinéma après le déjeuner.

Mais, finalement, je sortis seul. J'entrai à l'*Excelsior*.

« Corbeille ? » demanda du haut de son pupitre la caissière qui me connaissait.

C'était une femme d'âge indéfinissable : brune, frisée, bien en chair, très poudrée et très fardée. Depuis combien d'années était-elle là, vous lorgnant paresseusement de sous ses lourdes paupières : grotesque idole bourgeoise ? Je l'avais toujours vue là, depuis le temps où, quand nous étions enfants, maman nous envoyait au cinéma avec la bonne. Nous y allions, je me souviens, tous les mercredis après-midi, parce que le jeudi il n'y avait pas d'école ; et chaque fois, naturellement, nous allions à la corbeille.

Et voici que la main grasse et blanche, aux ongles

laqués, me tendait mon billet. Il y avait quelque chose de très sûr de soi, presque d'impérieux, dans la placidité de ce geste.

« Non, donnez-moi une place de parterre », dis-je sèchement, non sans avoir eu, néanmoins, à dominer un imprévisible sentiment de honte. Et à cet instant précis, tout à coup, Fadigati me revint à l'esprit.

Je tendis mon billet à l'ouvreuse, pénétrai dans la salle et, malgré la foule, trouvai tout de suite une place.

Une bizarre inquiétude me distrayait continuellement de la vue du film. Plusieurs fois, dans la fumée et l'obscurité, je crus, à tort, l'apercevoir : avec son chapeau, son manteau et ses lunettes scintillantes Pendant les entractes, je regardais autour de moi : vers les rangées de fauteuils où les uniformes gris-vert étaient le plus nombreux ou vers les couloirs latéraux, près des lourds rideaux des portes d'entrée. Mais en vain, ce n'était pas lui, il n'était pas là. Et il n'était pas non plus là-haut, à la corbeille ; il y était encore moins, à cette corbeille bondée jusqu'au plafond de jeunes gens retour du match de football, de dames et de demoiselles en chapeau et en manteau de fourrure, d'officiers de l'armée et de la milice, de messieurs âgés et entre deux âges (des propriétaires agricoles, des représentants des professions libérales, des boutiquiers, etc.) qui somnolaient en attendant de terminer ce jour de fête d'abord à table et puis au cercle. Il n'était pas là, non. Mais pourquoi eût-il dû y être ? me disais-je essayant de me rassurer. Après tout, à Ferrare, il y avait trois autres cinémas. Et, d'ailleurs, n'était-ce pas toujours le soir, après le dîner, qu'il préférait aller au cinéma ?

Quand je sortis, vers sept heures et demie, il ne

pleuvait plus. La couche de nuages, déchiquetée, en lambeaux, laissait apparaître un ciel étoilé. Un vent incessant et chaud avait rapidement séché les trottoirs.

Je traversai le Listone et je pris la via Bersaglieri del Po. De l'angle de la via Gorgadello, je jetai un coup d'œil à sa maison. Tout était fermé, tout était éteint. J'essayai alors de l'appeler du téléphone public de la T.I.M.O.[1] tout proche, via Cairoli. Mais rien, le silence, aucune réponse.

Le soir, j'essayai de nouveau de la maison, et le matin suivant, une fois de plus de la cabine de la T.I.M.O., toujours avec le même résultat. « Il doit être parti, finis-je par me dire. Quand il reviendra, il me fera certainement signe lui-même. »

Me dirigeant vers chez moi, je descendais maintenant la via Savonarola dans la paix ensoleillée d'une heure après midi. Peu de gens, et épars sur les trottoirs ; par les fenêtres ouvertes, s'échappaient les rengaines de la radio et de bonnes odeurs de cuisine. Moi, je regardais en l'air, contemplant le ciel d'un bleu parfait, sur lequel se découpait durement le profil des corniches et des gouttières. Encore humides de pluie, les toits autour de l'esplanade de l'église San Girolamo semblaient plus bruns que rouges, presque noirs.

Juste devant l'entrée de la Maternité, je me heurtai à Cenzo, le vendeur de journaux.

« Comment va l'*U.S. Estense* cette année ? » lui demandai-je en m'arrêtant pour acheter le *Corriere Ferrarese.* « Parviendrons-nous enfin à passer en série B, Cenzo ? »

---

1. *T.I.M.O. :* sigle d'une société privée concessionnaire du téléphone en Italie du Nord

Pensant sans doute que je me moquais de lui, il me lança un coup d'œil de travers. Il plia le journal, me le tendit avec ma monnaie et s'en alla, hurlant à tue-tête les titres.

« Retentissante défaite de la *Bologna* à Turin ! L'*Estense* sort invaincue du terrain de Carpiii ! »

En mettant ma clé dans la serrure de la porte de chez moi, j'entendais encore sa voix lointaine résonner dans les rues désertes

En haut, je trouvai ma mère toute joyeuse. Mon frère Ernesto avait télégraphié de Paris, pour prévenir qu'il serait de retour en Italie le soir même. Il allait s'arrêter, demain, une demi-journée à Milan. Il comptait donc être à Ferrare pour l'heure du dîner.

« Papa le sait ? » demandai-je, légèrement vexé par ces larmes de joie, et je baissais les yeux sur la feuille jaune du télégramme.

« Non. Il est sorti à dix heures. Il devait d'abord passer à la Communauté et ensuite à la banque, et le télégramme est arrivé vers midi. Ce qu'il va être heureux ! Cette nuit, il ne parvenait pas à s'endormir ; il répétait sans cesse : " Si seulement Ernesto était à la maison, lui aussi ! "

— Personne n'a téléphoné pour moi ?
— Non... ou plutôt si, attends... »

Son visage se contracta dans l'effort qu'elle fit pour se rappeler, et tout le temps elle regardait à droite et à gauche, comme si elle eût pu lire sur le sol ou sur les murs le nom de la personne qui avait téléphoné.

« Ah oui..., dit-elle enfin. Nino Bottecchiari...
— Personne d'autre ?
— Non. Nino a beaucoup insisté pour que tu le

rappelles... Pourquoi ne l'appelles-tu pas de temps en temps ? Je crois que c'est un bon ami. »

Nous nous mîmes à table, nous deux seuls (Fanny n'était pas là : elle avait été invitée à déjeuner par une camarade de classe). Ma mère parlait d'Ernesto. Elle commençait déjà à s'inquiéter : allait-il faire son droit ou sa médecine ? Ou les sciences ? En tout cas, l'anglais, qu'il devait maintenant connaître à la perfection, allait lui être très utile : pour ses études et dans la vie.

« Mais il va falloir qu'il fasse le nécessaire pour ne pas se rouiller », objectai-je, simplement peut-être pour la tourmenter et pour, ensuite, lui rendre sa sérénité en l'embrassant.

Mon père, ce jour-là, rentra plus tard que d'habitude. Quand il arriva, nous en étions déjà aux fruits.

« De grandes nouvelles ! » s'écria-t-il en ouvrant toute grande la porte de la salle à manger.

Il se laissa choir comme une masse sur sa chaise avec un « aah » de satisfaction. Il était fatigué et pâle mais rayonnant.

Il jeta un coup d'œil vers la porte de la cuisine pour s'assurer qu'Elisa la cuisinière n'allait pas entrer à ce moment précis avec les spaghetti, puis, écarquillant d'énervement ses yeux bleus, il s'allongea tout entier au-dessus de la table avec l'intention évidente de vider son sac.

Il n'y parvint pas. Ma mère ne perdit pas un instant pour lui mettre sous le nez le télégramme déplié.

« Nous aussi nous avons des nouvelles importantes », dit-elle, et elle souriait avec orgueil. « Qu'est-ce que tu en dis ?

— Ah... c'est d'Ernesto, fit-il, distrait. Quand arrive-t-il ? Il s'est enfin décidé !

— Comment, quand il arrive! cria ma mère, vexée. Tu n'as pas lu? Demain soir, non? »

Elle lui arracha le télégramme des mains. Boudant comme une petite fille qui fait un caprice, elle se mit à le replier avec soin.

« On ne dirait même pas qu'il s'agit de ton fils! » grommelait-elle, les yeux baissés, en remettant le télégramme dans la poche de son tablier.

Mon père se tourna vers moi. Furieux, il faisait appel à mon témoignage et à mon secours. Mais moi, je me taisais. Il y avait quelque chose qui m'empêchait d'intervenir, d'aplanir cette petite dispute puérile.

« Allons, on t'écoute », dit enfin ma mère, condescendante, mais de l'air de vouloir faire plaisir à moi surtout.

18

Les nouvelles que mon père avait à nous apprendre étaient les suivantes.

Une demi-heure plus tôt, au Credito Italiano, il avait rencontré par hasard l'avocat Geremia Tabet, lequel, comme nous le savions bien, avait toujours été « dans les secrets » de la Casa del Fascio de Ferrare, mais jouissait aussi, c'était notoire, de l' « amitié » et de l'estime de Son Excellence Bocchini, le chef de la police.

Comme ils sortaient ensemble de la banque, Tabet avait pris le bras de mon père. Récemment, il était allé à Rome pour affaires — lui avait-il confié —, ce qui lui avait donné l'occasion d'aller « fourrer un instant son nez » de l'autre côté du seuil du Viminale. Etant donné l'époque et les circonstances, il pensait que le secrétaire particulier de Son Excellence ne l'annoncerait même pas. Mais, bien au contraire, le préfet *dottor* Corazza l'avait tout de suite fait entrer dans la grande salle où travaillait le « patron ».

« Cher Tabet ! » s'était écrié Bocchini en le voyant entrer.

Il s'était levé, était venu à sa rencontre jusqu'au milieu de la pièce, lui avait chaleureusement serré la main et l'avait fait asseoir dans un fauteuil. Après quoi, il avait mis sans plus attendre la conversation sur la question des lois raciales à l'étude.

« Vous pouvez conserver votre beau calme, Tabet », c'est ainsi qu'il s'était exprimé, « et vous pouvez inciter, je vous en prie, à la sérénité et à la confiance le plus grand nombre possible de vos coreligionnaires. En Italie, *je suis autorisé à vous le garantir,* il n'y aura jamais de législation raciale. »

Les journaux continuaient toujours d'attaquer les « Israélites », avait poursuivi Bocchini, mais cela uniquement pour des raisons supérieures, pour des raisons de politique étrangère. Il fallait comprendre. Ces derniers mois, le Duce s'était trouvé dans la nécessité « i-né-vi-ta-ble » de faire croire aux démocraties occidentales que l'Italie était désormais liée indissolublement à l'Allemagne. Quel argument eût-il pu trouver, pour cela, de plus convaincant qu'un peu d'antisémitisme ? De toute manière, un simple contrordre de ce même Duce suffirait pour que tous les roquets du genre Interlandi et Preziosi (le chef de la police manifestait à l'égard de ceux-ci le plus grand mépris) cessassent d'un instant à l'autre d'aboyer.

« Souhaitons-le ! soupira ma mère, qui était déjà suspendue aux lèvres de mon père. Espérons qu'il va se décider à le donner vite ce bienheureux contrordre ! »

Elisa entra, portant le plat ovale des spaghetti, et mon père se tut. Ecartant ma chaise, je me levai et allai m'asseoir dans le petit fauteuil de rotin, près de la radio.

Pourquoi ne partageais-je pas les espoirs de mes parents ? Qu'y avait-il donc qui me gênait dans leur enthousiasme ? « Mon Dieu, mon Dieu... disais-je à part moi, en serrant les dents. Dès qu'Elisa aura quitté la pièce, je suis sûr que papa va recommencer à parler ! »

J'étais désespéré, absolument désespéré. Et non tant parce que je soupçonnais Bocchini d'avoir menti (ce que le chef de la police avait dit à l'avocat Tabet pouvait très bien être vrai, après tout) que, plutôt, parce que je voyais mon père tout de suite si heureux ou, plus exactement, si impatient de l'être de nouveau. C'était donc cela que je ne supportais pas ? me demandais-je. Qu'il fût heureux. Que l'avenir lui sourît de nouveau comme naguère, *comme avant ?*

Je tirai le journal de ma poche, jetai un coup d'œil sur la première page et passai aussitôt à la page des sports. J'essayais de concentrer toute mon attention sur le reportage du match *Juventus-Bologna,* qui s'était terminé à Turin, exactement comme je l'avais entendu crier par Cenzo, par la « retentissante défaite » de la *Bologna.* Inutilement.

La joie de mon père, pensais-je, était celle de l'enfant qui, mis à la porte de la classe, se voit, du couloir désert où il fut exilé pour expier une faute qu'il n'a pas commise, tout à coup, inespérément rappelé en classe, au milieu de ses chers camarades : non seulement pardonné, mais reconnu non coupable et pleinement réhabilité. Eh bien, n'était-il pas juste, au fond, que mon père se réjouit comme cet enfant ? Moi, non, je ne le pouvais pas. Le sentiment de solitude qui ne m'avait pas quitté un seul instant, ces deux derniers mois, devenait si possible, maintenant justement, encore plus atroce : total et définitif. Mais, et après ? Qu'est-ce que je voulais ? Que me fallait-il à moi ?

Je levai la tête. Elisa s'attardait autour de la table, rassemblant assiettes et couverts sales. De longs rayons d'un soleil qui était déjà un soleil d'après-midi transperçaient la pénombre de la pièce. Ils venaient du salon contigu, qui en était inondé. C'est là que, sous peu, tout de suite après déjeuner, mon père allait se retirer pour dormir étendu sur le divan de cuir. C'était comme si je l'y voyais déjà. Isolé, là, enfermé, protégé. Comme dans un rose cocon lumineux. Il dormait enveloppé dans sa cape, offrant à la lumière son visage ingénu...

Je penchai de nouveau les yeux sur le journal.

Et tout à coup, en bas de la page de gauche qui faisait pendant à celle des sports, mes yeux tombèrent sur un titre de grosseur moyenne.

Il disait, ce titre :

UN MÉDECIN BIEN CONNU DE FERRARE
SE NOIE DANS LES EAUX DU PÔ
PRÈS DE PONTELAGOSCURO.

Pendant quelques secondes, je crois, mon cœur cessa de battre. Et pourtant je n'avais pas bien compris, je ne m'étais pas encore bien rendu compte.

Je respirai profondément. Et maintenant je comprenais, oui, avant même de commencer à lire la demi-colonne qui suivait ce titre et qui, bien entendu, ne parlait absolument pas de suicide, mais, selon le style de l'époque, seulement d'accident. (A cette époque-là, il n'était permis à personne de se supprimer : même pas à des vieillards déshonorés et n'ayant aucune raison de rester en ce monde...)

Quoi qu'il en soit, je ne lus pas l'article jusqu'au bout. Je baissai mes paupières. Peu à peu, les battements de mon cœur redevenaient réguliers. J'attendis qu'Elisa eût refermé derrière elle la porte de la cuisine et puis, calmement mais aussitôt :

« Le docteur Fadigati est mort », dis-je.

En exil

Il y a toujours eu quelque chose qui m'a empêché de devenir vraiment l'ami de Marco Giori, le fils du signor Amleto Giori, propriétaire bien connu d'Ambrogio (Ambrogio est le nom d'un village).

Le premier obstacle est venu de notre différence d'âge.

En 1930, lorsque Marco avait vingt ans, moi, je n'en avais que quatorze. Je portais encore des culottes courtes, je me baladais sur une *Bianchi* de tourisme dont j'avais, « pour faire joli », orné le guidon d'un tas de petits fanions tricolores : bref, je n'étais qu'un *pûtin*, en tout et pour tout.

Marco Giori, au contraire, était déjà, à cette époque, l'un des jeunes gens les plus en vue de notre ville. Grand, élégant, athlétique, ses cheveux blond cendré séparés par une raie d'un côté de son front fuyant, à la Cary Grant, les yeux couleur acier, il faisait étrangement penser à un Anglais, à un jeune *gentleman* anglais. Comment aurais-je pu prétendre, bien que je le désirasse énormément, qu'il eût pour moi le minimum de considération ?

Le fait est que, lorsque je passais corso Giovecca sur

ma *Bianchi* de tourisme et que je voyais de loin la haute silhouette dégingandée de Marco se détacher d'un groupe d'amis de son âge, sur-le-champ m'abandonnait même le courage de lui lancer un « salut ! ». Eux, ces jeunes gens qui avaient déjà des aventures et dont, pour moi, Marco était le plus important, celui qui, plus que tout autre, frappait mon imagination, étaient d'ordinaire rassemblés en demi-cercle autour d'une auto rangée le long du trottoir. C'était, le plus souvent, une voiture étrangère, une voiture de touristes. Quand ils étaient ainsi occupés à en évaluer les qualités et les défauts — et je voyais parfois Marco appuyer pensivement le pied sur l'un des pneus avant —, il était vraiment absurde, de ma part, de rêver que je pourrais être récompensé même par un simple sourire.

Plus tard, d'autres choses ont continué de nous séparer et de faire que, chaque fois, pendant toutes ces années, où j'ai cherché à me gagner sa sympathie, je n'ai obtenu de lui que des refus courtois et ironiques, mais en même temps très fermes.

Par exemple : quand, moi aussi, je suis arrivé à l'Université, j'ai pris des inscriptions en Lettres. Or il est bon de rappeler que Ferrare n'est pas Bologne, où la littérature est chez elle. Chez nous, les hommes de lettres sont un peu considérés comme les prêtres. Ils ont droit au respect et aux hommages, sans doute : mais cela toujours d'une certaine distance.

Et ensuite ? Ensuite, je me suis marié, j'ai eu des enfants, j'ai quitté Ferrare, j'y suis revenu, j'en suis de nouveau parti. Ce n'est pas que dans la vie je prétende avoir fait grand-chose. Néanmoins, je me suis démené, comme on dit ici à Rome, j'ai travaillé, j'ai vécu.

Tandis que lui, Marco Giori, qui, à vingt ans, avait son permis de conduire et qui, même, en 30, avait réussi à convaincre son père de lui acheter une Bugatti de course, bleu ciel (il eut tout de suite un accident vialone di Monselice, et, à partir de ce moment-là, son *grimo*[1] ne voulut plus entendre parler d'automobiles); lui qui, à l'entendre, n'attendait que le moment de planter là Ferrare pour aller vivre à Paris, à Londres ou à New York : eh bien, lui, au contraire, est resté là, en province, sans même avoir la force de passer son diplôme d'agriculture, à regarder du trottoir les voitures des touristes de passage et à vieillir en attendant que son père se décide à mourir et à lui laisser ses terres.

Dès l'enfance, l'absence de ressemblance entre Marco et son père m'a toujours étonné. Avec le temps, ainsi que nous le verrons, quelque chose de commun devait tout de même apparaître entre eux. Mais, il y a vingt-cinq ans, on eût dit qu'ils n'étaient même pas des parents éloignés.

Ne parlons pas de la manière dont ils s'habillaient : Marco à l'anglaise, je l'ai déjà dit, et l'air de sortir d'une revue de modes masculines, alors que le vieux, avec sa cape, son mauvais chapeau de feutre abaissé sur ses petits yeux de porcelaine bleue, son cure-dent éternellement encastré entre ses lèvres minces et ses gros souliers en vachette noire (il s'habillait mal dans l'espoir d'apitoyer le percepteur — disait-on de lui à Ferrare), ne se distinguait en rien d'un quelconque

1 *Grimo* : père, « vieux » en argot.

courtier en terrains : de l'un de ceux qui, le lundi et le jeudi, envahissent, aujourd'hui comme hier, la piazza della Cattedrale et le corso Martiri della Libertà.

Mais, même physiquement, quelle différence entre les deux hommes ! Petit, les bras et les jambes courts, et la peau de son visage et de son cou intensément bronzée par le soleil des champs (plutôt que de la peau, on eût dit du cuir gras), Amleto Giori semblait vraiment appartenir à une autre race.

Je n'ai jamais connu personnellement la signora Carmen, la mère de Marco.

Je sais qu'elle est morte en 39 d'anémie pernicieuse et que, restée sa vie tout entière confinée à Ambrogio — une poignée de pauvres maisons paysannes, blotties sous la levée droite du Pô, à trente kilomètres de Ferrare —, elle ne mit pas une seule fois le pied en ville. Peut-être est-ce à elle, à elle seulement, que ressemblait Marco. Originaire de Vénétie, je crois, elle était grande, dit-on, blonde, élancée et d'aspect extraordinairement aristocratique. Tout comme son fils, justement.

Toujours est-il que, il y a quelques mois encore, je n'avais jamais vu non plus Ambrogio. Je devais y passer par hasard, un soir de l'automne dernier, en revenant avec des amis romains d'une excursion dans le delta du Pô.

Notre auto traversait à pas d'homme la grande place bancale et à demi déserte du village. Il devait être six heures. Nous comptions dîner à Ferrare : nous avions, donc, le temps de nous arrêter au seul bar de l'endroit pour prendre quelque chose.

Bref, nous sommes descendus de voiture et nous avons pénétré dans ce bar (plutôt un estaminet : une espèce de sous-sol, avec de rares clients assis en silence, le chapeau sur la tête, devant leur demi-chopine), commandant à haute voix, l'un un *espresso*, l'autre un verre de *Bosco*, et un autre encore une limonade.

Ma petite tasse de café aux lèvres, je me suis mis ensuite à regarder dehors, par-delà la porte. En quelques minutes, la place était devenue encore plus grise et morne : une surface vaste et informe, qui allait bientôt être effacée par l'obscurité imminente.

Et alors, brusquement, voici que j'ai remarqué une maison, au bout de la place, presque contiguë à l'affreuse et énorme église paroissiale. Il ne s'agissait pas d'une masure comme les autres, mais d'une villa bourgeoise, à deux étages, à la façade recouverte de lierre, avec un petit balcon qui s'avançait au-dessus de la porte d'entrée et un jardin devant elle : le tout défendu par une robuste grille en fer verni.

J'ai vu cette villa et ses barres de fer de maison particulière. Et aussitôt, sans même demander à la femme entre deux âges qui se tenait, ensommeillée, derrière le comptoir, si cette maison là-bas, à côté de l'église, était bien celle des signori Giori, mais en même temps certain de ne pas me tromper, aussitôt, donc, j'ai pensé à la mère de Marco. Dès l'enfance, me rappelais-je, j'avais toujours entendu raconter sur elle et sur son mari les choses les plus étranges. Non moins brutal qu'avare, il la séquestrait comme une prisonnière, ne lui permettant pas de sortir, pas même le dimanche pour aller à la messe. Si bien que les habitants d'Ambrogio (quatre-vingt-quinze pour cent, du reste, des ouvriers agricoles analphabètes !) n'avaient jamais pu la voir que de loin, à travers les barreaux de la grille, les très rares après-midi d'été où elle descendait au jardin pour lire ou pour broder.

Je regardais la maison et je pensais aussi à Marco. Ces derniers temps, j'étais revenu de plus en plus rarement à Ferrare : il y avait deux ans que j'en étais absent. Peut-être entre-temps son *grimo* était-il mort — me disais-je —, et lui, dès qu'il avait pu mettre la main sur l'héritage paternel, il s'était empressé de tout vendre : les terres, la maison d'Ambrogio, tout. Qui sait où il était, à présent. Peut-être à Paris, peut-être à Londres, peut-être à New York, menant, maintenant qu'il n'avait plus de freins, la vie de luxe et de plaisir dont il avait toujours rêvé. Qui sait si, un jour ou l'autre, je ne le rencontrerais pas moi-même à Rome, via Veneto. Je le souhaitais, et c'était déjà comme si je l'eusse vu réellement S'éloignant tout à coup du seuil de l'*Excelsior,* où il logeait, il accourait vers moi en souriant, finalement, la main tendue en un « salut ! » heureux et libre sur les lèvres.

Grille, porte d'entrée et fenêtres closes, et peut-être même cadenassées à l'intérieur, la villa avait l'air vide, inhabitée.

Nous sortîmes du bar-bistrot et nous dirigeâmes vers la voiture. Pour nous dégourdir les jambes qui étaient un peu ankylosées, nous l'avions laissée du côté opposé au café, le long du parvis de l'église. Le son de la cloche de l'angélus se répandait mélancoliquement dans l'air du soir.

Sur le parvis, sa barrette sur la nuque et les bras croisés, un prêtre brun, pâle et corpulent, causait avec deux hommes, l'un jeune et l'autre vieux. En nous voyant arriver, ils cessèrent de parler et se retournèrent ensemble.

Je reconnus aussitôt, dans ces deux hommes, Marco Giori et son père : ce dernier octogénaire, certainement, et un peu voûté, mais plus vif et plus desséché que jamais, et, comme toujours, avec, dans la bouche, son fameux cure-dent.

« Salut ! » fis-je, en levant la main, non sans ressentir, encore que très légèrement, le battement de cœur de jadis.

Amleto Giori porta la main à son chapeau et se découvrit. Le curé s'inclina légèrement.

Il me sembla que Marco hésita un instant. Puis, s'éloignant des deux autres, il vint vers moi.

« Qu'est-ce que tu fiches par ici ? » demanda-t-il calmement, à voix basse, et ses lèvres retrouvèrent le rictus sardonique de jadis.

Mais, avant même que je lui réponde, ce fut lui qui m'expliqua la raison pour laquelle il se trouvait là, à Ambrogio. « Papa », dit-il, avait plus de quatre-vingts ans. Non pas qu'il fût malade, ça non ! Il n'avait jamais même un rhume, « grâce à Dieu », mais il ne parvenait plus à faire marcher la propriété tout seul comme il l'avait toujours fait.

« Tu comprends, il y a cinq cents hectares... »

Je l'observais et je ne savais que penser. Il était habillé vraiment n'importe comment : une vieille veste de drap couleur tabac, aux poches déformées, et un pantalon de flanelle grise, râpé et godant aux genoux, qui n'avait pas reçu de coup de fer depuis Dieu sait combien de temps.

En tout cas, il était en bonne santé. Il était devenu

plus robuste et avait grossi : c'était maintenant un homme de presque cinquante ans.

Et, comme je le présentais à mes amis, je vis qu'avec l'âge des rides profondes étaient venues sillonner la peau de son cou. Et cette peau était épaisse, cuite par le soleil, presque noire.

Elle faisait penser à du cuir, oui, vraiment à du cuir gras.

Giorgio Bassani	*7*
Le mur d'enceinte	*19*
Lida Mantovani	*29*
La promenade avant dîner	*83*
Une plaque commémorative via Mazzini	*129*
Les dernières années de Clelia Trotti	*183*
Une nuit de 43	*253*
Les lunettes d'or	*313*
En exil	*433*

DU MÊME AUTEUR

Aux Éditions Gallimard

LES LUNETTES D'OR *et autres histoires de Ferrare* (Folio n° 1394)
LE JARDIN DES FINZI-CONTINI (Folio n° 634)
DERRIÈRE LA PORTE (L'Étrangère)
LE HÉRON
L'ODEUR DU FOIN (L'Étrangère)

*Impression Bussière
à Saint-Amand (Cher),
le 1er mars 2005.
Dépôt légal : mars 2005.
1er dépôt légal dans la collection : juin 1982.
Numéro d'imprimeur : 050886/1.*
ISBN 2-07-037394-0./Imprimé en France.

135594